Diogenes Taschenbuch 23634

de
te
be

W0351201

Georges Simenon

Maigrets schwierigste Fälle

Maigret und der gelbe Hund

Maigret und die Bohnenstange

Zwei Romane in einem Band
Aus dem Französischen
von Raymond Regh und
Guy Montag

Diogenes

Titel der Originalausgaben:
›Le chien jaune‹, ›Maigret et la grande perche‹

Die deutsche Erstausgabe von ›Le chien jaune‹ erschien 1958
Die Übersetzung von Raymond Regh erschien
erstmals 1979 im Diogenes Verlag und wurde 1999
für eine Neuausgabe überarbeitet
Die deutsche Erstausgabe von ›Maigret et la grande perche‹
erschien 1956. Die Übersetzung von Guy Montag
erschien erstmals 1980 im Diogenes Verlag und wurde
1998 für eine Neuausgabe überarbeitet
Umschlagfoto: Brassaï (Gyula Halasz),
›Chez Suzy, rue Grégoire-de-Tours‹, um 1932

www.diogenes.ch
100/07/36/1
ISBN 978 3 257 23634 7

Inhalt

Maigret und der gelbe Hund

I

Der herrenlose Hund

Freitag, 7. November. Concarneau ist wie ausgestorben. Auf der beleuchteten Turmuhr der Altstadt, die über den Festungsmauern zu sehen ist, ist es fünf vor elf.

Die Flut hat ihren Höhepunkt erreicht, und ein Sturm aus Südwest läßt die Kähne im Hafen aneinanderstoßen. Der Wind fegt durch die Straßen, wo man zuweilen Papierfetzen über den Boden huschen sieht.

Kein einziges Licht auf dem Quai de l'Aiguillon. Alles ist geschlossen. Alles schläft. Nur aus den drei Fenstern des Hôtel de l'Amiral, an der Ecke, die der Platz mit dem Quai bildet, dringt noch Licht.

Obschon die Fensterläden nicht geschlossen sind, lassen sich hinter den grünlichen Scheiben Silhouetten nur gerade noch erahnen. Und der wachhabende Zöllner, der kaum hundert Meter weiter weg in seinem Schilderhäuschen hockt, beneidet die Leute, die noch zu so später Stunde im Café sitzen.

Ihm gegenüber im Hafenbecken liegt ein Küstenfahrer vor Anker, der am Nachmittag hier Zuflucht gesucht hat. Kein Mensch auf der Brücke. Die Taurollen knarren, und ein schlecht eingerefftes Klüversegel klatscht im Wind. Dann das ständige Tosen der Brandung, ein Klicken der Turmuhr, die elf schlagen wird.

Die Tür des Hôtel de l'Amiral öffnet sich. Es erscheint ein junger Mann, der noch eine Weile durch den Türspalt hindurch mit den Leuten im Innern redet. Der Sturm packt ihn, läßt die Schöße seines Mantels flattern, reißt ihm seine Melone vom Kopf, die er gerade noch erhascht und dann beim Gehen auf dem Kopf festhält.

Selbst von weitem merkt man, daß er einen Schwips hat, unsicher auf den Beinen ist und vor sich hin trällert. Die Blicke des Zöllners folgen ihm, und er lächelt, als der Mann den Versuch unternimmt, sich eine Zigarre anzuzünden. Denn es beginnt ein komischer Kampf zwischen dem Betrunkenen, seinem Mantel, den ihm der Wind entreißen will, und seinem Hut, der den Bürgersteig entlang das Weite sucht. Zehn Streichhölzer gehen aus.

Da bemerkt der Mann mit der Melone einen Eingang mit zwei Stufen, sucht dort Schutz, beugt sich nach vorn. Ein Licht zuckt auf, nur kurz. Der Raucher taumelt, klammert sich am Türknauf fest.

Hat da der Zöllner nicht ein Geräusch gehört, das mit dem Sturm nichts zu tun hat? Er ist sich nicht ganz sicher. Zuerst lacht er, als er sieht, daß der Nachtschwärmer das Gleichgewicht verliert und ein paar Schritte nach hinten macht, in einer derart gekrümmten Stellung, daß es geradezu unglaublich ist.

Er stürzt am Rand des Bürgersteigs zu Boden, den Kopf im Schlamm der Gosse. Der Zöllner schlägt die Arme um den Leib, um sich aufzuwärmen, und blickt verstimmt zum Klüversegel, dessen Klatschen ihm auf die Nerven geht.

Eine Minute, zwei Minuten verstreichen. Wieder ein

Blick hinüber zu dem Betrunkenen, der sich nicht gerührt hat. Statt dessen ist nun aus dem Nichts ein Hund aufgetaucht, der ihn beschnuppert.

»Erst in diesem Augenblick habe ich das Gefühl gehabt, daß irgend etwas passiert ist!« wird der Zöllner im Verlauf der Ermittlungen aussagen.

Das Hin und Her, das dieser Szene folgt, ist in strenger chronologischer Reihenfolge schon schwieriger zu schildern. Der Zöllner geht auf den daliegenden Mann zu, ein wenig beunruhigt durch die Anwesenheit des Hundes, eines kräftigen, gelben, bissigen Tieres. Eine Gaslaterne steht acht Meter weiter weg. Zunächst stellt der Beamte nichts Ungewöhnliches fest. Dann bemerkt er ein Loch im Mantel des Betrunkenen, und aus diesem Loch quillt eine dickliche Flüssigkeit.

Nun läuft er zum Hôtel de l'Amiral. Das Café ist so gut wie leer. Mit dem Ellbogen auf die Kasse gestützt, ein Serviermädchen. An einem Marmortisch rauchen zwei Männer ihre Zigarren zu Ende, nach hinten gelehnt, die Beine ausgestreckt.

»Schnell!... Ein Verbrechen... Ich weiß nicht...«

Der Zöllner dreht sich um. Der gelbe Hund ist unmittelbar nach ihm hereingekommen und hat sich zu Füßen des Serviermädchens niedergelegt.

Unschlüssigkeit, eine unbestimmte Angst liegt in der Luft.

»Ihr Freund, der gerade gegangen ist...«

Wenige Augenblicke später beugen sie sich zu dritt über den Körper, der sich nicht von der Stelle gerührt hat. Bis zum Rathaus, wo sich die Polizeiwache befindet, ist es nur ein Katzensprung. Der Zöllner will etwas tun. Er läuft erst zur Polizeiwache, außer Atem, danach läutet er bei einem Arzt Sturm.

Und weil ihm der Anblick immer noch vor Augen steht, wiederholt er:

»Er ist nach hinten getaumelt wie ein Betrunkener, und er hat so mindestens drei Schritte getan...«

Fünf Männer... sechs... sieben... Und Fenster, die sich da und dort auftun, Geraune...

Der Arzt, im Schlamm kniend, verkündet:

»Eine Kugel aus nächster Nähe direkt in den Bauch... Man muß sofort operieren... Jemand soll das Krankenhaus anrufen...«

Alle haben den Verletzten erkannt, Monsieur Mostaguen, der größte Weinhändler von Concarneau, ein gemütlicher Dicker, der nur Freunde hat.

Die beiden Polizisten in Uniform – einer hat sein Käppi nicht auftreiben können – wissen nicht, wo sie mit ihren Ermittlungen beginnen sollen.

Jemand sagt etwas, Monsieur Le Pommeret, dem man wegen seines Benehmens und seines Tonfalls auf den ersten Blick ansieht, daß er zu den Notabeln gehört.

»Wir haben gemeinsam Karten gespielt, im Café des Hotels, mit Servières und Doktor Michoux... Der Doktor ist als erster gegangen, vor einer halben Stunde... Mostaguen hat uns aus Angst vor seiner Frau um Punkt elf Uhr verlassen...«

Ein tragikomischer Zwischenfall. Alle hören Monsieur Le Pommeret zu. Man vergißt den Verletzten. Und da öffnet dieser die Augen, versucht aufzustehen, und mit Verwunderung in der Stimme, die so sanft und zart ist, daß das Serviermädchen in ein nervöses Lachen ausbricht, murmelt er:

»Was ist denn?«

Doch ein Krampf schüttelt ihn. Seine Lippen beben. Die Gesichtsmuskeln ziehen sich zusammen, während der Arzt seine Spritze für eine Injektion vorbereitet.

Der gelbe Hund läuft den Leuten zwischen den Beinen herum. Jemand wundert sich.

»Kennen Sie dieses Tier?«

»Noch nie gesehen...«

»Bestimmt ein Hund von einem Schiff...«

In der dramatischen Atmosphäre hat dieser Hund etwas Beunruhigendes. Vielleicht wegen seiner Farbe? Ein schmutziges Gelb. Es ist ein mageres Tier mit hohen Läufen, und sein dicker Kopf erinnert gleichermaßen an einen Hofhund und an eine Dogge.

Fünf Meter von der Gruppe entfernt vernehmen die Polizisten den Zöllner, der einziger Zeuge des Vorfalls ist.

Man schaut auf den Eingang mit den zwei Stufen. Es handelt sich um den Eingang eines großen Bürgerhauses, dessen Fensterläden geschlossen sind. Rechts von der Tür kündigt eine notarielle Bekanntmachung die öffentliche Versteigerung des Gebäudes für den 18. November an:

Preisansatz 80000 Franc

Ein Polizeisergeant müht sich eine Weile vergeblich damit ab, das Schloß zu sprengen, und schließlich gelingt es dem

Chef der benachbarten Autowerkstatt, es mit Hilfe eines Schraubenziehers aufzubekommen.

Der Krankenwagen trifft ein. Monsieur Mostaguen wird auf eine Tragbahre gehievt. Den Schaulustigen bleibt nichts weiter mehr übrig, als sich das leerstehende Haus anzusehen.

Seit einem Jahr wird es nicht mehr bewohnt. Im Flur herrscht ein penetranter Geruch nach Staub und Tabak. Der Strahl einer Taschenlampe fällt auf Zigarettenasche und Spuren von Schlamm auf den Bodenfliesen, was beweist, daß jemand ziemlich lange hinter der Tür auf der Lauer gelegen hat.

Ein Mann, bloß mit einem Mantel über seinem Schlafanzug, sagt zu seiner Frau:

»Komm! Es gibt nichts mehr zu sehen… Den Rest erfahren wir morgen aus der Zeitung… Monsieur Servières ist da…«

Servières ist ein kleiner, rundlicher Herr in einem graubeigen Überzieher, der sich mit Monsieur Le Pommeret im Hôtel de l'Amiral befand. Er ist Redakteur beim *Phare de Brest*, wo er unter anderem jeden Sonntag eine humoristische Glosse veröffentlicht. Er macht sich Notizen, gibt den beiden Polizisten Hinweise, wenn nicht gar Befehle.

Die Türen, die zum Flur hinaus liegen, sind abgesperrt. Jene am Ende des Flurs, die zu einem Garten führt, ist offen. Der Garten ist von einer Mauer umschlossen, die nicht einmal einen Meter fünfzig hoch ist. Ein Gäßchen auf der anderen Seite der Mauer mündet auf den Quai de l'Aiguillon.

»Der Mörder ist da hinüber!« verkündet Servières.

Am anderen Morgen rekonstruierte Maigret den Gang der Ereignisse, so gut es ging.

Seit einem Monat war er zur mobilen Brigade von Rennes beordert, wo bestimmte Abteilungen neu zu organisieren waren. Er hatte einen Telefonanruf des beunruhigten Bürgermeisters von Concarneau erhalten.

Und in Begleitung von Leroy, einem Inspektor, mit dem er noch nie zusammengearbeitet hatte, war er in diese Stadt gekommen.

Der Sturm hatte sich nicht gelegt. Manche Böen ließen dicke Wolken über der Stadt zerplatzen und in eisigem Regen niedergehen. Kein einziges Schiff lief aus, und es wurde von einem Dampfer erzählt, der draußen bei den Glénan-Inseln in Seenot war.

Maigret stieg natürlich im Hôtel de l'Amiral ab, dem besten der Stadt. Es war fünf Uhr nachmittags, und die Nacht war schon hereingebrochen, als er das Café betrat, einen langgestreckten, ziemlich düsteren Raum mit grauem Fußboden, der mit Sägemehl bestreut war, und mit Marmortischen, die durch die grünen Fensterscheiben noch trüber wirkten.

Mehrere Tische waren besetzt. Auf den ersten Blick jedoch erkannte man jenen der Stammkundschaft, seriöser Gäste, deren Gespräch die übrigen mitzuhören versuchten.

Nun erhob sich jemand an diesem Tisch, ein Mann mit pausbäckigem Gesicht, Kulleraugen und einem Lächeln auf den Lippen.

»Kommissar Maigret? Der Bürgermeister, ein guter

Freund von mir, hat mir Ihr Kommen angekündigt. Ich habe schon oft von Ihnen gehört... Erlauben Sie, daß ich mich vorstelle... Jean Servières... äh... Sie sind aus Paris, nicht wahr?... Ich auch! Ich war lange Zeit Direktor des Cabarets Vache-Rousse auf dem Montmartre. Ich war Mitarbeiter beim *Petit Parisien*, beim *Excelsior* und bei *La Dépêche*. Einen Ihrer Vorgesetzten habe ich gut gekannt, den guten Bertrand, der letztes Jahr in Pension gegangen ist, um sich im Departement Nièvre aufs Land zurückzuziehen. Auch ich habe es so gemacht! Ich habe mich sozusagen aus dem öffentlichen Leben zurückgezogen. Aus reinem Vergnügen arbeite ich beim *Phare de Brest* mit...«

Er tänzelte und gestikulierte.

»Kommen Sie doch, damit ich Ihnen unsere Runde vorstellen kann... Das letzte Fleckchen für lustige Burschen aus Concarneau... Das ist Le Pommeret, der unverbesserliche Schürzenjäger, Rentner von Beruf und Vizekonsul von Dänemark...«

Der Mann, der aufstand und die Hand ausstreckte, war gekleidet wie ein Landjunker: karierte Reithosen, eng anliegende Gamaschen ohne auch nur einen Schlammspritzer, Vorhemd mit Krawatte aus weißem Pikee. Er hatte einen hübschen silbrigen Schnurrbart, sorgfältig geglättetes Haar, eine helle Gesichtsfarbe und vom Kupferausschlag rot gezeichnete Wangen.

»Sehr erfreut, Kommissar...«

Und Jean Servières fuhr fort:

»Doktor Michoux... Sohn des ehemaligen Abgeordneten... Arzt ist er übrigens nur auf dem Papier, denn er hat noch nie praktiziert. Sie werden sehen, er wird Ihnen zu guter Letzt noch Land verkaufen. Ihm gehören die schönsten Grundstücksparzellen von Concarneau und vielleicht sogar der Bretagne...«

Eine kalte Hand. Ein Gesicht, schmal wie ein Messer, mit schiefer Nase. Rotes, schon spärliches Haar, obwohl der Doktor noch nicht fünfunddreißig war.

»Was trinken Sie?«

Währenddessen hatte sich Inspektor Leroy zum Rathaus und zur Gendarmerie begeben, um Erkundigungen einzuziehen.

Die Atmosphäre des Cafés hatte etwas Graues, Trübes, ohne daß es möglich gewesen wäre, genau zu bestimmen, was. Durch eine offene Tür war der Speisesaal zu sehen, wo Serviererinnen in bretonischer Tracht die Tische für das Abendessen deckten.

Maigrets Blick fiel auf einen gelben Hund, der am Fuß der Kasse lag. Er blickte auf und sah einen schwarzen Rock, eine weiße Schürze, ein Gesicht ohne jeden Liebreiz, das dennoch so anziehend war, daß er es während des Gesprächs, das nun folgte, fortwährend betrachtete.

Und jedesmal, wenn er den Kopf abwandte, starrte ihn das Serviermädchen mit fieberndem Blick an.

»Wenn der arme Mostaguen, der, abgesehen davon, daß er eine Heidenangst vor seiner Frau hat, der beste Kerl auf der Welt ist, nicht um ein Haar hätte dran glauben müssen, so würde ich schwören, daß es sich um einen üblen Scherz handelt...«

Es war Servières, der sprach. Le Pommeret rief:

»Emma!«

Das Serviermädchen trat näher.

»Nun? Was nehmen Sie?«

Auf dem Tisch standen leere Biergläser.

»Es ist Zeit für einen Aperitif!« bemerkte der Journalist. »Anders gesagt, Zeit für einen Pernod... Pernod, Emma... Einverstanden, Kommissar?«

Mit versunkener Miene betrachtete Doktor Michoux seinen Manschettenknopf.

»Wer hätte voraussehen können, daß Mostaguen auf der Schwelle haltmachen würde, um sich eine Zigarre anzuzünden?« fuhr Servières mit sonorer Stimme fort. »Niemand, oder? Und Le Pommeret und ich wohnen auf der anderen Seite der Stadt! An dem Haus kommen wir überhaupt nicht vorbei! Zu dieser Zeit gehen nur noch wir drei durch die Straßen... Mostaguen hat keine Feinde... Er ist eine gute Haut... Ein Bursche, dessen ganzer Ehrgeiz darauf gerichtet ist, eines Tages den Orden der Ehrenlegion zu bekommen...«

»Ist die Operation geglückt?«

»Er wird davonkommen. Das Kurioseste ist, daß seine Frau ihm im Krankenhaus eine Szene gemacht hat, da sie nämlich überzeugt ist, daß es sich um eine Liebesaffäre handelt! Können Sie sich das vorstellen? Der Ärmste hätte es nicht einmal gewagt, seine Sekretärin anzufassen, aus Furcht vor Komplikationen!«

»Einen Doppelten!« sagte Le Pommeret zu dem Serviermädchen, das den dem Absinth nachgeahmten Pernod einschenkte. »Bring uns Eis, Emma.«

Gäste gingen hinaus, denn es war Zeit zum Abendessen.

Ein Windstoß fuhr durch die offene Tür herein und hob die Tischtuchenden im Speisesaal.

»Sie müssen den Bericht lesen, den ich darüber geschrieben und in dem ich meiner Meinung nach alle Hypothesen geprüft habe. Eine einzige ist plausibel: Nämlich, daß wir es mit einem Wahnsinnigen zu tun haben… Allerdings wüßten wir, die wir die ganze Stadt kennen, nicht, wer den Verstand verloren haben könnte… Wir sind jeden Abend hier. Hin und wieder spielt der Bürgermeister eine Partie mit uns. Oder auch Mostaguen. Oder wir holen auch mal den Uhrmacher, der ein paar Häuser weiter wohnt, zum Bridge ab.«

»Und der Hund?«

Der Journalist zuckte mit den Schultern.

»Kein Mensch weiß, wo der herkommt. Eine Weile haben wir geglaubt, daß er einem Küstenfahrer gehört, der gestern eingelaufen ist. Die *Sainte-Marie*. Anscheinend doch nicht. Zwar ist ein Hund an Bord, aber es handelt sich um einen Neufundländer, und ich wette, daß kein Mensch sagen könnte, zu welcher Rasse dieses entsetzliche Vieh gehört…«

Während er redete, griff er nach einer Karaffe mit Wasser und goß Maigret ein.

»Ist das Serviermädchen schon lange hier?« fragte der Kommissar halblaut.

»Seit Jahren…«

»Ist sie gestern abend hinausgegangen?«

»Sie hat sich nicht vom Fleck gerührt… Sie wartete darauf, daß wir aufbrechen würden, um schlafen zu gehen. Le Pommeret und ich frischten alte Erinnerungen auf, Erinnerungen aus der guten alten Zeit, als wir noch so gut aussahen, daß wir uns den Frauen ohne Geld anbieten konnten… Stimmt's, Le Pommeret?… Er sagt nichts! Wenn Sie ihn einmal besser kennen, werden Sie merken, daß er, sobald es um Frauen geht, Manns genug ist, die Nacht durchzumachen… Wissen Sie, wie wir das Haus vor der Fischhalle nennen, wo er wohnt?… Das ›Haus der Schandtaten‹… äh…«

Le Pommeret wurde verlegen… »Auf Ihr Wohl, Kommissar«, sagte er schnell.

Im selben Augenblick fiel Maigret auf, daß Doktor Michoux, der kaum den Mund aufgetan hatte, sich nach vorn beugte, um sein Glas gegen das Licht zu betrachten. Seine Stirn lag in Falten. In seinem Gesicht, das von Natur aus blaß war, lag ein auffallender Ausdruck von Beunruhigung.

»Einen Augenblick!« warf er auf einmal ein, nachdem er lange gezögert hatte.

Er hielt sich das Glas unter die Nase, tauchte einen Finger hinein, den er mit der Zungenspitze leicht berührte. Servières brach in schallendes Gelächter aus.

»Du meine Güte! Läßt der sich von der Geschichte von Mostaguen doch tatsächlich verrückt machen…«

»Was ist?« fragte Maigret.

»Ich glaube, wir trinken besser nicht… Emma! Geh mal zum Apotheker nebenan und sag ihm, er soll herkommen… Auch wenn er schon bei Tisch ist…«

Es war wie eine kalte Dusche. Der Schankraum wirkte leer, noch düsterer als zuvor. Le Pommeret zupfte nervös an seinem Schnurrbart, selbst der Journalist wurde auf seinem Stuhl unruhig.

»Was meinst du?« Der Arzt machte ein finsteres Gesicht. Er starrte noch immer sein Glas an. Er stand auf und nahm die Flasche Pernod aus dem Wandschrank, betrachtete sie im Licht von allen Seiten, und Maigret sah zwei oder drei kleine weiße Kristalle, die auf der Flüssigkeit schwammen.

Das Serviermädchen kam wieder, gefolgt vom Apotheker, der noch kaute.

»Hören Sie mal, Kerdivon... Sie müssen uns unverzüglich den Inhalt dieser Flasche und der Gläser analysieren...«

»Heute?«

»Jetzt gleich!«

»Welche Probe soll ich machen? Was meinen Sie?«

Noch nie zuvor hatte Maigret den bleichen Schatten der Angst so rasch anwachsen sehen. Einige Augenblicke hatten genügt. Alle Wärme war aus den Blicken verschwunden, und das Kupferrot auf den Wangen von Le Pommeret schien etwas Künstliches zu haben.

Das Serviermädchen hatte sich mit den Ellbogen auf die Kasse aufgestützt und feuchtete die Mine eines Bleistifts an, um Zahlen in ein Heft, das in schwarzes Wachstuch eingeschlagen war, einzutragen.

»Du spinnst ja!« versuchte Servières einzuwerfen.

Es klang unecht. Der Apotheker hielt die Flasche in der einen Hand, ein Glas in der andern.

»Strychnin...«, flüsterte der Arzt. Und er schob den andern nach draußen, kam wieder herein, den Kopf gesenkt, gelb im Gesicht.

»Wie sind Sie darauf gekommen?« begann Maigret.

»Keine Ahnung... Ein Zufall... Ich habe ein weißes Pulverkörnchen in meinem Glas bemerkt... Der Geruch kam mir so eigenartig vor.«

»Kollektive Autosuggestion!« behauptete der Journalist. »Wenn ich das morgen in meinem Blatt erwähne, dann ist das der Bankrott von allen Bistros im Departement Finistère.«

»Trinken Sie immer Pernod?«

»Jeden Abend vor dem Essen... Emma ist so sehr daran gewöhnt, daß sie sofort welchen bringt, wenn sie feststellt, daß unsere Halben leer sind. Wir haben unsere lieben Gewohnheiten. Abends ist es dann Calvados.«

Maigret stellte sich vor den Schrank mit den Likören und erblickte eine Flasche Calvados.

»Nicht den da! Die dickbauchige Karaffe...«

Er nahm sie, betrachtete sie im Licht von allen Seiten und sah ein paar weiße Pulverkörnchen. Er sagte jedoch nichts. Es war nicht nötig. Die anderen hatten begriffen.

Inspektor Leroy trat ein, verkündete mit teilnahmsloser Stimme:

»Der Gendarmerie ist nichts Verdächtiges aufgefallen. Keine Herumtreiber in der Gegend... Man versteht nicht...«

Er wunderte sich über die Stille, die herrschte, über die greifbare, beklemmende Atmosphäre der Angst. Tabakqualm schwebte um die Glühlampen. Das grünliche Tuch des Billardtischs präsentierte sich wie ein kahler Rasen. Zigarettenstummel lagen auf dem Boden herum, auch Spucke hie und da im Sägemehl.

»... sieben, behalte eins ...«, sagte Emma, wobei sie die Spitze ihres Bleistifts anfeuchtete.

Und aufblickend rief sie ins Hinterzimmer:

»Ich komme, Madame!«

Maigret stopfte seine Pfeife. Doktor Michoux starrte unentwegt auf den Boden, und seine Nase wirkte so schief wie nie zuvor. Die Schuhe von Le Pommeret glänzten, so als wären sie nie zum Gehen benutzt worden. Jean Servières zuckte hin und wieder mit den Achseln und sprach mit sich selbst.

Alle Blicke richteten sich auf den Apotheker, als dieser mit der Flasche und einem leeren Glas wiederkam.

Er war gelaufen. Er war völlig außer Atem. In der Tür trat er mit dem Fuß ins Leere, um irgend etwas zu verscheuchen, und brummelte:

»Mistköter!«

Und, kaum im Café:

»Das ist doch wohl ein Jux, oder? Hat jemand davon getrunken?«

»Was ist?«

»Strychnin, ja! Man muß es vor höchstens einer halben Stunde in die Flasche getan haben.«

Mit Grausen betrachtete er die noch vollen Gläser, die fünf schweigenden Männer.

»Was soll das heißen? Das ist unerhört! Ich habe ein Recht darauf, es zu erfahren! Letzte Nacht wird neben meiner Haustür ein Mann umgebracht ... Und heute ...«

Maigret nahm ihm die Flasche aus der Hand. Emma kam wieder, teilnahmslos, und zeigte über der Kasse ihr längliches Gesicht mit den Ringen unter den Augen, den schmalen Lippen, ihr schlecht gekämmtes Haar, auf dem das bretonische Häubchen fortwährend nach links rutschte, obwohl sie es ständig zurechtschob.

Le Pommeret ging mit großen Schritten auf und ab, wobei er seine glänzenden Schuhe betrachtete. Jean Servières starrte regungslos die Gläser an, und seine Stimme erstickte in einem entsetzten Schluchzer, als es auf einmal aus ihm herausplatzte:

»Um Gottes willen!«

Der Arzt zog die Schultern ein.

2

Der Doktor in Hausschuhen

Inspektor Leroy, der fünfundzwanzig Jahre alt war, glich eher einem sogenannten wohlerzogenen jungen Mann als einem Polizeiinspektor. Er kam frisch von der Schule. Dies war sein erster Fall, und seit einer Weile beobachtete er Maigret mit betrübter Miene und versuchte, unauffällig dessen Aufmerksamkeit zu erregen.

Schließlich flüsterte er errötend: »Entschuldigen Sie, Kommissar … Aber … die Fingerabdrücke …«

Er mußte wohl glauben, daß sein Chef einer von der alten Schule sei und nichts vom Wert wissenschaftlicher Untersuchungsmethoden wisse, denn Maigret tat einen Zug aus seiner Pfeife und meinte:

»Wenn Sie wollen …«

Schon war Inspektor Leroy verschwunden und trug die Flasche und die Gläser behutsam auf sein Zimmer, wo er dann den Abend damit verbrachte, eine mustergültige Verpackung anzufertigen, deren Schema er in der Tasche hatte und die dazu erdacht worden war, Gegenstände zu versenden, ohne die Fingerabdrücke zu verwischen.

Maigret hatte in einer Ecke des Cafés Platz genommen. Der Wirt in weißem Kittel und mit einer Kochsmütze auf dem Kopf betrachtete sein Haus mit einem Blick, als sei es von einem Wirbelsturm verwüstet worden.

Der Apotheker hatte geredet. Draußen hörte man die Leute flüstern. Jean Servières setzte als erster den Hut auf.

»Das hier ist nicht alles! Ich bin verheiratet, und Madame Servières wartet auf mich! Bis später, Kommissar...«

Le Pommeret hielt in seinem Hinundhergehen inne.

»Warte auf mich! Ich gehe auch zum Abendessen... Bleibst du, Michoux?«

Der Arzt antwortete bloß mit einem Achselzucken. Der Apotheker wollte sich unbedingt in den Vordergrund spielen. Maigret hörte, wie er zum Wirt sagte:

»... und daß es wohlgemerkt notwendig ist, den Inhalt aller Flaschen zu analysieren! Da schließlich jemand von der Polizei hier ist, braucht er mir nur den entsprechenden Auftrag zu erteilen...«

Mehr als sechzig Flaschen mit verschiedenen Aperitifs und Likören standen im Wandschrank.

»Was halten Sie davon, Kommissar?«

»Das ist eine Idee... Ja, das ist vielleicht gar nicht so dumm...«

Der Apotheker war klein, hager und nervös. Er bewegte sich dreimal soviel hin und her, wie notwendig gewesen wäre. Man mußte einen Flaschenkorb für ihn holen. Dann rief er ein Café in der Altstadt an, damit man seinem Gehilfen ausrichte, daß er ihn brauche.

Mit bloßem Kopf legte er geschäftig fünf- oder sechsmal den Weg vom Hôtel de l'Amiral zu seinem Labor zurück, wobei er jedoch die Zeit fand, den Neugierigen, die auf dem Bürgersteig versammelt waren, ein paar Worte zu sagen.

»Was soll ich bloß machen, wenn man mir alle Getränke fortschleppt?« seufzte der Wirt. »Und kein Mensch kommt auf den Gedanken, etwas zu essen! Nehmen Sie kein Abendessen, Kommissar?... Und Sie, Doktor?... Gehen Sie nach Hause?«

»Nein... Meine Mutter ist in Paris... Das Dienstmädchen hat Urlaub...«

»Sie übernachten also hier?«

Es regnete. Die Straßen waren voll von schwarzem Morast. Der Wind rüttelte an den Fensterläden im ersten Stock. Maigret hatte im Speisesaal zu Abend gegessen, nicht weit von jenem Tisch, an welchem der Arzt mit finsterer Miene Platz genommen hatte.

Durch die kleinen, grünen Fensterscheiben hindurch erahnte man draußen die Köpfe der Neugierigen, die hin und wieder ihr Gesicht an die Scheiben drückten. Das Serviermädchen war für eine halbe Stunde fort gewesen, um selber zu Abend zu essen. Danach hatte sie ihren gewohnten Platz rechts von der Kasse wieder eingenommen, einen Ellbogen darauf gestützt, eine Serviette in der Hand.

»Bringen Sie mir eine Flasche Bier«, sagte Maigret.

Er spürte ganz deutlich, daß der Arzt ihn beim Trinken beobachtete und danach so, als warte er auf die Symptome einer Vergiftung.

Jean Servières kam nicht zurück, obwohl er es angekündigt hatte. Auch Le Pommeret nicht. Somit blieb das Café leer, denn keiner wollte so recht hereinkommen, geschweige denn etwas trinken. Draußen wurde behauptet, daß alle Flaschen vergiftet gewesen seien.

»Es hätte gereicht, um die ganze Stadt damit umzubringen!«

Von seiner Villa in Sables Blancs rief der Bürgermeister an, um zu erfahren, was denn los sei. Danach herrschte düstere Stille. Doktor Michoux in der Ecke blätterte Zeitungen durch, ohne sie zu lesen. Das Serviermädchen rührte sich nicht vom Fleck. Maigret rauchte, gelassen, und hin und wieder kam der Wirt und vergewisserte sich mit einem Blick, daß sich kein weiteres Unglück ereignet hatte.

Man hörte die Turmuhr der Altstadt die vollen und die halben Stunden schlagen. Das Getrappel und Getuschel auf dem Bürgersteig nahm ein Ende, und bald war nur noch das monotone Klagen des Windes, das Trommeln des Regens auf die Scheiben zu hören.

»Übernachten Sie hier?« fragte Maigret den Arzt.

Es war so still, daß lautes Sprechen schon als Belästigung empfunden wurde.

»Ja... Das kommt ab und zu vor. Ich wohne mit meiner Mutter zusammen, drei Kilometer vor der Stadt... Eine riesige Villa... Meine Mutter ist für ein paar Tage nach Paris gefahren, und das Dienstmädchen hat mich um Urlaub gebeten, um zur Hochzeit ihres Bruders gehen zu können.«

Er stand auf, zögerte, sagte ziemlich unvermittelt:

»Gute Nacht.«

Und er verschwand im Treppenhaus. Man hörte, wie er im ersten Stock, unmittelbar über Maigrets Kopf, seine Schuhe auszog. Im Café blieben nur noch das Serviermädchen und der Kommissar.

»Komm her!« sagte er und wandte sich auf seinem Stuhl zu ihr um.

Und da sie in steifer Haltung stehen blieb, fügte er hinzu:

»Setz dich. Wie alt bist du?«

»Vierundzwanzig...«

Sie war von übertriebener Unterwürfigkeit. Die dunklen Ringe unter ihren Augen, ihre Art und Weise, ohne irgendwo anzustoßen, lautlos vorüberzuhuschen, beim geringsten Wort ängstlich zu zittern, paßten recht gut zu der Vorstellung von einer Spülmagd, die harte Worte gewohnt ist. Und doch spürte man, daß sich dahinter so etwas wie ein Anflug von Stolz verbarg, den sie bemüht war, nicht nach außen dringen zu lassen.

Sie litt an Blutarmut. Ihre flache Brust war nicht dazu geschaffen, Sinnlichkeit zu erwecken. Dennoch übte sie durch das, was an Unruhe, Entmutigung und Kränklichkeit in ihr war, Anziehungskraft aus.

»Was hast du gemacht, bevor du hier angefangen hast zu arbeiten?«

»Ich bin Waise. Mein Vater und mein Bruder sind im Meer ertrunken, auf dem Zweimaster ›Trois-Mages‹... Meine Mutter ist schon lange tot... Ich war zuerst Verkäuferin in der Schreibwarenhandlung an der Place de la Poste...«

Wonach suchte ihr unruhiger Blick?

»Hast du einen Liebhaber?«

Ohne ein Wort zu sagen, wandte sie den Kopf ab, und Maigret, die Augen auf ihr Gesicht geheftet, rauchte langsamer und trank einen Schluck Bier.

»Es gibt doch bestimmt Gäste, die dir den Hof machen! Die, die vorhin hier waren, sind Stammgäste... Sie kommen jeden Abend... Sie mögen hübsche Mädchen... Also! Wer von ihnen?«

Sie wurde noch bleicher, verzog überdrüssig den Mund und brachte hervor:

»Vor allem der Arzt...«

»Bist du seine Geliebte?«

Mit einer Anwandlung von Vertrauen sah sie ihn an.

»Er hat noch andere... Hin und wieder bin ich an der Reihe, wenn er Lust darauf hat... Er übernachtet hier... Und dann fordert er mich auf, zu ihm auf sein Zimmer zu kommen...«

Selten hatte Maigret ein derart plattes Geständnis gehört.

»Gibt er dir etwas dafür?«

»Ja... Nicht immer. Zwei- oder dreimal, als ich Ausgang hatte, hat er mich zu sich nach Hause kommen lassen. Erst vorgestern wieder... Er nutzt die Gelegenheit, daß seine Mutter verreist ist. Aber er hat noch andere Mädchen.«

»Und Monsieur Le Pommeret?«

»Genau das gleiche. Nur, daß ich erst einmal zu ihm gegangen bin, und das ist schon lange her. Eine Arbeiterin aus der Sardinenfabrik war dort und... und ich wollte nicht! Jede Woche haben sie andere...«

»Auch Monsieur Servières?«

»Das ist etwas anderes. Er ist verheiratet. Er amüsiert sich anscheinend in Brest. Hier schäkert er bloß und kneift mich im Vorbeigehen...«

Es regnete noch immer. In der Ferne heulte das Nebelhorn eines Schiffes, das wohl die Einfahrt in den Hafen suchte.

»Und das geht das ganze Jahr über so?«

»Nicht das ganze Jahr. Im Winter sind sie alleine. Hin und wieder trinken sie eine Flasche mit einem Vertreter. Aber im Sommer herrscht Hochbetrieb. Das Hotel ist voll. Abends trinken sie zu zehnt oder zu fünfzehnt Champagner oder halten in den Villen ihre Gelage ab ... Mit Autos, schönen Frauen ... Unsereins hat die Arbeit. Im Sommer bediene nicht ich, sondern richtige Kellner. Ich bin dann unten, beim Geschirrspülen ...«

Wonach suchte sie bloß ringsum? Sie saß schief auf dem Rand ihres Stuhles und schien drauf und dran, mit einem Ruck aufzustehen.

Ein schrille Klingel schellte. Sie sah Maigret an, dann die Klingeltafel hinter der Kasse.

»Sie erlauben?«

Sie ging hinauf. Der Kommissar hörte Schritte, ein verworrenes Gemurmel im Zimmer des Arztes.

Der Apotheker kam herein, ein wenig angetrunken.

»Es ist geschafft, Kommissar! Achtundvierzig Flaschen analysiert! Und zwar richtig, das können Sie mir glauben! Nirgendwo sonst eine Spur von Gift als im Pernod und im Calvados. Der Wirt braucht bloß seine Sachen wieder abholen zu lassen ... Sagen Sie mal, unter uns, was meinen Sie? Anarchisten, oder nicht?«

Emma kam wieder, ging auf die Straße hinaus, um die Fensterläden zu schließen, und wartete darauf, die Tür absperren zu können.

»Na?« fragte Maigret, als sie erneut alleine waren.

Sie wandte den Kopf ab, ohne eine Antwort zu geben, mit unerwarteter Scham, und dem Kommissar kam es so vor, als würde sie in Tränen ausbrechen, wenn er sie nur ein wenig anstoßen würde.

»Gute Nacht, mein Kleines!« sagte er zu ihr.

Als der Kommissar nach unten ging, hielt er sich für den ersten, der aufgestanden war, so sehr war der Himmel von Wolken verdunkelt. Vom Fenster aus hatte er den menschenleeren Hafen gesehen, wo ein einsamer Kran einen Sandfrachter entlud. Auf den Straßen huschten ein paar Leute mit Regenschirmen und Regenmänteln dicht an den Häuserwänden entlang.

In der Mitte der Treppe begegnete er einem Vertreter, der gerade eintraf und dessen Koffer von einem Dienstmann getragen wurde.

Emma kehrte den Saal im Erdgeschoß. Auf einem Marmortisch stand eine Tasse mit einem Rest Kaffee.

»Wo ist mein Inspektor?« fragte Maigret.

»Er hat mich schon vor einiger Zeit nach dem Weg zum Bahnhof gefragt, um ein dickes Paket hinzubringen.«

»Und der Doktor?«

»Ich habe ihm sein Frühstück hinaufgebracht... Er ist krank... Er will nicht herauskommen.«

Und wieder kehrte der Besen den mit Sägemehl vermischten Staub auf.

»Was möchten Sie?«

»Schwarzen Kaffee.«

Sie mußte ganz dicht an ihm vorbeigehen, um in die Küche zu gelangen. In diesem Augenblick packte er sie mit seinen großen Händen an den Schultern, blickte ihr in die Augen, barsch und herzlich zugleich.

»Raus mit der Sprache, Emma!«

Sie versuchte mit einer schüchternen Bewegung freizukommen, hielt still, bebend, und machte sich so klein wie möglich.

»Unter uns gesagt, was weißt du?... Sei still... Du lügst ja doch! Du bist ein armes, kleines Ding, und ich habe keine Lust, dich in Schwierigkeiten zu bringen. Sieh mich an! Die Flasche... Stimmt's? Rede schon, jetzt...«

»Ich schwöre Ihnen...«

»Du brauchst nicht zu schwören.«

»Ich war es nicht.«

»Das weiß ich auch, zum Donnerwetter, daß du es nicht warst! Aber wer war es?«

Mit einem Mal schwollen ihre Lider an. Tränen quollen hervor. Ihre Unterlippe bebte krampfhaft, und so bot das Serviermädchen einen derart ergreifenden Anblick, daß Maigret sie losließ.

»Der Doktor... letzte Nacht?«

»Nein! Nicht das, woran Sie denken...«

»Was wollte er?«

»Er hat mich dasselbe gefragt wie Sie... Er hat mir gedroht... Er wollte, daß ich ihm sage, wer die Flasche angerührt hat... Er hat mich beinahe geschlagen... Und ich habe doch keine Ahnung... Bei allem, was mir heilig ist, ich schwöre, daß...«

»Bring mir meinen Kaffee.«

Es war acht Uhr morgens. Maigret ging Tabak kaufen, machte einen Rundgang durch die Stadt. Als er gegen zehn wiederkam, saß der Arzt im Café, in Hausschuhen, einen Foulard anstelle des falschen Kragens um den Hals. Seine Züge waren abgespannt, sein rotes Haar schlecht gekämmt.

»Sie sehen nicht aus, als ob Sie sich wohl fühlten...«

»Ich bin krank... Ich hätte es kommen sehen müssen... Es sind die Nieren... Sobald mir das Geringste zustößt, eine Unannehmlichkeit, eine Aufregung, dann wirkt sich das so aus. Ich habe die Nacht kein Auge zugetan.«

Er blickte unverwandt zur Tür.

»Gehen Sie nicht nach Hause?«

»Es ist niemand dort. Hier werde ich besser gepflegt.«

Er hatte alle Morgenzeitungen holen lassen; sie lagen auf dem Tisch.

»Haben Sie meine Freunde gesehen?... Servières?... Le Pommeret?... Es ist seltsam, daß sie nicht gekommen sind, um Neues zu erfahren...«

»Ach was, sicher schlafen sie noch«, seufzte Maigret. »Übrigens, diesen fürchterlichen gelben Hund habe ich nicht gesehen... Emma! Haben Sie vielleicht den Hund wiedergesehen?... Nein? Da kommt Leroy, vielleicht ist er ihm auf der Straße begegnet. Was gibt's Neues, Leroy?«

»Die Flakons und die Gläser sind auf dem Weg zum Labor. Ich habe bei der Gendarmerie und beim Rathaus vorbeigeschaut. Sie haben von diesem Hund gesprochen, ja? Ein Bauer hat ihn anscheinend heute morgen im Garten von Monsieur Michoux gesehen...«

»In meinem Garten?«

Der Arzt war aufgestanden. Seine weißen Hände bebten.

»Was machte er in meinem Garten?«

»Nach dem, was mir erzählt wurde, lag er am Eingang des Hauses, und als der Bauer näher gekommen ist, hat er so sehr geknurrt, daß der Mann lieber das Weite gesucht hat…«

Maigret beobachtete die Gesichter aus dem Augenwinkel.

»Was meinen Sie, Doktor, sollen wir nicht gemeinsam zu Ihnen nach Hause gehen?«

Ein gezwungenes Lächeln:

»Bei diesem Regen? In meinem Zustand? Da würde ich mir mindestens acht Tage Bettruhe einhandeln… Was hat dieser Hund schon zu bedeuten! Sicher ein ganz gewöhnlicher streunender Köter…«

Maigret setzte seinen Hut auf und zog seinen Mantel über.

»Wohin gehen Sie?«

»Ich weiß nicht… Frische Luft schnappen… Kommen Sie mit, Leroy?«

Als sie draußen waren, konnten sie noch den länglichen Kopf des Arztes erkennen, den die Scheiben verzerrten, noch länger machten und grünlich einfärbten.

»Wohin gehen wir?« fragte der Inspektor.

Maigret zuckte mit den Achseln, schlenderte eine Viertelstunde ziellos um das Hafenbecken herum, wie jemand, der sich für Schiffe interessiert. In der Nähe der Mole angelangt, schlug er einen Weg ein, den ein Schild als die Straße nach Sables Blancs auswies.

»Wenn man die Zigarettenasche analysiert hätte, die auf dem Flur des leerstehenden Hauses gefunden wurde…«, begann Leroy nach einem Räuspern.

»Was halten Sie von Emma?« unterbrach ihn Maigret.

»Ich... Ich glaube... Nach meiner Meinung besteht die Schwierigkeit, besonders in dieser Gegend, wo alle sich kennen, darin, sich soviel Strychnin zu beschaffen...«

»Das will ich gar nicht von Ihnen wissen... Wären Sie zum Beispiel gerne ihr Liebhaber?«

Dem armen Inspektor fiel nichts ein, was er hätte antworten können. Und Maigret hieß ihn haltmachen und seinen Mantel öffnen, um sich, vor dem Wind geschützt, eine Pfeife anstecken zu können.

Der Strand von Sables Blancs, gesäumt von einigen Villen, darunter ein prächtiger Wohnsitz, der die Bezeichnung Schloß verdiente und dem Bürgermeister gehörte, erstreckte sich zwischen zwei felsigen Landzungen, drei Kilometer von Concarneau entfernt.

Maigret und sein Begleiter wateten durch den mit Tang bedeckten Schlick und sahen kaum zu den leeren Häusern hin, deren Fensterläden geschlossen waren. Jenseits des Strandes stieg das Gelände an. Von Fichten gekrönte Felsen fielen steil zum Meer ab.

Ein großes Schild: »Baugrundstück Sables Blancs«. Ein Plan in verschiedenen Farben mit den Parzellen, die schon verkauft, und jenen, die noch zu vergeben waren. Eine Holzbude: »Verkauf der Grundstücke«.

Schließlich der Hinweis: »Falls nicht besetzt, bitte an den Verwalter, Monsieur Ernest Michoux, wenden.«

Im Sommer, wenn alles frisch gestrichen war, mußte das etwas Heiteres haben. Im Regen und im Schlamm, im Tosen der Brandung hatte es eher etwas Unheilvolles.

In der Mitte eine große, neue Villa, aus grauem Stein, mit Terrasse, Teich und Beeten, die noch nicht in Blüte standen.

In einiger Entfernung die Rohbauten weiterer Villen: ein paar Mauern, die aus dem Boden ragten und schon die Räume andeuteten...

An der Holzbude fehlten ein paar Scheiben. Sandhaufen warteten darauf, auf die neue Straße verteilt zu werden, die von einer Preßwalze zur Hälfte versperrt wurde. Oben auf der Klippe ein Hotel, oder vielmehr ein künftiges Hotel, ein Rohbau, mit Mauern von grellem Weiß und Fenstern, die mit Brettern und Pappe abgedeckt waren.

Maigret ging in aller Ruhe voran, stieß die Schranke zur Seite, die Zugang zur Villa von Doktor Michoux gewährte. Als er beim Eingang stand und nach dem Türknauf griff, murmelte Inspektor Leroy:

»Wir haben keinen Durchsuchungsbefehl! Meinen Sie nicht, daß ...?«

Wieder einmal zuckte sein Chef mit den Achseln. Auf den Wegen waren die tiefen Spuren zu sehen, die die Pfoten des gelben Hundes hinterlassen hatten. Es gab noch weitere Spuren: von riesigen Füßen in Nagelschuhen. Mindestens Größe sechsundvierzig!

Der Türknauf drehte sich. Wie durch Zauberei öffnete sich die Tür, und auf dem Teppich waren die gleichen Schlammspuren festzustellen: die des Hundes und der besagten Schuhe.

Die kompliziert gebaute Villa war protzig eingerichtet. Überall Nischen, Divane, niedrige Bücherschränke, bretonische Schrankbetten, die zu Vitrinen umgebaut waren, kleine türkische oder chinesische Tische. Viele Teppiche und Behänge!

Aus allem sprach sichtlich der Wille zur Gestaltung eines rustikal-modernen Ganzen.

Einige bretonische Landschaften. Signierte Akte mit Widmung: *Dem lieben Freund Michoux*, ja sogar: *Dem Freund der Künstler.*

Mißmutig besah sich der Kommissar den Klimbim, während diese falsche Vornehmheit auf Inspektor Leroy nicht ohne Eindruck blieb.

Und Maigret öffnete die Türen, warf einen Blick in die Zimmer. Manche waren nicht möbliert. Der Gips auf den Wänden war kaum trocken.

Zu guter Letzt stieß er eine Tür mit dem Fuß auf, und ein zufriedenes Murmeln kam über seine Lippen, als er die Küche sah. Auf dem weißen Holztisch standen zwei leere Flaschen Bordeaux.

Etwa zehn Konservendosen waren ungeschickt geöffnet worden, mit irgendeinem Messer. Der Tisch war schmutzig, fettig. Man hatte direkt aus den Dosen gegessen – Heringe in Weißwein, kaltes Ragout, Steinpilze und Aprikosen.

Der Boden war bekleckert. Fleischreste lagen herum. Eine Flasche Weinbrand war zerbrochen, und der Geruch von Alkohol vermischte sich mit dem der Lebensmittel.

Maigret sah seinen Begleiter mit einem verschmitzten Lächeln an:

»Glauben Sie, Leroy, daß der Doktor diese Schweinerei angerichtet hat?«

Und da der andere in seiner Verblüffung keine Antwort gab:

»Seine Mama auch nicht, so hoffe ich! Und schon gar nicht das Dienstmädchen! Sehen Sie mal! Sie haben doch eine Vorliebe für Abdrücke ... Das da sind aber wohl eher Schlammkrusten in Form einer Schuhsohle ... Größe fünfundvierzig oder sechsundvierzig ... Und die Spuren vom Hund!«

Er stopfte sich eine weitere Pfeife, nahm Schwefelhölzer von einem Regal.

»Halten Sie alles fest, was es hier drin festzuhalten gibt! An Arbeit fehlt es nicht ... Bis gleich!«

Er ging fort, beide Hände in den Taschen, den Mantelkragen hochgeschlagen, den Strand von Sables Blancs entlang.

Als er das Hôtel de l'Amiral betrat, bemerkte er zuerst Doktor Michoux in seiner Ecke, noch immer in Hausschuhen, unrasiert, seinen Foulard um den Hals.

Le Pommeret, ebenso korrekt wie am Abend zuvor, saß neben ihm, und die beiden Männer ließen den Kommissar näher kommen, ohne ein Wort zu sagen.

Schließlich brachte der Doktor mit tonloser Stimme hervor:

»Wissen Sie, was ich gerade erfahre?... Servières ist verschwunden ... Seine Frau ist halb am Durchdrehen ... Seit er uns gestern abend verlassen hat, ist er nicht wieder gesehen worden ...«

Maigret fuhr zusammen, nicht wegen dem, was er da erfuhr, sondern weil er gerade den gelben Hund zu Emmas Füßen erblickte.

3

Angst in Concarneau

Le Pommeret hatte das Bedürfnis, dies zu bestätigen, weil er sich gerne reden hörte.

»Gerade vorhin hat sie mich zu Hause aufgesucht und mich angefleht, Nachforschungen anzustellen. Servières, der mit richtigem Namen Goyard heißt, ist ein alter Kamerad…«

Maigrets Blick wanderte vom gelben Hund zur Tür, die sich öffnete, zu dem Zeitungsverkäufer, der wie ein Windstoß hereinkam, und fiel schließlich auf eine Schlagzeile in Fettdruck, die von weitem zu lesen war:

Angst in Concarneau

Im Untertitel hieß es dann:

Jeden Tag ein Verbrechen
Unser Mitarbeiter Jean Servières
verschwunden
Blutspuren in seinem Wagen
Wer ist der nächste?

Maigret hielt den Zeitungsjungen am Ärmel fest.

»Hast du schon viele verkauft?«

»Zehnmal so viele wie sonst. Wir kommen zu dritt vom Bahnhof her.«

Wieder losgelassen, setzte der Junge seinen Weg am Quai entlang fort und rief:

»*Le Phare de Brest*... Sondernummer...«

Der Kommissar hatte noch nicht einmal Zeit gehabt, den Artikel zu beginnen, als Emma verkündete:

»Sie werden am Telefon verlangt.«

Eine wütende Stimme, die des Bürgermeisters:

»Hallo, waren Sie es, Kommissar, der das Erscheinen dieses blöden Artikels veranlaßt hat?... Und ich bin nicht einmal auf dem laufenden! Ich erwarte, daß man mich als ersten darüber in Kenntnis setzt, was in dieser Stadt vorgeht, deren Oberhaupt ich bin! Was ist mit diesem Wagen? Und mit diesem Mann mit den großen Füßen? In der letzten halben Stunde habe ich über zwanzig Anrufe von aufgeregten Bürgern bekommen, die mich fragten, ob diese Nachrichten stimmten... Ich sage Ihnen noch einmal, daß ich in Zukunft verlange, daß...«

Ohne mit der Wimper zu zucken, legte Maigret auf, ging ins Café zurück, setzte sich und begann zu lesen. Michoux und Le Pommeret überflogen die gleiche Zeitung, die auf dem Marmortisch lag.

Unser tüchtiger Mitarbeiter Jean Servières hat an dieser Stelle selbst über die Ereignisse berichtet, zu deren Schauplatz Concarneau vor kurzem geworden ist. Es geschah am Freitag. Ein ehrenwerter Kaufmann der Stadt, Monsieur Mostaguen, verließ das Hôtel de l'Amiral, machte in einem Hauseingang halt, um sich eine Zigarre anzuzünden, als ihn durch den Briefkasten des Hauses, eines unbewohnten Hauses, eine Kugel in den Bauch traf.

Am Samstag traf Kommissar Maigret, der erst kürzlich von Paris entsandt und mit der Leitung der mobilen Brigade von Rennes beauftragt wurde, am Tatort ein, was nicht verhinderte, daß sich ein weiteres Verbrechen ereignete.

Am Abend wurde uns nämlich telefonisch mitgeteilt, daß drei Notabeln der Stadt, die Herren Le Pommeret, Jean Servières und Doktor Michoux, zu denen sich die Untersuchungsbeamten gesellt hatten, beim Aperitif feststellten, daß der ihnen servierte Pernod eine starke Dosis Strychnin enthielt.

Und nun ist am heutigen Sonntagmorgen das Auto von Jean Servières in der Nähe des Flusses Saint-Jacques aufgefunden worden, verlassen von seinem Besitzer, der seit Samstag abend nicht mehr gesehen worden ist.

Der Vordersitz ist blutbefleckt. Eine Scheibe ist eingeschlagen, und alles deutet darauf hin, daß ein Kampf stattgefunden hat.

Drei Tage: drei Verbrechen! Man begreift, daß die Angst Concarneau zu beherrschen beginnt, dessen Bürger sich mit Beklemmung fragen, wer wohl das nächste Opfer sein wird.

Unruhe in der Bevölkerung stiftet besonders das geheimnisvolle Auftauchen eines gelben Hundes, den niemand kennt, der keinen Herrn zu haben scheint und der bei jedem neuen Unglücksfall angetroffen wird.

Hat dieser Hund die Polizei etwa schon auf eine heiße Spur geführt? Und wird nicht ein Individuum gesucht, das noch nicht identifiziert worden ist, an verschiedenen Stel-

len jedoch seltsame Spuren hinterlassen hat, nämlich Fußspuren überdurchschnittlicher Größe?

Ein Wahnsinniger? Ein Herumtreiber? Hat er all diese Untaten begangen? Auf wen hat er es heute abend abgesehen?

Sicherlich wird er an den Rechten geraten, denn die aufgeschreckten Bürger werden sich vorsichtshalber bewaffnen und beim geringsten Alarm auf ihn schießen.

Einstweilen ist die Stadt am heutigen Sonntag wie tot, und die Stimmung erinnert an die Fliegeralarme während des Krieges in den Städten Nordfrankreichs.

Maigret sah durch die Scheiben hinaus. Es regnete nicht mehr, aber die Straßen waren voll von schwarzem Morast, und der Wind blies unvermindert heftig. Der Himmel war bleigrau.

Leute kamen aus der Messe. Nahezu alle hielten den *Phare de Brest* in der Hand. Und alle Gesichter wandten sich zum Hôtel de l'Amiral, während so mancher Vorübergehende seinen Schritt beschleunigte.

Gewiß hatte die Stadt etwas Totes an sich. Aber war dies nicht jeden Sonntagmorgen so? Wieder läutete das Telefon. Man hörte, wie Emma antwortete:

»Ich weiß nicht, Monsieur… Ich habe keine Ahnung… Möchten Sie, daß ich den Kommissar rufe?… Hallo!… Hallo!… Unterbrochen…«

»Was ist?« brummte Maigret.

»Eine Zeitung aus Paris, glaube ich… Sie wollen wissen, ob es weitere Opfer gibt… Sie haben ein Zimmer bestellt…«

»Rufen Sie den *Phare de Brest* für mich an.«

Inzwischen ging er auf und ab, ohne den Arzt, der zusammengesunken auf seinem Stuhl hockte, eines Blickes zu würdigen noch Le Pommeret, der seine schwerberingten Finger betrachtete.

»Hallo... *Der Phare de Brest?...* Kommissar Maigret. Den Direktor bitte!... Hallo!... Sind Sie es?... Gut! Würden Sie mir bitte sagen, um welche Uhrzeit Ihr Machwerk heute morgen aus der Presse ging?... Was?... Um halb zehn?... Und wer hat den Artikel über die Verbrechen in Concarneau verfaßt?... Ach was, erzählen Sie keine Märchen!... Wie bitte?... Der Artikel ist Ihnen zugesandt worden?... Keine Unterschrift?... Sie veröffentlichen also jede anonyme Information, die Ihnen zugeht?... Es hat mich sehr gefreut!«

Er wollte durch die Tür hinausgehen, die unmittelbar zum Quai hinausführte, und fand sie verschlossen.

»Was hat das zu bedeuten?« fragte er Emma und sah ihr dabei in die Augen.

»Der Doktor...«

Er sah Michoux an, dessen Kopf schiefer denn je aussah, zuckte mit den Achseln und ging durch eine andere Tür hinaus. Die Läden der meisten Geschäfte waren geschlossen. Die Leute im Sonntagsstaat hatten es eilig.

Jenseits des Hafenbeckens, wo die Schiffe vor Anker lagen, stieß Maigret auf die Mündung des Flusses Saint-Jacques, ganz am Ende der Stadt, dort, wo nur noch vereinzelt Häuser standen, weil die Werften sich immer weiter ausdehnten. Schiffsrohbauten lagen am Quai. Alte Kähne verrotteten im Schlick.

Dort, wo sich eine Steinbrücke über den Fluß schwang, der dann in den Hafen einmündete, stand eine Gruppe von Schaulustigen um einen kleinen Wagen herum. Um dorthin zu gelangen, war ein kleiner Umweg nötig, denn die Quais waren durch Baustellen versperrt. An den Blicken, die ihm zugeworfen wurden, merkte Maigret, daß jeder ihn schon kannte. Und an den Eingängen zu den geschlossenen Geschäften sah er Leute aufgeregt tuscheln.

Endlich gelangte er zu dem Wagen, der am Straßenrand abgestellt worden war, öffnete mit einem Ruck die Tür, so daß Glasscherben zu Boden fielen, und er brauchte nicht erst zu suchen, um die braunroten Flecken auf dem Stoff des Sitzes zu sehen.

Um ihn drängten sich vor allem kleine Buben und großsprecherische Jugendliche.

»Das Haus von Monsieur Servières?«

Zu zehnt führten sie ihn hin. Es lag dreihundert Meter weiter, etwas abseits, ein Bürgerhaus, umgeben von einem Garten. Die Eskorte blieb vor dem Gitter stehen, während Maigret läutete und von einem kleinen Dienstmädchen mit verstörtem Gesicht hineingeführt wurde.

»Ist Madame Servières da?«

Schon öffnete sich die Tür zum Eßzimmer.

»Reden Sie schon, Kommissar! Glauben Sie, daß er ermordet worden ist? Ich bin völlig außer mir ... Ich ...«

Eine biedere Frau von etwa vierzig Jahren, die wie eine gute Hausfrau wirkte, wofür auch die Sauberkeit ihrer Wohnung sprach.

»Sie haben Ihren Mann nicht mehr gesehen, seit ...?«

»Gestern abend kam er zum Essen ... Mir ist aufgefallen,

daß er besorgt war, aber er hat mir nichts sagen wollen… Seinen Wagen hatte er vor der Tür abgestellt, was bedeutete, daß er abends ausging, um seine Partie Karten im Café des Hôtel de l'Amiral zu spielen, das wußte ich. Ich habe ihn gefragt, ob er spät nach Hause käme. Um zehn bin ich zu Bett gegangen… Ich bin lange wach geblieben. Ich habe gehört, wie es elf schlug, dann halb zwölf… Aber es kam öfter vor, daß er spät nach Hause kam. Ich muß dann wohl eingeschlafen sein. Mitten in der Nacht bin ich aufgewacht. Ich habe mich gewundert, daß ich ihn nicht neben mir spürte. Da habe ich gedacht, daß ihn jemand nach Brest mitgenommen habe… Hier ist nicht viel los… Und so kommt es manchmal vor… Ich konnte nicht wieder einschlafen. Von fünf Uhr morgens an stand ich hinter dem Fenster auf der Lauer… Er mag es nicht, wenn es so aussieht, als warte ich auf ihn, und noch weniger, wenn ich mich nach ihm erkundige. Um neun bin ich zu Monsieur Le Pommeret gelaufen. Als ich auf einem anderen Weg nach Hause ging, habe ich Leute um den Wagen stehen sehen… Sagen Sie! Weshalb hätte man ihn umbringen sollen? Er ist der beste Mann auf der Welt. Ich bin sicher, daß er keine Feinde hat…«

Eine Gruppe von Leuten wartete vor dem Gitter.

»Anscheinend gibt es Blutspuren… Ich habe Leute gesehen, die eine Zeitung lasen, aber niemand hat sie mir zeigen wollen…«

»Hatte Ihr Mann viel Geld bei sich?«

»Ich glaube nicht… Wie immer! Drei- oder vierhundert Franc…«

Maigret versprach, sie auf dem laufenden zu halten, bemühte sich sogar, sie mit belanglosen Sätzen zu beruhigen. Aus der Küche duftete es nach Hammelkeule. Das Dienstmädchen mit der weißen Schürze begleitete ihn wieder bis zur Tür.

Der Kommisar hatte draußen noch keine hundert Meter zurückgelegt, als ein Passant rasch auf ihn zukam.

»Entschuldigen Sie, Kommissar … Erlauben Sie, daß ich mich vorstelle … Monsieur Dujardin, Lehrer … Seit einer Stunde kommen Leute zu mir, besonders Eltern meiner Schüler, um mich zu fragen, ob an dem Zeitungsbericht etwas Wahres dran sei. Manche wollen wissen, ob sie das Recht haben zu schießen, falls sie den Mann mit den großen Füßen sehen sollten …«

Maigret war kein Geduldsengel. Er steckte beide Hände in seine Taschen und brummelte dabei:

»Sie können mich mal!«

Und er machte sich auf den Weg zur Stadtmitte.

Es war zum Verrücktwerden! So etwas hatte er noch nie erlebt. Es erinnerte an die Gewitter, wie sie manchmal im Film zu sehen sind. Man zeigt eine Straße in strahlendem Sonnenschein, einen wolkenlosen Himmel. Auf einmal schiebt sich eine Wolke vor die Sonne. Ein heftiger Wind fegt durch die Straße. Graugrünes Licht. Klappernde Fensterläden. Wirbelnde Staubwolken. Dicke Tropfen.

Und dann die Straße im strömenden Regen, unter einem dramatischen Himmel!

Concarneau veränderte sich zusehends. Der Artikel im *Phare de Brest* war nur der Anfang. Lange schon übertrafen die mündlichen Kommentare die schriftliche Version bei weitem.

Und dazu war es noch Sonntag! Die Bewohner hatten nichts zu tun! Man sah, wie sie zum Wagen von Jean Servières hinspazierten, in dessen Nähe man zwei Polizisten postieren mußte. Die Schaulustigen blieben eine Stunde dort und hörten sich die Erklärungen an, die jene abgaben, die besser im Bilde waren.

Als Maigret zum Hôtel de l'Amiral zurückkam, hielt ihn der Wirt mit der weißen Mütze, der von einer ungewohnten Nervosität befallen war, am Ärmel fest.

»Ich muß mit Ihnen reden, Kommissar... Es wird allmählich untragbar...«

»Erst einmal werden Sie mir das Essen servieren.«

»Aber...«

Maigret ging in eine Ecke, setzte sich und bestellte wütend:

»Ein Halbes! Haben Sie zufällig meinen Inspektor gesehen?«

»Er ist fortgegangen... Ich glaube, er ist zum Bürgermeister gerufen worden. Es kam gerade wieder ein Anruf aus Paris. Eine Zeitung hat zwei Zimmer reservieren lassen, für einen Reporter und einen Fotografen.«

»Wo ist der Doktor?«

»Er ist oben... Er hat darum gebeten, niemand zu ihm zu lassen...«

»Und Monsieur Le Pommeret?«

»Er ist gerade gegangen.«

Der gelbe Hund war nicht mehr da. Junge Leute, eine Blume im Knopfloch, das Haar steif von Pomade, saßen am Tisch, tranken jedoch nicht von der Limonade, die sie bestellt hatten. Sie waren gekommen, um etwas zu sehen. Sie waren überstolz, daß sie sich das getraut hatten.

»Komm mal her, Emma.«

Es bestand eine Art spontaner Sympathie zwischen dem Serviermädchen und dem Kommissar. Ungezwungen kam sie zu ihm und ließ sich in eine Ecke ziehen.

»Bist du sicher, daß der Doktor letzte Nacht nicht ausgegangen ist?«

»Ich schwöre Ihnen, ich habe nicht in seinem Zimmer geschlafen.«

»Konnte er hinausgehen?«

»Ich glaube nicht... Er hat Angst... Heute morgen hat er mich die Tür abschließen lassen, die zum Quai hinausführt.«

»Wieso kennt dich der gelbe Hund?«

»Keine Ahnung. Ich habe ihn noch nie gesehen. Er kommt und geht. Ich frage mich sogar, wer ihm zu fressen gibt.«

»Ist es lange her, seitdem er wieder weg ist?«

»Ich habe nicht aufgepaßt.«

Inspektor Leroy kam zurück, nervös.

»Sie wissen, Kommissar, daß der Bürgermeister wütend ist... Und er hat eine hohe Position! Er hat mir gesagt, daß er der Cousin des Justizministers ist. Er behauptet, daß wir Däumchen drehen, daß wir nur dazu taugen, Panik in der Stadt zu verbreiten. Er will, daß wir jemanden verhaften, egal wen, um die Bevölkerung zu beruhigen... Ich habe ihm versprochen, mit Ihnen darüber zu reden... Er hat mir wiederholt gesagt, daß unsere Karriere noch nie so sehr auf dem Spiel gestanden hat...«

Maigret kratzte sich bedächtig den Kopf mit seiner Pfeife.

»Was werden Sie tun?«

»Gar nichts.«

»Aber...«

»Sie sind jung, Leroy! Haben Sie in der Villa des Doktors interessante Spuren gesichert?«

»Ich habe alles zum Labor geschickt, die Gläser, die Konservendosen, das Messer. Sogar einen Gipsabdruck der Spuren des Mannes und des Hundes habe ich angefertigt. Das ist schwierig gewesen, denn der hiesige Gips ist schlecht... Haben Sie eine Idee?«

Anstelle einer Antwort zog Maigret ein Notizbuch aus seiner Tasche, und mehr und mehr verwirrt, las der Inspektor:

»*Ernest Michoux* (›der Doktor‹ genannt). Sohn eines kleinen Unternehmers aus dem Departement Seine-et-Oise, der eine Legislaturperiode lang Abgeordneter gewesen ist und dann Bankrott gemacht hat.

Der Vater ist tot. Die Mutter ist eine Intrigantin. Hat gemeinsam mit ihrem Sohn versucht, in Juan-les-Pins Grundstücksgeschäfte zu betreiben. Völliger Fehlschlag. Hat in Concarneau von vorn angefangen. Aktiengesellschaft ins Leben gerufen, gestützt auf den Ruf des verstorbenen Gatten. Hat kein Kapital eingebracht. Versucht zur Zeit dafür zu sorgen, daß die Kosten für die Erschließungsarbeiten von der Gemeinde und dem Departement übernommen werden.

Ernest Michoux ist verheiratet gewesen, jetzt geschieden. Seine ehemalige Frau hat einen Notar aus Lille geheiratet.

Dekadenter Typ. Zahlungsschwierigkeiten.«

Der Inspektor sah seinen Chef an, als wolle er sagen:

»Na und?«

Maigret zeigte ihm die folgenden Zeilen:

»*Yves Le Pommeret*. Familie Le Pommeret. Sein Bruder Arthur leitet die größte Konservenfabrik von Concarneau. Niederer Adel. Yves Le Pommeret ist das schwarze Schaf der Familie. Hat nie gearbeitet. Hat vor langer Zeit den größten Teil seines Erbteils in Paris verpraßt. Hat sich in Concarneau niedergelassen, als er nur noch zwanzigtausend Franc Rente bezog. Trotz allem gelingt es ihm, zu den Honoratioren zu gehören; dabei muß er sich seine Schuhe selber putzen. Zahlreiche Affären mit jungen Arbeiterinnen. Einige Skandale haben vertuscht werden müssen. Geht auf allen Schlössern der Umgebung zur Jagd. Hochnäsig. Ist durch Beziehungen an den Titel eines Vizekonsuls von Dänemark gekommen. Bemüht sich um den Orden der Ehrenlegion. Pumpt manchmal seinen Bruder an, um seine Schulden zu bezahlen.«

»*Jean Servières* (Pseudonym von Jean Goyard). Geboren im Departement Morbihan. Lange Zeit Journalist in Paris, Generalsekretär bei kleinen Theatern usw. Hat eine bescheidene Erbschaft gemacht und sich in Concarneau niedergelassen. Hat eine ehemalige Arbeiterin geheiratet, die fünfzehn Jahre lang seine Geliebte war. Bürgerlicher Lebenswandel. Einige Eskapaden in Brest und Nantes.

Lebt eher von kleinen Renten als von seinem Journalismus, auf den er sehr stolz ist. Akademische Auszeichnung.«

»Ich begreife nicht!« stammelte der Inspektor.

»Allerdings! Geben Sie mir Ihre Notizen.«

»Aber... Wer hat Ihnen gesagt, daß ich...?«

»Her damit...«

Das Notizbuch des Kommissars war ein Heft zu zehn Sous mit kariertem Papier und einem Umschlag aus Wachstuch. Das von Inspektor Leroy war eine Agenda mit herausnehmbaren Seiten in Stahlringen.

Mit väterlichem Ausdruck las Maigret:

»1. *Fall Mostaguen.* Die Kugel, die den Weinhändler getroffen hat, war sicher für einen andern bestimmt. Da man nicht voraussehen konnte, daß jemand am Eingang haltmachen würde, *hatte man sich wohl mit dem eigentlichen Opfer an dieser Stelle verabredet, das entweder gar nicht oder zu spät gekommen ist.*

Es sei denn, man hätte es darauf abgesehen, die Bevölkerung zu terrorisieren. *Der Mörder kennt Concarneau wie seine Westentasche.* (Zigarettenasche, die im Flur gefunden wurde, nicht analysiert.)

2. *Fall des vergifteten Pernod.* Im Winter ist das Café des Hôtel de l'Amiral fast den ganzen Tag über menschenleer. Ein Mann, der dies wußte, ist eingetreten und hat Gift in die Flaschen streuen können. In zwei Flaschen. Man hatte es also ausschließlich auf die Pernod- und Calvadostrinker abgesehen. (Erwähnenswert ist, daß der Doktor die

weißen Pulverkörnchen, die auf der Flüssigkeit schwammen, rechtzeitig und ohne Mühe bemerkt hat.)

3. *Der gelbe Hund.* Das Tier kennt das Café des Hôtel de l'Amiral. Er hat einen Herrn. Aber wen? Scheint mindestens fünf Jahre alt zu sein.

4. *Fall Servières.* Durch Schriftenanalyse herausfinden, wer den Artikel an den *Phare de Brest* eingesandt hat.«

Maigret lächelte, gab seinem Kollegen das Notizbuch zurück und bemerkte:

»Sehr gut, Junge…«

Dann warf er einen mürrischen Blick hinüber zu den Silhouetten der Neugierigen, die immer wieder durch die grünen Scheiben hindurch zu sehen waren, und fügte hinzu:

»Gehen wir essen!«

Eine Weile später, als sie mit dem Vertreter, der am Morgen angekommen war, allein im Speisesaal saßen, kam Emma und sagte, Doktor Michoux, dessen Zustand sich verschlimmert habe, hätte darum gebeten, ihm eine leichte Mahlzeit auf seinem Zimmer zu servieren.

Am Nachmittag glich das Café des Hotels mit seinen kleinen, graugrünen Scheiben einem Glashaus im botanischen Garten, an dem die Schaulustigen im Sonntagsstaat vorbeidefilierten. Und anschließend sah man sie den Weg zum hinteren Teil des Hafens einschlagen, wo der Wagen von Servières eine zweite Attraktion bildete, die von zwei Polizisten bewacht wurde.

Dreimal rief der Bürgermeister aus seiner prächtigen Villa in Sables Blancs an.

»Haben Sie jemanden verhaftet?«

Maigret bemühte sich kaum um eine Antwort. Dann stürmten junge Leute zwischen achtzehn und fünfundzwanzig das Café. Lärmende Gruppen, die von einem Tisch Besitz ergriffen, Getränke bestellten und sie dann nicht anrührten.

Sie waren noch keine fünf Minuten im Café, als die Wortwechsel immer seltener wurden, das Gelächter erstarb und der Bluff der Verlegenheit wich. Und einer nach dem anderen ging hinaus.

Der Unterschied war noch spürbarer, als man die Lampen einschalten mußte. Es war vier Uhr. Sonst waren zu der Zeit noch eine Menge Leute auf der Straße.

An diesem Tag war alles menschenleer, und es herrschte Totenstille. Man hätte meinen können, daß sich alle Spaziergänger miteinander abgesprochen hätten. In weniger als einer Viertelstunde leerten sich die Straßen, und wenn Schritte widerhallten, so waren es die eiligen Schritte eines ängstlichen Passanten, der sich nach Hause in Sicherheit bringen wollte.

Emma hatte sich mit den Ellbogen auf die Kasse gestützt. Der Wirt ging von seiner Küche zum Café, wo Maigret seine Klagen hartnäckig überhörte.

Ernest Michoux kam gegen halb fünf herunter, noch immer in Hausschuhen. Er war unrasiert. Sein cremefarbener seidener Foulard war schweißdurchnäßt.

»Sie hier, Kommissar?«

Das schien ihn zu beruhigen.

»Und Ihr Inspektor?«

»Ich habe ihn auf eine Runde in die Stadt geschickt.«

»Und der Hund?«

»Seit heute morgen ist er nicht wieder gesehen worden.«

Der Fußboden war grau, der Marmor der Tische grellweiß, durchzogen von blauen Adern. Durch die Fensterscheiben hindurch erahnte man die beleuchtete Turmuhr der Altstadt, auf der es zehn vor fünf war.

»Weiß man immer noch nicht, wer diesen Artikel geschrieben hat?«

Die Zeitung lag auf dem Tisch. Man las schließlich nur noch vier Worte:

Wer ist der nächste?

Das Telefon läutete, Emma antwortete:

»Nein… Nichts… Ich weiß von nichts…«

»Wer war es?« erkundigte sich Maigret.

»Wieder eine Zeitung aus Paris… Anscheinend kommen die Journalisten mit dem Wagen…«

Sie hatte ihren Satz noch nicht beendet, als erneut das Telefon läutete.

»Es ist für Sie, Kommissar.«

Der Arzt, ganz bleich, folgte Maigret mit den Blicken.

»Hallo!… Wer ist am Apparat?…«

»Leroy. Ich bin in der Altstadt, in der Nähe der Brükke… Man hat einen Schuß abgefeuert… Ein Schuster, der von seinem Fenster aus den gelben Hund bemerkt hat…«

»Tot?«

»Verletzt! Die Lenden zerschmettert… Das Tier kann sich kaum noch wegschleppen… Die Leute wagen sich nicht heran… Ich rufe Sie von einem Café aus an… Das

Tier liegt mitten auf der Straße ... Durch das Fenster kann ich es sehen ... Es jault ... Was soll ich tun?«

Und aus der Stimme des Inspektors, die ihm nicht mehr gehorchte, sprach Angst, so als sei der verletzte gelbe Hund ein übernatürliches Wesen.

»An allen Fenstern sind Menschen ... Sagen Sie, Kommissar, soll man ihm den Gnadenschuß geben?«

Aschfahl im Gesicht, stand der Arzt hinter Maigret und fragte schüchtern:

»Was ist denn los? Was sagt er?«

Und der Kommissar sah zu Emma hin, die die Ellbogen auf den Schanktisch aufgestützt hatte und vage in die Luft blickte.

4

Wie auf einem Kompaniegefechtsstand

Maigret überquerte die Zugbrücke, ging durch die Stadtmauern und bog in eine verwinkelte und schlecht beleuchtete Straße ein. Das, was die Bürger von Concarneau als *ville close* bezeichneten, nämlich das alte, noch von seinen Festungswällen umschlossene Viertel, war einer der am dichtesten bevölkerten Teile der Stadt.

Und dennoch kam der Kommissar in eine Zone des Schweigens, das immer vieldeutiger wurde. Das Schweigen einer von einem Schauspiel gebannten Menge, die erschauert, sich fürchtet oder ungeduldig wird.

Ein paar vereinzelte Stimmen von Halbwüchsigen, die unbedingt prahlen wollten.

Noch eine Biegung, und der Kommissar stand vor der Szene: ein enges Gäßchen mit Leuten an allen Fenstern; petroleumbeleuchtete Zimmer, da und dort Betten darin; eine Gruppe, die im Weg stand, und jenseits dieser Gruppe eine große Leere, aus der ein Röcheln stieg.

Maigret schob die Schaulustigen zur Seite, zumeist junge Leute, die von seinem Kommen überrascht wurden. Zwei von ihnen waren noch dabei, den gelben Hund mit Steinen zu bewerfen. Ihre Begleiter wollten sie noch an ihrem Tun hindern. Man hörte oder erriet vielmehr:

»Achtung!«

Und einer der Steinwerfer lief bis über beide Ohren rot an, als Maigret ihn nach links stieß und auf das verletzte Tier zuging. Schon war das Schweigen anders beschaffen. Offensichtlich waren die Schaulustigen noch einige Augenblicke zuvor von einem bösartigen Rausch befallen gewesen – mit Ausnahme einer Alten, die von ihrem Fenster aus rief:

»Das ist eine Schande! Sie müßten ein Protokoll machen, Kommissar! Alle zusammen machen sie sich über dieses arme Tier her. Und ich weiß schon, weshalb! Weil sie Angst vor ihm haben...«

Verlegen ging der Schuster, der geschossen hatte, wieder in sein Geschäft zurück. Maigret bückte sich, um den Hund am Kopf zu streicheln, der ihn erstaunt ansah, noch nicht dankbar. Inspektor Leroy kam aus dem Café, von wo aus er angerufen hatte. Widerwillig gingen die Leute fort.

»Bringt einen Schubkarren her.«

Die Fenster wurden eines nach dem anderen geschlossen, aber man ahnte neugierige Schatten hinter den Gardinen. Der Hund war schmutzig, sein dichtes Fell blutverschmiert. Sein Bauch war voller Schlamm, die Schnauze trocken und heiß. Allmählich wurde er zutraulich, versuchte nicht mehr, sich über den Boden zu schleppen, wo um ihn herum zwanzig dicke Steine lagen.

»Wohin mit ihm, Kommissar?«

»Zum Hotel... Sachte... Legen Sie Stroh auf den Boden des Karrens.«

Dieses Geleit hätte etwas Lächerliches haben können. Durch die magische Beklemmung jedoch, die seit dem Morgen nicht aufgehört hatte, sich zu verdichten, bekam es etwas Beeindruckendes. Der Karren, der von einem Alten geschoben wurde, hüpfte über das Kopfsteinpflaster, entlang der Straße mit den zahlreichen Windungen, über die Zugbrücke, und niemand wagte es, sich ihm anzuschließen. Der gelbe Hund atmete schwer, zuckte krampfhaft mit allen vieren gleichzeitig.

Maigret bemerkte einen Wagen, den er noch nie vor dem Hôtel de l'Amiral gesehen hatte. Als er die Tür zum Café aufstieß, stellte er fest, daß sich die Atmosphäre verändert hatte.

Ein Mann rempelte ihn an, sah den Hund, der aufgehoben wurde, richtete seine Kamera auf ihn und ließ sein Blitzlicht aufleuchten. Ein anderer, in Golfhosen, rotem Pullover, ein Heft in der Hand, fuhr mit seiner Hand an die Mütze.

»Kommissar Maigret?... Vasco, von der Zeitung *Journal* ... Ich bin gerade eingetroffen und habe schon das Glück gehabt, mit Monsieur ...«

Er deutete auf Michoux, der in einer Ecke saß, angelehnt an die Bank aus Kunstleder.

»Der Wagen der Zeitung *Petit Parisien* blieb hinter uns ... Sie hatten eine Panne zehn Kilometer von hier ...«

Emma fragte den Kommissar:

»Wo sollen wir ihn hinlegen?«

»Ist im Haus kein Platz für ihn?«

»Doch ... beim Hof ... Ein Verschlag, wo die leeren Flaschen gestapelt werden.«

»Leroy! Rufen Sie einen Tierarzt.«

Noch vor einer Stunde hatte eine Leere, eine Stille voller Zurückhaltung geherrscht. Und nun brachte der Fotograf in seinem fast weißen Trenchcoat Tische und Stühle durcheinander und rief:

»Einen Moment... Nicht bewegen, bitte... Drehen Sie den Kopf des Hundes nach hier...«

Und es blitzte.

»Wo ist Le Pommeret?« fragte Maigret und wandte sich dabei an den Arzt.

»Er ist kurz nach Ihnen gegangen... Der Bürgermeister hat wieder angerufen... Ich denke, er wird herkommen...«

Um neun Uhr abends ging es zu wie in einem Hauptquartier. Zwei weitere Reporter waren eingetroffen. Der eine verfaßte seinen Artikel an einem Tisch im Hintergrund. Hin und wieder kam ein Fotograf aus seinem Zimmer herunter.

»Haben Sie vielleicht neunzigprozentigen Alkohol? Ich brauche unbedingt welchen, um meine Filme zu trocknen... Der Hund ist klasse!... Sagten Sie, nebenan sei eine Apotheke?... Geschlossen?... Nun...«

Im Flur, wo sich das Telefon befand, diktierte ein Journalist seinen Text mit gleichgültiger Stimme:

»Maigret, ja... M wie Maurice... A wie Arthur... Ja... I wie Isidore... Schreiben Sie gleich alle Namen auf... Michoux... M... I... choux, wie *chou*... Wie *chou de Bruxelles*... Aber nein, nicht wie pou. Moment... Ich gebe Ihnen die Überschriften... Kommt das auf die Titelseite?... Doch!... Sagen Sie dem Chef, daß das unbedingt auf die erste Seite muß...«

Verwirrt suchte Inspektor Leroy Maigret fortwährend

mit seinen Blicken, wie wenn er sich an ihn klammern wollte. In einer Ecke bereitete der einzige Vertreter seine morgendlichen Geschäftsbesuche mit Hilfe des lokalen Firmenverzeichnisses vor. Ab und zu rief er Emma.

»Chauffier… Ist das eine große Eisenwarenhandlung? Danke…«

Der Tierarzt hatte die Kugel entfernt und die Hinterhand des Hundes mit einem Stützverband umwickelt.

»So ein Vieh, das hat ein unheimlich zähes Leben!«

In dem Abstellraum, dessen Boden mit grauen Granitplatten ausgelegt war und der sich zum Hof wie zur Kellertreppe öffnete, hatte man auf Stroh eine alte Decke ausgebreitet. Dort lag der Hund, ganz allein, zehn Zentimeter von einem Bissen Fleisch entfernt, den er nicht anrührte.

Der Bürgermeister war gekommen, mit dem Wagen. Ein alter Mann mit weißem Kinnbart, sehr gepflegt, mit schroffen Gesten. Er hatte die Stirn gerunzelt, als er in diese Wachstubenatmosphäre eindrang oder vielmehr in diese Atmosphäre eines Kompaniegefechtsstandes.

»Wer sind diese Herren?«

»Journalisten aus Paris.«

Der Bürgermeister war auf hundert.

»Prächtig! Dann wird also morgen in ganz Frankreich von dieser blöden Geschichte geredet! Sie haben noch immer nichts herausgefunden?«

»Die Ermittlungen gehen weiter!« brummte Maigret in einem Ton, als hätte er erklärt: »Das geht Sie nichts an!«

Denn es lag Gereiztheit in der Luft. Jeder hatte die Nerven bloßliegen.

»Und Sie, Michoux, gehen Sie nicht nach Hause?«

Der Blick des Bürgermeisters war voller Verachtung und bezichtigte den Arzt der Feigheit.

»Wenn das so weitergeht, dann herrscht in vierundzwanzig Stunden allgemeine Panik... Es muß jemand verhaftet werden, ich hab es schon einmal gesagt, egal wer...«

Und er unterstrich diese letzten Worte mit einem auf Emma gerichteten Blick.

»Ich weiß, daß ich Ihnen keine Befehle zu erteilen habe. Der hiesigen Polizei haben Sie ja bloß eine bedeutungslose Rolle überlassen. Aber ich sage Ihnen: Noch ein Verbrechen, ein einziges, dann ist der Teufel los... Die Leute machen sich auf etwas gefaßt. Die Geschäfte, die sonst am Sonntag bis neun Uhr geöffnet bleiben, haben zu... Dieser blöde Artikel im *Phare de Brest* hat die Bevölkerung in Angst und Schrecken versetzt.«

Der Bürgermeister hatte seine Melone nicht abgenommen, und beim Fortgehen zog er sie noch weiter in die Stirn, nachdem er gemahnt hatte:

»Ich wäre Ihnen dankbar, wenn Sie mich auf dem laufenden hielten, Kommissar... Und ich mache Sie nochmals darauf aufmerksam, daß Sie für alles, was zur Zeit geschieht, die Verantwortung tragen...«

»Ein Halbes, Emma!« bestellte Maigret.

Man konnte die Journalisten weder daran hindern, im Hôtel de l'Amiral abzusteigen, noch daran, es sich im Café bequem zu machen, zu telefonieren, das Haus mit ihrem lärmenden Hin und Her zu erfüllen. Sie verlangten Tinte und Papier. Sie fragten Emma aus, die jämmerlich und verwirrt dreinschaute.

Draußen schwarze Nacht. Ab und zu schwacher Mondschein, der die Düsternis des mit schweren Wolken verhangenen Himmels noch betonte, anstatt sie zu erhellen. Und dieser Schlamm, der an allen Schuhen klebenblieb, denn Concarneau kannte noch keine gepflasterten Straßen!

»Hat Ihnen Le Pommeret gesagt, ob er wiederkäme?« fragte Maigret Michoux.

»Ja... Er ist nach Hause essen gegangen...«

»Welche Adresse?« fragte ein Journalist, der nichts weiter zu tun hatte.

Der Arzt gab sie ihm, während der Kommissar mit den Achseln zuckte und Leroy in eine Ecke holte.

»Haben Sie das Original des Artikels, der heute morgen erschienen ist?«

»Ich habe es gerade bekommen. Es liegt auf meinem Zimmer. Der Text ist mit der linken Hand geschrieben worden, also von jemandem, der befürchtete, daß seine Handschrift erkannt werden könnte...«

»Kein Poststempel?«

»Nein! Der Brief wurde in den Briefkasten der Zeitung geworfen. Auf dem Umschlag steht: ›Äußerst dringend‹.«

»So daß also spätestens um acht Uhr morgens jemand über das Verschwinden von Jean Servières im Bilde war und wußte, daß der Wagen am Fluß Saint-Jacques abgestellt war, oder abgestellt werden würde, und daß man Blutspuren auf dem Sitz feststellen würde... Und dieser Jemand wußte außerdem sehr wohl, daß man irgendwo die großen Fußstapfen eines Unbekannten entdecken würde...«

»Das ist unglaublich!« seufzte der Inspektor. »Was diese Fußstapfen betrifft, so habe ich davon ein Funkbild zum

Quai des Orfèvres geschickt. Sie haben schon in den Registern nachgeforscht. Ich habe die Antwort: Sie passen zu keiner Karteikarte eines Verbrechers…«

Es stand außer Zweifel: Leroy ließ sich von der Angst ringsum anstecken. Am stärksten von diesem Virus befallen, um es einmal so zu sagen, war Ernest Michoux, dessen Gestalt im Kontrast zum sportlichen Äußeren, zu den ungezwungenen Gesten und dem Selbstvertrauen der Journalisten erst recht kümmerlich wirkte.

Er wußte nicht, wohin. Maigret fragte ihn:

»Gehen Sie nicht zu Bett?«

»Noch nicht. Ich schlafe nie vor ein Uhr morgens ein.«

Er bemühte sich zu lächeln, was mißriet und zwei Goldzähne sichtbar werden ließ.

»Ganz offen, was denken Sie?«

Die beleuchtete Turmuhr der Altstadt schlug zehn. Der Kommissar wurde ans Telefon gerufen. Es war der Bürgermeister.

»Noch nichts?«

Ob auch er sich auf ein Verbrechen gefaßt machte?

Aber machte sich Maigret im Grunde genommen nicht selbst auch darauf gefaßt? Eigensinnig stattete er dem gelben Hund einen Besuch ab, der eingeschlummert war, furchtlos ein Auge aufschlug und ihn näher kommen sah. Der Kommissar kraulte ihn am Kopf und schob ihm etwas Stroh unter die Pfoten.

Er bemerkte den Wirt hinter sich.

»Glauben Sie, daß diese Herren von der Presse lange bleiben?… Denn dann muß ich an die Vorräte denken… Morgen um sechs ist Markt…«

Wenn man Maigret nicht kannte, so hatte es in solchen Fällen etwas Verwirrendes zu sehen, wie seine großen Augen einen anstarrten, als sähe er einen nicht, und ihn etwas Unverständliches brummeln zu hören, während er sich entfernte, so als hielte er einen für nebensächlich.

Der Reporter des *Petit Parisien* kam zurück, schüttelte die Regentropfen von seinem Mantel ab.

»Sieh mal an! Regnet's?... Was gibt's Neues, Groslin?«

Ein Licht zuckte in den Augen des jungen Mannes, der zu dem Fotografen, der ihn begleitete, leise ein paar Worte sagte und dann den Telefonhörer abnahm.

»Den *Petit Parisien*, Mademoiselle... Pressedienst... Bitte vorziehen!... Was?... Sie haben eine direkte Verbindung mit Paris?... Dann schnell her damit... Hallo!... Hallo!... Der *Petit Parisien*?... Mademoiselle Germaine?... Holen Sie mir die diensthabende Stenotypistin an den Apparat... Hier Groslin!«

Seine Stimme hatte etwas Ungeduldiges. Und sein Blick schien die Kollegen, die ihm zuhörten, herauszufordern. Maigret, der hinter ihm vorbeiging, blieb stehen, um ihm zuzuhören.

»Hallo!... Sind Sie es, Mademoiselle Jeanne? Schnell, ja!... Es ist noch Zeit für einige Provinzausgaben. Die anderen bekommen es erst in der Ausgabe von Paris. Sagen Sie dem Chef vom Dienst, er soll den Text abfassen. Ich habe nicht die Zeit dazu...

Fall Concarneau... Unsere Mutmaßungen waren zutreffend... Ein weiteres Verbrechen... Hallo! Ja, *Verbrechen!*... Ein Mann ermordet, wenn Ihnen das besser gefällt...«

Jeder war verstummt. Der Arzt näherte sich wie gebannt dem Journalisten, der fieberhaft, triumphierend, mit den Füßen aufstampfend, fortfuhr:

»Nach Monsieur Mostaguen und dem Journalisten Jean Servières nun Monsieur Le Pommeret!... Ja... Ich habe Ihnen den Namen vorhin buchstabiert. Er wurde soeben tot in seinem Zimmer aufgefunden... Zu Hause! Keine Verletzung. Die Muskeln sind steif, und alles deutet auf eine Vergiftung hin... Moment noch... Schließen Sie mit: ›Angst in...‹... Ja! Laufen Sie schnell zum Chef vom Dienst. Ich werde Ihnen gleich einen Text für die Pariser Ausgabe diktieren, aber die Nachricht muß unbedingt in die Provinzausgaben.«

Er legte auf, wischte sich den Schweiß ab, warf einen triumphierenden Blick in die Runde.

Schon ging das Telefon.

»Hallo!... Herr Kommissar?... Wir versuchen schon seit einer Viertelstunde, Sie zu erreichen... Hier bei Monsieur Le Pommeret... Schnell!... Er ist tot!...«

Und jammernd wiederholte die Stimme: »Tot...«

Maigret sah rings um sich. Auf fast allen Tischen standen leere Gläser. Kreideweiß folgte Emma dem Polizeibeamten mit ihren Blicken.

»Weder ein Glas noch eine Flasche anrühren!« ordnete er an. »Verstanden, Leroy? Rühren Sie sich nicht vom Fleck.«

Der Arzt, von dessen Stirn der Schweiß tropfte, hatte sein Halstuch abgenommen, und man sah seinen dürren Hals und sein Hemd, das mit einem Knopf für den falschen Kragen zugeknöpft war.

Als Maigret in der Wohnung von Le Pommeret eintraf, hatte schon ein Arzt, der im Nachbarhaus wohnte, die erste Untersuchung gemacht.

Eine Frau von etwa fünfzig Jahren war zugegen, die Eigentümerin des Mietshauses, die auch angerufen hatte.

Ein hübsches Haus aus grauem Stein mit Blick aufs Meer. Und alle zwanzig Sekunden wurden die Fenster vom Lichtbündel des Leuchtturms angestrahlt.

Ein Balkon. Eine Fahnenstange und ein Schild mit dem Wappen Dänemarks.

Die Leiche lag auf dem Teppich des Studios, das mit wertlosen Nippes vollgepfropft war. Draußen hatten fünf Leute den Kommissar kommen sehen und kein Wort gesagt.

An den Wänden Fotos von Schauspielerinnen, Zeichnungen, die aus Groschenromanen ausgeschnitten und unter Glas gerahmt worden waren, ein paar Widmungen von Frauen.

Das Hemd von Le Pommeret war herausgerissen. Die Schuhe waren noch schwer vom Schlamm.

»Strychnin!« sagte der Arzt. »Wenigstens nehme ich es an. Sehen Sie sich seine Augen an. Und beachten Sie vor allem den steifen Körper. Die Agonie hat bestimmt eine halbe Stunde gedauert. Vielleicht noch länger ...«

»Wo waren Sie?« fragte Maigret die Vermieterin.

»Unten... Ich vermietete Monsieur Le Pommeret die ganze erste Etage, und er nahm seine Mahlzeiten bei mir ein. Gegen acht Uhr ist er zum Essen heimgekommen. Er hat fast nichts gegessen. Ich erinnere mich, daß er behauptet hat, mit dem Strom sei etwas nicht in Ordnung, obwohl die Lampen normal leuchteten...

Er hat mir gesagt, daß er wieder fortgehe, zuvor aber wolle er eine Aspirintablette nehmen, denn er habe Kopfweh.«

Der Kommissar sah den Arzt fragend an.

»Stimmt genau! Die ersten Symptome.«

»Die wie lange nach der Einnahme des Giftes auftreten?«

»Das hängt von der Dosis ab und von der Konstitution des einzelnen. Manchmal nach einer halben Stunde, ein andermal nach zwei Stunden.«

»Und der Tod?«

»... tritt erst nach der totalen Lähmung ein. Zuvor kommt es aber zu Teillähmungen. Daher ist es möglich, daß er versucht hat zu rufen. Er hat auf diesem Diwan gelegen...«

Derselbe Diwan, der dem Quartier von Le Pommeret den Namen »Haus der Schandtaten« eingebracht hatte! Um dieses Möbel herum hingen ganz besonders viele von den aufreizenden Bildchen. Eine Nachttischlampe verbreitete rosa Licht.

»Er hat sich heftig bewegt, wie in einem Anfall *Delirium tremens*. Er starb auf dem Boden...«

Maigret ging auf die Tür zu, durch die ein Fotograf eintreten wollte, und schloß sie vor seiner Nase.

Er rechnete halblaut:

»Kurz nach sieben Uhr hat Le Pommeret das Café des Hôtel de l'Amiral verlassen... Er hatte einen Weinbrand mit Soda getrunken... Hier hat er eine Viertelstunde später gesessen und getrunken... Nach allem, was Sie mir von der Wirkung des Strychnins gesagt haben, hat er das Gift ebensogut dort wie hier schlucken können...«

Ganz plötzlich begab er sich ins Erdgeschoß, wo die Vermieterin weinte, umringt von drei Nachbarinnen.

»Wo sind die Teller, die Gläser vom Abendessen?«

Es dauerte eine Weile, bis sie begriff. Und als sie antworten wollte, hatte er schon in der Küche ein Becken mit noch heißem Wasser entdeckt, saubere Teller auf der Linken, schmutzige auf der Rechten und Gläser.

»Ich war dabei, das Geschirr zu spülen, als …«

Ein Polizeisergeant traf ein.

»Bewachen Sie das Haus. Bringen Sie alle Leute hinaus, außer der Eigentümerin … Und kein Journalist, kein Fotograf! Kein Glas, keinen Teller anrühren …«

Bis zum Hotel hatte Maigret eine Strecke von fünfhundert Metern bei stürmischem Wind zurückzulegen. Die Stadt lag im Dunkel. Kaum zwei oder drei Fenster waren noch hell, weit voneinander entfernt.

Auf dem Platz jedoch, an der Ecke gegen den Quai, drang aus den drei grünlichen Fensteröffnungen des Hôtel de l'Amiral noch Licht, aber wegen der Scheiben wirkte das Ganze eher wie ein monströses Aquarium.

Beim Näherkommen vernahm man den Lärm von Stimmen, das Läuten des Telefons, das Brummen eines Wagens, der in Gang gesetzt wurde.

»Wo wollen Sie hin?« fragte Maigret.

Er wandte sich an einen Journalisten.

»Die Leitung ist besetzt! Ich gehe anderswohin telefonieren … In zehn Minuten ist es für meine Pariser Ausgabe schon zu spät …«

Inspektor Leroy stand im Café und wirkte wie ein Schulaufseher bei der Beaufsichtigung der Hausaufgaben. Jemand schrieb unentwegt. Staunend, aber voller Begeisterung stand der Vertreter da in dieser für ihn neuen Atmosphäre.

Alle Gläser waren auf den Tischen geblieben. Es gab Gläser mit Fuß, in denen Aperitifs serviert worden waren, Halbe, die noch reichlich Schaum enthielten, kleine Likörgläser.

»Um wieviel Uhr sind die Tische abgeräumt worden?«

Emma grübelte nach.

»Ich könnte es nicht sagen. Einige Gläser habe ich nach und nach weggenommen... Andere stehen seit dem Nachmittag da...«

»Und das Glas von Monsieur Le Pommeret?«

»Was hat er getrunken, Monsieur Michoux?«

Maigret war es, der antwortete:

»Einen Weinbrand mit Soda.«

Sie sah sich einen Bierdeckel nach dem andern an.

»Sechs Franc... Aber einem dieser Herren habe ich einen Whisky serviert, und der kostet genausoviel... Vielleicht ist es dieses Glas hier... Vielleicht auch nicht...«

Der Fotograf, der nicht die Fassung verlor, machte von der gesamten graugrünen Glasware, die auf den Marmortischen ausgestellt waren, Aufnahmen.

»Holen Sie mir den Apotheker!« befahl der Kommissar Leroy.

Und es wurde die Nacht der Gläser und Teller. Man brachte Gläser und Teller aus dem Haus des Vizekonsuls von Dänemark. Die Reporter drangen in das Labor des Apothekers ein, als seien sie dort zu Hause, und einer von ihnen, ein ehemaliger Medizinstudent, wirkte sogar bei den Analysen mit.

Der Bürgermeister hatte am Telefon bloß in scharfem Ton bemerkt:

»... auf Ihre Verantwortung ...«

Man fand nichts. Dafür erschien plötzlich der Wirt und fragte:

»Was ist denn aus dem Hund geworden?«

Der Abstellraum, wo man ihn auf Stroh gebettet hatte, war leer. Obwohl er wegen des Verbands, der seine Hinterhand einschnürte, nicht laufen oder sich auch nur fortschleppen konnte, war der gelbe Hund verschwunden.

Die Gläser brachten nichts an den Tag.

»Das von Monsieur Le Pommeret ist vielleicht gespült worden... Ich weiß nicht mehr... Bei diesem Durcheinander!« sagte Emma.

Auch bei der Vermieterin war die Hälfte des Geschirrs schon gespült worden.

Ernest Michoux, aschfahl im Gesicht, machte sich vor allem wegen des verschwundenen Hundes Sorgen.

»Vom Hof her hat man ihn geholt! Vom Quai aus gibt es einen Zugang... Eine Art Sackgasse... Man sollte besser die Tür verrammeln, Kommissar... Andernfalls... Denken Sie nur, man hat hier hereinkommen können, ohne daß es jemand bemerkt hat! Und mit diesem Tier auf dem Arm davon!«

Man hätte meinen können, er wage es nicht, den Hintergrund des Schankraums zu verlassen, und halte sich so weit wie möglich von den Türen fern.

5

Der Mann von der Pointe du Cabélou

Es war acht Uhr morgens. Maigret, der nicht schlafen gegangen war, hatte gerade ein Bad genommen und war im Begriff, sich vor dem am Fensterriegel aufgehängten Spiegel fertig zu rasieren.

Es war kälter als an den vergangenen Tagen. Der trübe Regen sah aus wie geschmolzener Schnee. Unten lauerte ein Reporter auf das Eintreffen der Zeitungen aus Paris. Man hatte das Pfeifen des Halb-acht-Uhr-Zuges gehört. In einigen Augenblicken würden die Austräger der Sondernummern auftauchen.

Der Platz, auf den der Kommissar hinabsah, war vom Wochenmarkt völlig verstellt. Man spürte jedoch, daß auf diesem Markt nicht der gleiche Betrieb herrschte wie sonst. Die Leute redeten leise. Die Bauern schienen von den Neuigkeiten, die sie erfuhren, beunruhigt zu sein.

Auf dem Platz waren etwa fünfzig Stände aufgestellt, an denen Butterballen, Eier, Gemüse, Hosenträger und Seidenstrümpfe feilgeboten wurden. Auf der rechten Seite parkten Karren aller Art, und das Ganze war überragt vom beschwingten Gleiten der weißen Trachtenhauben mit den breiten Klöppelspitzen.

Daß etwas geschah, bemerkte Maigret erst, als er sah, wie sich die Gesichter veränderten, wie die Leute auf dem

Markt sich zusammenscharten und alle in dieselbe Richtung blickten. Das Fenster war geschlossen. Er hörte den Lärm nicht, oder vielmehr war es bloß ein wirres Raunen, das er vernahm.

Er suchte weiter weg. Im Hafen luden einige Fischer leere Körbe und Netze in die Kutter. Auf einmal hielten sie inne, stellten sich rechts und links der Straße hin, auf der zwei Beamte der Stadtpolizei einen Festgenommenen in Richtung Rathaus führten.

Einer der Polizisten war sehr jung und bartlos. Die Arglosigkeit stand ihm im Gesicht geschrieben. Der andere trug einen kräftigen, rotbraunen Schnurrbart, und seine dichten Augenbrauen verliehen ihm ein fast schon furchterregendes Aussehen.

Die Gespräche auf dem Markt waren verstummt. Man betrachtete die drei Männer, die näher kamen. Man zeigte sich gegenseitig die Handschellen, mit denen die Handgelenke des Übeltäters gefesselt waren.

Ein Hüne! Er ging vornübergebeugt, wodurch seine Schultern doppelt so breit erschienen. Seine Füße schleiften im Schlamm, und er schien es zu sein, der die beiden Schutzmänner im Schlepptau hatte.

Er trug irgendeine alte Jacke. Auf seinem bloßen Kopf wucherte sehr dichtes, dunkelbraunes Haar.

Der Journalist lief ins Treppenhaus, stieß eine Tür auf und schrie seinem noch schlafenden Fotografen zu:

»Benoît! Benoît! Schnell! Aufstehen... Ein umwerfendes Bild!«

Er wußte nicht, wie recht er damit haben sollte. Denn während Maigret sich die letzten Seifenreste von den Wangen wischte und seine Jacke suchte, ohne dabei den Platz aus den Augen zu lassen, trug sich ein wirklich außergewöhnlicher Zwischenfall zu.

Im Handumdrehen hatte sich die Menge um die Polizisten und den Festgenommenen gedrängt. Plötzlich hob dieser, der schon lange auf die Gelegenheit gelauert haben mußte, mit einem heftigen Ruck die Fäuste.

Von weitem sah der Kommissar die jämmerlichen Kettenenden, die von den Händen der Polizisten hinunterhingen. Und der Mann stürzte sich auf die Schaulustigen. Eine Frau purzelte zu Boden. Leute rannten davon. Noch hatte sich niemand von der Verblüffung erholt, als der Festgenommene schon in eine Sackgasse gelaufen war, zwanzig Meter vom Hôtel de l'Amiral entfernt, unmittelbar neben dem leerstehenden Haus, aus dessen Briefkasten heraus am vergangenen Freitag eine Revolverkugel gefeuert worden war.

Einer der Polizisten – der jüngere – hätte beinahe geschossen, zögerte, rannte los, wobei er seine Waffe so hielt, daß Maigret sich auf einen Unfall gefaßt machte. Ein Vordach aus weißem Holz gab unter dem Gedränge der Davoneilenden nach, und sein Leinenüberzug fiel auf die Butterballen hinunter.

Der junge Polizist war so mutig, sich ganz allein in die Sackgasse zu stürzen. Maigret, der die Örtlichkeiten kannte, kleidete sich ohne Hast vollends an.

Denn nunmehr konnte nur noch ein Wunder helfen, den Rohling wieder aufzugreifen. Das Gäßchen, zwei Meter breit, verlief um zwei stumpfe Ecken im rechten Winkel. Zwanzig Häuser, die zum Quai oder zum Platz hinaus lagen, hatten einen Ausgang zu der Sackgasse. Zudem gab es Schuppen, die Lager eines Händlers, der Taue und anderes Schiffszubehör verkaufte, ein Depot für Konservendosen, kurz, ein Wirrwarr von Bauten, Winkeln, Ecken und leicht zugänglichen Dächern, die eine Verfolgung fast unmöglich machten.

Nun hielt sich die Menge in einiger Entfernung. Die Frau, die umgestoßen worden war, drohte rot vor Entrüstung mit der Faust in alle Himmelsrichtungen, während die Tränen an ihrem Kinn zitterten.

Der Fotograf verließ das Hotel, einen Trenchcoat über seinem Pyjama, barfuß.

Eine halbe Stunde später traf der Bürgermeister ein, kurz nach dem Inspektor der Gendarmerie, dessen Männer mit der Durchsuchung der Nachbarhäuser anfingen.

Als er Maigret in Begleitung des jungen Polizisten im Café zu Tisch antraf, damit beschäftigt, Toast zu verspeisen, durchfuhr den ersten Magistraten der Stadt ein Beben der Entrüstung.

»Ich habe Sie gewarnt, Kommissar, daß ich Sie zur Verantwortung ziehen werde für … für … Aber das scheint Sie nicht zu berühren! Ich werde sogleich ein Telegramm an das Innenministerium schicken, um es davon in Kenntnis zu setzen, daß … daß …, und um darum zu ersuchen … Haben Sie eigentlich gesehen, was da draußen los ist?… Die Leute trauen sich nicht in ihre Häuser … Ein gelähmter Greis jammert vor Entsetzen, weil er in einem zweistöckigen Haus festsitzt … Man vermutet den Verbrecher überall …«

Maigret drehte sich um und bemerkte Ernest Michoux, der sich wie ein ängstliches Kind möglichst in seiner Nähe hielt, ohne einen stärkeren Luftzug zu verursachen als ein Gespenst.

»Sie werden feststellen, daß es die hiesige Polizei war, also einfache Polizisten, die ihn festgenommen haben, während...«

»Legen Sie noch immer Wert darauf, daß ich jemanden verhafte?«

»Was wollen Sie damit sagen?... Geben Sie etwa vor, den Ausreißer dingfest zu machen?«

»Sie haben gestern von mir eine Verhaftung verlangt, irgendeine...«

Die Journalisten waren draußen, halfen den Gendarmen bei ihrer Fahndung. Das Café war nahezu leer, unaufgeräumt, denn man hatte noch nicht die Zeit gehabt, sauberzumachen. Ein beißender Geruch von kaltem Tabak legte sich einem auf die Brust. Man trat auf Zigarettenstummeln, Speichelresten, Sägemehl und zerschlagenen Gläsern herum.

Unterdessen zog der Kommissar aus seiner Brieftasche einen noch nicht ausgefüllten Haftbefehl hervor.

»Sagen Sie bloß ein Wort, Herr Bürgermeister, und ich...«

»Ich möchte zu gern wissen, wen Sie verhaften würden!«

»Emma! Eine Feder und Tinte, bitte.«

Er rauchte in kurzen Zügen. Er hörte, wie der Bürgermeister brummelte, in der Hoffnung, verstanden zu werden:

»Alles Bluff…«

Aber er ließ sich nicht aus der Fassung bringen, schrieb mit großen, dicken Grundstrichen, wie es seine Gewohnheit war:

»… den besagten Ernest Michoux, Geschäftsführer der Immobiliengesellschaft von Sables Blancs…«

Es war eher komisch als tragisch. Der Bürgermeister las es verkehrt herum. Maigret sagte:

»Bitte schön! Da Sie darauf bestehen, verhafte ich den Doktor…«

Dieser sah sie beide an, rang sich ein gezwungenes Lächeln ab, wie ein Mann, der nicht weiß, was er auf einen Scherz antworten soll. Der Kommissar aber beobachtete Emma, die zur Kasse ging und sich plötzlich umdrehte, weniger bleich als sonst, und die ein Zittern der Freude nicht unterdrücken konnte.

»Ich nehme an, Kommissar, Sie sind sich im klaren über die Tragweite dieses…«

»Das ist mein Beruf, Herr Bürgermeister.«

»Und nach allem, was gerade vorgefallen ist, kommt Ihnen nichts weiter in den Sinn, als einen meiner Freunde zu verhaften… oder vielmehr, einen meiner Kameraden… jedenfalls einen der Notabeln von Concarneau, einen Mann, der…«

»Haben Sie ein komfortables Gefängnis?«

Michoux schien sich währenddessen einzig zu bemühen, seinen Speichel hinunterzuschlucken.

»Außer dem Polizeirevier im Rathaus gibt es nur die Gendarmerie in der Altstadt…«

Inspektor Leroy war gerade hereingekommen. Es verschlug ihm den Atem, als Maigret mit der natürlichsten Stimme der Welt zu ihm sagte: »Na, mein Lieber! Wären Sie so freundlich, den Doktor zur Gendarmerie zu geleiten? Unauffällig! Überflüssig, ihm Handschellen anzulegen. Sie werden ihn einsperren und dafür Sorge tragen, daß es ihm an nichts fehlt.«

»Das ist der reine Irrsinn!« stammelte der Arzt. »Ich begreife nichts... Ich... Das ist unerhört! Das ist eine Schande!«

»Allerdings«, brummte Maigret.

Und, an den Bürgermeister gewandt:

»Ich habe nichts dagegen, daß die Suche nach dem Vagabunden fortgesetzt wird. Das zerstreut die Bevölkerung. Vielleicht ist es sogar von Nutzen. Aber messen Sie seiner Festnahme keine allzu große Bedeutung zu. Beruhigen Sie die Leute wieder.«

»Wissen Sie, daß er im Besitz eines feststehenden Messers war, als man ihn heute morgen festgenommen hat?«

»Das ist gut möglich.«

Maigret wurde allmählich ungeduldig. Im Stehen zog er seinen schweren Mantel mit dem Velourskragen über und bürstete seine Melone mit dem Ärmel ab.

»Bis nachher, Herr Bürgermeister. Ich werde Sie auf dem laufenden halten. Noch einen Rat: Den Journalisten nicht zu viele Geschichten erzählen... Im Grunde genommen ist von alldem kaum etwas der Rede wert. Kommen Sie?«

Diese letzten Worte galten dem jungen Sergeanten, der den Bürgermeister ansah, als wolle er sagen:

»Entschuldigen Sie mich ... Aber es ist meine Pflicht, ihm zu folgen.«

Inspektor Leroy ging um den Arzt herum, wie ein Mensch, der mit einer sperrigen Last nicht zurechtkommt.

Man sah, wie Maigret im Vorbeigehen Emma die Wange tätschelte, dann den Platz überquerte, ohne wegen der Neugier der Leute nervös zu werden.

»Geht's hier lang?«

»Ja ... Man muß um das Hafenbecken herumgehen ... Wir brauchen dazu eine halbe Stunde.«

Die Fischer waren durch den Zwischenfall, der sich beim Café des Hôtel de l'Amiral abgespielt hatte, weniger aus der Fassung gebracht als die Bevölkerung, und ungefähr zehn Schiffe nutzten die verhältnismäßig ruhige See und fuhren gegen den Hafenausgang, wo sie der Wind erfaßte.

Der Polizist warf Maigret aufmerksame Blicke zu, wie ein Schüler, der seinem Lehrer gefallen will.

»Wissen Sie ... Der Herr Bürgermeister und der Doktor spielten mindestens zweimal in der Woche gemeinsam Karten ... Das muß ihm einen Schlag versetzt haben ...«

»Was erzählen die Einheimischen?«

»Es kommt darauf an, wer. Die kleinen Leute, die Arbeiter, die Fischer regt das nicht sehr auf. Ja, sie freuen sich fast schon über das, was passiert. Denn der Doktor, Monsieur Le Pommeret und Monsieur Servières hatten keinen sehr guten Ruf. Es waren feine Herren, gewiß ... Man wagte nicht, etwas gegen sie zu sagen ... Aber sie trieben es doch ein bißchen zu weit, wenn sie alle jungen Mädchen aus den Fabriken verführten. Im Sommer, mit ihren

Freunden aus Paris, war es noch schlimmer. Ständig waren sie am Trinken und randalierten in den Straßen bis zwei Uhr morgens, so als würde die Stadt ihnen gehören. Oft haben wir Beschwerden bekommen... Besonders wegen Monsieur Le Pommeret, der keinen Rock sehen konnte, ohne daß es mit ihm durchging. Das ist ein trauriges Kapitel, aber die Fabriken sind kaum in Betrieb. Es herrscht Arbeitslosigkeit. Daher... mit Geld... alle diese Mädchen...«

»Wen also regt es dann auf?«

»Die andern! Die Bürger! Und die Geschäftsleute, die sich mit der Gruppe im Café einließen. Es war so etwas wie der Mittelpunkt der Stadt, nicht wahr? Selbst der Bürgermeister, der herkam...«

Dem Polizisten schmeichelte die Aufmerksamkeit, die Maigret ihm schenkte.

»Wo sind wir?«

»Wir haben gerade die Stadtgrenze hinter uns. Von hier ab ist die Küste fast menschenleer. Es gibt nur Felsen, Fichtenwälder, ein paar Villen, die im Sommer von Leuten aus Paris bewohnt werden... Das ist die Gegend, die wir die ›Pointe du Cabélou‹ nennen.«

»Weshalb sind Sie auf den Gedanken gekommen, hier herumzustöbern?«

»Als Sie uns, meinen Kollegen und mich, damit beauftragt haben, einen Vagabunden zu suchen, der eventuell der Besitzer des gelben Hundes sein könnte, da haben wir zunächst einmal in den alten Schiffen des Innenhafens herumgesucht. Hin und wieder treibt man dort einen Landstreicher auf. Im vergangenen Jahr ist ein Kutter abgebrannt, weil ein Tippelbruder vergessen hatte, das Feuer zu löschen, das er angezündet hatte, um sich zu wärmen.«

»Nichts gefunden?«

»Nichts... Es war mein Kollege, der sich dann an die alte Wache auf der ›Pointe du Cabélou‹ erinnerte... Wir sind gleich da... Sehen Sie dieses viereckige Gebäude aus Quadersteinen auf dem letzten Felsvorsprung? Es stammt aus derselben Epoche wie die Befestigungswälle der Altstadt... Kommen Sie hier herüber. Passen Sie auf die Abfälle auf... Vor langer Zeit lebte ein Wachtposten hier, so eine Art Leuchtturmwärter, dessen Aufgabe darin bestand, vorüberfahrende Schiffe anzuzeigen. Man sieht sehr weit und überblickt die Fahrrinne vor den Glénan-Inseln, die einzige Zufahrt zum Hafen. Aber seit etwa fünfzig Jahren ist der Posten nicht mehr besetzt.«

Maigret ging durch einen Eingang hinein, dessen Tür verschwunden war, und betrat einen Raum mit Fußboden aus gestampfter Erde. Enge Schießscharten gewährten einen Blick hinaus aufs offene Meer. Auf der anderen Seite war nur ein einziges Fenster ohne Rahmen und ohne Scheiben. Und auf den Steinwänden Inschriften, hineingeritzt mit einer Messerspitze. Auf der Erde verdrecktes Papier, zahllose Abfälle.

»Hier also hat fast fünfzehn Jahre lang ein Mann gelebt, ganz allein. Ein Schwachkopf. Eine Art Wilder. Er schlief in dieser Ecke, unempfindlich gegen die Kälte, die Feuchtigkeit und die Stürme, die Gischt durch die Schießscharten hereinschleuderten. Er war eine Attraktion. Die Pariser kamen ihn im Sommer besuchen, gaben ihm Geldstücke. Ein Postkartenverkäufer ist auf die Idee gekommen, ihn zu fotografieren und diese Porträts am Eingang zu verkaufen. Schließlich ist der Mann gestorben, während des Krieges. Niemand fiel es ein, den Ort zu säubern. Gestern kam ich auf den Gedanken, daß sich vielleicht hier jemand versteckt hält, wenn überhaupt in dieser Gegend...«

Maigret stieg eine schmale Steintreppe hinauf, die direkt in die dicke Mauer hineingebaut war, gelangte in ein Schilderhaus oder vielmehr in einen Granitturm, der nach allen vier Seiten hin offen war und von wo aus man die gesamte Region bewundern konnte.

»Das war der Wachtposten. Vor der Erfindung der Leuchttürme wurde ein Feuer auf der Terrasse entfacht... Wir sind also heute morgen hergekommen, mein Kollege und ich. Auf Zehenspitzen haben wir uns genähert. Unten, genau dort, wo früher der Verrückte schlief, haben wir einen Mann gesehen, der schnarchte. Ein Hüne. Man hörte aus fünfzehn Meter Entfernung, wie er atmete. Uns ist es gelungen, ihm die Handschellen anzulegen, bevor er wach wurde.«

Sie waren wieder in das viereckige Zimmer hinuntergestiegen, in dem wegen der Zugluft eine eisige Kälte herrschte.

»Hat er sich gewehrt?«

»Noch nicht einmal! Mein Kollege hat seine Papiere verlangt, und er hat keine Anwort gegeben. Sie haben ihn nicht sehen können. Er ist stärker als wir beide zusammen. Deshalb habe ich meinen Revolvergriff nicht losgelassen. Und Hände!... Ihre sind schon groß, nicht wahr?... Nun, versuchen Sie mal, sich Hände vorzustellen, die doppelt so groß sind, mit Tätowierungen drauf...«

»Haben Sie erkannt, was sie darstellten?«

»Ich habe bloß einen Anker gesehen, auf der linken Hand, und die Buchstaben ›S. S.‹ zu beiden Seiten. Aber es hatte komplizierte Zeichnungen... Vielleicht eine Schlange? Was am Boden lag, haben wir nicht angerührt. Sehen Sie bloß!«

Von allem etwas: Flaschen von gutem Wein und teuren Spirituosen, leere Konservendosen und ungefähr zwanzig Dosen, die noch nicht angebrochen waren.

Und es gab noch Besseres: die Asche eines Feuers, das mitten im Raum gebrannt hatte, und dicht daneben der abgenagte Knochen einer Hammelkeule. Brotkanten. Einige Fischgräten. Eine Kammuschel und Hummerzangen.

»Ein richtiges Festessen, was!« rief der junge Polizist begeistert, der wohl noch nie einen solchen Schmaus mitgemacht hatte. »Das hat uns die Beschwerden, die wir in letzter Zeit erhalten haben, erklärt. Wir haben nicht weiter darauf geachtet, da es sich nicht um schwerwiegende Angelegenheiten handelte... Ein Sechspfünder, der einem Bäcker gestohlen wurde. Ein Korb Wittlinge, der von einem Fischkutter verschwand... Der Lagerverwalter von Prunier behauptete, daß ihm nachts Hummer geklaut würden.«

Maigret stellte eine sonderbare Kopfrechnung an, denn er versuchte herauszubekommen, in wie vielen Tagen ein Mann mit gutem Appetit all das hatte verschlingen können, was hier verzehrt worden war.

»Eine Woche«, murmelte er. »Ja... Die Hammelkeule mitgerechnet...«

Plötzlich fragte er:

»Und der Hund?«

»Eben! Wir haben ihn nicht wiedergesehen. Zwar gibt es Spuren von Pfoten auf dem Boden, aber das Tier haben wir nicht zu Gesicht bekommen … Wissen Sie, der Bürgermeister muß ganz außer sich sein, wegen des Doktors … Es würde mich wundern, wenn er nicht nach Paris telegrafiert, wie er angekündigt hat …«

»War Ihr Mann bewaffnet?«

»Nein! Ich habe ihm höchstpersönlich die Taschen durchsucht, während mein Kollege Piedbœuf, der die Handschellen hielt, mit der anderen Hand auf ihn zielte. In einer Hosentasche steckten geröstete Kastanien … Vier oder fünf. Die stammen wohl von dem Karren, der Samstag und Sonntag abends vor dem Kino steht. Dann noch ein paar Geldstücke. Keine zehn Franc. Ein Messer, aber kein gefährliches. So eins, wie es die Fischer zum Brotschneiden verwenden.«

»Er hat kein Wort gesagt?«

»Kein einziges. Deshalb haben wir gedacht, mein Kollege und ich, daß es ein Schwachkopf sei, wie der ehemalige Bewohner. Er betrachtete uns wie ein Gorilla. Sein Bart war eine Woche alt, und im Mund hatte er zwei abgebrochene Zähne.«

»Seine Kleidung?«

»Ich könnte es Ihnen nicht sagen. Ein alter Anzug … Ich weiß nicht einmal mehr, ob er darunter ein Hemd oder einen Pullover trug. Er ist uns brav gefolgt. Wir waren stolz auf unseren Fang. Zehnmal hätte er davonlaufen können, bevor wir in der Stadt eintrafen. Und so waren wir völlig arglos, als er mit einem Ruck die Ketten der Handschellen sprengte. Ich habe geglaubt, meine rechte Hand sei abgerissen! Man sieht den Abdruck der Handschellen immer noch. Was Doktor Michoux anbelangt ...«

»Ja?«

»Sie wissen, daß seine Mutter heute oder morgen zurückkommen soll. Sie ist die Witwe eines Abgeordneten. Es heißt, daß sie einen langen Arm hat. Und sie ist mit der Frau des Bürgermeisters befreundet ...«

Maigret sah durch die Schießscharten hindurch auf den grauen Atlantik hinaus. Kleine Segelboote schifften zwischen der Pointe du Cabélou und einem Riff hindurch, das man wegen der Brandung erahnte, wendeten dann und begannen ihre Netze in einer Entfernung von weniger als einer Meile auszuwerfen.

»Glauben Sie tatsächlich, daß der Doktor selbst ...?«

»Gehen wir!« sagte der Kommissar.

Die Flut stieg. Als sie hinausgingen, begann das Wasser schon an der Plattform zu lecken. Hundert Meter vor ihnen hüpfte ein Junge von Fels zu Fels, auf der Suche nach den Reusen, die er in den Vertiefungen aufgestellt hatte. Der junge Polizist konnte nicht den Mund halten.

»Das Seltsamste ist, daß man Monsieur Mostaguen angegriffen hat, den besten Menschen von Concarneau. Er sollte sogar Departementsrat werden. Allem Anschein nach ist er gerettet, aber die Kugel hat nicht entfernt werden können. So wird er zeit seines Lebens ein Stück Blei im Bauch mit sich herumtragen! Wenn man überlegt, daß ohne diesen Einfall, sich eine Zigarre anzuzünden ...«

Sie gingen nicht um das Hafenbecken herum, sondern überquerten einen Teil des Hafens mit der Fähre, die im

Pendelverkehr zwischen der Hafeneinfahrt und der Altstadt hin- und herschipperte.

Unweit der Stelle, wo sich am Abend zuvor junge Kerle mit Steinen über den gelben Hund hergemacht hatten, erblickte Maigret eine Mauer, einen monumentalen Eingang, darüber eine Fahne und die Worte: »Gendarmerie Nationale«.

Er überquerte den Hof eines Gebäudes, das aus der Zeit von Colbert stammte. In einem Büro diskutierte Inspektor Leroy mit einem Wachtmeister der Gendarmerie.

»Der Doktor?« fragte Maigret.

»Eben! Der Wachtmeister wollte das Essen auf keinen Fall von außerhalb kommen lassen...«

»Wenn, dann nur auf Ihre Verantwortung!« sagte der Wachtmeister zu Maigret. »Und ich werde eine Bescheinigung von Ihnen verlangen, um mich abzusichern.«

Im Hof war es still wie in einem Kloster. Ein Brunnen plätscherte mit einem herrlichen Gluckern.

»Wo ist er?«

»Dort unten, rechts. Sie müssen die Tür aufstoßen, dann ist es die zweite Tür auf dem Flur. Soll ich Ihnen öffnen? Der Bürgermeister hat angerufen und geraten, den Häftling so rücksichtsvoll wie möglich zu behandeln...«

Maigret kratzte sich am Kinn. Inspektor Leroy und der Polizist, die beinahe gleich alt waren, betrachteten ihn mit derselben verstohlenen Neugier.

Einige Augenblicke später betrat der Kommissar allein eine Zelle mit weißgekalkten Wänden, die nicht trostloser war als eine Kasernenstube.

Michoux, vor einem kleinen Tisch aus weißem Holz sitzend, erhob sich bei seinem Eintreten, zögerte einen Moment, schaute weg und begann:

»Ich nehme an, Kommissar, daß Sie diese Komödie nur deshalb inszeniert haben, um ein weiteres Drama zu verhüten und mich in Sicherheit vor … den Attentaten des …«

Maigret stellte fest, daß man ihm weder seine Hosenträger noch sein Halstuch, noch seine Schnürsenkel weggenommen hatte, wie es Vorschrift war. Mit der Fußspitze zog er sich einen Stuhl heran, nahm Platz, stopfte sich eine Pfeife und murmelte gutmütig:

»Allerdings … Aber nehmen Sie ruhig Platz, Doktor!«

6

Ein Feigling

Sind Sie abergläubisch, Kommissar?«

Maigret, rittlings auf seinem Stuhl, die Ellbogen auf der Lehne, verzog das Gesicht, was alles nur Erdenkliche bedeuten konnte. Der Arzt hatte nicht Platz genommen.

»Ich glaube, daß wir es eigentlich alle irgendwann einmal sind, oder wenn Ihnen das lieber ist, wir werden es genau dann, wenn man es auf uns abgesehen hat...«

Er hustete in sein Taschentuch, das er mit Sorge betrachtete, und fuhr fort:

»Vor einer Woche noch hätte ich Ihnen gesagt, daß ich nicht an Wahrsagerei glaube... Und dennoch! Es ist vielleicht fünf Jahre her... Gemeinsam mit einigen Freunden aß ich bei einer Schauspielerin aus Paris zu Abend. Beim Kaffee schlug irgend jemand vor, Karten zu legen. Nun, wissen Sie, was mir prophezeit wurde? Glauben Sie mir, ich habe gelacht! Ich habe erst recht gelacht, weil es sich vom üblichen Klischee abhob: blonde Dame, älterer Herr, der es gut mit Ihnen meint, Brief, der von weit her kommt, usw.

Mir dagegen wurde gesagt: ›Sie werden eines gräßlichen Todes sterben, eines gewaltsamen Todes... Hüten Sie sich vor gelben Hunden.‹«

Ernest Michoux hatte den Kommissar noch immer nicht

angeschaut und heftete nun für einen Moment seinen Blick auf ihn. Maigret war gelassen. Er wirkte riesig auf seinem Stühlchen und war geradezu ein Denkmal der Gelassenheit.

»Erstaunt Sie das gar nicht? Jahrelang habe ich nie wieder von einem gelben Hund reden hören... Am Freitag geschieht ein Verbrechen. Einer meiner Freunde fällt ihm zum Opfer. Ich hätte ebenso wie er in diesem Eingang Schutz suchen und von der Kugel getroffen werden können... Und da taucht auf einmal ein gelber Hund auf!

Ein weiterer Freund verschwindet unter unerhörten Umständen. Und der gelbe Hund streift weiter umher!

Gestern war Le Pommeret an der Reihe. Wieder der gelbe Hund! Und da verlangen Sie, daß mich das nicht mitnimmt?«

Er hatte noch nie soviel in einem Atemzug gesagt, und wie er so redete, gewann er wieder Haltung. Die ganze Aufmunterung des Kommissars bestand aus einem:

»Sicher... Sicher...«

»Ist das nicht beunruhigend? Mir wird klar, daß ich Ihnen wie ein Feigling vorgekommen sein muß. Nun ja! Ich habe Angst gehabt. Eine unbestimmte Angst, die mir vom ersten Verbrechen an die Kehle zugeschnürt hat, besonders als von einem gelben Hund die Rede war.«

Er durchmaß die Zelle mit kleinen Schritten und schaute dabei zu Boden. Sein Gesicht belebte sich.

»Um ein Haar hätte ich Sie um Ihren Schutz gebeten, aber ich habe befürchtet, daß Sie lächeln würden... Noch mehr habe ich Ihre Verachtung gefürchtet. Denn starke Männer verachten Feiglinge.«

Seine Stimme bekam etwas Spitzes.

»Und ich gebe es ja zu, Kommissar, ich bin ein Feigling! Schon seit vier Tagen habe ich Angst, seit vier Tagen werde ich von Angst gequält. Das ist doch nicht meine Schuld! Ich habe lange genug Medizin studiert, um mir über meinen Fall völlig klar zu sein.

Als ich geboren wurde, mußte ich in einen Brutkasten gelegt werden. In meiner Kindheit habe ich keine Kinderkrankheit ausgelassen.

Und als der Krieg ausgebrochen ist, haben mich Ärzte, die fünfhundert Mann täglich untersuchten, für tauglich erklärt und an die Front geschickt. Dabei hatte ich nicht nur eine schwache Lunge mit Vernarbungen von früheren Erkrankungen her, sondern mir war außerdem zwei Jahre zuvor eine Niere entfernt worden.

Ich habe Angst gehabt! Angst zum Verrücktwerden! Sanitäter haben mich hervorgeholt, als ich bei der Explosion einer Granate in einem Bombentrichter begraben wurde. Und da hat man endlich festgestellt, daß ich für den Militärdienst untauglich war.

Was ich Ihnen erzähle, ist nicht unbedingt amüsant. Aber ich habe Sie beobachtet. Ich habe den Eindruck, daß Sie in der Lage sind, zu verstehen.

Diese Verachtung der Starken für die Feiglinge, das ist einfach... Über die tieferen Ursachen der Feigheit sollte man sich jedoch Gedanken machen.

Sehen Sie, ich habe begriffen, daß Sie für unsere Runde im Café des Hôtel de l'Amiral keine Sympathie hegten. Man hat Ihnen erzählt, daß ich mich mit dem Verkauf von Grundstücken beschäftige – als Sohn eines ehemaligen Abgeordneten, als Doktor der Medizin... Und diese Abende um einen Cafétisch herum, zusammen mit anderen Versagern.

Aber was hätte ich machen können? Meine Eltern gaben viel Geld aus, obwohl sie nicht reich waren. Das ist in Paris keine Seltenheit. Ich bin im Luxus aufgewachsen, in den großen Thermalbädern... Dann stirbt mein Vater, und meine Mutter beginnt an der Börse zu spekulieren, zu intrigieren, noch immer die Dame von Welt wie zuvor, noch immer genauso stolz, jedoch bedrängt von Gläubigern.

Ich habe ihr geholfen! Das war alles, wozu ich in der Lage war! Diese Baugrundstücke, nichts Großartiges. Und dieses Leben hier... Die Notabeln! Aber mit etwas Unsolidem...

Seit drei Tagen beobachten Sie mich, und ich möchte gern ein offenes Wort mit Ihnen reden... Ich bin verheiratet gewesen. Meine Frau hat die Scheidung eingereicht, weil sie einen Mann wollte, der höher hinauswollte als ich.

Eine Niere weniger... Drei oder vier Tage in der Woche schleppe ich mich krank und schlapp von meinem Bett zu einem Sessel.«

Erschöpft setzte er sich.

»Emma wird Ihnen erzählt haben, daß ich ihr Geliebter war... Blöd, nicht wahr? Doch hin und wieder braucht man eine Frau. So etwas erklärt man nicht jedem...

Im Café des Hotels wäre ich zu guter Letzt vielleicht noch übergeschnappt – der gelbe Hund, Servières verschwunden, die Blutflecken in seinem Wagen... Und vor allem dieser häßliche Tod von Le Pommeret.

Weswegen er? Weswegen nicht ich? Zwei Stunden zuvor

saßen wir zusammen am selben Tisch, vor denselben Gläsern. Und ich hatte das dunkle Gefühl, daß ich an der Reihe wäre, wenn ich das Haus verließe. Dann habe ich gespürt, wie der Kreis enger wurde, daß ich selbst im Hotel, selbst eingeschlossen in meinem Zimmer, der Gefahr ausgesetzt war.

Freude durchfuhr mich, als ich sah, wie Sie meinen Haftbefehl unterschrieben haben… Und doch…«

Er blickte auf die Wände rings um ihn, auf das Fenster mit den drei Gitterstäben, das zum Hof hinaus lag.

»Ich muß meine Pritsche in diese Ecke rücken… Wieso, ja, wieso hat man mir vor fünf Jahren etwas von einem gelben Hund erzählen können, wo doch dieser Hund da bestimmt noch nicht geboren war? Ich habe Angst, Kommissar! Ich sage es Ihnen ins Gesicht, daß ich Angst habe! Es ist mir gleich, was die Leute denken werden, wenn sie erfahren, daß ich im Gefängnis sitze. Sterben, das will ich nicht! Und irgend jemand lauert mir auf, irgend jemand, den ich nicht kenne, der Le Pommeret umgebracht hat, der mit Sicherheit Goyard umgebracht hat, der auf Mostaguen geschossen hat… Weswegen? Sagen Sie es mir! Weswegen? Womöglich ein Wahnsinniger… Und man hat ihn noch nicht zur Strecke bringen können! Er ist auf freiem Fuß! Er schleicht vielleicht um uns herum. Er weiß, daß ich hier bin. Er wird herkommen mit seinem entsetzlichen Hund, der den Blick eines Menschen hat…«

Maigret erhob sich langsam, klopfte seine Pfeife gegen seinen Absatz. Und der Doktor wiederholte mit jämmerlicher Stimme:

»Ich weiß, daß ich Ihnen wie ein Feigling vorkomme…

Aber glauben Sie mir! Ich bin sicher, daß ich heute nacht wegen meiner Niere Höllenqualen ausstehen werde.«

Maigret stand da wie das Gegenstück des Häftlings, der Erregung, des Fiebers, der Krankheit, wie das Gegenstück dieser krankhaften und widerwärtigen Angst.

»Soll ich Ihnen einen Arzt kommen lassen?«

»Nein! Wenn ich wüßte, daß jemand käme, so hätte ich noch größere Angst. Ich würde mich darauf gefaßt machen, daß *er* käme, der Mann mit dem Hund, der Wahnsinnige, der Mörder.«

Es hätte nicht viel gefehlt, und er hätte mit den Zähnen geklappert.

»Meinen Sie, daß Sie ihn festnehmen oder wie ein tollwütiges Tier zur Strecke bringen werden? Denn er ist tollwütig! Man tötet nicht einfach so, ohne Grund...«

Noch ein paar Minuten, und der Nervenzusammenbruch wäre da. Maigret zog es vor, zu gehen, während der Häftling ihm mit den Blicken folgte, den Kopf zwischen den Schultern eingezogen, die Lider gerötet.

»Haben Sie mich verstanden, Wachtmeister? Niemand außer Ihnen betritt seine Zelle, und Sie bringen ihm höchstpersönlich das Essen und alles, was er möchte. Aber nichts herumliegen lassen, was er als Waffe verwenden könnte, um Selbstmord zu begehen. Nehmen Sie ihm seine Schnürsenkel ab, seine Krawatte. Der Hof soll Tag und Nacht bewacht werden. Nehmen Sie Rücksicht, sehr viel Rücksicht.«

»So ein feiner Herr!« seufzte der Wachtmeister. »Glauben Sie, daß er...?«

»Das nächste Opfer ist, ja! Sie bürgen mir für sein Leben!«

Und Maigret ging davon, die enge Straße entlang, durch die Wasserpfützen watend. Die ganze Stadt kannte ihn schon. Die Gardinen bewegten sich, wenn er vorüberging. Die Jungen hörten auf zu spielen, um ihn mit ängstlichem Respekt anzusehen.

Auf der Zugbrücke, die die Altstadt mit der Neustadt verband, traf er Inspektor Leroy, der ihn suchte.

»Was Neues? Man hat doch nicht etwa meinen Gorilla dingfest gemacht?«

»Welchen Gorilla?«

»Den Mann mit den großen Füßen.«

»Nein! Der Bürgermeister hat mir Befehl erteilt, die Fahndung einzustellen, weil sie die Bevölkerung aufregen würde. An den strategisch wichtigen Stellen hat er ein paar Gendarmen auf Posten gelassen…

Aber ich will Sie nicht deswegen sprechen, sondern wegen des Journalisten, Goyard, genannt Jean Servières. Ein Vertreter, der ihn kennt und der gerade hier angekommen ist, behauptet, ihn gestern in Brest gesehen zu haben. Goyard habe so getan, als ob er ihn nicht kenne, und den Kopf abgewandt.«

Der Inspektor wunderte sich über die Gelassenheit, mit der Maigret diese Neuigkeit aufnahm.

»Der Bürgermeister ist davon überzeugt, daß der Vertreter sich getäuscht hat. Kleine dicke Männer gibt es in jeder Stadt… Und wissen Sie, was ich ihn zu seinem Stellvertreter habe sagen hören, halblaut, vielleicht in der Hoffnung, daß ich es höre?

Wörtlich:

›Sie werden sehen, wie sich der Kommissar auf diese falsche Spur stürzen, nach Brest fahren und es uns überlassen wird, mit dem richtigen Mörder fertig zu werden!‹«

Maigret ging schweigend etwa zwanzig Schritte weiter. Auf dem Platz wurden die Marktbuden abgebaut.

»Beinahe hätte ich ihm geantwortet, daß...«

»Daß was?«

Leroy wurde rot, wandte den Kopf ab.

»Eben! Ich weiß nicht... Auch ich habe den Eindruck gehabt, daß Sie der Festnahme des Vagabunden keine große Bedeutung beimessen...«

»Wie geht es Mostaguen?«

»Besser. Er kann sich den Angriff, dessen Opfer er war, nicht erklären. Er hat seine Frau um Verzeihung gebeten. Um Verzeihung, daß er so lange im Café geblieben ist! Um Verzeihung, daß er sich halb betrunken hat! Unter Tränen hat er geschworen, nie mehr einen Tropfen Alkohol anzurühren.«

Maigret war gegenüber dem Hafen stehengeblieben, fünfzig Meter vom Hôtel de l'Amiral entfernt. Boote kehrten heim, ließen beim Umschiffen der Mole ihr braunes Segel fallen, wurden langsam mit dem Wrickruder vorangetrieben.

Die Ebbe legte am Fuß der Mauern der Altstadt Schlickbänke frei, auf denen alte Töpfe und Unrat lagen.

Hinter dem einförmigen Wolkengewölbe ahnte man die Sonne.

»Ihr Eindruck, Leroy?«

Der Inspektor geriet noch mehr in Verwirrung.

»Ich weiß nicht … Ich meine, wenn wir den Mann hätten … Denken Sie doch nur daran, daß der gelbe Hund erneut verschwunden ist. Was hat er in der Villa des Doktors zu suchen gehabt? Es mußte dort Gifte geben. Daraus folgere ich …«

»Ja, natürlich! Ich allerdings, ich folgere nie …«

»Dennoch würde ich den Vagabunden gern aus der Nähe sehen. Die Fußstapfen beweisen, daß er ein Hüne ist …«

»Genau!«

»Was wollen Sie damit sagen?«

»Nichts.«

Maigret rührte sich nicht; er schien fasziniert vom Anblick des kleinen Hafens, der ›Pointe du Cabélou‹ links, mit dem Fichtenwäldchen und den Felsvorsprüngen, der rot-schwarz gestreiften Bake, den scharlachroten Bojen, welche die Fahrrinne zu den Glénan-Inseln anzeigten, die in dem Grau-in-Grau nicht zu erkennen waren.

Der Inspektor hatte noch etliches zu erzählen.

»Ich habe mit Paris telefoniert, um über Goyard Auskunft zu erhalten, der lange Zeit dort gelebt hat.«

Maigret betrachtete ihn mit wohlwollender Ironie, und Leroy, empfindlich getroffen, sagte sehr schnell herunter:

»Die Auskünfte sind sehr gut oder auch sehr schlecht … Ich habe einen ehemaligen Wachtmeister vom Rauschgiftdezernat an der Strippe gehabt, der ihn persönlich gekannt hat. Allem Anschein nach hat er sich lange Zeit am Rande des Journalismus bewegt. Zuerst als Lokalberichterstatter, dann als Generalsekretär eines kleinen Theaters, dann als Direktor eines Cabarets auf dem Montmartre … Zwei Pleiten. Zwei Jahre als Chefredakteur eines Provinzblattes in Nevers, glaube ich. Dann schließlich übernahm er die Leitung eines Nachtlokals.

›Einer, der schwimmen kann.‹ Das sind die Worte des Wachtmeisters. Allerdings hat er hinzugefügt: ›Ein guter Kerl; als ihm klargeworden ist, daß er letzten Endes entweder sein bißchen Vermögen durchbringen oder Ärger bekommen würde, hat er es vorgezogen, wieder in die Provinz einzutauchen.‹«

»Na und?«

»Ich frage mich, weswegen er diesen Anschlag fingiert hat. Ich habe mir nämlich den Wagen noch einmal angesehen. Es gibt Blutspuren, echte. Aber wenn er angegriffen worden ist, weshalb gibt er kein Lebenszeichen, wo er doch nun in Brest herumläuft?«

»Sehr gut!«

Der Inspektor sah Maigret scharf an, um herauszufinden, ob dieser sich nicht lustig mache. Aber keineswegs! Der Kommissar war ernst, den Blick auf einen Fleck Sonne geheftet, der sich weit draußen auf dem Meer abzeichnete.

»Was Le Pommeret anbelangt...«

»Haben Sie Hinweise?«

»Sein Bruder ist zum Hotel gekommen, um Sie zu sprechen. Er hatte keine Zeit zu warten. Er hat kein gutes Haar an dem Ermordeten gelassen. Seiner Meinung nach war er sehr schlimm: ein Faulenzer... Zwei Leidenschaften: die Frauen und die Jagd... Dann noch die üble Angewohnheit, Schulden zu machen und den großen Herrn hervorzukehren. Eine Einzelheit von Hunderten. Der Bruder, der wohl der größte Unternehmer am Platze ist, hat mir erklärt:

›Ich gebe mich damit zufrieden, meine Kleidung in Brest einzukaufen. Sie ist dort zwar nicht sehr fein, aber solide und bequem. Yves ließ seine Kleider in Paris in Auftrag geben. Und er brauchte Schuhe, die das Zeichen eines großen Schuhfabrikanten trugen! Nicht einmal meine Frau trägt maßgearbeitetes Schuhwerk.‹«

»Zum Piepen!« sagte Maigret zur großen Bestürzung, wenn nicht gar zur Entrüstung seines Kollegen.

»Wieso?«

»Köstlich, wenn Ihnen das lieber ist! Wir tauchen ja, wie Sie vorhin gesagt haben, mit einem Hechtsprung ins Provinzleben ein! Es ist zu schön! Ob Le Pommeret Konfektionsschuhe oder Schuhe nach Maß trug – das hört sich unwesentlich an. Aber, ob Sie mir glauben oder nicht, genau das ist der Kern des Dramas. Gehen wir einen Aperitif trinken, Leroy! So wie diese Leute … im Hôtel de l'Amiral!«

Noch einmal musterte der Inspektor seinen Chef und fragte sich, ob er ihn nicht doch auf die Schippe nahm. Dabei hatte er sich ein großes Lob erhofft für seinen Fleiß und seinen Einsatz an diesem Vormittag.

Und Maigret schien das alles nicht ernst zu nehmen! Es spielte sich die gleiche Szene ab, wie wenn ein Lehrer den Klassenraum betritt, wo die Schüler am Schwatzen sind. Die Gespräche verstummten. Die Journalisten stürzten dem Kommissar entgegen.

»Kann die Verhaftung des Doktors bekanntgemacht werden? Hat er ein Geständnis abgelegt?«

»Von wegen!«

Maigret trieb sie mit einer Geste auseinander und sagte zu Emma: »Zwei Pernod, mein Kleines.«

»Aber schließlich haben Sie doch Monsieur Michoux festgenommen ...«

»Wollen Sie die Wahrheit wissen?«

Schon hatten sie ihre Notizblöcke zur Hand. Sie warteten, mit gezücktem Federhalter.

»Nun denn, es gibt noch keine Wahrheit. Vielleicht wird es eines Tages eine geben. Vielleicht auch nicht.«

»Es wird behauptet, daß Jean Goyard ...«

»Am Leben ist! Um so besser für ihn!«

»Aber es gibt doch einen Mann, der sich versteckt, nach dem man vergebens fahndet ...«

»Was die Unterlegenheit des Jägers gegenüber dem Wild beweist!«

Und leise sagte Maigret, wobei er Emma am Ärmel festhielt:

»Serviere mir mein Abendessen auf meinem Zimmer.«

In einem Zug trank er seinen Aperitif und stand auf.

»Einen guten Rat, Messieurs: Keine voreiligen Schlüsse! Und vor allem keine Rückschlüsse.«

»Und der Schuldige?«

Er zuckte mit seinen breiten Schultern und hauchte:

»Wer weiß?«

Er war schon am Fuß der Treppe. Inspektor Leroy warf ihm einen fragenden Blick zu.

»Nein, mein Lieber. Essen Sie am Gästetisch. Ich muß mich ausruhen.«

Man hörte ihn schleppenden Schrittes die Treppenstufen hinaufsteigen. Zehn Minuten später ging auch Emma mit einer Platte hinauf, auf welcher eine Vorspeise angerichtet war.

Sodann sah man, wie sie eine Kammuschel, Kalbsbraten und Spinat hinaufbrachte.

Das Gespräch im Speisesaal schlief ein. Einer der Journalisten wurde ans Telefon gerufen und erklärte:

»Gegen vier Uhr, ja! Ich hoffe, Ihnen einen Sensationsbericht übermitteln zu können... Jetzt noch nicht!... Man muß abwarten...«

Ganz allein am Tisch aß Leroy mit den Manieren eines wohlerzogenen Jungen, wischte sich fortwährend mit der Ecke seiner Serviette die Lippen ab.

Die Leute vom Markt beobachteten die Fassade des Cafés in der dunklen Hoffnung, daß dort etwas geschehe.

Ein Gendarm stand angelehnt an der Ecke des Gäßchens, durch welches der Vagabund verschwunden war.

»Der Herr Bürgermeister verlangt Kommissar Maigret am Telefon!«

Leroy wurde unruhig und beauftragte Emma:

»Gehen Sie nach oben, um ihn zu benachrichtigen.«

Aber das Serviermädchen kam wieder und verkündete:

»Er ist weg!«

Der Inspektor rannte die Treppe hinauf, wobei er drei Stufen auf einmal nahm, kam kreidebleich zurück und griff nach dem Hörer: »Hallo!... Ja, Herr Bürgermeister!... Ich weiß nicht... Ich bin sehr beunruhigt... Der Kommissar ist nicht mehr da... Hallo!... Nein! Ich kann Ihnen nichts weiter sagen... Er hat auf seinem Zimmer zu Abend gegessen... Ich habe ihn nicht herunterkommen sehen... Ich... ich werde Sie gleich wieder anrufen...«

Und Leroy, der seine Serviette nicht losgelassen hatte, benutzte sie, um sich damit die Stirn abzuwischen.

7

Das Pärchen im Kerzenschein

Erst eine halbe Stunde später ging der Inspektor in sein eigenes Zimmer hinauf. Auf dem Tisch fand er einen Zettel, auf welchem in Morseschrift geschrieben stand:

Steigen Sie heute abend gegen elf Uhr unbemerkt auf das Dach. Sie werden mich dort antreffen. Keinen Mucks. Kommen Sie bewaffnet. Sagen Sie, ich sei nach Brest abgereist, von wo aus ich Sie angerufen hätte. Verlassen Sie das Hotel nicht.

Maigret

Kurz vor elf zog Leroy seine Schuhe aus, schlüpfte in die Filzpantoffeln, die er eigens für dieses Unternehmen, das ihn nicht unbeeindruckt ließ, am Nachmittag gekauft hatte.

Vom zweiten Stock aus gab es keine Treppe mehr, aber eine feststehende Leiter, die an einer Klappe in der Decke endete und auf einen Dachboden führte, wo es wegen der Zugluft eisig kalt war und wo der Inspektor es wagte, ein Streichholz zu entfachen.

Wenige Augenblicke später durchstieg er die Dachluke, traute sich jedoch nicht gleich, auf das Sims hinauszuklettern. Alles war kalt. Seine Finger, die die Zinkplatten berührten, wurden steif. Und Leroy hatte sich nicht mit einem Mantel belasten wollen.

Als seine Augen sich an die Finsternis gewöhnt hatten, glaubte er eine dunkle, gedrungene Masse zu erkennen, wie ein riesiges Tier auf der Lauer. Seine Nase nahm einen vertrauten Pfeifengeruch wahr. Er pfiff leise.

Einen Augenblick später kauerte er neben Maigret auf dem Sims. Weder das Meer noch die Stadt waren zu erkennen. Man befand sich auf der vom Quai abgewandten Seite des Dachs, am Rande eines schwarzen Grabens, der nichts weiter war als die berüchtigte Gasse, durch welche der Vagabund mit den großen Füßen entkommen war.

Die Dächer ringsherum waren unterschiedlich hoch. Es gab sehr tief liegende Dächer und auch solche, die sich in Höhe der beiden Männer befanden. Da und dort drang Licht aus den Fenstern. Bei manchen waren die Vorhänge zugezogen, auf denen regelrechte chinesische Schattenspiele aufgeführt wurden. In einem ziemlich weit entfernten Zimmer wusch eine Frau einen Säugling in einem Emailbecken.

Die Masse des Kommissars setzte sich in Bewegung, begann vielmehr zu kriechen, bis Maigret den Mund am Ohr seines Begleiters hatte.

»Vorsicht! Keine hastigen Bewegungen. Das Sims ist nicht stabil, und unter uns verläuft eine Regenrinne, die nur darauf wartet, mit Gepolter hinabzustürzen... Was machen die Journalisten?«

»Sie sind unten, außer einem, der Sie in Brest sucht, davon überzeugt, daß Sie Goyard auf der Spur sind.«

»Emma?«

»Keine Ahnung. Ich habe nicht auf sie geachtet. Sie hat mir nach dem Abendessen den Kaffee serviert.«

Es war verwirrend, auf diese Weise, ohne daß irgend jemand davon wußte, auf einem Haus voller Leben zu sitzen, voller Leute, die in beheizten und beleuchteten Räumen umhergingen, ohne flüstern zu müssen.

»Gut. Drehen Sie sich sachte zu diesem Haus um, das zu verkaufen ist. Langsam!«

Es war das zweite Haus rechts, eines der wenigen, die gleich hoch wie das Hotel waren. Es lag in völliger Dunkelheit da, und dennoch kam es dem Inspektor so vor, als spiegle sich ein Lichtschimmer in einer Fensterscheibe im zweiten Stock, hinter der keine Gardinen hingen.

Nach und nach stellte er fest, daß es sich nicht um einen Widerschein handelte, der von draußen kam, sondern um ein schwaches Licht im Innern. Je länger er denselben Punkt im Raum anstarrte, desto deutlicher nahmen dort Dinge Gestalt an.

Ein gebohnerter Fußboden... Eine halb niedergebrannte Kerze, umgeben von einem Lichthof.

»Er ist da«, sagte er auf einmal, und seine Stimme wurde unwillkürlich lauter.

»Pst! Ja...«

Jemand lag auf dem bloßen Fußboden, zur Hälfte in dem von der Kerze beleuchteten Bereich, zur anderen Hälfte im Halbdunkel. Ein riesiger Schuh war zu sehen, ein breiter Oberkörper in einem Seemannspullover.

Leroy wußte, daß sich ein Gendarm am Ende der Gasse befand, ein weiterer auf dem Platz, und noch einer ging auf dem Quai auf und ab.

»Wollen Sie ihn festnehmen?«

»Ich weiß nicht. Er schläft schon seit drei Stunden.«

»Ist er bewaffnet?«

»Heute morgen war er es nicht …«

Die Silben, die gesprochen wurden, waren kaum zu erraten. Es war ein undeutliches Geraune, das im Hauch der Atemstöße unterging.

»Worauf warten wir?«

»Ich weiß nicht … Ich möchte wissen, weshalb er eine Kerze angezündet hat, wo man ihm doch nachstellt und er schläft … Achtung!«

Ein gelbes Viereck war soeben auf einer Mauer erschienen.

»Jemand hat gerade in Emmas Zimmer Licht gemacht, unter uns. Es ist der Widerschein.«

»Haben Sie nicht zu Abend gegessen, Kommissar?«

»Ich hatte mir Brot und Wurst mitgenommen. Ist Ihnen nicht kalt?«

Sie froren alle beide. In regelmäßigen Abständen sahen sie den Lichtstrahl des Leuchtturms über den Himmel streichen.

»Sie hat es ausgemacht.«

»Ja. Pst!«

Fünf Minuten Stille, eintöniges Warten. Dann suchte die Hand von Leroy diejenige Maigrets, drückte sie vielsagend.

»Unten …«

»Ich hab's gesehen …«

Ein Schatten auf der mit Kalk verputzten Mauer, die den Garten des unbewohnten Hauses von der Gasse trennte.

»Sie geht zu ihm«, flüsterte Leroy, der nicht den Mund halten konnte.

Der Mann oben schlief immer noch bei seiner Kerze. Im Garten raschelte ein Johannisbeerstrauch. Eine Katze suchte auf einer Dachrinne das Weite.

»Haben Sie vielleicht ein Luntenfeuerzeug?«

Maigret wagte es nicht, seine Pfeife wieder anzuzünden. Er zögerte lange. Schließlich ließ er sich mit der Jacke seines Begleiters abschirmen und entfachte rasch ein Streichholz, während der Inspektor erneut den warmen Tabakgeruch einsog.

»Sehen Sie mal!«

Sie sagten nichts mehr. Der Mann erhob sich mit einer so plötzlichen Bewegung, daß er um ein Haar die Kerze umgestoßen hätte. Er wich in den Schatten zurück, während sich die Tür öffnete und Emma im Licht auftauchte, zögernd, so jämmerlich, daß sie wie eine Schuldige wirkte.

Sie hielt etwas unter dem Arm: eine Flasche und ein Bündel, das sie auf den Boden abstellte. Das Papier ging teilweise auf, ließ ein gebratenes Hähnchen sichtbar werden.

Sie redete. Ihre Lippen bewegten sich. Sie sprach nur wenige Worte, bescheiden, traurig. Ihr Gesprächspartner aber war für die Polizisten nicht zu sehen.

Weinte sie nicht? Sie trug ihr schwarzes Servierkleid, ihre bretonische Trachtenhaube. Nur ihre weiße Schürze hatte sie abgelegt, wodurch ihre Haltung noch gekrümmter schien als gewöhnlich.

Ja! Sie mußte wohl weinen beim Reden ... Stockend sagte sie ein paar Worte. Und der Beweis war, daß sie sich plötzlich gegen die Türverkleidung lehnte und ihr Gesicht im angewinkelten Arm verbarg. Ihr Rücken hob sich in unregelmäßigem Rhythmus.

Als der Mann wieder auftauchte, verdunkelte er fast das gesamte Rechteck des Fensters, gab dann die Sicht frei, indem er in den Hintergrund des Raumes ging. Seine große Hand fiel auf die Schulter des Mädchens nieder und versetzte ihr einen solchen Stoß, daß sie eine ganze Kehrtwendung machte, beinahe hingefallen wäre und ihr jämmerlich bleiches Gesicht mit Lippen, die vom Schluchzen geschwollen waren, sichtbar wurde.

All das war jedoch so undeutlich, so verschwommen wie ein Film im Kino, wenn die Lampen im Saal wieder eingeschaltet werden. Und noch etwas fehlte: die Geräusche, die Stimmen…

Genau wie ein Film: ein Film ohne Ton.

Obwohl es der Mann war, der redete. Und er redete wohl laut. Er war wie ein Gorilla. Den Kopf dicht auf den Schultern, den Oberkörper in einem engen Pullover, der seine Brustmuskeln hervortreten ließ, das Haar kurz geschoren, wie bei einem Sträfling, die Fäuste in die Hüften gestemmt, schleuderte er ihr Vorwürfe, Schimpfwörter oder Drohungen ins Gesicht.

Er war wohl drauf und dran, handgreiflich zu werden. So, daß Leroy versuchte, Maigret noch fester zu packen, als wolle er sich selbst beruhigen.

Emma weinte noch immer. Ihre Haube saß mittlerweile schief. Ihr Knoten würde sich gleich lösen. Irgendwo wurde ein Fenster geschlossen, was eine Sekunde lang ablenkte.

»Kommissar... ob wir...«

Der Tabakgeruch umhüllte die beiden Männer und gaukelte ihnen Wärme vor.

Weshalb faltete Emma die Hände? Wieder redete sie... In ihrem verzerrten Gesicht lag gleichzeitig Entsetzen, Flehen und Schmerz, und Inspektor Leroy hörte, wie Maigret seinen Revolver entsicherte.

Nur fünfzehn bis zwanzig Meter lagen zwischen den beiden Gruppen. Ein sprödes Klicken, eine Fensterscheibe, die in Scherben zerspringen würde, und der Hüne wäre außerstande, Schaden anzurichten.

Mittlerweile ging er auf und ab, die Hände auf dem Rükken, und er wirkte kleiner, breiter. Mit dem Fuß stieß er an das Hähnchen. Um ein Haar wäre er ausgerutscht, und aus lauter Wut gab er ihm einen Tritt, daß es in den Schatten flog.

Emma schaute dorthin.

Was sie wohl sagen mochten? Was war das Leitmotiv dieses dramatischen Dialogs?

Denn der Mann schien die gleichen Worte zu wiederholen. Aber wiederholte er sie nicht sanfter?

Sie fiel auf die Knie, warf sich ihm vielmehr in die Quere und streckte die Arme nach ihm aus. Er tat so, als sähe er sie nicht, wich ihr aus, und schon war sie nicht mehr auf den Knien, sondern lag fast am Boden, mit flehender Geste.

Bald war der Mann zu sehen, bald verschluckte ihn der Schatten. Als er wiederkam, stellte er sich vor das klagende Mädchen, das er von oben bis unten musterte.

Wieder fing er an zu gehen, kam näher, entfernte sich erneut, und nun ging ihr die Kraft oder der Mut aus, ihre Arme nach ihm auszustrecken, ihn anzuflehen. Sie ließ sich der Länge nach auf die Dielen fallen. Die Weinflasche stand kaum zwanzig Zentimeter von ihrer Hand weg.

Es kam unerwartet. Der Vagabund beugte sich nieder oder streckte vielmehr seine schweren Pranken aus, packte Emma an den Schultern, an der Kleidung, und mit einem einzigen Ruck stellte er sie auf die Beine. Und zwar so brutal, daß sie taumelte, als sie nicht mehr gehalten wurde.

Aber verriet ihr verzerrtes Gesicht nicht dennoch eine Hoffnung? Ihr Haarknoten hatte sich gelöst. Die weiße Haube lag auf dem Fußboden.

Der Mann ging auf und ab. Zweimal wich er seiner fassungslosen Partnerin aus.

Beim dritten Mal nahm er sie in die Arme, preßte sie an sich, zog ihr den Kopf nach hinten. Und gierig preßte er seine Lippen auf die ihren.

Nur noch sein Rücken war zu sehen, ein unmenschlicher Rücken, an dessen Schulter sich eine kleine Frauenhand geklammert hatte.

Der Rohling hatte das Bedürfnis, mit seinen groben Fingern das herabhängende Haar zu liebkosen, ohne die Lippen von den ihren zu lösen, es zu streicheln, als wolle er seine Begleiterin vertilgen, zerdrücken, besser: sich einverleiben.

»Hat man Worte!« sagte der Inspektor, und seine Stimme überschlug sich.

Und Maigret war so ergriffen, daß er deswegen um ein Haar in Lachen ausgebrochen wäre.

War Emma seit einer Viertelstunde dort drüben? Der Mann hatte von ihr abgelassen. Die Kerze reichte bloß noch für fünf Minuten. Und die Entspannung, die sich eingestellt hatte, war beinahe greifbar.

Lachte das Serviermädchen nicht? Irgendwo mußte sie ein Stück von einem Spiegel aufgetrieben haben. Mitten im Licht sah man, wie sie ihr langes Haar einrollte, es mit einer Nadel feststeckte, am Boden eine weitere Nadel suchte, die sie verloren hatte, und sie zwischen den Zähnen hielt, während sie ihre Haube aufsetzte.

Sie war beinahe hübsch. Sie war hübsch! Alles an ihr war rührend, sogar ihre flachen Hüften, ihr schwarzes Kleid, ihre geröteten Lider. Der Mann hatte das Hähnchen aufgehoben. Und ohne sie dabei aus den Augen zu lassen, biß er mit Appetit hinein, ließ die Knochen krachen, riß Fleischfetzen heraus.

Er suchte in seiner Tasche nach einem Messer, fand keines und zerbrach den Flaschenhals, indem er ihn auf den Absatz schlug. Er trank. Er forderte Emma zum Trinken auf, die sich lachend sträubte. Ob ihr etwa das zerschlagene Glas angst machte? Er brachte sie aber dazu, den Mund zu öffnen, und flößte ihr langsam von dem Getränk ein.

Sie verschluckte sich, hustete. Da packte er sie bei den Schultern, küßte sie erneut, aber nicht mehr auf die Lippen. Er küßte sie ausgelassen ab, auf die Wangen, auf die Augen, auf die Stirn und sogar auf ihr Spitzenhäubchen.

Sie war bereit. Er kam zum Fenster und drückte das Gesicht dagegen, und wieder einmal füllte er nahezu das gesamte helle Rechteck aus. Als er sich wieder umdrehte, löschte er die Kerze aus.

Inspektor Leroy war aufgeregt.

»Sie gehen zusammen fort.«

»Ja.«

»Sie werden geschnappt werden.«

Der Johannisbeerstrauch im Garten raschelte. Dann wurde eine Gestalt auf den Mauerabsatz emporgehoben. Und schon befand sich Emma in der Sackgasse und wartete auf ihren Geliebten.

»Du wirst ihnen von weitem folgen. Sie dürfen dich auf keinen Fall bemerken. Gib mir Bescheid, sobald du kannst.«

So wie es der Vagabund mit seiner Begleiterin getan hatte, half Maigret dem Inspektor, sich an den Schieferziegeln bis zur Dachluke hochzuziehen. Dann beugte er sich nach vorn, um einen Blick in die Sackgasse zu werfen, wo man von den beiden nur die Köpfe sah.

Sie zögerten. Sie flüsterten. Dann zog Emma den Mann in einen Schuppen, in dem sie verschwanden, denn die Tür war nur mit einem Riegel verschlossen.

Es handelte sich um den Schuppen des Tauhändlers. Er hatte eine Verbindungstür zum Laden, in welchem sich zu dieser Uhrzeit niemand befand. Bloß ein Schloß war aufzubrechen, und das Pärchen würde zum Quai gelangen.

Leroy aber würde vor den beiden dort sein.

Sobald er auf der Leiter vom Dachstock hinabgestiegen war, begriff der Kommissar, daß etwas Außergewöhnliches vor sich ging. Er vernahm ein Geraune im Hotel. Unten läutete das Telefon mitten im Gewirr der Stimmen.

Auch die Stimme von Leroy war darunter, der wohl telefonieren muße, denn er sprach besonders laut.

Maigret stürzte die Treppe hinunter, gelangte ins Erdgeschoß, stieß auf einen Journalisten.

»Was ist los?«

»Wieder ein Mordanschlag. Vor einer Viertelstunde. In der Stadt. Der Verletzte ist zur Apotheke transportiert worden.«

Zuerst eilte der Kommissar auf den Quai hinaus und gewahrte einen laufenden Gendarmen, der mit seinem Revolver herumfuchtelte. Selten war der Himmel derart schwarz gewesen. Maigret holte den Mann ein.

»Was ist los?«

»Ein Pärchen ist gerade aus dem Laden gekommen. Ich bin gegenüber auf und ab gegangen. Der Mann ist mir fast in die Arme gelaufen. Es hat keinen Zweck mehr, hinterherzurennen. Sie sind wohl schon über alle Berge!«

»Erzählen Sie mal!«

»Ich hörte ein Geräusch im Laden, aus dem kein Licht fiel. Ich legte mich auf die Lauer, die Waffe in der Hand. Die Tür ist aufgegangen, ein Kerl ist herausgekommen. Aber ich habe keine Zeit gehabt, auf ihn zu zielen. Er hat mir einen solchen Schlag ins Gesicht versetzt, daß ich zu Boden gestürzt bin und mir der Revolver aus der Hand fiel. Meine größte Angst war, daß er ihn ergreifen würde... Aber nein! Er holte eine Frau, die im Eingang wartete. Sie konnte nicht rennen. Er hat sie in die Arme genommen. Bis ich aufgestanden war, Kommissar... Solch ein Faustschlag! Sehen Sie! Ich blute. Sie sind am Quai entlanggeflüchtet. Sie mußten um das Hafenbecken herum. Dort gibt es eine Unmenge von kleinen Straßen, dahinter das offene Land.«

Mit seinem Taschentuch tupfte sich der Gendarm die Nase ab.

»Er hätte mich umbringen können! Seine Faust ist ein Hammer.«

Noch immer vernahm man ein Stimmengewirr vom Hotel her, aus dessen Fenstern Licht fiel.

Maigret ließ den Gendarmen allein, ging um die Ecke, sah die Apotheke, deren Läden geschlossen waren, deren Tür aber offenstand und eine Flut von Licht herausströmen ließ.

Ein Knäuel von etwa zwanzig Leuten drängte sich vor dieser Tür. Der Kommissar stieß sie mit den Ellbogen auseinander.

Im Labor lag ein Mann auf dem bloßen Fußboden ausgestreckt und stieß in gleichmäßigen Abständen stöhnende Laute aus, wobei er an die Decke starrte.

Die Frau des Apothekers war im Nachthemd und machte allein mehr Lärm als alle anderen Leute zusammen.

Und der Apotheker selbst, der über seinen Schlafanzug eine Jacke angezogen hatte, war völlig außer sich, hantierte mit Fläschchen herum, zupfte dicke Wattebäusche auseinander.

»Wer ist das?« fragte Maigret.

Er wartete nicht auf die Antwort, denn er hatte die Uniform des Zöllners erkannt, dem man ein Hosenbein aufgerissen hatte. Und nun erkannte er auch das Gesicht wieder.

Es handelte sich um jenen Zöllner, der am Freitag zuvor im Hafen Wache gestanden und von weitem das Verbrechen miterlebt hatte, dessen Opfer Mostaguen gewesen war.

Ein Arzt traf ein, geschäftig, schaute auf den Verletzten, dann zu Maigret und rief aus:

»Was gibt es denn noch?«

Ein wenig Blut rann auf den Boden. Der Apotheker hatte das Bein des Zöllners mit Wasserstoffsuperoxyd gewaschen, das Streifen rötlichen Schaums bildete.

Draußen erzählte ein Mann vielleicht zum zehnten Mal, aber dennoch außer Atem:

»Meine Frau und ich lagen im Bett, als ich ein Geräusch hörte, das wie ein Schuß klang, darauf einen Schrei. Dann nichts mehr, vielleicht fünf Minuten lang! Ich wagte nicht, wieder einzuschlafen... Meine Frau wollte, daß ich nachsehen gehe... Dann waren stöhnende Laute zu hören, die anscheinend vom Bürgersteig herkamen, unmittelbar bei unserer Tür... Ich habe sie geöffnet... Ich war bewaffnet... Ich habe eine dunkle Masse gesehen... Ich habe die Uniform erkannt... Ich habe angefangen zu rufen, um die Nachbarn aufzuwecken, und der Obsthändler, der einen Wagen hat, hat mir geholfen, den Verletzten hierherzubringen...«

»Um welche Zeit wurde der Schuß abgegeben?«

»Vor knapp einer halben Stunde.«

Also genau im ergreifendsten Moment der Szene zwischen Emma und dem Mann mit den sagenhaften Fußabdrücken!

»Wo wohnen Sie?«

»Ich bin der Segelmacher. Sie sind schon zehnmal bei mir vorbeigegangen... Rechts vom Hafen, ein Stück neben der Fischhalle. Mein Haus steht an einer Ecke, die der Quai mit einer kleinen Straße bildet. Danach gibt es nur noch vereinzelte Gebäude und fast nur noch Villen.«

Vier Männer trugen den Verletzten in ein Hinterzimmer, wo sie ihn auf ein Sofa betteten. Der Arzt erteilte Anweisungen. Draußen hörte man die Stimme des Bürgermeisters fragen:

»Ist der Kommissar hier?«

Maigret ging ihm entgegen, beide Hände in den Taschen.

»Sie werden zugeben, Kommissar ...«

Der Blick seines Gesprächspartners war jedoch so kalt, daß der Bürgermeister für einen Augenblick die Fassung verlor.

»Es war unser Mann, der den Anschlag verübt hat, stimmt's?«

»Nein!«

»Woher wollen Sie das wissen?«

»Ich weiß es, weil ich ihn zu der Zeit, als das Verbrechen verübt worden ist, fast ebenso gut vor mir sah, wie ich jetzt Sie vor mir sehe.«

»Und Sie haben ihn nicht verhaftet?«

»Nein!«

»Man hat mir auch von einem überfallenen Gendarmen erzählt.«

»Das ist richtig.«

»Ist Ihnen eigentlich klar, welche Folgen diese Verbrechen haben können? Seit Sie hier sind, geschieht schließlich ...«

Maigret nahm den Telefonhörer ab.

»Geben Sie mir die Gendarmerie, Mademoiselle ... Ja ...

Danke... Hallo!... Die Gendarmerie?... Der Wachtmeister selbst?... Hallo! Hier Kommissar Maigret... Doktor Michoux ist doch sicher noch dort, ja?... Wie bitte?... Ja, vergewissern Sie sich trotzdem... Wie?... Es steht ein Wachposten im Hof?... Sehr gut... Ich warte...«

»Glauben Sie, daß etwa der Doktor...?«

»Gar nichts! Ich glaube nie etwas, Herr Bürgermeister!... Hallo!... Ja!... Er hat sich nicht vom Fleck gerührt?... Danke... Sie sagen, er schläft?... Sehr gut... Hallo! Nein! Nichts Besonderes...«

Stöhnende Laute drangen aus dem Zimmer im Hintergrund, wo eine Stimme unverzüglich rief:

»Kommissar.«

Es war der Arzt, der seine noch seifigen Hände an einem Handtuch abwischte.

»Sie können ihn vernehmen. Die Kugel hat bloß die Wade gestreift. Mehr Angst als Schaden. Aber man muß auch sagen, daß die Blutung ziemlich stark war.«

Dem Zöllner standen die Tränen in den Augen. Er wurde rot, als der Arzt fortfuhr:

»Seine ganze Angst kommt daher, daß er glaubte, man würde ihm das Bein amputieren. Aber in einer Woche sieht alles wieder ganz anders aus!«

Der Bürgermeister stand im Türrahmen.

»Erzählen Sie mir, wie das passiert ist!« sagte Maigret sanft, wobei er sich auf die Kante des Sofas setzte. »Keine Angst. Sie haben gehört, was der Doktor gesagt hat.«

»Ich weiß nicht...«

»Was denn?«

»Heute ging mein Dienst um zehn Uhr zu Ende... Ich

wohne ein Stück weiter weg von der Stelle, wo ich angeschossen worden bin.«

»Sie sind also nicht gleich nach Hause gegangen?«

»Nein! Ich habe gesehen, daß im Café des Hotels noch Licht war. Ich habe wissen wollen, wie es denn so steht. Ich schwöre Ihnen, mein Bein verbrennt mir!«

»Ach was! Ach was!« sagte der Arzt.

»Aber wenn ich es Ihnen doch sage... Na dann, wenn es nichts ist... Ich habe im Café ein Halbes getrunken. Es waren nur Journalisten da, und ich habe nicht einmal gewagt, sie zu fragen...«

»Wer hat Sie bedient?«

»Ein Zimmermädchen, glaube ich... Emma habe ich nicht gesehen.«

»Und dann?«

»Ich wollte nach Hause. Ich bin am Wachlokal vorbeigegangen, wo ich mir eine Zigarette an der Pfeife meines Kollegen angezündet habe. Ich ging an den Quais entlang. Ich bin nach rechts abgebogen. Es war niemand da. Das Meer war nur schwach bewegt... Auf einmal, als ich gerade an einer Straßenecke vorüberging, spürte ich einen Schmerz im Bein, noch bevor ich den Knall eines Schusses hörte. Es war ein Stoß, wie wenn man mir einen Pflasterstein mitten an die Wade geschleudert hätte. Ich bin hingefallen... Ich habe wieder aufstehen wollen... Jemand lief davon... Meine Hand berührte eine warme Flüssigkeit, und ich weiß nicht, wie es passiert ist, aber ich bin ohnmächtig geworden. Ich habe geglaubt, ich sei tot.

Als ich wieder zu mir kam, öffnete der Obsthändler an der Ecke gerade seine Tür und traute sich nicht heran.

Das ist alles, was ich weiß.«

»Die Person, die geschossen hat, haben Sie nicht gesehen?«

»Ich habe gar nichts gesehen. Das geht nicht so, wie man sich das vorstellt. Es ging so schnell… Und vor allem, als ich meine Hand voller Blut spürte…«

»Sie haben keine Feinde?«

»Eben nicht! Ich bin erst seit zwei Jahren hier. Ich komme aus dem Landesinnern. Und ich hatte noch nie Gelegenheit, Schmuggler zu Gesicht zu bekommen.«

»Gehen Sie jeden Abend auf diesem Weg nach Hause?«

»Nein! Es ist ein Umweg. Aber ich hatte keine Streichhölzer, und so bin ich absichtlich zum Wachlokal gegangen, um mir eine Zigarette anzuzünden. Daher bin ich nicht durch die Stadt, sondern an den Quais entlanggegangen.«

»Durch die Stadt ist es näher?«

»Ein wenig.«

»So daß also jemand, der gesehen hätte, wie Sie das Café verließen und in Richtung Quai gingen, Zeit gehabt hätte, Ihnen aufzulauern?«

»Bestimmt. Aber weswegen? Ich habe nie Geld bei mir. Man hat nicht versucht, mich auszurauben.«

»Sind Sie auch sicher, Kommissar, daß Sie *Ihren* Vagabunden den ganzen Abend nicht aus den Augen gelassen haben?«

Es lag etwas Spitzes in der Stimme des Bürgermeisters. Leroy trat ein, einen Zettel in der Hand.

»Ein Telegramm, das die Post gerade per Telefon zum Hotel durchgegeben hat. Aus Paris.«

Und Maigret las:

Sûreté Générale an Kommissar Maigret, Concarneau

Jean Goyard, genannt Servières, dessen Personenbeschreibung Sie übermittelt haben, am heutigen Montag abend acht Uhr Hôtel Bellevue, Rue Lepic, Paris, verhaftet, als er in Zimmer 15 abstieg. Hat gestanden, von Brest mit Sechsuhrzug angekommen zu sein. Beteuert Unschuld und verlangt Vernehmung zur Sache im Beisein von Anwalt. Erwarten Weisungen.

8

Ein Unbekannter!

Sie werden vielleicht zugeben, Kommissar, daß es an der Zeit ist, daß wir uns mal ernsthaft unterhalten...«

Der Bürgermeister hatte diese Worte mit einer eisigen Ehrerbietung ausgesprochen, und Inspektor Leroy kannte Maigret noch nicht gut genug, um dessen Gemütsbewegung danach einzuschätzen, wie er den Rauch aus seiner Pfeife wieder ausblies. Ein dünner, grauer Rauchfaden strömte langsam zwischen den halb geöffneten Lippen des Kommissars hervor, während er zwei- oder dreimal blinzelte. Dann zog Maigret sein Notizbuch aus seiner Tasche und sah nacheinander den Apotheker, den Arzt und die Neugierigen an.

»Zu Befehl, Herr Bürgermeister. Hier...«

»Wenn Sie doch bitte auf eine Tasse Tee zu mir nach Hause kommen möchten«, fiel ihm der Bürgermeister ins Wort. »Mein Wagen steht vor der Tür. Ich werde so lange warten, bis Sie die nötigen Befehle erteilt haben.«

»Welche Befehle?«

»Aber... der Mörder... der Vagabund... dieses Mädchen...«

»Ach ja! Nun denn, wenn die Gendarmerie nichts Besseres zu tun hat, dann soll sie die Bahnhöfe in der Umgebung überwachen.«

Er hatte seine einfältigste Miene aufgesetzt.

»Und Sie, Leroy, Sie telegrafieren nach Paris, daß man uns Goyard herbringen soll, und dann gehen Sie zu Bett.«

Er nahm im Wagen des Bürgermeisters Platz, am Steuer saß ein Chauffeur in schwarzer Livree. Kurz vor Sables Blancs erblickte man die Villa des Bürgermeisters, die dicht an die Klippe gebaut war, was ihr ein wenig den Anstrich eines feudalen Schlosses verlieh. Aus den Fenstern drang Licht. Während der Fahrt hatten die beiden Männer keine zwei Sätze gewechselt.

»Erlauben Sie, daß ich Ihnen den Weg weise.«

Der Bürgermeister übergab seinen pelzgefütterten Mantel einem Diener.

»Ist Madame schon zu Bett gegangen?«

»Sie erwartet Herrn Bürgermeister in der Bibliothek.«

Sie war tatsächlich dort. Obgleich sie etwa vierzig Jahre alt war, wirkte sie an der Seite ihres Gatten, der fünfundsechzig war, sehr jung. Sie nickte dem Kommissar zu.

»Nun?«

Als Mann von Welt küßte ihr der Bürgermeister die Hand, die er festhielt, während er sagte:

»Beruhigen Sie sich! Ein Zöllner wurde leicht verletzt. Und ich hoffe, daß nach der Unterredung, die Kommissar Maigret und ich nun haben werden, dieser unerträgliche Alptraum ein Ende finden wird.«

Ihr Seidenkleid knisterte, als sie hinausging. Ein blauer, samtener Türvorhang fiel. Die Bibliothek war sehr geräumig, die Wände mit edlem Holz getäfelt, die Decke von hervortretenden Balken durchzogen, wie auf englischen Herrensitzen.

Wertvolle Bände waren zu sehen, die kostbarsten jedoch mochten sich wohl in einem geschlossenen Bücherschrank befinden, der eine ganze Wandfläche einnahm.

Das Ganze war wirklich luxuriös, ohne geschmackliche Mängel, der vollkommene Komfort. Obwohl eine Zentralheizung vorhanden war, brannten Holzscheite in einem riesigen Kamin.

Kein Vergleich mit dem falschen Pomp in der Villa des Arztes. Der Bürgermeister suchte unter den Zigarrenkistchen eines heraus und reichte es Maigret.

»Danke! Wenn Sie erlauben, rauche ich meine Pfeife.«

»Nehmen Sie doch bitte Platz. Möchten Sie einen Whisky?«

Er drückte auf einen Knopf und zündete sich eine Zigarre an. Der Diener kam, um ihre Wünsche entgegenzunehmen. Und Maigret wirkte, vielleicht mit Absicht, unbeholfen, wie ein Kleinbürger, der in einem hochherrschaftlichen Anwesen empfangen wird. Seine Züge wirkten plumper, sein Blick unsicher.

Sein Gastgeber wartete, bis der Diener hinausgegangen war.

»Sie müssen begreifen, Kommissar, daß diese Serie von Verbrechen unmöglich weitergehen kann. Sie sind nun … na, Sie sind nun fünf Tage hier … Und seit fünf Tagen …«

Maigret zog sein unscheinbares Notizbuch, das in Wachstuch eingebunden war, aus der Tasche hervor.

»Erlauben Sie?« fiel er dem Bürgermeister ins Wort. »Sie reden von einer Serie von Verbrechen. Nun, ich muß feststellen, daß alle Opfer am Leben sind, außer einem. Ein einziger Todesfall: nämlich der von Monsieur Le Pommeret. Was den Zöllner betrifft, so werden Sie zugeben, daß jemand, der ihm hätte das Leben nehmen wollen, nicht auf das Bein gezielt hätte. Sie kennen den Ort, wo der Schuß abgegeben wurde. Der Angreifer war unsichtbar. Er hat sich viel Zeit nehmen können. Es sei denn, er hätte noch nie einen Revolver in der Hand gehalten...«

Der Bürgermeister sah ihn erstaunt an, griff nach seinem Glas und sagte:

»Sie wollen also behaupten...?«

»Daß man ihn am Bein treffen wollte. Zumindest so lange, wie nicht das Gegenteil bewiesen ist.«

»Sollte etwa auch Mostaguen nur am Bein getroffen werden?«

Die Ironie war beißend. Die Nasenflügel des alten Mannes bebten. Er wollte höflich sein, die Ruhe bewahren, weil er bei sich zu Hause war. Aber ein unangenehmes Zischen lag in seiner Stimme.

Mit der Miene eines gewissenhaften Beamten, der einem Vorgesetzten Rechenschaft ablegt, fuhr Maigret fort:

»Wenn Sie einverstanden sind, so werden wir meine Notizen der Reihe nach durchgehen... Ich lese unter dem Datum vom Freitag, dem 7. November: *Eine Kugel wird durch den Briefkasten eines unbewohnten Hauses auf Monsieur Mostaguen abgefeuert.* Sie werden zunächst feststellen, daß niemand wissen konnte, daß Monsieur Mostaguen zu einem gegebenen Zeitpunkt auf den Gedanken kommen würde, bei einem Hauseingang Zuflucht zu suchen, um sich eine Zigarre anzuzünden, nicht einmal das Opfer selbst. Etwas weniger Wind, und das Verbrechen hätte nicht stattgefunden. Nun stand aber trotzdem ein

Mann hinter der Tür, mit einem Revolver bewaffnet. Entweder war es ein Wahnsinniger, oder aber er erwartete *jemanden, der kommen mußte.* Und jetzt bedenken Sie mal, wie spät es war!... Elf Uhr nachts... Die ganze Stadt schläft, abgesehen von der kleinen Gruppe im Café des Hôtel de l'Amiral...

Ich bin noch nicht fertig. Werfen wir einen Blick auf die möglichen Schuldigen. Die Herren Le Pommeret und Jean Servières sowie Emma kommen nicht in Frage, denn sie befanden sich im Café.

Es bleiben Doktor Michoux, der eine Viertelstunde zuvor gegangen war, und der Vagabund mit den riesigen Füßen. Dazu ein Unbekannter, den wir X nennen werden. Einverstanden?

Nebenbei bemerkt ist Monsieur Mostaguen nicht tot und wird in vierzehn Tagen wieder auf den Beinen sein.

Gehen wir zum zweiten Verbrechen über. *Am Samstag sitze ich mit Inspektor Leroy im Café. Wir wollten gerade mit den Herren Michoux, Le Pommeret und Jean Servières den Aperitif trinken, als der Doktor beim Betrachten seines Glases einen Verdacht schöpft. Die Analyse beweist, daß die Flasche Pernod vergiftet ist.*

Als Schuldige kommen in Frage: die Herren Michoux, Le Pommeret, Servières, das Serviermädchen Emma, der Vagabund – der im Laufe des Tages das Café unbemerkt hätte betreten können – und zu guter Letzt unser Unbekannter, den wir X genannt haben.

Weiter. *Am Sonntag morgen ist Jean Servières verschwunden. Sein Wagen wird wiedergefunden, blutbefleckt, unweit von seinem Zuhause. Noch vor dieser Ent-*

deckung ist dem Phare de Brest eine Zusammenfassung der Ereignisse zugegangen, die wie geschaffen dazu war, Panik in Concarneau zu verbreiten.

Nun, Servières wird zuerst in Brest gesehen, dann in Paris, wo er sich anscheinend versteckt und wo er sich offensichtlich aus freiem Willen befindet.

Ein einziger kommt als Schuldiger in Frage: Servières selbst.

Am selben Sonntag sitzt Monsieur Le Pommeret zusammen mit dem Doktor beim Aperitif, geht nach Hause, ißt dort zu Abend und stirbt an den Folgen einer Strychninvergiftung.

Als Schuldige kommen in Frage, falls er im Café vergiftet worden ist: der Doktor, Emma und schließlich unser nie fehlender X.

Hier muß nämlich der Vagabund ausgeklammert werden, denn der Raum war keinen einzigen Augenblick leer gewesen, und es wurde nicht die Flasche vergiftet, sondern nur ein einziges Glas.

Falls das Verbrechen im Hause von Le Pommeret verübt worden ist, kommen als Schuldige in Frage: seine Wirtin, der Vagabund und wieder unser Monsieur X.

Nicht ungeduldig werden. Wir kommen zum Ende. *Heute abend trifft eine Kugel das Bein eines Zöllners, der auf einer menschenleeren Straße nach Hause geht. Der Doktor hat das Gefängnis nicht verlassen, in dem er scharf bewacht wird. Le Pommeret ist tot. Servières ist in Paris in Händen der Sûreté Générale. Zur selben Zeit sind Emma und der Vagabund vor meinen Augen damit beschäftigt, sich zu umarmen und danach ein Hähnchen zu verzehren.*

Also kommt nur ein einziger Schuldiger in Frage: X...

Das heißt, ein Jemand, dem wir bisher im Verlauf der Ereignisse noch nicht begegnet sind. Ein Jemand, der alle oder auch bloß dieses letzte Verbrechen verübt haben kann.

Wir kennen ihn nicht. Wir haben keine Personenbeschreibung von ihm, nur einen einzigen Hinweis: Es lag ihm etwas daran, heute nacht einen Zwischenfall zu verursachen. Es lag ihm sehr viel daran... Denn dieser Schuß ist nicht von einem Landstreicher abgefeuert worden.

Jetzt verlangen Sie nicht von mir, ihn zu verhaften. Denn Sie werden zugeben, Herr Bürgermeister, daß jeder in der Stadt, daß vor allem all jene, die mit den in diese Angelegenheit verwickelten Personen bekannt sind und insbesondere mit denjenigen, die im Café des Hôtel de l'Amiral verkehren, dieser X sein könnten...

Auch Sie selber...«

Diese letzten Worte wurden leicht dahingesagt, wobei sich Maigret in seinem Sessel zurücklehnte und die Füße zu den Holzscheiten hinstreckte.

Der Bürgermeister war bloß kurz zusammengezuckt.

»Ich hoffe, daß dies nicht mehr als eine kleine Rache ist...«

Da erhob sich Maigret plötzlich, klopfte seine Pfeife in den Kamin aus, durchmaß mit großen Schritten die Bibliothek und fuhr fort:

»Nicht einmal! Wollen Sie Schlußfolgerungen? Nun denn... Mir war nur daran gelegen, Ihnen zu zeigen, daß ein Fall wie dieser nicht eine einfache Polizeiaktion ist, die man von seinem Sessel aus durch Telefonanrufe leitet. Und bei allem Respekt, den ich Ihnen entgegenbringe, möchte ich hinzufügen, Herr Bürgermeister, daß, wenn ich die Verantwortung für eine Ermittlung übernommen habe, mir vor allem viel daran liegt, daß man seine Nase nicht ständig reinsteckt!«

Es war ihm unwillkürlich herausgerutscht. Schon seit Tagen gärte es in ihm. Vielleicht um sich zu beruhigen, trank Maigret einen Schluck Whisky, schaute zur Tür wie ein Mensch, der gesagt hat, was er zu sagen hatte, und der nur noch auf die Erlaubnis wartet, gehen zu dürfen.

Sein Gesprächspartner verharrte geraume Zeit in Schweigen und betrachtete dabei die weiße Asche seiner Zigarre. Schließlich ließ er sie in eine Schale aus blauem Porzellan fallen und erhob sich dann gemächlich, wobei seine Augen den Blick Maigrets suchten.

»Hören Sie, Kommissar...«

Er mochte wohl seine Worte abwägen, denn es lagen Pausen dazwischen.

»Ich habe im Laufe unserer kurzen Beziehung möglicherweise zu Unrecht etwas Ungeduld an den Tag gelegt...«

Es war ziemlich unerwartet. Erst recht in diesem Rahmen, wo der alte Mann mit seinem weißen Haar, seiner seidenbestickten Jacke, seiner grauen Hose mit der steifen Bügelfalte vornehmer denn je wirkte.

»Allmählich fange ich an, Ihren wahren Wert zu schätzen... Innerhalb von wenigen Minuten haben Sie für mich mit Hilfe einer bloßen Aufzählung von Tatsachen das beängstigende Geheimnis greifbar werden lassen, das diesem Fall zugrunde liegt und von dessen Vielschichtigkeit ich nichts geahnt habe... Ich gebe zu, daß Ihre Unentschlossenheit im Hinblick auf den Vagabunden mich ziemlich ungehalten über Sie gemacht hat...«

Er war auf den Kommissar zugegangen und berührte ihn an der Schulter.

»Ich bitte Sie, mir das nicht zu verübeln. Auch ich trage schwere Verantwortung.«

Es wäre unmöglich gewesen, die Gefühle Maigrets zu erraten, der damit beschäftigt war, sich mit seinen dicken Fingern eine Pfeife zu stopfen. Sein Tabaksbeutel war abgenutzt. Durch eine Fensteröffnung hindurch irrte sein Blick über den weiten Horizont der See.

»Was ist das für ein Licht?« fragte er auf einmal.

»Das ist der Leuchtturm.«

»Nein! Ich meine dieses kleine Licht rechts.«

»Das Haus von Doktor Michoux.«

»Das Dienstmädchen ist also zurück?«

»Nein! Es ist Madame Michoux, die Mutter des Doktors, die heute nachmittag zurückgekehrt ist.«

»Haben Sie sie gesehen?«

Maigret glaubte ein gewisses Unbehagen bei seinem Gastgeber zu verspüren.

»Sie hat sich wohl gewundert, daß sie ihren Sohn nicht antraf... Sie ist hergekommen, um sich zu erkundigen. Ich habe sie über die Verhaftung informiert und ihr erklärt, daß es sich eher um eine Schutzmaßnahme handle. Denn das ist es doch, nicht wahr?... Sie hat mich um Erlaubnis gebeten, ihn im Gefängnis zu besuchen. Im Hotel wußte man nicht, wo Sie geblieben waren. Ich habe es auf mich genommen, diesen Besuch zu genehmigen.

Madame Michoux ist kurz vor dem Abendessen wiedergekommen, um die letzten Neuigkeiten zu erfahren. Meine Frau hat sie empfangen und sie zum Abendessen eingeladen…«

»Sind die beiden befreundet?«

»Wenn Sie so wollen! Eher gutnachbarschaftliche Beziehungen. Im Winter gibt es sehr wenig Leute in Concarneau.«

Maigret nahm seine Wanderung durch die Bibliothek wieder auf.

»Sie haben also zu dritt zu Abend gegessen?«

»Ja. Das ist ziemlich häufig vorgekommen. Ich habe Madame Michoux beruhigt, so gut ich konnte, denn dieser Gang zur Gendarmerie hat sie sehr mitgenommen. Sie hat sehr viel Mühe gehabt, ihren Sohn aufzuziehen, dessen Gesundheit nicht die beste ist.«

»Von Le Pommeret und Jean Servières war nicht die Rede?«

»Sie hat Le Pommeret nie gemocht. Sie warf ihm vor, ihren Sohn zum Trinken zu verleiten. Tatsache ist, daß…«

»Und Servières?«

»Sie kannte ihn weniger. Er gehörte nicht zu ihrer Welt. Ein kleiner Journalist, eine Bekanntschaft aus einem Café, wenn Sie so wollen, ein amüsanter Kerl. Seine Frau dagegen kann man nicht empfangen, denn ihre Vergangenheit ist nicht einwandfrei. So ist das nun mal in einer Kleinstadt, Kommissar! Sie müssen sich mit diesem Dünkel abfinden. Er erklärt Ihnen zum Teil meine Launen. Sie wissen nicht, was es heißt, ein Gemeinwesen von Fischern zu verwalten und dabei gleichzeitig auf die Reizbarkeit der Schiffseigentümer und nicht zuletzt eines gewissen Bürgertums Rücksicht zu nehmen, das ...«

»Um welche Zeit ist Madame Michoux von hier fortgegangen?«

»Gegen zehn Uhr. Meine Frau hat sie mit dem Wagen nach Hause gefahren.«

»Dieses Licht beweist uns, daß Madame Michoux noch nicht zu Bett gegangen ist.«

»Das ist ihre Gewohnheit. Auch meine! In einem gewissen Alter braucht man nicht mehr viel Schlaf. Sehr spät in der Nacht sitze ich noch hier und lese oder blättere Akten durch.«

»Gehen die Geschäfte der Familie Michoux gut?«

Erneutes Unbehagen, kaum wahrzunehmen.

»Noch nicht ... Man muß abwarten, bis die Grundstücke von Sables Blancs erschlossen worden sind ... Angesichts der Beziehungen von Madame Michoux in Paris wird das nicht lange auf sich warten lassen. Zahlreiche Parzellen sind verkauft. Im Frühjahr wird man mit den Bauarbeiten beginnen. Während der Reise, die sie gerade unternommen hat, hat sie einen Bankier, dessen Namen ich Ihnen nicht sagen kann, so gut wie endgültig dazu überredet, eine herrliche Villa auf dem höchsten Punkt der Küste zu errichten.«

»Noch eine Frage, Herr Bürgermeister ... Wem gehörte zuvor das Land, das nun parzelliert wird?«

Sein Gesprächspartner zögerte nicht.

»Mir! Es handelt sich um einen Familienbesitz, genau wie diese Villa. Es wuchs dort nur Heidekraut und Ginster, als die Familie Michoux auf den Gedanken kam ...«

In diesem Augenblick verlöschte das Licht in der Ferne.

»Noch ein Glas Whisky, Kommissar? Selbstverständlich lasse ich Sie von meinem Fahrer zurückbringen.«

»Sie sind zu liebenswürdig. Ich gehe sehr gerne zu Fuß, vor allem wenn ich nachdenken muß.«

»Was halten Sie von dieser Geschichte mit dem gelben Hund? Ich gestehe, daß mich das vielleicht am meisten verunsichert... Das und der vergiftete Pernod!... Denn schließlich...«

Maigret aber suchte ringsum nach seinem Hut und seinem Mantel. Dem Bügermeister blieb nichts anderes übrig, als auf den Klingelknopf zu drücken.

»Die Sachen vom Herrn Kommissar, Delphin!«

Die Stille war so vollkommen, daß man das dumpfe, rhythmische Rauschen der Brandung an den Klippen hörte, auf denen die Villa stand.

»Möchten Sie meinen Wagen wirklich nicht nehmen?«

»Wirklich nicht...«

Spuren der Verlegenheit blieben im Raum zurück, jenen Rauchspuren ähnlich, die sich unter den Lampen verzogen.

»Ich frage mich, wie wohl morgen die Stimmung der Leute sein wird... Wenn die See nur schwach bewegt ist, dann haben wir wenigstens die Fischer von den Straßen, denn sie werden dies nutzen, um ihre Reusen auszulegen...«

Maigret nahm seinen Mantel aus den Händen des Dieners und streckte seine große Hand aus. Der Bürgermeister hatte noch weitere Fragen, aber er zögerte wegen der Anwesenheit des Hausangestellten.

»Wie lange, glauben Sie, wird es noch dauern, bis...«

Die Uhr schlug eins.

»Heute abend, so hoffe ich, wird alles vorbei sein.«

»So rasch? Trotz allem, was Sie mir gerade erst gesagt haben? In diesem Fall tippen Sie also auf Goyard? Es sei denn...«

Es war zu spät. Maigret betrat das Treppenhaus. Der Bürgermeister suchte nach einem letzten Satz. Er fand nichts, was seine Empfindung ausdrückte.

»Es ist mir peinlich, Sie zu Fuß zurückgehen zu lassen... Über diese Wege...«

Die Tür wurde wieder geschlossen. Maigret war auf der Landstraße, über dem Kopf einen herrlichen Himmel, an dem schwere Wolken um die Wette am Mond vorüberzogen.

Es ging eine frische Brise. Der Wind kam von der offenen See, roch nach Tang, den man in dicken Knäueln auf dem Sand des Strandes ahnte.

Der Kommissar ging langsamen Schrittes, die Hände in den Taschen, die Pfeife zwischen den Zähnen. Als er sich umwandte, sah er von weitem, wie die Lichter in der Bibliothek verlöschten, und dann, wie andere im zweiten Stock aufleuchteten, wo sie von Vorhängen gedämpft wurden.

Er nahm nicht den Weg durch die Stadt, sondern ging den Strand entlang, so wie es der Zöllner getan hatte, blieb einen Augenblick an der Ecke stehen, wo der Mann verletzt worden war. Alles war ruhig. Hie und da eine Laterne. Concarneau schlief.

Als er auf dem Platz anlangte, sah er die Fensteröffnungen des Cafés, aus denen noch Licht fiel und die den Frieden der Nacht mit ihrem giftgrünen Schein störten.

Er stieß die Tür auf. Ein Journalist diktierte am Telefon:

»... Man weiß nicht mehr, wen man verdächtigen soll. Auf den Straßen betrachten sich die Leute voller Angst. Ob etwa der da der Mörder ist? Oder jener da? Nie zuvor war die geheimnis- und angstdurchdrungene Atmosphäre so erdrückend ...«

Der Wirt, finster, stand höchstpersönlich an der Kasse. Als er den Kommissar bemerkte, wollte er reden. Seine Vorwürfe waren schon im voraus zu erraten.

Das Café war in Unordnung. Auf allen Tischen lagen Zeitungen, standen leere Gläser, und ein Fotograf war damit beschäftigt, Abzüge auf den Heizkörpern trocknen zu lassen.

Inspektor Leroy kam auf seinen Chef zu.

»Das ist Madame Goyard«, sagte er halblaut und deutete dabei auf eine pummelige Frau, die kraftlos auf der Bank hockte.

Sie erhob sich. Sie wischte sich die Augen.

»Sagen Sie, Kommissar! Stimmt das?... Ich weiß nicht mehr, wem ich glauben soll. Jean scheint am Leben zu sein? Aber das ist doch nicht möglich, oder? Daß er diese Komödie gespielt haben soll! Er hätte mir das nicht angetan! Er hätte mich nicht in einer solchen Ungewißheit gelassen! Ich glaube, ich verliere noch den Verstand! Weshalb sollte er denn nach Paris gegangen sein? Sagen Sie doch, und ohne mich!«

Sie weinte. Sie weinte so, wie manche Frauen zu weinen verstehen, mit vielen Tränen, die die Wangen hinunterrollten bis zum Kinn, während sie die Hand auf ihren üppigen Busen drückte.

Und sie zog die Nase hoch. Sie suchte nach ihrem Taschentuch. Dabei wollte sie auch noch reden.

»Ich schwöre Ihnen, daß das unmöglich ist! Ich weiß wohl, daß er ein wenig ein Schürzenjäger war. Aber das hätte er nicht gemacht! Immer wenn er zurückkam, bat er mich um Verzeihung. Verstehen Sie?... Sie sagen...«

Sie deutete auf die Journalisten.

»Sie sagen, er habe die Blutspuren höchstpersönlich in seinem Wagen angebracht, um ein Verbrechen vorzutäuschen. Aber dann hätte er ja gar nicht mehr zurückkommen wollen! Ich aber weiß, verstehen Sie, ich bin sicher, daß er zurückgekommen wäre! Er hätte nie ein lockeres Leben geführt, wenn ihn nicht die andern dazu angestiftet hätten... Monsieur Le Pommeret, der Doktor... und der Bürgermeister! Und alle andern, die mich auf der Straße nicht einmal grüßten, weil ich ihnen nicht gut genug war!

Man hat mir gesagt, daß er verhaftet worden sei. Ich will es einfach nicht glauben. Was soll er denn Böses getan haben? Er verdiente genug für das Leben, das wir führten. Wir waren glücklich, auch wenn er es sich von Zeit zu Zeit mal leistete, auf die Pauke zu hauen.«

Maigret sah sie an, seufzte, nahm ein Glas, das auf dem Tisch stand, kippte den Inhalt in einem Zug hinunter und murmelte:

»Sie werden mich entschuldigen, Madame... Ich muß schlafen gehen.«

»Glauben Sie denn auch, daß er an etwas schuld ist?«

»Ich glaube nie etwas. Machen Sie es wie ich... Morgen ist auch noch ein Tag.«

Und er stieg schleppenden Schrittes die Treppe hinauf,

wobei der Journalist, der nicht vom Telefon gewichen war, diesen letzten Satz aufgriff:

»Nach neuesten Informationen rechnet Kommissar Maigret damit, morgen das Rätsel endgültig zu lösen…«

In anderem Tonfall fügte er hinzu:

»Das ist alles, Mademoiselle. Richten Sie dem Chef unbedingt aus, er soll keine Zeile von meinem Text ändern. Er kann nicht verstehen… Man muß einfach an Ort und Stelle sein…«

Nachdem er aufgelegt hatte, steckte er seinen Notizblock in seine Tasche und bestellte:

»Einen Grog, Chef! Mit viel Rum und ganz klein wenig heißem Wasser.«

Unterdessen nahm Madame Goyard das Angebot eines Journalisten an, sie nach Hause zu fahren. Und sie fuhr mit ihren Vertraulichkeiten fort:

»Abgesehen davon, daß er ein wenig ein Schürzenjäger war… Aber Sie verstehen, Monsieur! So sind die Männer doch alle!«

9

Das Muschelkästchen

Maigret war am Morgen darauf so guter Laune, daß Inspektor Leroy ihm plaudernd zu folgen und ihm sogar Fragen zu stellen wagte.

Die Entspannung war übrigens allgemein, ohne daß man hätte sagen können, wieso. Vielleicht lag es am Wetter, das auf einmal schön geworden war. Der Himmel sah aus wie frisch gewaschen. Er war blau, von einem leicht blassen, aber vibrierenden Blau, in dem zarte Wolken schimmerten. Jedenfalls war der Horizont weiter, so als habe man das Himmelsgewölbe ausgehöhlt. Die spiegelglatte See funkelte und war mit kleinen Segeln gespickt, die wie Fähnchen auf einer Generalstabskarte wirkten.

Ein Sonnenstrahl genügte nämlich schon, um Concarneau zu verwandeln, denn dann erstrahlten die Festungsmauern der Altstadt, die im Regen trostlos aussahen, in fröhlichem, leuchtendem Weiß.

Die Journalisten im Erdgeschoß, ermüdet vom Hin und Her der letzten drei Tage, erzählten sich beim Kaffee Geschichten, und einer von ihnen war im Morgenrock heruntergekommen, die bloßen Füße in Hausschuhen.

Maigret selbst war in Emmas Zimmer eingedrungen, das eher eine Mansarde war, mit schräger Decke, so daß man nur in der Hälfte des Raumes aufrecht stehen konnte.

Das Fenster stand offen. Die Luft war frisch, aber man spürte doch die wohltuende Sonne. Auf der anderen Seite des Gäßchens hatte eine Frau dies genutzt, um an ihrem Fenster Wäsche zum Trocknen aufzuhängen. Auf dem Hof einer Schule irgendwo schallte Pausenlärm.

Und Leroy, der am Rande der kleinen, eisernen Bettstatt saß, bemerkte:

»Ich verstehe Ihre Methoden immer noch nicht ganz, Kommissar, aber ich glaube, daß ich so allmählich dahinterkomme...«

Maigret sah ihn mit seinen lachenden Augen an und blies eine dicke Wolke Tabakqualm in die Sonne.

»Sie haben Glück, mein Lieber! Vor allem, was diesen Fall betrifft, wo meine Methode darin bestand, keine zu haben... Wenn Sie einen guten Rat möchten, wenn Sie Wert auf Ihr Fortkommen legen, so nehmen Sie sich bloß an mir kein Beispiel, und versuchen Sie auch nicht, von dem, was Sie mich tun sehen, Theorien abzuleiten...«

»Trotzdem... ich stelle fest, daß Sie sich mittlerweile den materiellen Indizien zuwenden, nachdem...«

»Eben, nachdem! Nach allem! Anders gesagt, ich bin die Ermittlungen von der verkehrten Seite angegangen, was mich jedoch vielleicht nicht daran hindern wird, die nächsten von der richtigen Seite anzugehen... Eine Frage der Atmosphäre. Eine Frage der Gesichter. Als ich hierhergekommen bin, bin ich auf ein Gesicht gestoßen, das mich in seinen Bann gezogen hat, und ich habe nicht mehr von ihm abgelassen.«

Aber er sagte nicht, wessen Gesicht es war. Er hob ein

altes Bettlaken an, das eine Kleiderablage verbarg. Sie enthielt eine betronische Tracht aus schwarzem Samt, die Emma wohl für Festtage aufheben mochte.

Auf dem Waschtisch lagen ein Kamm mit vielen abgebrochenen Zähnen, Haarnadeln und eine Dose Gesichtspuder von zu kräftigem Rosa. Das, was er zu suchen schien, fand er in einer Schublade: ein Kästchen, das mit schillernden Muscheln verziert war, wie sie auf allen Märkten der Küste verkauft werden. Es war vielleicht zehn Jahre alt, hatte Gott weiß welche Wege genommen und trug die Aufschrift: »Souvenir d'Ostende«.

Ein Geruch nach altem Karton, Staub, Parfum und vergilbtem Papier entstieg ihm. Maigret, der sich neben seinen Begleiter auf den Rand des Bettes gesetzt hatte, machte mit seinen groben Fingern die Bestandsaufnahme der bescheidenen Dinge.

Ein Rosenkranz aus geschliffenen, schillernden, blauen Glaskugeln lag darin, an einem dünnen, silbernen Kettchen ein Medaillon von der Erstkommunion, ein leeres Parfumfläschchen, das Emma wohl wegen seiner reizvollen Form aufbewahrt und das sie vielleicht im Zimmer eines weiblichen Gastes gefunden hatte.

Eine Papierblume, Erinnerung an einen Ball oder an ein Fest, fügte einen lebhaften roten Farbklecks hinzu.

Daneben ein kleines Kreuz aus Gold, der einzige Gegenstand von gewissem Wert.

Ein ganzer Stapel Postkarten. Auf einer davon war ein großes Hotel in Cannes abgebildet. Auf der Rückseite die Handschrift einer Frau:

Du kähmst besser her aus deinem Drekloch wos doch nur regnet. Und man verdiehnt gutt. Ma kann sofiehl essen wie man will. Es küst dich

Louise

Maigret reichte die Karte dem Inspektor und betrachtete dann aufmerksam eines dieser Fotos, die man auf dem Jahrmarkt bekam, wenn man beim Schießen ins Zentrum einer Zielscheibe traf.

Der Mann war kaum zu erkennen, da er ein Gewehr angelegt hatte und ein Auge zukniff. Er hatte enorme Schultern und trug eine Seemannsmütze auf dem Kopf. Und Emma, die in die Kamera hineinlächelte, hielt ihn demonstrativ am Arm. Unten an der Karte stand: »Quimper«.

Dann ein Brief, dessen Papier derart zerknittert war, daß er viele Male gelesen worden sein mußte:

Lieber Schatz,

es ist abgemacht, es ist unterschrieben: Ich hab mein Boot. Es soll »La Belle-Emma« heißen. Der Pfarrer von Quimper hat mir versprochen, daß es nächste Woche getauft wird, mit Weihwasser, Korn, Salz und so, und es gibt richtigen Champagner, weil ich will, daß es ein Fest wird, von dem man hierzulande noch lang erzählt.

Am Anfang wird es mit dem Bezahlen noch ziemlich hart, weil ich der Bank zehntausend Franc im Jahr überweisen muß. Aber denk nur, es wird hundert Quadratfaden Segel tragen und seine zehn Knoten machen. Mit dem Transport von Zwiebeln nach England ist ein gutes Geschäft zu machen. Das heißt, mit dem Heiraten dauert es nicht mehr lang. Für die erste Fahrt habe ich schon Fracht gefunden, aber die versuchen, mich übers Ohr zu hauen, weil ich neu bin.

Deine Chefin könnte dir ruhig zwei Tage frei geben für die Taufe, weil nämlich alle besoffen sein werden und Du nicht nach Concarneau zurück kannst. In den Cafés habe ich schon Runden ausgeben müssen wegen dem Boot, das schon im Hafen liegt und eine nagelneue Flagge hat.

Ich lasse mich drauf fotografieren und schicke Dir das Foto. Ich liebe Dich und küsse Dich und hoffe, daß Du bald meine liebe Frau bist, Dein

Léon

Maigret schob den Brief in seine Tasche und betrachtete verträumt die Wäsche, die auf der anderen Seite der Sackgasse trocknete. In dem Muschelkästchen lag nichts weiter außer einem Federhalter aus zugeschnittenem Bein, in dem man unter einer Glaslinse die Grotte von Notre-Dame de Lourdes erkennen konnte.

»Ist jemand in dem Zimmer, das gewöhnlich der Doktor bewohnt?« fragte er.

»Ich denke, nein. Die Journalisten sind im zweiten Stock untergebracht.«

Der Kommissar durchstöberte den Raum für alle Fälle noch einmal, fand aber nichts Interessantes. Wenig später war er im ersten Stockwerk, stieß die Tür von Zimmer Nr. 3 auf, von dessen Balkon man Hafen und Reede überblickte.

Das Bett war gemacht, der Fußboden war gebohnert. Über dem Krug lagen frische Handtücher.

Die Blicke des Inspektors folgten seinem Chef voller Neugier, gemischt mit Skepsis. Maigret selbst pfiff vor sich hin und schaute sich um, bemerkte einen kleinen Eichentisch, der vor dem Fenster stand und auf welchem sich eine Reklame-Schreibunterlage sowie ein Aschenbecher befanden.

In der Schreibunterlage lag weißes Papier mit dem Aufdruck der Hotelanschrift und ein blauer Umschlag mit den gleichen Angaben. Aber auch zwei große Löschblätter lagen darin, wovon das eine nahezu schwarz vor Tinte war, während das andere nur wenige, unvollständige Abdrücke von Buchstaben zeigte.

»Holen Sie mir einen Spiegel, mein Lieber!«

»Einen großen?«

»Egal! Irgendeinen Spiegel, den ich auf den Tisch stellen kann.«

Als der Inspektor wiederkam, traf er Maigret auf dem Balkon stehend an, die Daumen in die Ärmelausschnitte der Weste geschoben, seine Pfeife mit offensichtlicher Genugtuung rauchend.

»Ist der recht?«

Die Balkontür wurde wieder geschlossen. Maigret stellte den Spiegel auf den Tisch, und davor stellte er mit Hilfe von zwei Leuchtern, die er vom Kamin nahm, das Löschblatt auf.

Die Schrift, die im Spiegel wiedergegeben wurde, war keineswegs einfach zu lesen. Ganze Buchstaben und Wörter fehlten. Andere, die allzu entstellt waren, mußten erraten werden.

»Jetzt habe ich begriffen!« sagte Leroy verschmitzt.

»Gut! Dann gehen Sie zum Wirt und bitten ihn um ein Buchführungsheft von Emma oder um irgend etwas anderes, was sie geschrieben hat.«

Maigret begann, die Wörter mit Bleistift auf ein Blatt Papier zu schreiben:

»... Dich sehen... Uhr... unbewohnten... unbedingt...«

Als der Inspektor wiederkam, füllte der Kommissar annähernd die Lücken und rekonstruierte das Schreiben folgendermaßen:

Ich muß Dich sehen. Komm morgen um elf Uhr zu dem unbewohnten Haus, das am Platz steht, etwas weiter als das Hotel. Du mußt unbedingt kommen. Du brauchst bloß zu klopfen, und ich mache Dir die Tür auf.

»Hier ist ein Heft von der Wäscherei, über die Emma Buch führte!« verkündete Leroy.

»Ich brauche es nicht mehr. Der Brief ist unterschrieben. Sehen Sie, hier... ›mma‹. Also: Emma. Und der Brief wurde in diesem Zimmer geschrieben!«

»In dem sich das Serviermädchen mit dem Doktor traf?« sagte der Inspektor fassungslos.

Maigret verstand seine Abneigung dagegen, diese Vermutung gelten zu lassen, erst recht nach der Szene, die sie nachts zuvor, auf dem Sims hockend, beobachtet hatten.

»In diesem Falle wäre sie es dann, die...?«

»Sachte! Sachte, mein Junge! Keine übereilten Schlüsse! Und vor allem keine Rückschlüsse... Um welche Uhrzeit kommt der Zug an, der uns Jean Goyard herbringt?«

»Um elf Uhr zweiunddreißig.«

»Sie machen nun folgendes, mein Lieber! Zunächst werden Sie den beiden Kollegen, die ihn begleiten, ausrichten, daß sie mir den Guten zur Gendarmerie bringen sollen. Er wird also gegen Mittag dort eintreffen. Dann werden Sie den Bürgermeister anrufen und ihm sagen, daß ich mich freuen würde, ihn zur selben Zeit am selben Ort anzutreffen… Warten Sie! Die gleiche Nachricht an Madame Michoux, die Sie telefonisch in ihrer Villa erreichen werden. Und schließlich ist es wahrscheinlich, daß man Emma und ihren Geliebten noch herbringt. An denselben Ort zur selben Zeit!… Habe ich auch niemanden vergessen?… Gut! Einen Rat! Emma soll nicht in meiner Abwesenheit vernommen werden. Verhindern Sie sogar, daß Sie redet.«

»Was ist mit dem Zöllner?«

»Den brauche ich nicht.«

»Monsieur Mostaguen…«

»Hm!… Nein!… Das ist alles.«

Im Café bestellte Maigret einen Branntwein aus der Region, den er mit sichtlichem Wohlgefallen kostete, wobei er zu den Journalisten die Bemerkung machte:

»Es geht zu Ende, Messieurs! Heute abend können Sie wieder nach Paris fahren.«

Der Spaziergang durch die verwinkelten Straßen der Altstadt ließ seine gute Laune steigen. Und als er vor dem Portal der Gendarmerie eintraf, über dem die leuchtende französische Flagge hing, stellte er fest, daß durch den Zauber des Sonnenlichts, der drei Farben und der lichtüberfluteten Mauer die Atmosphäre von einer Heiterkeit durchdrungen war wie am Nationalfeiertag.

Ein alter Gendarm, der auf der anderen Seite des Toreingangs auf einem Stuhl saß, las eine Illustrierte. Der Hof mit all seinen kleinen Pflastersteinen, die durch grüne Moosstreifen voneinander getrennt waren, strahlte die Ruhe eines Klosterhofes aus.

»Wo ist der Inspektor?«

»Sie sind alle unterwegs, der Inspektor, der Wachtmeister und fast das ganze Personal, auf der Suche nach dem Vagabunden, wissen Sie…«

»Der Doktor hat sich nicht vom Fleck gerührt?«

Der Mann lächelte und warf dabei einen Blick zum vergitterten Fenster des Gefängnisses auf der rechten Seite.

»Keine Gefahr!«

»Öffnen Sie mir die Tür, ja?«

Und sobald die Riegel zurückgezogen waren, rief er in fröhlichem, freundschaftlichem Ton aus:

»Guten Tag, Doktor! Haben Sie wenigstens gut geschlafen?«

Aber er gewahrte bloß ein fahles Gesicht, so schmal wie eine Messerklinge, das auf einem Feldbett unter einer grauen Decke hervorlugte. Die Augen waren fiebrig und lagen tief in ihren Höhlen.

»Nanu? Geht es Ihnen nicht gut?«

»Sehr schlecht«, brachte Michoux hervor, wobei er sich mit einem Seufzer auf seiner Pritsche aufrichtete. »Meine Niere…«

»Man gibt Ihnen doch hoffentlich alles, was Sie brauchen?«

»Ja… Sie sind sehr liebenswürdig…«

Er hatte sich vollständig bekleidet hingelegt. Er zog die

Beine unter der Decke hervor, setzte sich hin, fuhr sich mit der Hand über die Stirn. Und Maigret setzte sich im selben Augenblick rittlings auf einen Stuhl, stützte sich mit den Ellbogen auf die Lehne, strotzend vor Gesundheit und Schwung.

»Na, was ist! Ich sehe, daß Sie Burgunder bestellt haben!«

»Meine Mutter hat ihn mir gestern mitgebracht... Ich hätte zu gerne diesen Besuch verhindert... Sie mußte in Paris Wind davon bekommen haben... Sie ist zurückgekommen.«

Die Ringe unter den Augen hatten sich weit in seine unrasierten Wangen hineingefressen, die eingefallener wirkten. Und die fehlende Krawatte sowie der zerknitterte Anzug steigerten das Bild des Jammers, das der Mann bot.

Er hielt mit dem Reden inne, um zu husten. Er spuckte sogar demonstrativ in sein Taschentuch, das er betrachtete wie jemand, der sich vor der Tuberkulose fürchtet und sich voll Angst beobachtet.

»Haben Sie Neuigkeiten?« fragte er müde.

»Die Gendarmen haben Ihnen wohl von dem Zwischenfall der vergangenen Nacht erzählt?«

»Nein... Was ist?... Wer wurde...?«

Er hatte sich an die Wand gedrückt, so als fürchte er, angegriffen zu werden.

»Bah! Ein Fußgänger hat eine Kugel ins Bein bekommen.«

»Und hat man ihn, den... den Mörder? Ich kann nicht mehr, Kommissar! Sie müssen zugeben, daß es zum Verrücktwerden ist. Wieder ein Gast aus dem Café des Hôtel de l'Amiral, stimmt's?... Auf uns hat man es abgesehen! Und ich grüble vergebens darüber nach, weswegen. Ja, weswegen?... Mostaguen! Le Pommeret! Goyard! Und das Gift, das für uns alle bestimmt war. Sie werden sehen, sie kriegen mich schließlich trotz allem, sogar hier! Aber weswegen, sagen Sie es mir?«

Er war nicht mehr fahl. Er war leichenblaß. Und sein Anblick schmerzte, so sehr verkörperte er die Vorstellung von Panik, wie sie bemitleidenswerter, entsetzlicher nicht sein kann.

»Ich wage nicht zu schlafen... Dieses Fenster da, sehen Sie! Es ist vergittert... Aber man kann hindurchschießen... nachts! So ein Gendarm, der kann einschlafen oder mit seinen Gedanken woanders sein. Für so ein Leben bin ich nicht geschaffen, nein! Gestern habe ich die ganze Flasche da getrunken, in der Hoffnung einzuschlafen. Und ich habe kein Auge zugetan! Mir war übel! Wenn man diesen Vagabunden doch nur schon zur Strecke gebracht hätte, mit seinem gelben Hund... Ist er wieder gesehen worden, der Hund? Streunt er noch immer um das Café herum? Ich begreife nicht, daß man ihm noch keine Kugel verpaßt hat, ihm und seinem Herrn!«

»Sein Herr hat Concarneau letzte Nacht verlassen.«

»Ach!«

Der Doktor schien Mühe zu haben, das zu glauben.

»Unmittelbar nach... nach seinem neuen Verbrechen?«

»Davor!«

»Ja, wie? Das ist doch nicht möglich! Es ist anzunehmen, daß...«

»Genau! Das habe ich schon dem Bürgermeister letzte

Nacht gesagt. Ein komischer Kauz, unter uns gesagt, dieser Bürgermeister. Was meinen Sie denn?«

»Ich?... Ich weiß nicht... Ich...«

»Nun, er hat Ihnen das parzellierte Gelände verkauft. Sie stehen mit ihm in Beziehung. Sie sind sozusagen miteinander befreundet.«

»Wir unterhielten vornehmlich geschäftliche und gutnachbarschaftliche Beziehungen... Auf dem Land...«

Maigret fiel auf, daß die Stimme wieder fester wurde, daß der Blick des Arztes nicht mehr so unsicher war.

»Was haben Sie ihm gesagt?«

Maigret zog sein Notizbuch aus der Tasche.

»Ich habe ihm gesagt, daß die Serie der Verbrechen oder, wenn Sie dies vorziehen, der Mordversuche von keiner der uns zur Zeit bekannten Personen verübt worden sein kann. Ich möchte die Fälle nicht einen nach dem andern durchgehen. Ich fasse zusammen. Ich rede objektiv, als Mann vom Fach, ja? Nun, es ist sicher, daß Sie selber letzte Nacht nicht auf den Zöllner haben schießen können, was ausreichen könnte, um Sie aus dem Spiel zu lassen. Auch Le Pommeret hat nicht schießen können, denn er wird morgen früh beerdigt. Erst recht nicht Goyard, den man gerade in Paris wiedergefunden hat! Und sie konnten sich auch alle beide am vergangenen Freitag abend nicht hinter dem Briefkasten des unbewohnten Hauses befunden haben. Auch Emma nicht.«

»Aber der Vagabund mit dem gelben Hund?«

»Ich habe darüber nachgedacht! Weder hat er Le Pommeret vergiftet, noch war er letzte Nacht in der Nähe des Schauplatzes, als sich das Verbrechen gerade ereignet hat...

Deswegen habe ich dem Bürgermeister von einer unbekannten Person erzählt, einem rätselhaften X, der alle diese Verbrechen verübt haben könnte. Es sei denn …«

»Es sei denn?«

»Es sei denn, es handelt sich gar nicht um eine Serie! Stellen Sie sich statt einer Art einseitigem Angriff einen regelrechten Kampf zwischen zwei Gruppen oder zwei Individuen vor.«

»Aber Kommissar, was soll dann aus mir werden? Wenn unbekannte Gegner umherschleichen, dann bin ich …«

Und sein Gesichtsausdruck wurde wieder unsicher. Er faßte sich mit beiden Händen an den Kopf.

»Wenn ich daran denke, daß ich krank bin, daß die Ärzte mir strengste Ruhe empfehlen!… Ach! Eine Kugel oder Gift wird gar nicht nötig sein, um mich zu kriegen. Sie werden noch sehen, daß meine Niere schon das Nötige tun wird.«

»Was halten Sie vom Bürgermeister?«

»Ich weiß nicht! Ich weiß nichts! Er entstammt einer sehr reichen Familie. Als junger Mann hat er in Paris ein aufwendiges Leben geführt. Er hat seinen eigenen Reitstall gehabt. Dann ist er solide geworden. Einen Teil seines Vermögens hat er gerettet und ist hergekommen, um sich hier niederzulassen, im Hause seines Großvaters, der auch Bürgermeister von Concarneau war. Er hat mir das Gelände verkauft, mit dem er nichts anfangen konnte. Ich glaube, er würde gerne zum Departementsrat ernannt werden, um in den Senat zu kommen …«

Der Arzt war aufgestanden, und man hätte schwören mögen, daß er innerhalb weniger Tage zehn Kilo abgenommen hatte. Und wenn er vor lauter Aufregung in Tränen ausgebrochen wäre, so hätte man sich darüber nicht gewundert.

»Was wollen Sie daraus entnehmen?... Und dieser Goyard, der sich in Paris befindet, wenn man glauben soll, was... Was soll er denn dort wohl machen? Und weswegen?«

»Wir werden es bald erfahren, denn er kommt nach Concarneau. Er ist sogar schon hier eingetroffen.«

»Ist er verhaftet worden?«

»Er ist gebeten worden, zwei Herren bis hierher zu folgen. Das ist nicht dasselbe.«

»Was hat er gesagt?«

»Nichts! Man hat ihn nämlich nichts gefragt!«

Da sah der Arzt dem Kommissar auf einmal ins Gesicht. Schlagartig schoß ihm das Blut in die Wangen.

»Was soll das heißen? Ich habe den Eindruck, daß irgend jemand den Verstand verliert! Sie kommen und erzählen mir vom Bürgermeister, von Goyard... Und ich ahne, verstehen Sie, ich ahne, daß ich von einem Augenblick zum anderen umgebracht werde... Trotz dieser Gitter, die nichts verhindern werden! Trotz diesem dicken Dummkopf von Gendarm, der auf dem Hof Wache hält! Aber ich will nicht sterben! Ich will nicht! Man soll mir doch nur einen Revolver geben, damit ich mich verteidigen kann! Oder man soll die einsperren, die mir nach dem Leben trachten, die Le Pommeret umgebracht haben, die die Flasche vergiftet haben...«

Er bebte von Kopf bis Fuß.

»Ich bin kein Held, nein! Es ist nicht meine Sache, dem

Tod zu trotzen! Ich bin ein Mensch! Ich bin krank! Und ich bin genug damit geschlagen, gegen die Krankheit zu kämpfen, um zu leben. Sie reden und reden! Aber was tun Sie?«

Wütend stieß er mit der Stirn gegen die Mauer.

»All das sieht aus wie eine Verschwörung... Man will mich zumindest um den Verstand bringen... Ja! Man will mich ins Irrenhaus bringen! Wer weiß? Ob meine Mutter es etwa satt hat? Weil ich stets eifersüchtig den Teil vom Erbe meines Vaters, der mir zusteht, für mich behalten habe! Aber ich werde mich nicht unterkriegen lassen.«

Maigret hatte sich nicht gerührt. Er saß noch immer in der Mitte der weißen Zelle, deren eine Wand vom Sonnenlicht überflutet war, die Ellbogen auf die Lehne seines Stuhls gestützt, die Pfeife zwischen den Zähnen.

Der Arzt ging auf und ab, Opfer einer Aufregung, die an Raserei grenzte.

Da hörte man auf einmal im Raum eine fröhliche, kaum ironische Stimme, die nach Kinderart rief: »Kuckuck!«

Ernest Michoux fuhr zusammen, schaute in alle vier Ecken der Zelle, bevor er Maigret ansah. Dann bemerkte er die Miene des Kommissars, der seine Pfeife aus dem Mund genommen hatte und ihm schmunzelnd einen Blick zuwarf.

Es wirkte wie ein Knopfdruck. Michoux erstarrte, völlig ermattet, völlig erschlafft, und sah aus, als schmelze er zu einer unwirklichen Silhouette der Haltlosigkeit zusammen.

»Haben Sie...«

Man hätte meinen können, die Stimme komme von woanders her, wie bei einem Bauchredner, der die Worte aus der Zimmerdecke oder aus einer Porzellanvase hervorlockt.

Maigrets Augen lachten noch immer, als er aufstand, und mit aufmunterndem Ernst, der zu seinem Gesichtsausdruck im Widerspruch stand, sagte er:

»Nehmen Sie sich zusammen, Doktor! Ich höre Schritte im Hof! In wenigen Augenblicken befindet sich der Mörder gewiß in diesen vier Wänden...«

Es war der Bürgermeister, der als erster vom Gendarmen hereingeführt wurde. Aber es waren noch weitere Schritte im Hof zu hören.

10

»*La Belle-Emma*«

»Sie haben mich gebeten herzukommen, Kommissar?«

Maigret hatte nicht einmal die Zeit gehabt zu antworten, als man auch schon zwei Inspektoren den Hof betreten sah, die Jean Goyard flankierten, während man auf der Straße zu beiden Seiten des Toreingangs eine aufgeregte Menge ahnte.

Zwischen seinen Bewachern wirkte der Journalist kleiner, rundlicher. Er hatte die Krempe seines Schlapphuts über die Augen heruntergezogen und hielt sich, bestimmt aus Angst vor den Fotografen, ein Taschentuch vor die untere Gesichtshälfte.

»Hierher!« sagte Maigret zu den Inspektoren. »Sie könnten uns vielleicht Stühle holen, denn ich höre die Stimme einer Frau…«

Eine schrille Stimme, die sagte:

»Wo ist er? Ich will ihn sofort sehen! Und ich lasse Sie degradieren, Inspektor. Verstehen Sie? Ich lasse Sie degradieren!«

Es war Madame Michoux, in malvenfarbenem Kleid, mit ihrem ganzen Geschmeide, Puder und Rouge, die vor lauter Empörung nach Luft schnappte.

»Ah! Sie sind hier, lieber Freund…«, sagte sie affektiert zum Bürgermeister. »Hat man so etwas je gehört? Dieser kleine Herr kommt zu mir, wie ich noch nicht einmal angekleidet bin. Mein Dienstmädchen hat Urlaub. Ich sage ihm durch die Tür, daß ich ihn nicht empfangen könne, und er besteht darauf, er insistiert, er wartet, während ich bei meiner Toilette bin, und er behauptet, er habe den Befehl, mich hierherzubringen. Das ist doch einfach die Höhe! Wenn ich daran denke, daß mein Mann Abgeordneter war, daß er beinahe Ratspräsident geworden wäre und daß dieser… dieser Taugenichts… ja, Taugenichts!«

Sie war zu sehr empört, um sich die Situation klarzumachen. Aber auf einmal bemerkte sie Goyard, der den Kopf abwandte, ihren Sohn, der auf dem Rand der Pritsche saß, den Kopf zwischen den Händen. Ein Wagen fuhr auf den sonnigen Hof ein. Gendarmenuniformen schillerten. Und nun fing die Menge zu lärmen an.

Die Toreinfahrt mußte geschlossen werden, um zu verhindern, daß die Schaulustigen gewaltsam in den Hof eindrangen. Denn der erste, den man buchstäblich aus dem Wagen zerrte, war niemand anders als der Vagabund. Er hatte nicht bloß Handschellen an, sondern man hatte ihm auch noch die Fußgelenke mit Hilfe einer kräftigen Schnur gefesselt, so daß er wie ein Paket transportiert werden mußte.

Hinter ihm stieg Emma, die sich ungehindert bewegen konnte, verstört wie in einem Traum aus.

»Binden Sie ihm die Füße los!«

Die Gendarmen waren stolz auf ihren Fang und noch ganz aufgeregt. Nach den unordentlichen Uniformen und vor allem nach dem Gesicht des Festgenommenen zu urteilen, das völlig mit Blut verschmiert war, welches noch immer aus seiner aufgesprungenen Lippe quoll, mußte es nicht einfach gewesen sein.

Madame Michoux stieß einen Schrei des Entsetzens aus, wich an die Wand zurück, wie beim Anblick von etwas Ekelerregendem, während der Mann sich ohne ein Wort losbinden ließ, den Kopf hob und langsam in die Runde schaute.

»Ruhig bleiben, ja, Léon!« murmelte Maigret.

Der andere erbebte, versuchte herauszufinden, wer gesprochen hatte.

»Bringt ihm einen Stuhl und ein Taschentuch.«

Er bemerkte, daß Goyard sich in den Hintergund der Zelle verzogen hatte, hinter Madame Michoux, und daß der Doktor schlotterte und niemanden ansah. Der Inspektor der Gendarmerie, den diese ungewöhnliche Versammlung verlegen machte, fragte sich, welche Rolle er zu spielen hatte.

»Schließt die Tür! Nehmen Sie bitte alle Platz ... Ist Ihr Wachtmeister in der Lage, uns als Schriftführer zu dienen, Inspektor? ... Sehr gut! Er soll sich an diesen Tisch setzen. Ich bitte auch Sie, sich zu setzen, Herr Bürgermeister.«

Die Menge draußen war nun ruhig, und dennoch spürte man, daß sie da war, erriet man ein kompaktes Leben auf der Straße, ein gespanntes Warten.

Maigret stopfte seine Pfeife, ging dabei auf und ab und wandte sich an Inspektor Leroy.

»Sie müßten noch beim Seemannsamt in Quimper anrufen, um nachzufragen, was vor vier oder fünf Jahren, vielleicht auch sechs, mit einem Boot namens ›La Belle-Emma‹ geschehen ist.«

Da der Inspektor sich zur Tür wandte, räusperte sich der Bürgermeister, gab zu verstehen, daß er etwas sagen wollte.

»Ich kann es Ihnen sagen, Kommissar... Das ist eine Geschichte, die hierzulande jeder kennt...«

»Reden Sie.«

Der Vagabund wurde in seiner Ecke unruhig wie ein bissiger Hund. Emma ließ ihn nicht aus den Augen und saß auf der Stuhlkante. Durch einen Zufall war sie neben Madame Michoux geraten, deren Parfum die ganze Atmosphäre einzuhüllen begann, ein süßlicher Geruch nach Veilchen.

»Ich habe das Boot nie gesehen«, sagte der Bürgermeister ungezwungen, vielleicht aber ein ganz klein wenig affektiert. »Es gehörte einem gewissen Le Glen oder Le Glérec, der als ausgezeichneter Matrose galt, aber als Hitzkopf... Wie alle Küstenfahrer hierzulande transportierte die ›Belle-Emma‹ vor allem Frühobst und Frühgemüse nach England. Eines schönen Tages war von einer längeren Fahrt die Rede. Zwei Monate lang hat man nichts mehr gehört. Bis man dann erfahren hat, daß die ›Belle-Emma‹ beim Einlaufen in einen kleinen Hafen unweit von New York überprüft worden, die Besatzung ins Gefängnis gebracht und die Ladung Kokain beschlagnahmt worden war. Selbstverständlich auch das Boot. Dies war zu der Zeit, als sich die meisten Handelsschiffe, besonders jene, die Salz nach Neufundland brachten, auf Schmuggel mit Alkohol einließen.«

»Ich danke Ihnen. Bleiben Sie, wo Sie sind, Léon. Antworten Sie mir von Ihrem Platz aus. Und antworten Sie mir vor allem genau auf meine Fragen, und *sonst nichts!* Verstehen Sie? Zunächst, wo hat man Sie vorhin verhaftet?«

Der Vagabund wischte sich sein blutverschmiertes Kinn ab und sagte mit heiserer Stimme:

»In Rosporden... in einem Eisenbahnlager, wo wir die Nacht abwarteten, um uns unbemerkt in irgendeinen Zug zu schleichen.«

»Wieviel Geld hatten Sie in der Tasche?«

Es war der Inspektor, der antwortete:

»Elf Franc und Kleingeld.«

Maigret sah Emma an, der die Tränen die Wangen hinunterrollten, dann den Klotz von einem Menschen, der in sich gekehrt war. Er spürte, daß der Arzt trotz seiner Reglosigkeit von einer starken Erregung ergriffen war, und er gab einem der Polizisten zu verstehen, sich neben ihn zu setzen, um allen Möglichkeiten vorzubeugen.

Der Wachtmeister schrieb. Mit metallischem Geräusch kratzte die Feder über das Papier.

»Erzählen Sie uns genau, unter welchen Umständen die Verschiffung des Kokains vor sich gegangen ist, Le Glérec.«

Der Mann sah auf. Sein Blick, der auf den Arzt gerichtet war, verhärtete sich. Und die großen Fäuste geballt, murmelte er grimmig:

»Die Bank hatte mir Geld geliehen, damit ich mir ein Boot bauen lassen konnte.«

»Ich weiß! Und dann?«

»Es kam ein schlechtes Jahr... Der Franc stieg wieder... England kaufte weniger Obst... Ich fragte mich, wie ich die

Zinsen bezahlen sollte. Ich wollte abwarten, bis ich das meiste zurückgezahlt hätte, um dann Emma zu heiraten. Da kam ein Journalist zu mir, den ich kannte, weil er öfters im Hafen herumschnüffelte.«

Zur allgemeinen Verblüffung nahm Ernest Michoux die Hände vom Gesicht, das bleich, jedoch unendlich viel ruhiger war, als man erwartet hätte. Und er zog ein Heft und einen Bleistift aus seiner Tasche, notierte ein paar Worte.

»War es Jean Servières, der Ihnen eine Kokainladung angeboten hat?«

»Nicht sofort! Von einem Geschäft hat er mir erzählt. Er hat sich mit mir in einem Café in Brest verabredet, wo er sich mit zwei anderen befand.«

»Doktor Michoux und Monsieur Le Pommeret?«

»Ganz genau!«

Michoux machte sich weitere Notizen, und in seinem Gesicht lag ein Ausdruck von Verachtung. Einmal brachte er es sogar fertig, ein ironisches Lächeln anzudeuten.

»Wer von den dreien hat Ihnen das Geschäft übertragen?«

Der Arzt wartete mit angehobenem Bleistift.

»Niemand von den dreien… Oder vielmehr, sie haben mir bloß von der Stange Geld erzählt, die in ein oder zwei Monaten zu verdienen wäre. Eine Stunde danach ist ein Amerikaner gekommen. Ich habe nie erfahren, wie er hieß. Ich habe ihn bloß zweimal gesehen. Auf jeden Fall ein Mann, der die See kannte, denn er hat mich nach den Merkmalen meines Schiffs gefragt, nach der Zahl der Leute, die ich an Bord haben müsse, und wie lange es dauern würde, einen Hilfsmotor anzubauen. Ich glaubte, es ginge um Alkoholschmuggel. Jeder machte das, sogar Offiziere von Passagierdampfern. Die Woche darauf kamen Arbeiter und installierten einen Zweitaktmotor auf der ›Belle Emma‹.«

Er sprach schleppend, mit starrem Blick, und es war beeindruckend, wie seine dicken Finger sich langsam, krampfartig bewegten und viel beredter waren als sein Gesicht.

»Man hat mir eine englische Karte mitgegeben, auf der alle Winde des Atlantiks und die Route der Segelschiffe eingetragen waren, denn ich hatte die Überfahrt noch nie gemacht. Vorsichtshalber habe ich nur zwei Mann mitgenommen, und ich habe niemandem etwas von dem Geschäft erzählt, außer Emma, die in der Nacht des Auslaufens auf der Mole stand. Auch die drei Männer standen da, bei einem Wagen, dessen Scheinwerfer ausgeschaltet waren. Die Verladung hatte am Nachmittag stattgefunden. Und in diesem Moment habe ich Schiß bekommen. Nicht so sehr wegen des Schmuggels! Aber ich bin so gut wie nicht zur Schule gegangen. Solange ich den Kompaß und das Lot verwenden kann, geht es. Ich fürchte mich vor niemandem. Aber da draußen auf hoher See ... Ein alter Kapitän hatte versucht, mir beizubringen, wie man mit dem Sextanten umgeht, um den Standort zu ermitteln. Ich hatte mir eine Logarithmentafel gekauft und alles, was dazugehört. Aber ich war sicher, daß ich mich in den Berechnungen verheddern würde. Wenn ich aber Erfolg hätte, dann wäre das Schiff bezahlt, und es würden mir noch runde zwanzigtausend Franc in der Tasche bleiben ... Es war fürchterlich windig in jener Nacht. Der Wagen und die drei Männer gerieten außer Sicht. Dann auch Emma, deren Silhouette sich schwarz vom Ende der Mole abhob. Zwei Monate auf See...«

Michoux machte noch immer Notizen, vermied aber, den Mann anzusehen, der erzählte.

»Für das Löschen hatte ich Anweisungen. Endlich kamen wir, Gott weiß wie, in dem kleinen Hafen an, der uns angegeben war. Wir hatten noch nicht einmal die Taue an Land geworfen, als uns auch schon drei Polizeiboote mit Maschinengewehren umzingelten und Männer, mit Gewehren bewaffnet, auf die Brücke sprangen, auf uns anlegten, wobei sie uns etwas auf englisch zuriefen und uns Kolbenstöße versetzten, bis wir die Hände hochhielten.

Wir haben uns keinen Reim drauf machen können, so schnell war es passiert... Ich weiß nicht, wer mein Schiff zum Quai gesteuert hat, noch, wie man uns in einen Polizeiwagen gesteckt hat. Eine Stunde danach war jeder von uns in einem Eisenkäfig eingesperrt, im Gefängnis Sing-Sing.

Wir waren krank davon. Niemand sprach Französisch. Die Häftlinge verspotteten oder beschimpften uns.

Da drüben geht so etwas sehr schnell... Am Morgen darauf wurden wir vor eine Art Gericht gestellt, und der Rechtsanwalt, der uns anscheinend verteidigte, hat noch nicht einmal das Wort an uns gerichtet!

Erst danach hat er mir erklärt, daß ich zu zwei Jahren Zwangsarbeit und zu hunderttausend Dollar Geldstrafe verurteilt sei, daß mein Boot beschlagnahmt sei und so. Ich begriff nicht. Hunderttausend Dollar! Ich schwor, daß ich kein Geld besaß. In diesem Fall wurden es ich weiß nicht wie viele Jahre Gefängnis mehr.

Ich bin in Sing-Sing geblieben. Meine Matrosen mußten wohl in ein anderes Gefängnis gebracht worden sein, denn ich habe sie nie wiedergesehen. Man hat mich kahlgeschoren. Man hat mich auf die Straße zum Steineklopfen mitgenommen. Ein Kaplan wollte mir Bibelunterricht geben.

Sie wissen nicht, was es heißt... Es gab reiche Häftlinge, die fast jeden Abend in die Stadt bummeln gingen. Und die anderen waren ihre Knechte!

Was soll's. Erst ein Jahr später ist mir eines Tages der Amerikaner aus Brest wieder begegnet, der einen Häftling besuchen kam. Ich habe ihn wiedererkannt. Ich habe ihn gerufen. Er hat eine Weile gebraucht, um sich zu erinnern, dann ist er in Lachen ausgebrochen und hat mich ins Sprechzimmer führen lassen.

Er war sehr herzlich. Er behandelte mich wie einen alten Kumpel. Er hat mir erzählt, daß er schon immer Spitzel der Prohibition gewesen sei. Er arbeite vor allem im Ausland, in England, Frankreich, Deutschland, von wo aus er der amerikanischen Polizei Informationen über abgehende Transporte zuspiele. Gleichzeitig aber treibe er hin und wieder Schwarzhandel auf eigene Rechnung. So auch bei diesem Geschäft mit Kokain, das Millionen einbringen sollte, denn zehn Tonnen waren davon an Bord, zu ich weiß nicht wieviel Francs das Gramm. Also habe er sich mit Franzosen in Verbindung gesetzt, die das Boot und einen Teil des Kapitals stellen sollten. Das waren meine drei Männer. Und der Gewinn sollte natürlich unter den vieren geteilt werden.

Aber warten Sie! Denn das Schönste kommt ja noch … Am selben Tag, als in Quimper die Verladung stattfand, erhielt der Amerikaner von zu Hause eine Warnung: Ein neuer Mann befasse sich mit der Prohibition. Die Überwachung werde verschärft. Die Käufer in den USA zögerten, und aus diesem Grund laufe die Ware Gefahr, keine Abnehmer zu finden.

Dagegen verspreche ein neuer Erlaß jedem, der Schmuggelware hochgehen lasse, eine Prämie, die sich auf ein Drittel des Wertes dieser Ware belaufe.

Und das erzählte man mir in meinem Gefängnis! Ich erfuhr, daß meine drei Männer sogar auf dem Quai mit dem Amerikaner diskutiert hatten, während ich beklommen meine Taue schießen ließ und mich fragte, ob wir überhaupt lebend am anderen Ufer des Atlantiks ankämen.

Alles auf eine Karte setzen?… Der Doktor war es, ich weiß, der auf der Denunziation bestanden hat … Zumindest würde auf diese Weise ein Drittel des Kapitals mit Sicherheit zurückgewonnen, ohne Komplikationen zu riskieren …

Außerdem sprach sich der Amerikaner mit einem Kollegen darüber ab, einen Teil des beschlagnahmten Kokains auf die Seite zu schaffen. Unglaubliche Tricks, ich weiß!

Die ›Belle-Emma‹ glitt über das schwarze Wasser des Hafens. Ich sah ein letztes Mal meine Braut, in der Gewißheit, sie ein paar Monate danach zu heiraten …

Und sie wußten, sie, die uns auslaufen sahen, daß man uns bei unserer Ankunft schnappen würde! Sie rechneten sogar damit, daß wir uns wehren würden, daß wir wahrscheinlich im Feuergefecht umkommen würden, wie es damals in amerikanischen Gewässern alle Tage vorkam.

Sie wußten, daß mein Boot beschlagnahmt werden würde, daß es noch nicht einmal ganz bezahlt war, daß ich nichts anderes auf der Welt besaß!

Sie wußten, daß ich von nichts anderem träumte, als zu heiraten… Und sie sahen zu, wie wir ausliefen!

Das war es, was man mir in Sing-Sing gestand, wo ich zu einem Rohling unter anderen Rohlingen geworden war… Man brachte mir Beweise… Mein Gesprächspartner lachte, klatschte sich auf die Schenkel und rief aus:

›Richtige Lumpen, die drei!‹«

Auf einmal herrschte völliges Schweigen. Und in diesem Schweigen hörte man betroffen, wie der Bleistift von Michoux über ein weißes Blatt huschte, das er gerade gewendet hatte.

Maigret warf einen Blick auf die Initialen S. S, die auf die Hand des Hünen tätowiert waren, und begriff: »Sing-Sing«!

»Ich glaube, daß ich noch gut zehn Jahre vor mir hatte. In diesem Land, da weiß man nie. Beim geringsten Verstoß gegen die Vorschriften wird die Strafe verlängert, und gleichzeitig hagelt es Knüppelschläge. Hunderte habe ich eingesteckt. Und die Schläge von meinen Mithäftlingen… Und da hat mein Amerikaner zu meinen Gunsten Schritte in die Wege geleitet. Ich glaube, es ekelte ihn vor der Feigheit jener, die er meine Freunde nannte. Mein einziger Gefährte war ein Hund. Ein Tier, das ich an Bord großgezogen habe, das mich vor dem Ertrinken gerettet hat und das man dort unten trotz der ganzen Disziplin bei mir im Gefängnis hat leben lassen. Denn sie denken nicht so wie wir über solche Dinge. Eine Hölle! Sie mögen dir zwar sonntags Musik vorspielen, aber hinterher wirst du trotzdem verprügelt bis aufs Blut. Zu guter Letzt wußte ich nicht einmal mehr, ob ich noch ein Mann war... Ich habe hundertmal, tausendmal geweint...

Und als man mir eines Morgens die Tür geöffnet und mir einen Kolbenschlag in die Nieren versetzt hat, um mich ins normale Leben zurückzuschicken, da bin ich auf dem Bürgersteig einfach besinnungslos zusammengebrochen... Ich wußte nicht mehr, wie das Leben ist... Ich hatte gar nichts mehr...

Doch! Etwas schon...«

Seine aufgesprungene Lippe blutete. Er vergaß, das Blut abzuwischen. Madame Michoux verbarg ihr Gesicht hinter ihrem Spitzentüchlein, dessen Geruch einem den Magen umdrehte. Und Maigret rauchte in aller Ruhe, ohne den Doktor, der noch immer am Schreiben war, aus den Augen zu lassen.

»Den Willen, all denen, die an diesem Elend schuld waren, das gleiche Schicksal zuzufügen... Nicht, sie umzubringen! Nein! Sterben ist gar nichts. In Sing-Sing habe ich es zwanzigmal versucht, ohne daß es mir gelang. Ich habe mich geweigert zu essen, und ich wurde künstlich ernährt. *Aber ihnen zu zeigen, was Gefängnis bedeutet!* Am liebsten in Amerika. Aber das war unmöglich.

Ich habe mich in Brooklyn herumgetrieben, wo ich alle Jobs durchgemacht und darauf gewartet habe, meine Überfahrt an Bord eines Schiffs bezahlen zu können. Sogar für meinen Hund habe ich bezahlt.

Von Emma habe ich nie etwas gehört. Nach Quimper habe ich keinen Schritt getan, denn man hätte mich trotz meiner abstoßenden Visage erkennen können.

Hier habe ich dann erfahren, daß sie Serviermädchen und gelegentlich die Mätresse von Michoux sei ... Vielleicht auch der übrigen?... Ein Serviermädchen, das auch für andere Dienste zu haben war, nicht wahr?

Es war nicht leicht, diese drei Drecksäcke ins Kittchen zu bringen. Aber ich hatte es drauf angelegt. Ich hatte bloß noch diesen einen Wunsch! Mit meinem Hund habe ich an Bord eines gestrandeten Bootes gehaust, dann in dem ehemaligen Wachlokal auf der ›Pointe du Cabélou‹.

Michoux habe ich mich zuerst gezeigt. Bloß mich gezeigt! Mein gemeines Gesicht, meine grobe Gestalt! Verstehen Sie? Ich wollte ihm Angst einjagen. Ich wollte ihm eine Heidenangst einjagen, die ihn veranlassen würde, auf mich zu schießen! Dabei wäre ich vielleicht draufgegangen. Aber dann? Das Zuchthaus für ihn! Fußtritte! Kolbenschläge! Widerliche Mithäftlinge, stärker als man selbst, die einen zwingen, ihnen zu Diensten zu sein ... Ich streifte um seine Villa herum. Ich lief ihm über den Weg. Drei Tage! Vier Tage! Er hatte mich wiedererkannt. Er ging seltener aus. Doch das Leben hier hatte sich während dieser ganzen Zeit nicht verändert. Sie saßen beim Aperitif, alle drei! Die Leute grüßten sie! Was ich zum Essen brauchte, stahl ich mir von den Ständen. Ich wollte, daß es schnell ginge ...«

Eine deutliche Stimme wurde laut:

»Pardon, Kommissar! Ist diese Vernehmung ohne das Beisein seines Anwalts rechtlich gültig?«

Das war Michoux!... Michoux, weiß wie eine Wand, mit eingefallenen Zügen, zusammengekniffenen Nasenflügeln und blutleeren Lippen. Aber ein Michoux, der mit fast schon drohender Deutlichkeit sprach!

Ein Blick von Maigret befahl einem Polizisten, sich zwischen den Doktor und den Vagabunden zu setzen. Es war höchste Zeit! Léon Le Glérec erhob sich langsam, von dieser Stimme angezogen, mit geballten Fäusten, schwer wie Keulen.

»Hinsetzen! Setzen Sie sich hin, Léon!«

Und während der Koloß mit heiserem Atem gehorchte, sagte der Kommissar, wobei er die Asche aus seiner Pfeife klopfte:

»Jetzt bin ich an der Reihe mit Reden!«

II

Die Angst

Seine leise Stimme, der schnelle Fluß seiner Rede kontrastierten mit dem leidenschaftlichen Bericht des Matrosen, der ihn von der Seite ansah.

»Zuerst ein Wort über Emma, Messieurs... Sie erfährt, daß ihr Verlobter verhaftet worden ist. Sie hört nichts mehr von ihm. Eines Tages verliert sie aus einem nichtigen Grund ihre Stelle und wird Serviermädchen im Hôtel de l'Amiral. Sie ist ein armes Ding, ohne irgendwelche Beziehungen. Männer machen ihr den Hof, wie eben reiche Gäste einem Dienstmädchen den Hof machen. Zwei Jahre, drei Jahre verstreichen. Sie weiß nicht, daß Michoux der Schuldige ist. Sie geht eines Abends auf sein Zimmer. Und die Zeit verstreicht weiter, das Leben geht seinen Gang. Michoux hat noch andere Mätressen. Hin und wieder bekommt er Lust, im Hotel zu übernachten. Oder aber er läßt Emma zu sich nach Hause kommen, wenn seine Mutter nicht da ist. Eine fade Liebelei, ohne Liebe. Emmas Leben ist auch fade. Sie ist keine Heldin. In einem Muschelkästchen bewahrt sie einen Brief auf, ein Foto, aber es ist nur noch ein alter Traum, der jeden Tag mehr und mehr verblaßt.

Sie weiß nicht, daß Léon gerade wieder zurückgekehrt ist. Den gelben Hund, der um sie herumstreift und der vier

Monate alt war, als das Schiff ausgelaufen ist, hat sie nicht wiedererkannt.

Eines Nachts diktiert ihr Michoux einen Brief, ohne ihr zu sagen, an wen er gerichtet ist. Es geht darum, sich mit jemandem um elf Uhr abends in einem unbewohnten Haus zu verabreden.

Sie schreibt... Ein Serviermädchen! Verstehen Sie? Léon Le Glérec hat sich nicht getäuscht. Michoux hat Angst! Er wähnt sein Leben in Gefahr. Er will den umherstreifenden Gegner aus dem Weg räumen.

Aber er ist ein Feigling! Er selbst hat es mir gegenüber immer wieder betont. Er bindet den Brief mit einer Schnur dem Hund um den Hals, um ihn so seinem Opfer zukommen zu lassen, dem er im Flur des Hauses hinter der Eingangstür auflauern will.

Ob Léon mißtrauisch werden wird? Aber ob er nicht trotz allem seine ehemalige Braut wiedersehen will? In dem Augenblick, da er an die Tür klopfen würde, könnte Michoux durch den Briefkasten schießen und über die Gasse davonlaufen. Und das Verbrechen würde um so mehr ein Rätsel bleiben, als niemand das Opfer wiedererkennen würde...

Aber Léon ist mißtrauisch. Vielleicht streift er schon über den Platz? Ob er sich dazu entschließt, zu der Verabredung zu kommen? Der Zufall will, daß Monsieur Mostaguen in diesem Moment leicht angetrunken das Café verläßt und am Hauseingang stehenbleibt, um sich eine Zigarre anzuzünden. Er schwankt. Er stößt an die Tür. Das ist das Zeichen. Eine Kugel trifft ihn mitten in den Bauch...

Das ist der erste Fall. Der Anschlag von Michoux ist gescheitert. Er ist nach Hause gegangen. Goyard und Le Pommeret, die Bescheid wissen und die am Verschwinden desjenigen, der sie alle drei bedroht, das gleiche Interesse haben, sind entsetzt.

Emma hat begriffen, welches Spiel man mit ihr getrieben hat. Ob sie Léon gesehen hat? Ob sie nachgegrübelt und den gelben Hund endlich erkannt hat?

Tags darauf bin ich an Ort und Stelle. Ich sehe die drei Männer. Ich fühle ihr Entsetzen. *Sie sind auf ein Verbrechen gefaßt!* Und ich will herausfinden, von welcher Seite sie den Anschlag erwarten. Ich will unbedingt sicher sein, daß ich mich nicht täusche.

Ich selbst vergifte also eine Flasche Aperitif, wie ein Stümper ... Ich bin bereit einzugreifen, falls jemand trinken sollte. Aber nein! Michoux ist auf der Hut! Michoux mißtraut allem, den vorbeigehenden Leuten, dem, was er ißt und trinkt. Er traut sich nicht einmal, das Hotel zu verlassen.«

Emma war in eine solche Starre gefallen, daß man sich ein ergreifenderes Bild der Verblüffung schwer vorstellen konnte. Und Michoux hatte für einen Moment den Kopf gehoben, um Maigret in die Augen zu sehen. Jetzt schrieb er fieberhaft mit.

»Das war das zweite Verbrechen, Herr Bürgermeister! Und unser Trio ist noch immer am Leben, hat noch immer Angst. Goyard ist der Sensibelste von den dreien, bestimmt ist er auch der kleinste Schuft. Die Sache mit dem Giftanschlag hat ihn außer sich gebracht. Er spürt, daß er eines schönen Tages dran glauben wird. Er ahnt, daß ich ihm auf der Spur bin. Und er beschließt, sich aus dem Staub zu machen. Sich aus dem Staub zu machen, ohne eine Spur zu hinterlassen. Er wird ein Verbrechen fingieren, wird vortäuschen, daß er tot sei und daß man seine Leiche ins Wasser des Hafens geworfen habe.

Zuvor treibt ihn die Neugier dazu, bei Michoux herumzustöbern, vielleicht auf der Suche nach Léon, um ihm eine Aussöhnung anzubieten. Dort stößt er auf Spuren, die der Rohling auf seinem Weg hinterlassen hat. Er begreift, daß es nicht lange dauern wird, bis auch ich diese Spuren entdecke.

Schließlich ist er Journalist! Er weiß außerdem, wie leicht beeindruckbar die Massen sind. Er weiß, daß er, solange Léon am Leben ist, nirgends in Sicherheit sein kann. Und er kommt auf etwas wirklich Geniales: auf den Artikel, geschrieben mit der linken Hand, eingesandt an den *Phare de Brest*…

Darin ist von dem gelben Hund, von dem Vagabunden die Rede. Jeder Satz zielt darauf ab, Angst und Schrecken in Concarneau zu verbreiten. Und somit bestehen Aussichten, daß der Mann mit den großen Füßen eine Ladung Blei in den Leib bekommt, wenn ihn die Leute erblicken.

Um ein Haar wäre es geschehen! Zuerst hat man auf den Hund geschossen. Genauso hätte man auf den Mann geschossen! Eine aufgebrachte Bevölkerung ist zu allem fähig.

Am Sonntag beherrscht nämlich tatsächlich der Schrekken die Stadt. Michoux verläßt das Hotel nicht. Er ist krank vor Angst. Aber er bleibt fest entschlossen, sich bis zum Schluß zur Wehr zu setzen, *mit allen Mitteln.*

Ich lasse ihn mit Le Pommeret allein. Ich weiß nicht, was dann zwischen ihnen vorfällt. Goyard hat sich aus dem Staub gemacht. Le Pommeret selbst, der einer ehrbaren einheimischen Familie angehört, muß wohl versucht sein, die Polizei einzuschalten – eher alles auffliegen lassen als weiterhin diesen Alptraum durchmachen. Was riskiert er schon? Eine Geldstrafe! Ein bißchen Gefängnis! Höchstens! Das Hauptverbrechen ist in Amerika verübt worden.

Und Michoux, der ihn schwach werden fühlt, der den Mordanschlag auf Mostaguen auf dem Gewissen hat, der aus eigener Kraft da heraus will, koste es, was es wolle, zögert nicht, ihn zu vergiften.

Emma ist da. Wird der Verdacht nicht auf sie fallen?

Ich möchte Ihnen noch mehr von der Angst erzählen, weil sie es nämlich ist, die dem ganzen Verbrechen zugrunde liegt. Michoux hat Angst. Noch mehr als seinen Gegner will Michoux seine Angst überwinden.

Er kennt Léon Le Glérec. Er weiß, daß dieser sich nicht widerstandslos festnehmen lassen wird. Und er rechnet mit einer Kugel, abgefeuert von den Gendarmen oder von einem aufgeschreckten Bürger, um ihm den Garaus zu machen.

Er rührt sich nicht vom Fleck. Ich bringe den verletzten Hund her, der im Sterben liegt. Ich will wissen, ob der Vagabund ihn holen kommen wird, und er kommt.

Seitdem ist das Tier nicht mehr gesehen worden, was mir beweist, daß es tot ist.«

Ein Laut drang aus Léons Kehle.

»Ja…«

»Haben Sie ihn begraben?«

»Auf der ›Pointe du Cabélou‹. Ein kleines Kreuz steht da, aus zwei Fichtenästen...«

»Die Polizei findet Léon Le Glérec. Er entflieht, denn er hat nur eines im Sinn, Michoux zu veranlassen, ihn anzugreifen. Er hat es gesagt: *Ich will ihn im Gefängnis sitzen sehen.* Meine Pflicht ist es, ein weiteres Verbrechen zu verhindern, und deshalb verhafte ich Michoux, wobei ich ihm versichere, daß es geschieht, um ihn in Sicherheit zu bringen. Es ist keine Lüge. Aber gleichzeitig hindere ich Michoux daran, weitere Verbrechen zu verüben. Er ist am Ende. Er ist zu allem fähig. Er sieht sich von allen Seiten verfolgt.

Trotzdem ist er noch in der Lage, Komödie zu spielen, mir von seiner Konstitutionsschwäche zu erzählen, seine Heidenangst mit Aberglauben und einer alten Wahrsagung zu begründen, die erstunken und erlogen ist.

Er muß erreichen, daß die Bevölkerung beschließt, seinen Gegner zur Strecke zu bringen.

Er weiß, daß man ihn logischerweise verdächtigen kann, an allem schuld zu sein, was bisher geschehen ist. Allein, in dieser Zelle, grübelt er nach.

Ob es etwa kein Mittel gibt, den Verdacht endgültig abzulenken? Wenn ein weiteres Verbrechen geschehen würde, jetzt, wo er hinter Schloß und Riegel sitzt, hätte er da nicht das stichhaltigste Alibi, das man sich vorstellen kann?

Seine Mutter kommt ihn besuchen. Sie weiß alles. Sie darf weder verdächtigt noch von Verfolgern eingeholt werden. Sie muß ihn retten!

Sie ißt beim Bürgermeister zu Abend. Sie läßt sich zu

ihrer Villa zurückfahren, wo sie das Licht den ganzen Abend brennen läßt. Sie geht zu Fuß zur Stadt zurück. Ob alles schläft? Nur im Café noch nicht! Es genügt, darauf zu warten, daß jemand herauskommt, ihm an einer Straßenecke aufzulauern ...

Und um diese Person am Laufen zu hindern, zielt sie auf die Beine. Dieses Verbrechen in seiner ganzen Sinnlosigkeit wäre die schwerste Belastung von Michoux, hätten wir nicht schon weitere. Am Morgen, als ich hierher komme, hat er Fieber. Er weiß nicht, daß Goyard in Paris verhaftet worden ist. Vor allem weiß er nicht, daß ich zu dem Zeitpunkt, als der Schuß auf den Zöllner abgegeben worden ist, den Vagabunden vor meinen Augen hatte.

Denn Léon, verfolgt von der Polizei und der Gendarmerie, ist in der Häuserzeile geblieben. Er will es schnell zu Ende bringen. Er will Michoux nicht aus den Augen lassen.

Er übernachtet in einem Zimmer des leerstehenden Hauses. Von ihrem Zimmer aus bemerkt ihn Emma. Und da sucht sie ihn auf. Sie beteuert flehentlich ihre Unschuld! Sie wirft sich ihm zu Füßen, hängt sich an ihn.

Zum erstenmal steht sie wieder vor ihm, vernimmt er wieder ihre Stimme ... Sie hat einem anderen gehört, anderen ...

Aber was hat er nicht alles durchgemacht? Sein Herz wird weich. Er packt sie mit brutaler Hand, so als wolle er sie zermalmen, aber es sind ihre Lippen, die er unter den seinen zerdrückt.

Er ist nicht mehr der Mann, der allein und nur für sich ein Ziel, eine Idee verfolgt. Unter Tränen spricht sie von einem möglichen Glück mit ihm, von einem neuen Leben.

Und sie brechen miteinander auf, ohne einen Heller, mitten in der Nacht. Ganz gleich, wohin! Sie überlassen Michoux seinem Schrecken.

Irgendwo wollen sie versuchen, glücklich zu werden.«

Maigret stopfte gemächlich seine Pfeife und betrachtete die anwesenden Personen eine nach der anderen.

»Sie werden entschuldigen, Herr Bürgermeister, daß ich Sie bei meinen Ermittlungen nicht auf dem laufenden gehalten habe. Aber als ich hier eintraf, wurde mir klar, daß das Drama erst am Anfang stand. Um seine Fäden zu entwirren, mußte man ihm erst ermöglichen, sich zu entwickeln, und man mußte dabei Schäden möglichst zu vermeiden suchen. Le Pommeret ist tot, ermordet von seinem Komplizen. Aber so wie ich ihn erlebt habe, bin ich überzeugt, daß er sich am Tag seiner Verhaftung selbst umgebracht hätte. Ein Zöllner hat eine Kugel ins Bein erhalten. In einer Woche ist nichts mehr davon zu merken. Dafür kann ich nun einen Haftbefehl auf Doktor Ernest Michoux ausstellen wegen versuchten Mordes und Körperverletzung an Monsieur Mostaguen sowie wegen vorsätzlicher Vergiftung seines Freundes Le Pommeret. Dazu einen weiteren Haftbefehl auf Madame Michoux wegen nächtlichen Überfalls. Was Jean Goyard, genannt Servières, angeht, so glaube ich, daß er höchstens wegen Irreführung der Behörden belangt werden kann, weil er diese Komödie gespielt hat.«

Da ereignete sich ein komischer Zwischenfall. Ein Seufzer! Ein glücklich beschwingter Seufzer aus dem Munde des rundlichen Journalisten. Und dreist stammelte er:

»Ich nehme an, daß ich in diesem Falle gegen Kaution auf

freien Fuß gesetzt werden kann? Ich bin bereit, fünfzigtausend Franc zu zahlen.«

»Darüber wird das Gericht entscheiden, Monsieur Goyard.«

Madame Michoux war auf ihrem Stuhl zusammengesunken, ihr Sohn aber besaß mehr Energie als sie.

»Haben Sie nichts hinzuzufügen?« fragte ihn Maigret.

»Pardon! Ich werde im Beisein meines Anwalts antworten. Inzwischen mache ich alle Vorbehalte gegen die Rechtmäßigkeit dieser Konfrontation geltend.«

Und wie ein junger Gockel reckte er seinen dürren Hals, aus welchem ein gelblicher Adamsapfel hervorragte. Seine Nase wirkte schiefer denn je. Das Heft, in das er sich Notizen gemacht hatte, hatte er nicht losgelassen.

»Und die beiden da?« murmelte der Bürgermeister beim Aufstehen.

»Ich habe nicht das geringste gegen sie vorzubringen. Léon Le Glérec hat zugegeben, daß er Michoux veranlassen wollte, auf ihn zu schießen. Dazu hat er nichts weiter getan, als sich zu zeigen. Es gibt keinen Paragraphen, der …«

»Höchstens wegen Landstreicherei«, fiel ihm der Inspektor der Gendarmerie ins Wort.

Aber der Kommissar zuckte auf eine Weise mit den Schultern, daß der Inspektor vor Verlegenheit rot wurde.

Obwohl es schon längst Zeit zum Mittagessen war, stand draußen eine große Menschenmenge, und der Bürgermeister hatte eingewilligt, seinen Wagen zur Verfügung zu stellen, dessen Vorhänge nahezu hermetisch schlossen.

Emma stieg als erste ein, dann Léon Le Glérec und schließlich Maigret, der mit der jungen Frau im Fond Platz nahm, während sich der Seemann linkisch auf einem Klappsitz niederließ.

Schnell fuhr man durch die Menge hindurch. Wenige Minuten später war man auf dem Weg nach Quimper, und Léon, verlegen, mit unsicherem Blick, fragte:

»Warum haben Sie das gesagt?«

»Was?«

»Daß Sie die Flasche vergiftet hätten?«

Emma war leichenblaß. Sie traute sich nicht, sich an die Polster zu lehnen, und es war bestimmt das erste Mal in ihrem Leben, daß sie in einer Limousine fuhr.

»So eine Idee!« murmelte Maigret, wobei er den Stiel seiner Pfeife mit den Zähnen festhielt.

Und da begann das junge Mädchen verzweifelt loszujammern:

»Ich schwöre Ihnen, Kommissar, ich wußte nicht mehr, was ich tat! Michoux hatte mich den Brief schreiben lassen. Zu guter Letzt hatte ich den Hund erkannt. Am Sonntag morgen habe ich Léon umherstreifen sehen. Da habe ich begriffen. Ich habe versucht, mit Léon zu reden, aber er ist fortgegangen, ohne mich auch nur anzusehen, und hat auf den Boden gespuckt. Ich wollte ihn rächen. Ich wollte… Was weiß ich!… Ich war wie verrückt. Ich wußte, daß sie ihn umbringen wollten. Ich liebte ihn noch immer. Den ganzen Tag habe ich mir alles mögliche durch den Kopf gehen lassen. Am Mittag bin ich während des Essens zur Villa Michoux gelaufen, um das Gift zu holen. Ich wußte nicht, welches ich aussuchen sollte. Er hatte mir schon einmal die Fläschchen gezeigt und mir gesagt, daß man ganz Concarneau damit umbringen könnte.

Aber ich schwöre Ihnen, Sie hätte ich nicht trinken lassen. Zumindest glaube ich es nicht.«

Sie schluchzte. Léon tätschelte ihr unbeholfen das Knie, um sie zu beruhigen.

»Ich werde es Ihnen nie genug danken können, Kommissar«, rief sie unter Schluchzen aus. »Was Sie getan haben, das ist... das ist... Mir fehlen die Worte... das ist so wunderbar!«

Maigret schaute die beiden an – ihn mit seiner aufgesprungenen Lippe, seinem kurzgeschorenen Haar und seiner Verbrechervisage, die begann, wieder menschliche Züge anzunehmen, sie mit ihrem armseligen Gesicht, das in diesem Aquarium von Café verblaßt war.

»Was haben Sie vor?«

»Keine Ahnung... Weg aus dieser Gegend... Vielleicht nach Le Havre? Immerhin habe ich auch im Hafen von New York schon Mittel und Wege gefunden, meinen Lebensunterhalt zu verdienen.«

»Hat man Ihnen Ihre zwölf Franc zurückgegeben?«

Léon wurde rot und antwortete nicht.

»Was kostet der Zug von hier nach Le Havre?«

»Nein! Tun Sie das nicht, Kommissar... Denn dann... wüßten wir nicht... Verstehen Sie?«

Maigret klopfte mit dem Finger gegen die Trennscheibe des Wagens, denn man fuhr gerade an einem kleinen Bahnhof vorbei. Er zog zwei Scheine zu hundert Franc aus seiner Tasche: »Nehmen Sie sie. Ich werde sie auf meine Spesenrechnung setzen.«

Und er schob sie schon fast hinaus und schlug die Tür wieder zu, während sie noch versuchten, sich zu bedanken.

»Nach Concarneau! Aber schnell!«

Ganz allein im Wagen, zuckte er mindestens dreimal mit den Achseln, wie ein Mann, der sich unbedingt über sich selber lustig machen will.

Der Prozeß dauerte ein Jahr. Ein Jahr lang erschien Doktor Michoux bis zu fünfmal wöchentlich beim Untersuchungsrichter, mit einer Saffianaktentasche, vollgestopft mit Unterlagen.

Und jede Vernehmung erbrachte weiteren Stoff für Rechtsverdrehungen.

Jedes Dokument der Akten führte zu Kontroversen, Beweisaufnahmen und Gegenbeweisaufnahmen.

Michoux wurde immer magerer, immer gelber, immer kränklicher, aber die Waffen streckte er nicht.

»Gestatten Sie einem Mann, der höchstens noch drei Monate zu leben hat...« lautete sein Lieblingssatz. Er verteidigte sich Schritt für Schritt, mit hinterhältigen Tricks, unerwarteten Gegenstößen. Und er hatte einen Anwalt gefunden, der noch galliger war als er selber, mit dem er sich ablöste.

Verurteilt zu zwanzig Jahren Zwangsarbeit durch das Schwurgericht des Departements Finistère, wartete er volle sechs Monate darauf, daß sein Fall in die Revision ginge.

Aber auf einem Foto, das höchstens einen Monat alt war und in allen Zeitungen erschien, konnte man ihn dann sehen, noch immer mager und gelb, mit schiefer Nase, den Sack auf dem Buckel, die Kappe auf dem Kopf, wie er auf der Ile de Ré an Bord der »La Martinière« ging, die hundertachtzig Zwangsarbeiter nach Cayenne brachte.

Madame Michoux, die eine dreimonatige Gefängnisstrafe verbüßt hatte, intrigierte in Paris in politischen Kreisen. Sie strebte die Revision des Prozesses an.

Zwei Zeitungen hatte sie schon auf ihrer Seite.

Léon Le Glérec war auf Heringsfang in der Nordsee an Bord der »La Francette«, und seine Frau erwartete ein Kind.

La Ferté-Alais, März 1931

Maigret und die Bohnenstange

I

Maigret trifft eine alte Bekannte wieder, die ihr Leben auf ihre Art geändert hat und vom Traurigen Alfred und von einer mutmaßlichen Leiche berichtet

Auf dem Formular, das der Bürodiener hatte ausfüllen lassen und jetzt Maigret reichte, war zu lesen:

Ernestine, genannt die Bohnenstange (geborene Micou, jetzt Jussiaume), die Sie vor siebzehn Jahren in der Rue de la Lune festgenommen haben und die sich damals splitternackt ausgezogen hat, um Sie zu ärgern, ersucht um die Ehre, Sie dringend in einer äußerst wichtigen Angelegenheit zu sprechen.

Maigret warf einen verstohlenen Seitenblick auf den alten Joseph, um festzustellen, ob er die Mitteilung gelesen hatte, aber der weißhaarige Amtsdiener blieb unbewegt. Er war vermutlich an diesem Morgen der einzige in allen Büros der Kriminalpolizei, der sich nicht die Hemdsärmel aufgekrempelt hatte. Zum erstenmal fragte sich der Kommissar, welch unsinnige Bestimmung diesem ehrwürdigen Mann vorschrieb, eine Kette mit einer riesigen Medaille um den Hals zu tragen.

Es gibt Tage, an denen einem alberne Fragen durch den Kopf gehen. Diesmal hing das vielleicht mit der Hundstagshitze zusammen. Vielleicht hinderte Maigret auch die allgemeine Urlaubsstimmung daran, die Dinge allzu ernst zu nehmen. Die Fenster standen weit offen, und der Straßenlärm von Paris drang in das Büro hinauf, wo der Kommissar vor dem Eintreten Josephs damit beschäftigt gewesen war, den Flug einer Wespe zu beobachten, die im Kreise flog und jedesmal an derselben Stelle gegen die Zimmerdecke prallte. Gut die Hälfte der Inspektoren machte Urlaub am Meer oder war aufs Land gefahren. Lucas trug einen Panamahut, der sich auf seinem Kopf wie eine Eingeborenenhütte oder ein Lampenschirm ausnahm. Der oberste Chef war tags zuvor wie jedes Jahr in die Pyrenäen abgereist.

»Betrunken?« wollte Maigret von dem Bürodiener wissen.

»Ich glaube nicht, Monsieur Maigret.«

Bekanntlich verspüren manche Frauen, wenn sie zuviel getrunken haben, das Bedürfnis, mit Enthüllungen zur Polizei zu laufen.

»Nervös?«

»Sie hat von mir wissen wollen, ob es lange dauern würde, und ich habe geantwortet, daß ich nicht einmal wüßte, ob Sie sie empfangen würden. Sie hat sich in eine Ecke des Warteraums gesetzt und liest die Zeitung.«

Maigret erinnerte sich weder an die Namen Micou und Jussiaume noch an den Spitznamen »Bohnenstange«. Aber er wußte noch genau, was sich damals in der Rue de la Lune abgespielt hatte, an einem glühendheißen Tag wie diesem, an dem der Asphalt unter den Schuhsohlen nachgibt und Paris mit Teergeruch erfüllt.

Es war draußen, unweit der Porte Saint-Denis gewesen, in einer kleinen Straße mit anrüchigen Hotels und Lädchen, die Waffeln und Kuchen verkaufen. Er war damals noch nicht Kommissar gewesen. Die Frauen trugen eng geschnittene Kleider und ließen sich die Haare im Nacken ausrasieren. Um Erkundigungen über das leichte Mädchen einzuholen, hatte er mehrere Bars abklappern müssen und dabei jedesmal einen Pernod getrunken. Unwillkürlich stieg ihm jetzt fast dieser Duft in die Nase, ebenso wie der Geruch nach Achsel- und Fußschweiß, der für das kleine Hotel charakteristisch war. Das Zimmer lag in der dritten oder vierten Etage. Er hatte sich in der Tür geirrt und zunächst einem Schwarzen gegenübergestanden, der auf der Bettkante saß und Akkordeon spielte, einem Musiker von einem Musette-Ensemble vermutlich. Ohne aus dem Takt zu kommen, hatte der Schwarze mit vorgestrecktem Kinn auf die Tür nebenan gedeutet.

»Herein!«

Eine heisere Stimme, die Stimme eines Menschen, der im Leben zuviel getrunken oder geraucht hat. Dann am Fenster, das auf den Hof hinausging, ein großes Mädchen in einem himmelblauen Morgenrock, das sich auf einem Spirituskocher ein Kotelett briet.

Die Frau war so groß wie Maigret, vielleicht noch größer. Sie hatte ihn ungerührt von Kopf bis Fuß gemustert und sofort gefragt:

»Sind Sie ein Bulle?«

Er hatte die Brieftasche und die Banknoten oben auf dem

Spiegelschrank gefunden, und sie hatte nicht mit der Wimper gezuckt.

»Eine Kollegin hat das Ding gedreht.«

»Welche Kollegin?«

»Ich weiß nicht, wie sie heißt. Alle nennen sie Lulu.«

»Wo ist sie?«

»Suchen Sie sie! Das ist Ihr Beruf!«

»Ziehen Sie sich an und kommen Sie mit!«

Es war nur ein Beischlafdiebstahl gewesen, aber man maß ihm am Quai einige Bedeutung bei, nicht so sehr des Geldbetrages wegen, der ziemlich hoch gewesen war, sondern weil der Bestohlene, ein wohlhabender Viehhändler aus der Charente, den zuständigen Parlamentsabgeordneten alarmiert hatte.

»Wollen ausgerechnet Sie mich daran hindern, mein Kotelett zu essen?«

In dem winzigen Zimmer stand nur ein einziger Stuhl. Er war stehengeblieben, während das Mädchen gemächlich kaute und so tat, als wäre er Luft für sie.

Sie mußte damals gut zwanzig Jahre alt gewesen sein. Sie war blaß, hatte glanzlose Augen und ein langes, knochiges Gesicht. Er sah sie noch vor sich, wie sie mit einem Streichholz in ihren Zähnen herumstocherte und sich dann mit kochendem Wasser Kaffee aufbrühte.

»Ich habe gesagt, Sie sollen sich anziehen!«

Ihm war heiß. Der Geruch in dem Hotel verursachte ihm Übelkeit. Hatte sie gespürt, daß er sich nicht wohl fühlte?

In aller Seelenruhe hatte sie ihren Morgenrock ausgezogen, dann Hemd und Schlüpfer, sich splitternackt auf dem ungemachten Bett ausgestreckt und sich ein Zigarette angezündet.

»Ich warte!« hatte er ungeduldig gesagt und sich bemüht, in eine andere Richtung zu blicken.

»Ich auch!«

»Ich habe einen Haftbefehl.«

»Na schön, verhaften Sie mich doch!«

»Ziehen Sie sich an und kommen Sie mit!«

»Ich fühle mich hier sehr wohl.«

Die Situation war lächerlich gewesen. Sie war ruhig und gelassen geblieben und hatte ein leicht ironisches Funkeln in ihren farblosen Augen gehabt.

»Sie sagen, Sie verhaften mich. Gut, ich bin einverstanden. Aber Sie dürfen nicht noch erwarten, daß ich Ihnen dabei helfe. Ich bin hier zu Hause. Es ist heiß, und ich habe das Recht, nackt herumzulaufen. Wenn Sie darauf bestehen, daß ich mitkomme, so wie ich bin, habe ich nichts dagegen!«

Mindestens zehnmal hatte er sie aufgefordert:

»Ziehen Sie sich an!«

Vielleicht weil sie eine blasse Haut hatte oder weil die Umgebung so schäbig war, hatte er den Eindruck gehabt, noch nie eine dermaßen nackte Frau gesehen zu haben. Vergeblich hatte er ihr die Kleidungsstücke aufs Bett geworfen, hatte ihr gedroht und es schließlich mit gut Zureden versucht.

Zu guter Letzt war er nach unten gegangen, um zwei Polizeibeamte zu holen. Die Szene war grotesk geworden. Mit Gewalt hatten sie das Mädchen in eine Decke hüllen und es wie ein Paket über die enge Treppe hinuntertragen müssen, und in den Stockwerken waren der Reihe nach alle Türen aufgegangen.

Er hatte sie seither nicht wiedergesehen und auch nichts mehr von ihr gehört.

»Herein mit ihr«, sagte er seufzend.

Er erkannte sie sofort wieder. Er fand sie überhaupt nicht verändert. Dasselbe schmale, blasse Gesicht, dieselben wasserblauen Augen, den großen blutrot geschminkten Mund, der aussah wie eine klaffende Wunde, und in ihrem Blick die leise Ironie derjenigen, die im Leben schon so viel gesehen haben, daß sie nichts mehr erschüttern kann.

Sie trug ein anständiges Kleid, einen hellen Strohhut und Handschuhe.

»Sind Sie mir immer noch böse?«

Er sog an seiner Pfeife und antwortete nicht.

»Darf ich mich setzen? Wußte ich's doch, daß Sie befördert worden sind, seit wir uns zuletzt gesehen haben. Kann man hier rauchen?«

Sie holte eine Zigarette aus ihrer Handtasche und steckte sie an.

»Daß Sie's nur wissen, auch wenn ich Ihnen nichts vorwerfe: Damals, da war ich im Recht. Ich habe ein Jahr abgesessen, ohne daß ich es verdiente. Diese Lulu hat wirklich existiert, Sie haben sich bloß nicht die Mühe gemacht, sie zu finden. Wir haben zusammen den Dicken getroffen, der Geld wie Heu hatte. Er hat uns beide eingeladen, aber als er mich betätschelte, hat er gesagt, ich solle zum Teufel gehen, magere Mädchen wären ihm zuwider. Ich habe im Korridor gewartet, und eine Stunde später hat mir Lulu die Brieftasche gebracht. Ich sollte sie verstecken.«

»Was ist aus Lulu geworden?«

»Vor fünf Jahren führte sie noch ein kleines Restaurant im Süden. Ich wollte Ihnen nur zeigen, daß jeder sich mal irren kann.«

»Sind Sie deswegen hergekommen?«

»Nein. Ich möchte mit Ihnen über Alfred sprechen. Wenn er wüßte, daß ich hier bin, würde er wieder mal sagen, daß ich eine blöde Gans bin. Ich hätte mich ja auch an Inspektor Boissier wenden können, der kennt ihn gut.«

»Wer ist Alfred?«

»Mein Mann. Er ist wirklich mein Mann, mit Standesamt und sogar mit Pfarrer. Er ist nämlich religiös geblieben. Inspektor Boissier hat ihn ein paar Mal verhaftet. Alfred hat das einmal fünf Jahre im Zuchthaus von Fresnes eingebracht.«

Ihre Stimme klang fast heiser.

»Mit dem Namen Jussiaume können Sie vielleicht nichts anfangen, aber wenn Sie seinen Spitznamen hören, wissen Sie bestimmt sofort Bescheid. Man hat oft in den Zeitungen über ihn geschrieben. Es ist der Traurige Alfred.«

»Der Geldschrankknacker?«

»Ja.«

»Haben Sie Streit mit ihm gehabt?«

»Nein. Ich bin nicht aus dem Grund gekommen, an den Sie denken. So bin ich nicht. Sie kennen also Alfred?«

Maigret hatte ihn nie gesehen oder, genauer gesagt, nur flüchtig in den Gängen am Quai erblickt, wenn der Einbrecher auf seine Vernehmung durch Boissier wartete. Er hatte eine vage Vorstellung von einem kleinen, schmächtigen Mann mit unsteten Augen, dem der Anzug um den mageren Körper schlotterte.

»Wir sehen ihn, glaube ich, nicht mit gleichen Augen«, sagte sie. »Er ist ein armer Kerl. Er ist interessanter, als Sie vielleicht glauben. Ich lebe seit fast zwölf Jahren mit ihm zusammen und fange jetzt erst an, ihn zu verstehen.«

»Wo steckt er?«

»Darauf komme ich noch, keine Angst. Ich weiß nicht, wo er ist, aber er hat sich, ohne es zu wollen, schön in die Nesseln gesetzt. Darum bin ich hier. Sie müssen jetzt nur Vertrauen zu mir haben. Ich weiß, daß das viel verlangt ist...«

Er sah sie neugierig an, denn aus ihren Worten sprach eine rührende Schlichtheit. Sie nahm kein Blatt vor den Mund und spielte sich auch nicht auf. Wenn sie Zeit brauchte, um ihr Anliegen vorzubringen, dann nur, weil das, was sie mitzuteilen hatte, wirklich kompliziert war.

Eine Schranke blieb trotzdem zwischen ihr und ihm, und diese Barriere versuchte sie zu überwinden, damit er keinen falschen Eindruck bekam.

Vom Traurigen Alfred, mit dem er sich nie persönlich hatte befassen müssen, wußte Maigret nur das, was er über ihn im Haus gehört hatte. Er war sozusagen eine berühmte Persönlichkeit, denn die Zeitungen hatten wegen der pittoresken Umstände seiner Delikte immer wieder über ihn berichtet.

Er hatte lange für die Firma Planchart, die bekannte Geldschrankfabrik, gearbeitet und war einer ihrer tüchtigsten Fachleute gewesen. Er galt als trübsinniger und verschlossener junger Mann, der ständig kränkelte und in regelmäßigen Abständen epileptische Anfälle bekam.

Boissier konnte Maigret sicher sagen, unter welchen Umständen Alfred die Firma Planchart verlassen hatte.

Tatsache war: Anstatt Safes einzubauen, hatte er begonnen, sie auszurauben.

»Als Sie ihn kennenlernten, hatte er da noch seinen festen Arbeitsplatz?«

»Natürlich nicht. Ich bin es aber nicht gewesen, die ihn auf die schiefe Bahn gebracht hat, wenn Sie das denken. Er lebte von Gelegenheitsarbeiten, war manchmal für einen Schlosser tätig, aber ich habe schnell gemerkt, wohin es ihn zog.«

»Meinen Sie nicht, daß Sie besser Boissier aufsuchen sollten?«

»Der ist für Einbrüche zuständig, nicht wahr? Aber Sie bearbeiten doch die Mordfälle?«

»Hat Alfred jemanden umgebracht?«

»Hören Sie, Herr Kommissar, ich glaube, es geht schneller, wenn Sie mich ausreden lassen. Alfred ist wer weiß nicht was, aber nicht für alles Gold der Welt würde er jemanden töten. Es klingt vielleicht dämlich, wenn man so etwas von einem Mann wie ihm behauptet, aber er ist ein empfindsamer Mensch, der wegen nichts und wieder nichts in Tränen ausbricht. Ich kann Ihnen ein Lied singen. Andere würden sagen, er sei ein Waschlappen. Vielleicht gerade weil er so ist, habe ich ihn lieb.«

Sie sah Maigret ruhig an. Die letzten Worte hatte sie nicht besonders betont, aber trotzdem mit einigem Stolz ausgesprochen.

»Die Leute würden Augen machen, wenn sie wüßten, was in ihm vorgeht. Aber was soll's?! Für sie ist er nur ein Dieb. Er hat sich einmal erwischen lassen und dafür fünf Jahre Knast bekommen. Ich habe ihn an jedem Besuchstag aufgesucht und war die ganze Zeit über gezwungen, meinen alten Beruf auszuüben, und habe dabei etliche Scherereien gehabt, weil ich bei der Sitte nicht registriert war. Das war ja damals noch vorgeschrieben.

Er hofft immer, daß er einen großen Coup landet und daß wir dann auf dem Land leben können. Das war immer schon sein Traum, seit er ein kleiner Junge war.«

»Wo wohnen Sie?«

»Am Quai de Jemmapes, genau gegenüber der Saint-Martin-Schleuse. Wissen Sie, wo das ist? Wir haben zwei Zimmer über einem grün angestrichenen Bistro. Sehr praktisch wegen des Telefons.«

»Ist Alfred jetzt dort?«

»Nein. Ich habe Ihnen doch gesagt, daß ich nicht weiß, wo er ist. Sie können mir ruhig glauben. Er hat ein Ding gedreht, nicht letzte Nacht, vorletzte.«

»Und hat sich dann verdünnisiert?«

»Moment, Herr Kommissar! Sie werden gleich sehen, daß alles, was ich Ihnen erzähle, wichtig ist. Sie kennen doch die Leute, die jedesmal die Lotterielose kaufen? Die dafür sogar hungern und jedesmal denken, in ein paar Tagen sind sie endlich reich. Mit Alfred ist es dasselbe. Es gibt in Paris Dutzende von Geldschränken, die er aufgestellt hat und die er wie seine Westentasche kennt. Gewöhnlich kauft man doch einen Geldschrank, um Geld oder Schmuck einzuschließen.«

»Er hofft also, den ganz großen Fischzug zu machen?«

»Genau.«

Sie zuckte mit den Schultern, als spräche sie von der harmlosen Manie eines Kindes, und fügte hinzu:

»Er hat einfach kein Glück. Meistens fallen ihm Effekten, die man nicht verkaufen kann, oder Geschäftspapiere in die Hand. Und dann macht er endlich den großen Fischzug, eine Summe, mit der er für den Rest seines Lebens ausgesorgt hätte, und da, ausgerechnet, schnappt ihn Boissier.«

»Waren Sie dabei? Haben Sie Schmiere gestanden?«

»Nein. Das hat er nie gewollt. Anfangs sagte er mir, wo er arbeiten wollte, und ich habe es dann immer so eingerichtet, daß ich in der Nähe war. Als er's merkte, hat er mich nicht mehr ins Vertrauen gezogen.«

»Weil er befürchtete, daß Sie geschnappt würden?«

»Vielleicht. Wahrscheinlich auch aus Aberglauben. Sehen Sie, obwohl wir zusammenleben, ist er ein Einzelgänger. Es kommt vor, daß er zwei Tage kein einziges Wort von sich gibt. Wenn ich ihn abends mit seinem Fahrrad wegfahren sehe, weiß ich, was das zu bedeuten hat.«

Maigret fiel dieses Detail wieder ein. Einige Zeitungen hatten Alfred Jussiaume den »Einbrecher mit dem Rad« getauft.

»Das ist auch eine Idee von ihm. Er behauptet, nachts falle ein Radfahrer nicht auf, besonders wenn er einen Werkzeugkasten über der Schulter hängen hat. Man halte ihn für einen Arbeiter, der zur Schicht fährt. Sie sehen, ich spreche mit Ihnen wie mit einem Freund.«

Maigret überlegte immer noch, warum sie gerade in sein

Büro gekommen war. Als sie aufs neue nach einer Zigarette griff, hielt er ihr ein brennendes Streichholz entgegen.

»Heute ist Donnerstag. In der Nacht von Dienstag auf Mittwoch ist Alfred losgefahren, um ein Ding zu drehen.«

»Hat er Ihnen das vorher erzählt?«

»Seit mehreren Abenden verließ er das Haus immer um die gleiche Zeit. Das hat etwas zu bedeuten, denn bevor er in ein Haus oder ein Büro einbricht, sondiert er manchmal eine ganze Woche das Terrain, um die Gewohnheiten der betreffenden Leute kennenzulernen.«

»Und um sicherzugehen, daß niemand da ist?«

»Nein. Das ist ihm egal. Ich glaube sogar, daß er lieber irgendwo arbeitet, wo jemand da ist, als in einem verlassenen Gebäude. Er arbeitet geräuschlos, man hört ihn einfach nicht. Wie oft schon hat er sich neben mich ins Bett gelegt, ohne daß ich davon aufgewacht bin.«

»Wissen Sie, wo er in der vorletzten Nacht gearbeitet hat?«

»Ich weiß nur, daß es in Neuilly war. Und selbst das habe ich nur rein zufällig herausbekommen. Am Tag davor hat er mir beim Nachhausekommen erzählt, daß die Polizei seine Papiere hatte sehen wollen und ihn sicher für einen Lustmolch gehalten hatte, weil sie ihn im Bois de Boulogne an der Stelle anhielten, wo gewöhnlich die Strichmädchen rumlaufen.

›Wo war das?‹ habe ich ihn gefragt.

›Hinter dem Jardin d'Acclimatation. Ich war auf dem Rückweg von Neuilly.‹

Vorgestern abend hat er dann seinen Werkzeugkasten mitgenommen, und da wußte ich, daß er arbeiten ging.«

»Hat er eigentlich getrunken?«

»Er trinkt und raucht nicht. Das könnte er gar nicht vertragen. Er hat ständig Angst vor einem Anfall und schämt sich furchtbar, wenn das mitten auf der Straße passiert und haufenweise Leute um ihn herumstehen und mitleidige Bemerkungen über sein Geschick machen. Bevor er losfuhr, hat er noch gesagt: ›Ich glaube, diesmal können wir bestimmt aufs Land ziehen.‹«

Maigret hatte begonnen, sich Notizen zu machen, die er mechanisch mit Kringeln verzierte.

»Wie spät ist er vom Quai de Jemmapes losgefahren?«

»So gegen elf, wie die Nächte vorher.«

»Er kam wohl gegen Mitternacht in Neuilly an.«

»Wahrscheinlich. Er fuhr nie schnell, andererseits gibt es um diese Zeit keinen Stau.«

»Wann haben Sie ihn wiedergesehen?«

»Ich habe ihn seitdem nicht wiedergesehen.«

»Und aus diesem Grund glauben Sie, daß ihm etwas zugestoßen ist?«

»Er hat mich angerufen.«

»Wann?«

»Um fünf Uhr früh. Ich konnte nicht schlafen. Ich fand keine Ruhe. Er befürchtet ständig, auf der Straße einen Anfall zu bekommen, aber ich habe Angst, daß ihm so etwas während der Arbeit passiert, verstehen Sie? Ich habe jedenfalls gehört, wie unten im Bistro das Telefon läutete. Unser Schlafzimmer liegt genau darüber. Die Wirtsleute sind nicht aufgestanden. Ich ahnte, daß es für mich war, und bin runter. An seiner Stimme habe ich gemerkt, daß er ganz schön in der Tinte saß. Er sprach ganz leise:

›Bist du's?‹

›Ja.‹

›Bist du allein?‹

›Ja. Wo bist du?‹

›In der Nähe der Gare du Nord, in einem kleinen Café. Hör zu, Tine‹ – er nennt mich immer Tine –, ›ich muß unbedingt für einige Zeit verschwinden.‹

›Hat man dich gesehen?‹

›Das ist nicht der Grund. Ich weiß nicht recht. Ein Mann hat mich gesehen, ja, aber ich bin nicht sicher, ob er von der Polizei war.‹

›Hast du das Geld?‹

›Nein. Es ist passiert, bevor ich fertig war.‹

›Was ist denn passiert?‹

›Ich war mit dem Schloß beschäftigt, da fiel das Licht aus meiner Taschenlampe auf ein Gesicht in der Zimmerecke. Ich dachte schon, jemand sei lautlos hereingekommen und beobachte mich. Dann merkte ich, daß die Augen tot waren.‹«

Sie sah Maigret ins Gesicht.

»Ich bin überzeugt, daß Alfred nicht gelogen hat. Wenn er einen Mord begangen hätte, hätte er es mir gestanden. Ich erzähle Ihnen keine Märchen! Ich fühlte förmlich, wie er am anderen Ende der Leitung einer Ohnmacht nahe war. Er hat solche Angst vor dem Sterben...«

»Wer war denn der Tote?«

»Kann ich nicht sagen. Er hat mir keine langen Erklärungen gegeben. Er war die ganze Zeit auf dem Sprung einzuhängen, weil er Angst hatte, daß jemand mithört. Er sagte noch, sein Zug führe in einer Viertelstunde.«

»Nach Belgien?«

»Vermutlich, weil er in der Nähe der Gare du Nord war. Ich habe im Fahrplan nachgesehen. Es gibt einen Zug um fünf Uhr fünfundvierzig.«

»Sie wissen auch nicht, aus welchem Café er angerufen hat?«

»Ich bin gestern in dem Viertel herumgelaufen und habe mich erkundigt, aber vergebens. Man hat mich wohl für eine eifersüchtige Ehefrau gehalten und mir einfach keine Auskunft gegeben.«

»Kurz gesagt, alles, was er Ihnen mitgeteilt hat, ist also, daß es eine Leiche in dem Zimmer gab, in dem er arbeitete?«

»Ich habe ihm noch ein paar Einzelheiten entlocken können. Er hat noch erzählt, daß es eine Frau war, daß ihre Brust blutüberströmt war und daß sie einen Telefonhörer in der Hand hielt.«

»Ist das alles?«

»Nein. In dem Augenblick, als er fliehen wollte – und ich kann mir vorstellen, in welchem Zustand er sich befand! –, hielt ein Auto vor dem Gitter.«

»Hat er ausdrücklich von einem Gitter gesprochen?«

»Ja. Ich erinnere mich genau an diesen Ausdruck. Jemand ist ausgestiegen und auf die Haustür zugegangen. Während der Mann den Hausflur betrat, hat Alfred das Haus durchs Fenster verlassen.«

»Und sein Werkzeug?«

»Er hat alles zurückgelassen. Er hatte eine Fensterscheibe herausgeschnitten, um ins Haus zu kommen. Davon bin ich überzeugt, denn das ist seine Gewohnheit. Ich glaube sogar, daß er es so machen würde, wenn die Tür offenstünde, denn er hat da einen kleinen Tick oder ist vielleicht abergläubisch.«

»Also ist er von niemandem gesehen worden?«

»Doch. In dem Moment, als er den Garten durchquerte –«

»Aha, er hat auch einen Garten erwähnt?«

»Ich habe das nicht erfunden. Ich wiederhole: In dem Moment, als er den Garten durchquerte, hat jemand aus dem Fenster gesehen und den Lichtstrahl einer Taschenlampe auf ihn gerichtet. Wahrscheinlich war das Alfreds eigene, die er dagelassen hatte. Er hat sich auf sein Rad geschwungen, ist davongebraust, ohne sich umzudrehen, ist bis ans Seine-Ufer gefahren, wo genau, weiß ich nicht, und hat sein Rad ins Wasser geworfen, weil er befürchtete, daß man ihn daran wiedererkannte. Er traute sich nicht, nach Hause zu kommen, sondern ist zur Gare du Nord marschiert, hat mich angerufen und mich angefleht, die Klappe zu halten. Ich habe ihm immer wieder gesagt, er soll sich nicht davonmachen, habe versucht, ihn zur Vernunft zu bringen. Er hat mir schließlich versprochen, postlagernd zu schreiben, wo er sich aufhält, damit ich zu ihm fahren kann.«

»Und er hat noch nicht geschrieben?«

»Der Brief hätte noch nicht ankommen können. Ich bin heute morgen auf der Post gewesen. Vierundzwanzig Stunden lang habe ich hin und her überlegt. Ich habe alle Zeitungen gekauft, weil ich annahm, daß sie die Meldung von einer ermordeten Frau bringen würden.«

Maigret hob den Telefonhörer ab und ließ sich mit dem Polizeikommissariat in Neuilly verbinden.

»Hallo! Hier ist die Kriminalpolizei. Haben Sie in den letzten vierundzwanzig Stunden einen Mord zu verzeichnen gehabt?«

»Augenblick mal. Ich verbinde Sie mit dem Beamten vom Dienst. Ich nehme nur die Anrufe entgegen.«

Maigret wurde weiter- und immer weiterverbunden.

»Kein Leichenfund auf irgendeiner Straße? Oder ein nächtlicher Notruf? Wurde vielleicht eine Leiche aus der Seine gefischt?«

»Absolut nichts, Monsieur Maigret!«

»Und niemand hat einen Schuß gemeldet?«

»Niemand.«

Die Bohnenstange wartete geduldig, als wäre sie zu Besuch, die Hände über der Handtasche gefaltet.

»Verstehen Sie jetzt, warum ich zu Ihnen gekommen bin?«

»Ich glaube, ja.«

»Zuallererst meinte ich, daß die Polizei möglicherweise Alfred gesehen hatte. In diesem Fall hätte ihn nur sein Fahrrad verraten können. Dann ist da noch das zurückgelassene Werkzeug. Weil er über die Grenze geflohen ist, wird man ihm seine Geschichte nicht abnehmen. Und in Belgien oder Holland ist er nicht sicherer als in Paris. Ich sähe ihn lieber im Gefängnis wegen versuchten Einbruchs, selbst wenn ihm das noch einmal fünf Jahre einbringt, als daß er des Mordes angeklagt wird.«

»Das Ärgerliche an der ganzen Sache ist, daß es keine Leiche gibt«, entgegnete Maigret.

»Glauben Sie etwa, daß er alles erfunden hat oder daß ich Ihnen Märchen erzähle?«

Er antwortete nicht.

»Es wird Ihnen doch leichtfallen, das Haus ausfindig zu machen, in dem er in der betreffenden Nacht gearbeitet hat. Ich dürfte es Ihnen natürlich nicht verraten, aber ich bin überzeugt, daß Sie auch selbst darauf gekommen wären. Es handelt sich bestimmt um einen Geldschrank, den er mal selbst eingebaut hat. Die Firma Planchart hat bestimmt eine Liste ihrer Kunden. So viele Leute gibt es in Neuilly nun auch wieder nicht, die sich in den letzten siebzehn Jahren einen Tresor angeschafft haben.«

»Hat Alfred außer Ihnen keine Freundin?«

»Na, daran habe ich auch schon gedacht. Ich bin nicht eifersüchtig, und selbst, wenn ich's wäre, würde ich nicht zu Ihnen kommen und Ihnen aus Rache etwas vorschwindeln, wenn Sie das vermuten. Er hat keine Freundin, weil er gar nicht scharf darauf ist, der Arme! Wenn er eine haben wollte, würde ich ihm so viele besorgen, wie er wünschte.«

»Warum?«

»Weil das Leben ohnehin wenig Spaß macht.«

»Haben Sie Geld?«

»Nein.«

»Was werden Sie jetzt machen?«

»Ich schlage mich schon durch, das wissen Sie doch. Ich bin bloß hergekommen, damit festgestellt wird, daß Fred niemand umgebracht hat.«

»Würden Sie mir seinen Brief zeigen?«

»Sie lesen ihn ohnehin vor mir. Da Sie jetzt wissen, daß er postlagernd kommt, werden Sie doch wohl alle Postämter in Paris überwachen lassen. Sie vergessen, daß ich das Spiel kenne.«

Sie war aufgestanden, stand da in voller Länge und musterte ihn, wie er da so an seinem Schreibtisch saß, von oben bis unten.

»Wenn alles stimmt, was man über Sie erzählt, besteht die Aussicht, daß Sie mir glauben!«

»Warum?«

»Weil Sie sonst ein Dummkopf wären. Natürlich sind Sie keiner! Rufen Sie bei Planchart an?«

»Ja.«

»Werden Sie mich auf dem laufenden halten?«

Er sah sie an, ohne zu antworten, und wurde sich bewußt, daß er ein amüsiertes Lächeln um seinen Mund nicht verhindern konnte.

»Na schön, wie Sie wollen«, sagte sie seufzend. »Ich könnte Ihnen helfen, denn selbst wenn Sie glauben, gut Bescheid zu wissen, gibt es Dinge, die Leute wie wir besser verstehen als Sie.«

Dieses »wir« schloß offensichtlich eine ganze Welt ein, die Welt, in der die Bohnenstange lebte, die Welt auf der anderen Seite der Schranke.

»Wenn Inspektor Boissier nicht im Urlaub ist, wird er Ihnen sicher bestätigen, was ich Ihnen über Alfred erzählt habe.«

»Er ist noch nicht auf Urlaub. Er verreist morgen.«

Sie öffnete ihre Handtasche und zog einen Zettel heraus.

»Ich lasse Ihnen die Telefonnummer des Bistros unter unserer Wohnung da. Wenn Sie zufällig mal zu mir kommen müssen, brauchen Sie keine Angst zu haben, daß ich mich ausziehe. Heute behalte ich lieber mein Kleid an!«

Ein bitterer Unterton klang in ihrer Stimme mit. Gleich darauf machte sie sich über sich selbst lustig:

»Das ist für alle Beteiligten besser!«

Erst als er die Tür hinter ihr schloß, wurde sich Maigret bewußt, daß er ganz selbstverständlich die Hand gedrückt hatte, die sie ihm gereicht hatte. Die Wespe brummte noch immer dicht unter der Zimmerdecke herum, als suche sie einen Ausgang, ohne zu ahnen, daß die Fenster weit geöffnet waren. Madame Maigret hatte am Morgen angekündigt, daß sie über den Blumenmarkt gehen wolle, und ihn gebeten, sie dort zu treffen, falls er um die Mittagsstunde frei sei.

Es war genau zwölf. Er zögerte, drehte sich zum Fenster hin, durch das er die lebhaften Farbflecke hinter der Brüstung der Quais wahrnahm.

Dann nahm er seufzend den Telefonhörer ab.

»Bitten Sie Boissier, er solle zu mir kommen.«

Siebzehn Jahre waren seit jener lächerlichen Episode in der Rue de la Lune vergangen, und Maigret war inzwischen ein wichtiger Mann an der Spitze der Mordkommission geworden. Ein sonderbarer Gedanke kam ihm plötzlich, ein fast kindlicher Wunsch. Er nahm noch einmal den Hörer zur Hand.

»Die ›Brasserie Dauphine‹, bitte.«

Als die Tür aufging und Boissier hereinkam, sagte er gerade:

»Bringen Sie mir einen Pernod herauf...« Und mit einem Blick auf den Inspektor, dessen Hemd unter den Armen große Schweißflecken hatte, fuhr er fort:

»... oder besser zwei. Zwei Pernod. Danke.«

Der bläuliche Schnurrbart Boissiers zitterte vor Wohlbehagen. Der Inspektor, der aus der Provence stammte, wischte sich die Stirn ab und setzte sich auf die Fensterbank.

2

Ein wenig ist von Inspektor Boissier die Rede, mehr jedoch von einem Haus mit einem Vorgarten und einem Gitter sowie von einer Begegnung, die Maigret vor diesem Gitter hatte

Nach einem ordentlichen Schluck Pernod hatte Maigret das Gespräch mit der Frage begonnen:

»Sagen Sie mal, lieber Boissier, was wissen Sie über Alfred Jussiaume?«

»Den Traurigen Alfred?«

»Ja.«

Der Inspektor hatte sofort die Stirn kraus gezogen, Maigret von unten herauf angeschaut und, ohne seinen Lieblingsaperitif zu kosten, mit völlig veränderter Stimme gefragt: »Hat er was ausgefressen?«

Es war immer dasselbe mit diesem Inspektor. Maigret wußte das und wußte auch, warum. Aufgrund eines ausgeprägten Taktgefühls war er der einzige unter den Kommissaren, der in Boissiers Augen Gnade fand. Dieser hätte eigentlich einer der ihren sein müssen und wäre es auch längst gewesen, wenn ihn nicht der völlige Mangel an Rechtschreibkenntnissen und eine kindliche Handschrift daran gehindert hätten, die einfachsten Prüfungen zu bestehen.

Auf jeden Fall hatte die Polizeiverwaltung mit ihm einen guten Griff getan. Sie hatte den Kommissar Peuchet zum Abteilungschef gemacht, einen alten verschlafenen Trottel, und bis auf die Abfassung der Berichte tat Boissier die ganze Arbeit und leitete den Einsatz seiner Kollegen.

In seinem Büro befaßte man sich nicht mit Mordfällen wie bei Maigret, auch nicht mit Amateuren wie Angestellten, die eines schönen Tages mit der Kasse durchbrennen, und anderen Lappalien dieser Art.

Die Kunden Boissiers und seiner Leute waren die Profis der Diebstahlszene in all ihren Erscheinungsformen, angefangen bei den Juwelendieben, die in den großen Hotels an den Champs-Elysées absteigen, bis hin zu den Einbrechern und zu den Taschendieben mit all ihren Tricks, die meistens wie Jussiaume in den schäbigen Stadtvierteln wohnen.

Deshalb herrschte dort ein ganz anderer Geist als bei der Mordkommission. Bei Boissier gab's nur Leute vom Fach. Der Kampf war ein Kampf von Fachleuten. Es ging dabei nicht um psychologische Kenntnisse, sondern es galt, Fingerspitzengefühl für die Eigenheiten und die Ticks jedes »Kunden« zu entwickeln.

Es war nichts Ungewöhnliches, den Inspektor friedlich in Gesellschaft eines Ganoven auf der Terrasse eines Cafés sitzen zu sehen. Maigret hätte beispielsweise schwerlich mit einem Mörder das folgende Gespräch führen können:

»Sag mal, Julot, du hast schon ziemlich lange nicht mehr gearbeitet.«

»Da haben Sie recht, Inspektor.«

»Wann hatte ich dich das letzte Mal festgenommen?«

»Das muß ungefähr sechs Monate her sein.«

»Die Aktien stehen schlecht, was? Ich möchte wetten, daß du irgendwas vorhast!«

Bei der Vorstellung, der Traurige Alfred könne ohne sein Wissen ein Ding gedreht haben, sträubten sich Boissier die Haare.

»Ich weiß nicht, ob er kürzlich tatsächlich gearbeitet hat, aber gerade eben hat die Bohnenstange mein Büro verlassen.«

Das genügte, um den Inspektor zu beruhigen.

»Sie weiß nichts«, versicherte er. »Alfred ist nicht der Typ, der seine Pläne einer Frau erzählt, nicht mal seiner eigenen.«

Das Bild, das Boissier von Jussiaume zu zeichnen begann, ähnelte ziemlich dem, das Ernestine skizziert hatte, obwohl er natürlich das Professionelle in den Vordergrund stellte.

»Ich bin jedesmal sauer, wenn ich einen Kerl wie Alfred verhaften und einlochen muß. Das letzte Mal, als sie ihm fünf Jahre aufbrummten, hätte ich am liebsten seinen Verteidiger zur Minna gemacht, der keine Ahnung hatte, wie er vorgehen sollte. Das war vielleicht ein Würstchen, dieser Anwalt.«

Es war schwer, genau zu beschreiben, was Boissier unter einem Würstchen verstand, aber man wußte, was er meinte.

»Es gibt in Paris keinen zweiten, der wie Alfred lautlos in ein bewohntes Haus eindringen und darin arbeiten kann, ohne auch nur eine Katze zu wecken. Technisch gesehen ist er ein Künstler. Überdies braucht er niemanden, der ihm einen Tip gibt, Schmiere steht und all diesen Krempel. Er arbeitet allein und verliert nie die Nerven. Er trinkt nicht, ist verschwiegen und spielt in den Bistros nicht den dicken Max. Mit seinen Fähigkeiten müßte er stinkreich sein. Er kennt genau den Standort und den Mechanismus von mehreren hundert Geldschränken, die er selbst eingebaut hat und von denen man meinen könnte, er brauche nur hinzugehen und sie zu leeren. Aber immer, wenn er sich dazu aufrafft, kommt etwas dazwischen, oder er findet ein leeres Nest.«

Vielleicht redete Boissier nur so, weil er im Traurigen Alfred ein Abbild seines eigenen Schicksals sah, mit dem Unterschied allerdings, daß er selbst sich einer Gesundheit erfreute, die allen Aperitifs trotzte, die er auf den Caféterrassen in sich hineingoß, und allen Nächten, die er sich bei egal welchem Wetter um die Ohren schlug.

»Das komischste ist, daß er, selbst wenn man ihn für zehn oder zwanzig Jahre hinter Gitter brächte, danach sofort wieder anfangen würde, auch wenn er dann siebzig wäre und an Krücken ginge. Er sagt sich, es genüge, ein einziges Mal Schwein zu haben, und einmal müsse er doch an die Reihe kommen.«

»Er hat einen ziemlichen Schock bekommen«, berichtete Maigret. »Es scheint, daß er in dem Augenblick, als er irgendwo in Neuilly einen Geldschrank öffnen wollte, plötzlich bemerkt hat, daß in dem betreffenden Zimmer eine Leiche lag.«

»Was habe ich Ihnen gesagt? So etwas kann doch nur ihm passieren! Da ist er also verduftet? Was hat er denn mit seinem Fahrrad gemacht?«

»In die Seine geworfen.«

»Und jetzt ist er in Belgien?«

»Vermutlich, ja.«

»Ich rufe dann mal in Brüssel an, es sei denn, daß Sie ihn gar nicht wiederfinden wollen.«

»Im Gegenteil: Ich bin sehr begierig darauf, daß er gefunden wird.«

»Wissen Sie, wo die ganze Geschichte passiert ist?«

»Ich weiß nur, daß es in Neuilly war und daß das Haus einen Vorgarten hat mit einem Gitter darum.«

»Das wird ein leichtes sein. Ich bin gleich wieder da.«

Maigret hatte den liebenswürdigen Einfall, in Boissiers Abwesenheit in der ›Brasserie Dauphine‹ zwei weitere Pernod zu bestellen. Ihr Duft rief ihm nicht nur die Zeit der Rue de la Lune in Erinnerung, sondern auch den Süden und besonders eine kleine Kneipe in Cannes, wohin ihn ein anderer Fall geführt hatte, der beinahe zu einer Ferienaufgabe geworden war.

Er hatte seiner Frau nicht ausdrücklich zugesagt, sie auf dem Blumenmarkt zu treffen, und sie wußte, daß sie nie mit ihm rechnen konnte. Boissier kam mit einer Akte zurück, aus der er zunächst die polizeilichen Erkennungsfotos Alfred Jussiaumes zog.

»So sieht er aus!«

Alles in allem war es mehr der Kopf eines Asketen als der eines Kriminellen. Die Haut spannte über den Knochen, die Nasenflügel waren lang und schmal, und der Blick war von einer fast mystischen Intensität.

Selbst beim Betrachten dieser mitleidlosen Aufnahmen von vorn und im Profil, die ihn ohne Kragen, mit stark vorstehendem Adamsapfel zeigten, spürte man die ungeheure Einsamkeit dieses Mannes, dessen Traurigkeit so gar nicht aufgesetzt oder trotzig wirkte. Da er als Wild geboren war, fand er es wohl ganz natürlich, gejagt zu werden.

»Möchten Sie, daß ich Ihnen sein Vorstrafenregister vorlese?«

»Das ist heute nicht unbedingt nötig. Ich möchte die Strafakte lieber durcharbeiten, wenn ich ausgeruht bin. Was ich gern hätte, ist die Liste.«

Mit den drei letzten Worten machte er Boissier eine Freude; Maigret hatte sie bewußt hervorgehoben, denn sie stellten ein Kompliment für den Inspektor dar.

»Sie wußten, daß ich sie habe?«

»Ich war überzeugt, daß Sie sie haben.«

Boissier verstand nämlich seine Arbeit. Es handelte sich um die aus den Geschäftsbüchern der Firma Planchart zusammengestellte Liste der Safes, deren Montage in die Zeit fiel, als Alfred Jussiaume für das Unternehmen gearbeitet hatte.

»Warten Sie, ich werde mal unter Neuilly suchen. Sind Sie sicher, daß es in Neuilly war?«

»Ernestine behauptet es.«

»Also wissen Sie, es war gar nicht so dumm von ihr, daß Sie zu Ihnen gekommen ist. Aber warum eigentlich zu Ihnen?«

»Weil ich sie vor sechzehn oder siebzehn Jahren mal festgenommen habe und sie mir dabei einen üblen Streich gespielt hat.«

Boissier wunderte das nicht weiter. Das gehörte zu ihrem Handwerk. Sie befanden sich beide auf ihrem ureigenen Terrain. Der Pernod, der sich angenehm in den Gläsern widerspiegelte, erfüllte bereits das ganze Büro mit seinem Duft und brachte die Wespe zur Raserei.

»Eine Bank… Die ist es bestimmt nicht… Fred hat sich nie für Banken interessiert, denn er mißtraut den elektrischen Alarmanlagen… Eine Erdölgesellschaft, die seit zehn Jahren nicht mehr existiert… Ein Parfumhersteller…, der hat vergangenes Jahr Pleite gemacht.«

Boissiers Finger machte schließlich bei einem Namen und einer Adresse halt. »Guillaume Serre, Zahnarzt, Rue de la Ferme 43a, Neuilly… Wissen Sie, wo das ist? Fast direkt hinter dem Jardin d'Acclimatation, eine Parallelstraße zum Boulevard Richard-Wallace.«

»Ja, ich weiß.«

Sie sahen sich einen Augenblick lang an.

»Viel Arbeit?« erkundigte sich Maigret im Wissen, daß er Boissiers Eigenliebe schmeichelte.

»Ich legte gerade Akten ab. Ich fahre morgen in die Bretagne.«

»Wollen wir mal?«

»Ich hole nur eben mein Jackett und meinen Hut. Soll ich vorher noch mit Brüssel telefonieren?«

»Ja. Und mit Holland auch.«

»Verstanden.«

Sie legten den Weg auf der Plattform eines Autobusses zurück. In der friedlichen Rue de la Ferme, die den Eindruck machte, als läge sie irgendwo in der Provinz, entdeckten sie ein kleines Restaurant, auf dessen Terrasse zwischen Blumenkübeln vier Tische standen, und nahmen dort zum Mittagessen Platz.

Im Bistro drinnen waren nur drei Maurer in weißen Kitteln zu sehen, die aßen und Rotwein dazu tranken. Fliegen umschwirrten Maigret und Boissier. Ein Stück entfernt, auf der gegenüberliegenden Straßenseite, sahen sie ein schwarzes Eisengitter, das zum Haus mit der Nummer 43a gehören mußte.

Sie ließen sich Zeit. Wenn sich wirklich eine Leiche in dem Haus befunden hatte, so hatte der Mörder mehr als vierundzwanzig Stunden gehabt, sie zu beseitigen.

Eine Kellnerin in schwarzem Kleid und weißer Schürze nahm ihre Bestellung entgegen, aber der Wirt kam heraus und begrüßte sie.

»Schöner Tag, meine Herren.«

»Schöner Tag, ja. Kennen Sie zufällig hier in diesem Viertel einen Zahnarzt?«

Eine Kinnbewegung.

»Es gibt einen da drüben auf der anderen Straßenseite, aber ich weiß nicht, ob er was taugt. Meine Frau läßt sich lieber am Boulevard Sébastopol behandeln. Ich glaube, dieser hier ist bestimmt teuer. Die Patienten kommen nicht gerade in Scharen.«

»Kennen Sie ihn?«

»Flüchtig, ja.«

Der Wirt zögerte, musterte beide, besonders Boissier, eingehend.

»Sie sind von der Polizei, was?«

Maigret hielt es für besser, die Frage zu bejahen.

»Hat er was angestellt?«

»Wir benötigen nur ein paar Informationen. Wie sieht er aus?«

»Größer und kräftiger als Sie und ich«, sagte der Wirt und sah diesmal den Kommissar an. »Ich wiege schon achtundneunzig Kilo, doch er bestimmt seine hundertfünf.«

»Wie alt?«

»Vielleicht fünfzig, jedenfalls so um dieses Alter. Nicht sehr gepflegt, was bei einem Zahnarzt ja sehr erstaunlich ist. Er sieht etwas verkommen aus, wie ein alter Junggeselle.«

»Ist er denn nicht verheiratet?«

»Warten Sie mal... Wenn ich mich recht erinnere, hat er vor ungefähr zwei Jahren geheiratet... In dem Haus lebt auch noch eine alte Frau, seine Mutter, glaube ich, die jeden Morgen die Einkäufe macht.«

»Kein Dienstmädchen?«

»Nein, nur eine Putzfrau. Wissen Sie, da bin ich mir nicht ganz sicher. Ich kenne nur ihn, weil er ab und zu mal herkommt und sich heimlich einen hinter die Binde gießt.«

»Heimlich?«

»Das ist bloß so eine Redensart. Leute wie er kommen normalerweise nicht in ein Bistro wie dieses. Wenn er es mal tut, wirft er jedesmal einen Blick zu seinem Haus hinüber, als wolle er sich vergewissern, daß man ihn nicht sehen kann. Und er macht immer eine beschämte Miene, wenn er an die Theke tritt. ›Einen Rotwein!‹ sagt er immer. Nie etwas anderes. Ich weiß im voraus, daß ich die Flasche nicht an ihren Platz zurückzustellen brauche, weil er noch ein zweites Glas trinkt. Er leert das Glas in einem Zug und wischt sich den Mund ab. Das Geld hat er schon abgezählt in der Hand.

»Betrinkt er sich manchmal?«

»Nein, nie. Immer nur zwei Gläser. Wenn er weggeht, sehe ich, wie er sich eine Pastille oder eine Gewürznelke in den Mund steckt, damit sein Atem nicht nach Wein riecht.«

»Wie sieht seine Mutter aus?«

»Eine kleine, alte, ausgemergelte Frau, immer schwarz angezogen. Sie grüßt niemanden und hat bestimmt Haare auf den Zähnen!«

»Und seine Frau?«

»Ich sehe sie eigentlich nur, wenn sie im Auto hier vorbeifahren, aber wie man sich erzählt, ist sie Ausländerin. Sie ist groß und kräftig wie er, von blühendem Aussehen.«

»Glauben Sie, daß sie in die Ferien gefahren sind?«

»Moment mal. Ich glaube, ich habe ihm noch vor zwei oder drei Tagen seine zwei Glas Rotwein serviert.«

»Vor zwei oder drei Tagen?«

»Augenblickchen. Es war an dem Abend, als der Installateur hier war, um die Bierdruckanlage zu reparieren. Ich frage mal eben meine Frau, damit ich Ihnen keinen Quatsch erzähle.«

Es war vor zwei Tagen gewesen, also am Dienstag, nur wenige Stunden, bevor Alfred Jussiaume eine Frauenleiche in dem Haus entdeckt hatte.

»Wissen Sie noch, wie spät es war?«

»Er kommt gewöhnlich gegen halb sieben.«

»Zu Fuß?«

»Ja. Sie haben einen alten Wagen, aber um diese Zeit macht er einen Spaziergang durchs Viertel. Können Sie mir denn nicht sagen, worum es geht?«

»Vorläufig geht es um gar nichts. Eine bloße Überprüfung.«

Der Mann glaubte ihnen nicht. Sein Blick ließ das deutlich erkennen.

»Kommen Sie noch mal wieder?«

Und, zum Kommissar gewandt:

»Sie sind nicht zufällig Monsieur Maigret?«

»Hat Ihnen das jemand gesagt?«

»Einer der Maurer meint Sie erkannt zu haben. Wenn Sie es tatsächlich sind, würde meine Frau Sie gern mal persönlich kennenlernen!«

»Wir kommen später wieder«, versprach Maigret.

Sie hatten weiß Gott gut gegessen und den Calvados genossen, zu dem der Wirt, der aus Falaise stammte, sie eingeladen hatte. Sie gingen jetzt den Bürgersteig auf der schattigen Seite der Straße entlang. Maigret rauchte seine Pfeife in kleinen Zügen, Boissier hatte sich eine Zigarette angezündet. Zwei Finger an seiner rechten Hand waren vom Tabak braun geworden und sahen aus wie ein Pfeifenschaft.

Man wähnte sich mehr als hundert Kilometer von Paris entfernt in irgendeiner Kleinstadt. Die Privathäuser waren zahlreicher als die Mietshäuser, und einige waren bürgerliche große Kästen, die aus dem letzten oder vorletzten Jahrhundert stammten.

Es gab nur dies eine Vorgartengitter in der ganzen Straße, ein schwarzes Gitter, hinter dem sich eine Rasenfläche wie ein grüner Teppich im Sonnenlicht erstreckte. Auf dem Messingschild war zu lesen:

Guillaume Serre
Zahnarzt

Darunter in kleiner Schrift:

Sprechstunden 14–17 Uhr
und nach Vereinbarung

Die Sonne lag voll auf der Vorderfront des Hauses und erwärmte deren gelbliche Steine. Außer an zwei Fenstern waren die Jalousien geschlossen. Boissier merkte, daß Maigret zögerte.

»Wollen Sie reingehen?«

Bevor sie die Straße überquerten, warf Maigret einen Blick nach links und rechts die Straße hinab und runzelte die Stirn. Boissier sah in die Richtung, in die Maigret starr schaute.

»Die Bohnenstange!« entfuhr es ihm.

Sie kam vom Boulevard Richard-Wallace her und trug denselben grünen Hut wie vormittags. Als sie Maigret und den Inspektor erblickte, tat sie, als ob sie stutzte, und ging dann schnurgerade auf die beiden zu.

»Sind Sie überrascht, daß ich hergekommen bin?«

»Hatten Sie denn die Adresse?«

»Ich habe vor einer guten halben Stunde in Ihrem Büro angerufen, um Ihnen zu sagen, daß ich die Liste gefunden habe. Ich wußte, daß sie irgendwo sein mußte. Ich hatte nämlich gesehen, daß Alfred sie studierte und Kreuzchen darin machte. Als ich heute morgen aus Ihrem Büro kam, fiel mir ein, wo Alfred sie versteckt haben könnte.«

»Wo war sie denn?«

»Muß ich Ihnen das sagen?«

»Das wäre besser.«

»Lieber nicht. Jetzt noch nicht.«

»Was haben Sie sonst noch gefunden?«

»Woher wissen Sie denn, daß ich noch etwas gefunden habe?«

»Heute morgen hatten Sie kein Geld, und jetzt sind Sie im Taxi hergekommen.«

»Das stimmt. Es war Geld da.«

»Viel?«

»Mehr, als ich erwartet hatte.«

»Wo ist die Liste?«

»Ich habe sie verbrannt.«

»Warum das?«

»Wegen der Kreuze. Sie bedeuten vielleicht die Adressen, wo Alfred gearbeitet hat, und Beweise gegen ihn will ich Ihnen ja nun gerade nicht liefern.«

Sie warf einen Blick auf die Hausfassade.

»Gehen Sie hinein?«

Maigret nickte.

»Es stört Sie hoffentlich nicht, wenn ich auf der Terrasse des Bistros drüben auf Sie warte?«

Sie hatte kein Wort an Boissier gerichtet, der sie seinerseits ziemlich streng musterte.

»Wie Sie wollen«, erwiderte Maigret.

Den Inspektor an seiner Seite, trat er aus dem Schatten in den Sonnenschein, während Ernestines hohe Gestalt sich in Richtung der Terrasse entfernte.

Es war zehn Minuten nach zwei. Wenn der Zahnarzt

nicht in die Ferien gefahren war, mußte er sich der Angabe auf dem Messingschild entsprechend in seiner Praxis aufhalten und den Patienten zur Verfügung stehen. Rechts neben dem Gittertor war eine elektrische Klingel. Maigret drückte auf den Knopf, und das Tor öffnete sich automatisch. Sie durchquerten den winzigen Vorgarten und fanden einen weiteren Klingelknopf an der Haustür, die nicht automatisch aufging. Dem Lärm der Glocke folgte eine lange Stille. Die beiden Männer horchten gespannt, einer wie der andere fest davon überzeugt, daß sich auf der anderen Seite der Türfüllung jemand befand, und sahen einander an. Schließlich wurde eine Kette losgehakt, der Riegel glitt zurück, und ein winziger Spalt ließ den Übergang zwischen Tür und Rahmen erkennen.

»Sind Sie angemeldet?«

»Wir hätten gern Dr. Serre gesprochen.«

»Er behandelt nur nach Voranmeldung.«

»Aber auf dem Messingschild steht doch –«

Der Spalt wurde nicht größer. Man ahnte dahinter einen Umriß, ein mageres Altfrauengesicht.

»Das Schild ist fünfundzwanzig Jahre alt!«

»Würden Sie Ihrem Sohn sagen, daß Kommissar Maigret ihn sprechen möchte?«

Endlich ging die Tür auf; man sah in einen großen, mit schwarzen und weißen Fliesen ausgelegten Korridor, der an einen Klostergang erinnerte, und die alte Dame, die sie vorangehen ließ, hätte ebensogut die Tracht einer Nonne tragen können.

»Sie müssen mich entschuldigen, Herr Kommissar, aber mein Sohn legt nicht viel Wert auf Laufkundschaft.«

Sie war gar nicht so übel, diese Frau. Es ging sogar eine erstaunliche Eleganz und Würde von ihr aus. Mit einem Lächeln versuchte sie, den schlechten Eindruck zu verwischen, den sie gemacht hatte.

»Treten Sie bitte ein. Ich muß Sie um einen Augenblick Geduld bitten. Seit einigen Jahren hat sich mein Sohn angewöhnt, besonders im Sommer, ein Mittagsschläfchen zu halten, und er ist noch nicht aufgestanden. Wenn Sie mir bitte hier entlang folgen wollen...«

Sie öffnete linker Hand für sie eine zweiflügelige Tür aus poliertem Eichenholz, und Maigret hatte immer mehr den Eindruck, ein Kloster oder, noch besser, ein reiches Pfarrhaus zu betreten. Dazu paßte auch der süßliche, geheimnisvolle Geruch, der ihn an irgend etwas erinnerte; er wußte nicht, woran, und bemühte sich, darauf zu kommen. Das Wohnzimmer, in das sie geführt wurden, erhielt nur etwas Tageslicht durch die Spalten der Jalousien, und wenn man von draußen kam, wirkte es wie ein kühles Bad.

Die Geräusche der Stadt schienen hier nicht eindringen zu können, und man hatte das Gefühl, als habe sich in diesem Haus seit über einem Jahrhundert nichts verändert, als hätten diese Polstersessel, diese Lampentischchen, dieses Klavier und diese Porzellanfiguren schon immer am gleichen Platz gestanden. Das galt auch für die vergrößerten Fotografien an den Wänden in den schwarzen Holzrahmen, die aussahen wie Fotografien aus der Zeit Nadars. Der in einen Kragen aus dem vorigen Jahrhundert eingezwängte Mann über dem Kamin trug lange Koteletten, und an der gegenüberliegenden Wand sah eine Frau um die vierzig mit in der Mitte gescheiteltem Haar der Kaiserin Eugénie ähnlich.

Die alte Dame, die beinahe in einen dieser Bilderrahmen gepaßt hätte, blieb bei ihnen, bot ihnen Sitzgelegenheiten an und faltete die Hände wie eine fromme Ordensschwester.

»Ich möchte nicht indiskret erscheinen, Herr Kommissar, aber mein Sohn hat keine Geheimnisse vor mir. Wir haben immer zusammengelebt, obwohl er die fünfzig schon überschritten hat. Ich habe nicht die leiseste Ahnung vom Zweck Ihres Besuches und möchte, ehe ich ihn wecke, gern wissen...«

Sie ließ den Satz unvollendet und schenkte ihnen ein wohlwollendes Lächeln.

»Ihr Sohn ist verheiratet, wie ich glaube?«

»Er ist zweimal verheiratet gewesen.«

»Ist seine zweite Frau hier?«

Ein leichter Anflug von Traurigkeit trat in ihre Augen, und Boissier fing an, wechselweise die Beine übereinanderzuschlagen; es war nicht die Art Umgebung, in der er sich wohl fühlte.

»Sie ist nicht mehr da, Herr Kommissar.«

Mit leisen Schritten ging sie und schloß die Tür, trat wieder zu den Besuchern und setzte sich in die Ecke eines Sofas, kerzengerade, wie eine Klosterschülerin.

»Ich hoffe doch, sie hat keine Dummheiten gemacht?« fragte sie mit leiser Stimme.

Als Maigret daraufhin schwieg, seufzte sie, als ob sie sich ins Unabänderliche füge, und fuhr dann fort:

»Wenn es sich um sie handelt, habe ich recht gehabt, Sie

zu fragen, bevor ich meinen Sohn wecke. Sie sind doch ihretwegen hergekommen, nicht wahr?«

Gab Maigret ein kleines Zeichen der Zustimmung? Er wurde sich dessen nicht bewußt. Er war viel zu fasziniert von der Atmosphäre dieses Hauses und noch mehr von dieser Frau, hinter deren sanftem Wesen er eine erstaunliche Energie witterte. Es gab bei ihr keinen Mißton, weder in ihrer Kleidung noch in ihrem Gebaren und in ihrer Stimme. Man hätte eher erwartet, ihr in irgendeinem Schloß zu begegnen oder eher noch in einem jener großen, geräumigen Häuser in der Provinz, die wie Museen einer vergangenen Epoche sind.

»Als mein Sohn vor fünfzehn Jahren Witwer wurde, hat er lange Zeit nicht daran gedacht, sich wieder zu verheiraten.«

»Er hat es aber doch vor zwei Jahren getan, wenn ich mich nicht irre?«

Sie zeigte keinerlei Überraschung über die Tatsache, daß er informiert war.

»Das stimmt. Genau vor zweieinhalb Jahren. Er hat eine Patientin geheiratet, eine Dame, die ebenfalls in reiferem Alter war. Sie war damals siebenundvierzig. Sie stammte aus Holland und lebte allein in Paris. Ich bin nicht unsterblich, Herr Kommissar. So, wie Sie mich sehen, bin ich immerhin schon sechsundsiebzig.«

»Das sieht man Ihnen nicht an.«

»Ich weiß. Meine Mutter ist zweiundneunzig geworden, und meine Großmutter ist mit achtundachtzig bei einem Unfall ums Leben gekommen.«

»Und Ihr Vater?«

»Er ist jung gestorben.«

Sie sagte das, als sei das ohne Bedeutung oder mehr noch, als sei es das Schicksal der Männer, jung zu sterben.

»Ich habe Guillaume fast gedrängt, noch einmal zu heiraten, weil ich mir sagte, daß er auf diese Weise nicht allein dastehen würde.«

»Ist die Ehe unglücklich gewesen?«

»Das kann man nicht sagen. Jedenfalls anfangs nicht. Ich glaube, alles Leid ist daraus entstanden, daß sie Ausländerin war. Es gibt eben Nichtigkeiten, an die man sich nicht gewöhnen kann. Ich weiß nicht, wie ich Ihnen das erklären soll. Sehen Sie: allein schon die Probleme mit dem Kochen, die Vorliebe für dieses oder jenes Gericht! Vielleicht hat sie auch bei der Heirat mit meinem Sohn geglaubt, er sei wohlhabender, als er tatsächlich ist.«

»Hatte sie denn kein Vermögen?«

»Ein gutes Auskommen. Sie war zwar nicht gerade bettelarm, aber bei den steigenden Lebenshaltungskosten...«

»Wann ist sie gestorben?«

Die alte Dame riß die Augen weit auf.

»Gestorben?«

»Entschuldigen Sie, ich glaubte, sie sei tot. Sie selbst sprechen von ihr in der Vergangenheitsform.«

Sie lächelte.

»Das stimmt. Aber nicht aus dem Grund, den Sie annehmen. Sie ist nicht gestorben; nur für uns ist es so, als sei sie tot. Sie hat uns verlassen.«

»Nach einem Streit?«

»Guillaume ist kein Mensch, der sich streitet.«

»Haben Sie mit ihr Streit gehabt?«

»Ich bin zu alt, um mich noch zu streiten, Herr Kommissar. Ich habe dergleichen zu oft erlebt. Ich kenne das Leben zu gut und lasse jedem –«

»Wann hat sie das Haus verlassen?«

»Vor zwei Tagen.«

»Hat sie Ihnen ihr Weggehen angekündigt?«

»Mein Sohn und ich wußten, daß es schließlich mit ihr so kommen würde.«

»Hat sie Ihnen gegenüber davon gesprochen?«

»Oft.«

»Hat sie den Grund dafür gesagt?«

Sie antwortete nicht sofort und schien nachzudenken.

»Wollen Sie, daß ich offen ausspreche, was ich denke? Wenn ich zögere, ist das nur, weil ich fürchte, daß Sie mich auslachen. Ich spreche über diese Dinge nicht gern mit Männern, aber ich nehme an, ein Kriminalkommissar ist zugleich ein wenig Arzt oder Beichtvater.«

»Sie sind katholisch, Madame Serre?«

»Ja. Meine Schwiegertochter war Protestantin. Aber das spielt keine Rolle. Wissen Sie: Sie war in einem für Frauen schwierigen Alter. Wir haben alle mehr oder weniger eine Periode von mehreren Jahren, in denen wir nicht wir selber sind. Jede Kleinigkeit bringt uns auf, und wir kommen leicht auf die merkwürdigsten Gedanken.«

»Ich verstehe. War das bei ihr der Fall?«

»Das und wohl auch noch einiges andere. Zuletzt träumte sie nur noch von ihrer holländischen Heimat und füllte die Tage damit aus, ihren Freundinnen zu schreiben, die sie dort noch besaß.«

»Ist Ihr Sohn mit ihr einmal nach Holland gereist?«

»Nein, nie.«

»Sie ist also am Dienstag abgereist?«

»Sie hat um neun Uhr vierzig einen Zug an der Gare du Nord genommen.«

»Den Nachtexpreß?«

»Ja. Den Tag über hatte sie ihre Koffer gepackt.«

»Hat Ihr Sohn sie zum Bahnhof gebracht?«

»Nein.«

»Hat sie sich ein Taxi bestellt?«

»Sie ist eins an der Ecke vom Boulevard Richard-Wallace holen gegangen.«

»Seither hat sie kein Lebenszeichen gegeben?«

»Nein. Ich glaube nicht, daß sie das Bedürfnis hat, uns zu schreiben.«

»Über eine Scheidung ist nicht gesprochen worden?«

»Ich habe Ihnen schon gesagt, daß wir katholisch sind. Mein Sohn hat außerdem keine Lust, sich wieder zu verheiraten. Ich verstehe immer noch nicht, was sich ereignet haben könnte, daß uns die Polizei ins Haus kommt.«

»Ich wüßte gern, Madame, was genau am Dienstagabend in diesem Haus passiert ist. Einen Augenblick! Sie haben kein Dienstmädchen, nicht wahr?«

»Nein, Herr Kommissar. Eugénie, unsere Haushaltshilfe, kommt jeden Morgen um neun und bleibt bis fünf.«

»Ist sie heute da?«

»Sie haben Pech; heute hat sie ihren freien Tag. Sie ist morgen wieder da.«

»Wohnt sie hier in der Nähe?«

»Nein, in Puteaux, auf dem anderen Seine-Ufer. Genau über dem Eisenwarengeschäft gegenüber der Brücke.«

»Ich nehme an, daß sie Ihrer Schwiegertochter beim Packen geholfen hat?«

»Sie hat die Koffer nach unten getragen.«

»Wie viele Koffer waren es?«

»Genau gesagt: ein großer Koffer und zwei Handkoffer aus Leder, außerdem ein Schmuckköfferchen und ein Reisenecessaire.«

»Eugénie hat also auch an diesem Tag das Haus um fünf verlassen?«

»Ja, das stimmt. Entschuldigen Sie, wenn ich so aufgeregt bin, aber ich werde zum erstenmal auf diese Weise befragt. Ich versichere Ihnen –«

»Ist Ihr Sohn an dem bewußten Abend aus dem Haus gegangen?«

»Was verstehen Sie unter ›Abend‹?«

»Sagen wir, kurz vor dem Abendessen.«

»Er hat einen Spaziergang gemacht, wie er das immer tut.«

»Vermutlich hat er irgendwo einen Aperitif getrunken?«

»Er trinkt keinen Alkohol.«

»Wirklich nicht?«

»Nur ein Glas Wein, mit Wasser verdünnt, zu den Mahlzeiten, aber nie und nimmer dieses gräßliche Zeug, das sich Aperitif nennt.«

Man hätte meinen können, daß Boissier, der wortlos in seinem Sessel saß, den Anisduft schnupperte, der noch in seinem Schnurrbart hing.

»Wir haben mit dem Essen angefangen, sobald er nach Hause kam. Er macht immer denselben Spaziergang. Das ist eine Gewohnheit von ihm aus der Zeit, als wir noch einen Hund hatten, der zu bestimmten Zeiten ausgeführt werden mußte, und, na ja, er hat sie eben beibehalten.«

»Sie haben jetzt keinen Hund mehr?«

»Seit vier Jahren nicht mehr, seit Bibi gestorben ist.«

»Haben Sie keine Katze?«

»Meine Schwiegertochter mochte Katzen nicht leiden. Sehen Sie, ich spreche von ihr schon wieder in der Vergangenheit. Das kommt einfach daher, daß diese Zeit in unseren Augen abgeschlossen und vorbei ist.«

»Haben Sie sich alle drei zu Tisch gesetzt?«

»Maria ist heruntergekommen, nachdem ich die Suppe aufgetragen hatte.«

»Und es hat keinen Wortwechsel gegeben?«

»Nicht den geringsten. Die Mahlzeit verlief, ohne daß einer ein Wort sagte. Ich merkte, daß Guillaume trotz allem innerlich sehr aufgewühlt war. Auf den ersten Blick wirkt er kühl, aber in Wirklichkeit ist er ein übersensibler Junge. Wenn man mehr als zwei Jahre lang mit jemandem eng zusammengelebt hat...«

Maigret und Boissier hatten nichts gehört. Die alte Dame hatte jedoch ein gutes Gehör. Sie neigte den Kopf und schien zu lauschen. Das war falsch, denn Maigret merkte es, stand auf und ging zur Tür, um sie zu öffnen. Ein Mann stand davor, größer, breiter und schwerer als der Kommissar und einigermaßen verlegen, wohl weil er schon eine Weile gehorcht hatte.

Seine Mutter hatte nicht gelogen, als sie behauptet hatte, er halte seinen Mittagsschlaf. Die spärlichen Haare klebten wirr in der Stirn, und er hatte nur eine Hose und ein weißes

Hemd übergestreift, dessen Kragen offengeblieben war. Er trug gestickte Pantoffeln.

»Kommen Sie herein, Monsieur Serre«, sagte Maigret.

»Ich bitte um Verzeihung. Ich habe Geräusche gehört. Ich nahm an...«

Er sprach ohne Hast und musterte sie einen nach dem anderen mit einem schwerfälligen, langen Blick.

»Die Herren sind von der Polizei«, erklärte die Mutter und erhob sich.

Er stellte keine Fragen, sah sie abermals an und knöpfte sich das Hemd zu.

»Madame Serre sagte uns, daß Ihre Frau vorgestern abgereist ist.«

Diesmal wandte er sich der alten Dame zu und zog die Stirn kraus. Sein massiger Körper war ebenso schlaff wie sein Gesicht, aber im Gegensatz zu vielen Dicken wirkte er nicht sehr beweglich. Seine Haut war matt und sehr blaß. Braune Haarbüschel wuchsen ihm aus Nasenlöchern und Ohren, und er hatte große, buschige Augenbrauen.

»Was genau wünschen die Herren?« fragte er, jede Silbe betonend.

»Ich weiß es nicht.«

Maigret geriet in ziemliche Verlegenheit. Boissier seinerseits fragte sich, wie sich der Kommissar aus der Affäre ziehen würde. Mit solchen Leuten wie diesen wurde man nicht so leicht fertig.

»Um die Wahrheit zu sagen, Monsieur Serre, bei der Unterhaltung ist ganz zufällig die Rede auf Ihre Frau gekommen. Ihre Mutter hat uns wissen lassen, daß Sie sich zur Mittagsruhe zurückgezogen hätten, und da haben wir geplaudert und auf Sie gewartet. Wenn Sie uns hier sehen, meinen Kollegen« – über dieses Wort fühlte sich Boissier ungemein geschmeichelt – »und mich, dann nur, weil wir Grund zu der Annahme haben, daß Sie das Opfer eines versuchten Einbruchs geworden sind.«

Serre war kein Mann, der die Augen niedergeschlagen hätte. Er sah Maigret mit einer Miene an, als wolle er dessen geheimste Gedanken lesen.

»Wer hat Sie denn auf diese Idee gebracht?«

»Uns gehen zuweilen vertrauliche Mitteilungen zu.«

»Vermutlich meinen Sie Polizeispitzel?«

»Nehmen wir mal an, daß es so ist.«

»Ich bedaure, meine Herren –«

»Bei Ihnen ist also nicht eingebrochen worden?«

»Wenn das geschehen wäre, hätte ich selbstverständlich von mir aus sofort das hiesige Polizeirevier verständigt.«

Er unternahm keinen Versuch, liebenswürdig zu sein. Kein einziges Mal zeigte sich auf seinem Gesicht auch nur der Anflug eines Lächelns.

»Sie besitzen aber doch einen Geldschrank?«

»Ich vermute, es ist mein gutes Recht, Ihnen nicht zu antworten. Ich sehe jedoch nichts Ungebührliches darin, Ihnen zu verraten, daß ich tatsächlich einen habe.«

Seine Mutter versuchte, ihm ein Zeichen zu geben, vermutlich, um ihm zu raten, sich weniger abweisend zu verhalten. Er merkte es, ließ sich aber nicht beirren.

»Wenn ich mich nicht irre, handelt es sich um ein Modell der Firma Planchart, das vor ungefähr achtzehn Jahren eingebaut worden ist.«

Er wurde nicht verlegen. Er war stehen geblieben, während Maigret und Boissier im Halbdunkel saßen, und Maigret fiel auf, daß er dasselbe starke Kinn hatte wie der Mann auf dem Porträt an der Wand und dieselben Brauen. Zum Spaß versuchte der Kommissar, ihn sich mit Backenbart vorzustellen.

»Ich kann mich nicht mehr an das Datum des Einbaus erinnern, und das geht auch niemanden etwas an.«

»Ich habe beim Hereinkommen bemerkt, daß die Haustür mit einem Sicherheitsschloß und einer Kette versehen ist.«

»Das ist bei vielen Türen der Fall.«

»Sie schlafen in der ersten Etage, Ihre Mutter und Sie?«

Serre schwieg beharrlich.

»Ihr Büro und Ihre Praxis befinden sich hier im Erdgeschoß?«

Einer Geste der alten Dame entnahm Maigret, daß es die Räume waren, die neben dem Wohnzimmer lagen.

»Dürfte ich wohl einen Blick hineinwerfen?«

Er zögerte, öffnete den Mund, und Maigret war überzeugt, daß er nein sagen wollte. Seine Mutter spürte es auch, denn sie griff ein.

»Warum sollen wir den Herren nicht ihren Wunsch erfüllen? Sie werden mit eigenen Augen sehen, daß bei uns nicht eingebrochen worden ist.«

Der Mann zuckte die Achseln, machte weiterhin ein verbissenes, trotziges Gesicht und weigerte sich, ihnen in die angrenzenden Zimmer zu folgen.

Madame Serre führte sie zunächst in ein Arbeitszimmer, das ebenso altmodisch und friedlich war wie das Wohnzimmer. Hinter einem Sessel mit schwarzem Lederbezug erhob sich ein Ungetüm von einem dunkelgrün gestrichenen Geldschrank, ein ziemlich altes Modell. Boissier trat nahe heran und fuhr mit sachkundiger Hand über den Stahl.

»So, Sie sehen also, daß alles in Ordnung ist«, sagte die Alte. »Sie müssen meinem Sohn seine schlechte Laune nicht übelnehmen, aber–«

Sie verstummte, als sie ihn im Türrahmen stehen sah, wie er sie wütend beobachtete.

Dann wies sie auf die gebundenen Bücher, die die Regale ringsum füllten, und fuhr mit gespielter Liebenswürdigkeit fort:

»Wundern Sie sich nicht, daß sie vor allem juristische Bücher sehen. Sie stammen aus der Bibliothek meines Mannes, der Rechtsanwalt war.«

Sie öffnete eine letzte Tür. Hier war die Einrichtung vertrauter, denn sie gehörte zum Behandlungszimmer eines beliebigen Zahnarztes mit dem verstellbaren Stuhl und den üblichen Instrumenten. Bis zur Fenstermitte waren die Scheiben aus Milchglas. Als sie wieder das Arbeitszimmer durchquerten, trat Boissier an eines der Fenster, über das er wiederum langsam mit den Fingern fuhr, bevor er Maigret einen vielsagenden Blick zuwarf.

»Ist es schon lange her, daß diese Fensterscheibe ersetzt worden ist?« fragte er dann.

Die Alte war es, die ohne Zögern antwortete:

»Vor vier Tagen. Das Fenster war bei dem großen Gewitter aufgeblieben, an das Sie sich bestimmt noch erinnern.«

»Haben Sie den Glaser kommen lassen?«

»Nein.«

»Wer hat denn die neue Scheibe eingesetzt?«

»Mein Sohn. Er bastelt gern. Die kleinen Reparaturen im Haus erledigt er immer selbst.«

Erst jetzt schaltete sich Guillaume Serre mit einem Anflug von Ungeduld in der Stimme wieder ein:

»Diese Herren haben überhaupt nicht das Recht, uns zu belästigen, Mama! Beantworte ihre Fragen nicht mehr!«

Sie richtete es so ein, daß sie ihm den Rücken kehrte, als sie Maigret mit einem Lächeln bedachte, das besagen sollte: ›Beachten Sie ihn nicht. Ich habe es Ihnen ja gleich gesagt.‹

Sie begleitete sie bis zur Haustür, während ihr Sohn mitten im Wohnzimmer stehenblieb, und flüsterte ihnen, sich zu ihnen hinbeugend, zu:

»Wenn Sie noch mal mit mir sprechen wollen, kommen Sie am besten, wenn er nicht da ist.«

Sie standen wieder draußen in der Sonne, die ihnen sofort auf der Haut brannte. Als sie das Gittertor hinter sich gelassen hatten – sein leichtes Quietschen ließ an eine Klosterpforte denken –, gewahrten sie auf dem Bürgersteig gegenüber den grünen Hut Ernestines, die auf der Terrasse des Bistros saß.

Maigret zögerte. Sie hätten die Straße nach links hinuntergehen und so ein Zusammentreffen mit ihr vermeiden können. Wenn sie zu ihr hinübergingen, erweckten sie beinahe den Anschein, als erstatteten sie ihr Bericht.

Vielleicht von einer Art Taktgefühl getrieben, fragte der Kommissar brummig:

»Wollen wir ein Bier trinken?«

Mit forschender Miene sah Ernestine die beiden näher kommen.

3

Ernestine hüllt sich schamhaft in einen Morgenrock, und die alte Dame aus Neuilly stattet Maigret einen Besuch ab

Was hast du heute gemacht?« fragte Madame Maigret, als sie sich am weitoffenen Fenster zu Tisch setzten.

Auch in den Häusern gegenüber sah man die Leute essen; überall waren die gleichen hellen Farbflecken der Oberhemden der Männer zu erkennen, die sich ihr Jackett ausgezogen hatten. Manche lehnten sich nach der Mahlzeit aus den Fenstern. Man hörte Radiomusik, Säuglingsgeschrei und Stimmengewirr. Vor einigen Haustüren hatten es sich die Concierges auf ihren Stühlen bequem gemacht.

»Nichts Besonderes«, antwortete Maigret. »Eine Geschichte mit einer Holländerin, die vielleicht ermordet wurde, vielleicht aber auch noch irgendwo am Leben ist.«

Es war noch zu früh, um davon zu berichten. Alles in allem hatte er es gemächlich angehen lassen. Sie hatten lange auf der kleinen Terrasse in der Rue de la Ferme herumgetrödelt, Boissier, Ernestine und er, und von ihnen dreien war Ernestine am aufgeregtesten gewesen.

Entrüstet hatte sie gefragt:

»Er hat also behauptet, daß das alles nicht wahr sei?«

Der Wirt hatte ihnen Bier gebracht.

»Eigentlich hat er gar nichts gesagt. Seine Mutter hat geredet. Er hätte uns am liebsten vor die Tür gesetzt.«

»Und er versichert, es habe keine Leiche im Arbeitszimmer gelegen?«

Sie hatte sich offensichtlich beim Weinhändler über die Bewohner des Hauses mit dem Gitter erkundigt.

»Warum hat er denn nicht die Polizei von dem versuchten Einbruch benachrichtigt?«

»Ihm zufolge hat niemand bei ihm einen Einbruchsversuch unternommen.«

»Hat denn nicht eine Fensterscheibe gefehlt?«

Boissier blickte Maigret an, als wolle er ihm raten, nichts zu sagen, aber der Kommissar achtete nicht darauf.

»Eine Scheibe ist kürzlich ersetzt worden; wie es scheint, war sie vor vier oder fünf Tagen bei dem Gewitter abends in Brüche gegangen.«

»Er lügt.«

»Einer lügt ganz gewiß.«

»Glauben Sie, daß ich das bin?«

»Das habe ich nicht gesagt. Es könnte Alfred sein.«

»Warum sollte er mir diese Geschichte am Telefon erzählt haben?«

»Vielleicht hat er sie gar nicht erzählt«, schaltete sich Boissier ein und sah sie aufmerksam an.

»Warum sollte ich sie erfunden haben? Denken Sie das auch, Monsieur Maigret?«

»Ich denke überhaupt nichts.«

Er lächelte vage. Er fühlte sich wohl, fast zufrieden. Das Bier war kühl, und der Schatten strahlte einen Duft aus wie auf dem Land, vielleicht wegen der unmittelbaren Nähe des Bois de Boulogne.

Es war ein fauler Nachmittag gewesen. Sie hatten zwei Halbe getrunken. Dann hatten sie die Bohnenstange, um sie nicht so weit vom Zentrum von Paris entfernt zurückzulassen, im Taxi mitgenommen und am Châtelet abgesetzt.

»Rufen Sie mich an, sobald Sie einen Brief bekommen?«

Er fühlte, daß er sie enttäuschte, daß sie etwas anderes von ihm erwartet hatte. Vielleicht sagte sie sich, daß er alt geworden sei, daß er jetzt den anderen ähnele und sich nur mit halbem Herzen mit ihrer Angelegenheit beschäftige.

»Wollen Sie, daß ich meinen Urlaub verschiebe?« hatte Boissier vorgeschlagen.

»Ich nehme an, Ihre Frau hat schon die Koffer gepackt?«

»Sie befinden sich bereits am Bahnhof. Wir wollten morgen früh mit dem Sechsuhrzug fahren.«

»Mit Ihrer Tochter?«

»Ja, natürlich.«

»Dann reisen Sie!«

»Sie brauchen mich also nicht?«

»Haben Sie mir die Akte dagelassen?«

Als er in seinem Büro wieder allein war, hatte er ein klein wenig in seinem Sessel vor sich hin gedöst. Die Wespe war nicht mehr da. Die Sonne war zur anderen Seite des Quais hinübergewandert. Lucas befand sich seit dem Mittag in Ferien. Er rief Janvier, der als erster seinen Urlaub genommen hatte, bereits im Juni, wegen einer Hochzeit in seiner Familie.

»Setz dich! Ich habe Arbeit für dich. Bist du mit deinem Bericht fertig?«

»Eben fertig geworden.«

»Gut. Schreib auf. Zuerst müßte im Rathaus von Neuilly der Mädchenname einer Holländerin ermittelt werden. Sie hat vor zweieinhalb Jahren einen gewissen Guillaume Serre geheiratet. Anschrift Rue de la Ferme 43a.«

»Das wird nicht schwierig sein.«

»Wahrscheinlich nicht. Sie muß damals schon einige Zeit in Paris gelebt haben. Du versuchst herauszubekommen, wo sie gewohnt hat, was sie gemacht hat, wie ihre Familienverhältnisse aussehen, wie es um ihr Vermögen steht und so weiter.«

»Verstanden, Chef!«

»Sie hat dem Vernehmen nach das Haus in der Rue de la Ferme am Dienstag zwischen acht und neun Uhr abends verlassen und den Nachtzug nach Holland genommen. Sie soll selbst ein Taxi an der Ecke Boulevard Richard-Wallace holen gegangen sein, um ihr Gepäck zu befördern.«

Janvier notierte sich Stichworte auf einer Seite seines Notizbuches.

»Ist das alles?«

»Nein. Laß dir helfen, damit du Zeit sparst. Ich möchte, daß die Bewohner des Viertels, die Geschäftsleute und so weiter, über die Serres befragt werden.«

»Wie viele Personen sind das?«

»Mutter und Sohn. Die Mutter geht gegen achtzig. Der Sohn ist Zahnarzt. Befrag auch das Bahnhofs- und Zugpersonal!«

»Kann ich einen von unseren Wagen bekommen?«

»Kannst du.«

Was ihn betraf, so war das so ziemlich alles gewesen, was er an diesem Nachmittag erledigt hatte. Er hatte ein Ferngespräch mit der belgischen Kriminalpolizei angemeldet, die die Beschreibung des Traurigen Alfred besaß, ihn aber noch nicht gefunden hatte. Er hatte auch ein langes Telefonat mit dem Kommissar geführt, der an der Grenze in Jeumont die Pässe abstempelte. Dieser hatte persönlich den Zug kontrolliert, den Alfred genommen haben sollte, erinnerte sich aber an keinen Reisenden, der dem Tresorspezialisten ähnlich gesehen hätte.

Das hatte nichts zu besagen. Man mußte abwarten. Maigret hatte dann noch eine Reihe von Schriftstücken in Vertretung des Direktors der Kriminalpolizei unterzeichnet, hatte in Gesellschaft seines Kollegen vom Erkennungsdienst seinen Aperitif in der ›Brasserie Dauphine‹ getrunken und war mit dem Autobus nach Hause gefahren.

»Was wollen wir jetzt tun?« fragte Madame Maigret, als der Tisch abgedeckt war.

»Wir gehen spazieren.«

Damit meinte er, daß sie gemütlich bis zu den großen Boulevards gehen und sich dann auf eine Restaurantterrasse setzen würden.

Die Sonne war untergegangen. Die Luft war frischer geworden, wenn auch noch von warmen Schwaden erfüllt, die vom Trottoir aufstiegen. Die Schiebetüren der Brasserie standen weit offen, und ein kümmerliches Orchester musizierte. Die meisten Gäste saßen wie die Maigrets schweigend an ihren runden Tischchen und beobachteten die Passanten. Die Dämmerung ließ die Gesichter immer mehr verschwinden, bis das aufflammende Lampenlicht sie wieder auftauchen ließ.

Wie die anderen Paare schlenderten sie ihrer Wohnung zu. Madame Maigret hatte sich bei ihrem Mann untergehakt.

Und dann begann wieder ein neuer Tag, an dem die Sonne ebenso strahlte wie am Tag zuvor.

Statt sich auf direktem Weg in sein Büro zu begeben, machte Maigret einen Umweg über den Quai de Jemmapes, fand das grün gestrichene Bistro in der Nähe der Saint-Martin-Schleuse mit dem Schild »Imbiß zu jeder Tageszeit« und stellte sich an die Theke.

»Einen Weißwein.«

Dann stellte er seine Frage. Der Mann aus der Auvergne, der ihn bediente, antwortete ohne Zögern.

»Ich weiß nicht mehr ganz genau, wie spät es gewesen ist, aber da ist ein Anruf gekommen. Es wurde schon hell. Weder meine Frau noch ich sind aufgestanden, denn um diese Zeit konnte es nicht für uns sein. Ernestine ist dann runtergekommen, und ich habe gehört, wie sie lange gesprochen hat.«

In diesem Punkt wenigstens hatte sie nicht gelogen.

»Um welche Zeit hat Alfred am Abend zuvor das Haus verlassen?«

»Das kann so gegen elf gewesen sein. Vielleicht auch ein bißchen früher. Ich erinnere mich nur, daß er sein Fahrrad dabeihatte.«

Eine Tür führte vom Bistro direkt in den Hausflur, von dem man über eine Treppe in die oberen Etagen gelangte.

Die Wände im Treppenhaus waren weiß gekalkt wie auf dem Land. Man hörte den Lärm eines Krans, der in der Nähe einen mit Sand beladenen Schleppkahn löschte.

Maigret klopfte an eine Tür, die sich halb öffnete und den Blick auf Ernestine freigab, die im Unterrock dastand und nur sagte:

»Ach, Sie sind's!«

Dann griff sie eilends nach einem auf dem ungemachten Bett liegenden Morgenrock und zog ihn über.

Lächelte Maigret, weil er an die Ernestine von damals denken mußte?

»Das tue ich mehr aus Barmherzigkeit, wissen Sie!« erklärte sie. »Es ist kein schöner Anblick mehr.«

Das Fenster stand offen. Eine blutrote Geranie stand im Zimmer. Die Bettdecke war ebenfalls rot. Eine Tür stand offen, und Maigret sah in eine kleine Küche, aus der ein köstlicher Kaffeeduft strömte.

Er wußte nicht recht, was er eigentlich hier wollte.

»War gestern abend keine postlagernde Sendung für Sie dabei?«

Sie erwiderte bekümmert:

»Nichts.«

»Finden Sie es nicht merkwürdig, daß er nicht geschrieben hat?«

»Vielleicht ist er mißtrauisch. Er muß erstaunt gewesen sein, daß die Zeitungen nichts bringen. Er sagt sich wahrscheinlich, daß ich überwacht werde. Ich wollte gerade zur Post gehen.«

In einer Ecke des Zimmers stand ein alter Koffer herum.

»Sind das seine Sachen?«

»Seine und auch meine. Wir besitzen beide nicht viel.«

Dann sah sie ihn mit vielsagender Miene an und fragte:

»Sie wollen doch sicher gern ein wenig herumstöbern? Aber ja. Ich habe Verständnis dafür. Es muß ja wohl sein. Sie werden bestimmte Werkzeuge finden, denn von denen hatte er einen zweiten Satz, ferner zwei alte Anzüge, einige Kleider und Wäsche.«

Während sie redete, leerte sie den Inhalt des Koffers auf dem Boden aus und zog die Schubladen einer Kommode auf. »Ich habe nachgedacht, denn mir ist aufgegangen, was Sie gestern sagten. Es kann gar nicht anders sein, als daß einer gelogen hat. Entweder die Leute da, die Mutter und ihr Sohn, oder Alfred oder ich. Sie haben keinen Grund, einem von uns mehr zu glauben als den anderen.«

»Hat Alfred keine Verwandten auf dem Land?«

»Er hat überhaupt keine Angehörigen mehr. Er hat nur seine Mutter gekannt, und die ist vor zwanzig Jahren gestorben.«

»Sie sind nie zusammen irgendwohin gefahren, an einen Ort außerhalb von Paris?«

»Nie weiter als Corbeil.«

In Corbeil dürfte er wohl kaum Zuflucht gesucht haben. Das lag zu nahe. Bei Maigret setzte sich allmählich die Vermutung durch, daß Alfred auch nicht nach Belgien gefahren war.

»Gibt es keinen Ort, von dem er sagte, den würde er eines Tages gern besuchen?«

»Er sprach nur vom Land, ohne genaue Angaben zu machen. Für ihn schloß das alles ein.«

»Und Sie, sind Sie auf dem Land geboren?«

»Ja, in der Gegend von Nevers, in einem winzigen Nest, das Saint-Martin-des-Prés heißt.«

Sie holte aus einer Schublade eine Ansichtskarte, auf der man die Dorfkirche und einen ihr gegenüberliegenden Tümpel sah, der als Viehtränke diente.

»Haben Sie ihm die Karte jemals gezeigt?«

Sie begriff, worauf er hinauswollte. Mädchen wie Ernestine sind schnell von Begriff.

»Es würde mich wundern, wenn er dort wäre. Er war tatsächlich in der Nähe der Gare du Nord, als er mit mir telefonierte.«

»Wie können Sie das wissen?«

»Ich habe die Kneipe ausfindig gemacht, gestern abend... Sie liegt in der Rue de Maubeuge, neben einem Koffergeschäft. ›Bar du Levant‹ nennt sie sich. Der Wirt erinnerte sich an ihn, weil Alfred an diesem Tag sein erster Kunde war. Er hatte gerade die Kaffeemaschine angemacht, als Alfred hereinkam. Möchten Sie eine Tasse Kaffee?«

Er sagte ungern nein, aber er hatte kurz vorher Weißwein getrunken.

»Macht nichts.«

Er hatte Mühe, in diesem Viertel ein Taxi zu finden, und ließ sich dann zur ›Bar du Levant‹ fahren.

»Ein kleiner Magerer, mit traurigen roten Augen, als hätte er geweint«, sagte man ihm.

Das mußte Alfred Jussiaume sein, der oft rotgeränderte Lider hatte.

»Er hat lange am Telefon geredet, hat zwei Kaffee ohne Zucker getrunken und ist dann in Richtung Bahnhof davongegangen, wobei er sich ständig umsah, als hätte er Angst, verfolgt zu werden. Hat er was ausgefressen?«

Es war zehn Uhr, als Maigret endlich die Treppe zu den Büros der Kriminalpolizei hinaufstieg, auf der stets Staub aufwirbelte, der im Sonnenlicht wie Nebel aussah. Entgegen seiner Gewohnheit warf er keinen Blick durch die Glasscheiben des Wartezimmers und durchquerte das fast leere Büro der Inspektoren.

»Ist Janvier noch nicht da?«

»Er war gegen acht Uhr hier und ist wieder weggegangen. Er hat Ihnen eine Nachricht hingelegt.«

Auf dem Zettel stand:

Die Frau heißt Maria van Aerts. Sie ist 51 Jahre alt und stammt aus Sneek in Friesland. Ich fahre nach Neuilly, wo sie in einer Familienpension in der Rue de Longchamp gewohnt hat. Das Taxi habe ich noch nicht gefunden. Vacher kümmert sich um den Bahnhof.

Joseph, der Bürodiener, öffnete die Tür.

»Ich hatte Sie nicht hereinkommen sehen, Monsieur Maigret. Eine Dame wartet schon seit einer halben Stunde auf Sie.«

Er reichte ihm ein Formular, auf das die alte Madame Serre in kleiner, steiler Schrift ihren Namen geschrieben hatte.

»Soll ich sie hereinführen?«

Maigret zog sich das Jackett wieder an, das er gerade abgelegt hatte, öffnete das Fenster, stopfte seine Pfeife und setzte sich.

»Lassen Sie sie herein, ja.«

Er fragte sich, wie sie sich wohl außerhalb ihrer häuslichen Umgebung verhalten würde, aber zu seiner Überraschung paßte alles harmonisch zusammen. Sie war nicht schwarz gekleidet wie am Tag zuvor, sondern trug ein weißes Kleid mit dunklem Muster. Ihr Hut war keineswegs lächerlich. Sie trat ungezwungen herein.

»Ein bißchen haben Sie doch mit meinem Besuch gerechnet, nicht wahr, Herr Kommissar?«

Er hatte nicht damit gerechnet, vermied es jedoch, ihr das zu sagen.

»Nehmen Sie Platz, Madame.«

»Danke.«

»Stört Sie auch der Rauch nicht?«

»Mein Sohn raucht den ganzen Tag Zigarren. Ich war gestern derart durcheinander wegen der Art und Weise, mit der er Sie empfangen hat. Ich habe versucht, Ihnen einen Wink zu geben, nicht in ihn zu dringen, denn ich weiß, wie er ist.«

Sie war überhaupt nicht nervös, ließ sich beim Sprechen Zeit und bedachte Maigret mehrmals mit einem komplizenhaften Lächeln.

»Ich glaube, daß ich schuld bin, daß ich ihn falsch erzogen habe. Sehen Sie, ich habe nur dieses eine Kind, und beim Tod meines Mannes war er erst siebzehn. Ich habe ihn verwöhnt. Guillaume war der einzige Mann im Haus. Wenn Sie Kinder haben...«

Maigret musterte sie und versuchte, sich über sie eine Meinung zu bilden, aber es gelang ihm nicht. Daher fragte er:

»Sind Sie in Paris geboren?«

»In dem Haus, das Sie gestern betreten haben.«

Es war ein seltener Zufall, im Verlauf einer Untersuchung zwei Personen zu finden, die in Paris zur Welt gekommen waren. Fast immer stammten die Leute, mit denen er zu tun hatte, aus der Provinz.

»Und Ihr Gatte?«

»Sein Vater war vor ihm schon Anwalt in der Rue de Tocqueville im 17. Arrondissement.«

Jetzt waren es sogar drei! Kein Wunder, daß die Atmosphäre in dem Haus an der Rue de la Ferme so völlig provinziell war!

»Wir haben fast immer zusammengewohnt, wir beide, mein Sohn und ich, und ich vermute, das hat ihn ein wenig menschenscheu werden lassen.«

»Ich dachte, er wäre schon einmal verheiratet gewesen?«

»Das war er auch. Seine Frau hat aber nicht lange gelebt.«

»Wie viele Jahre nach der Hochzeit ist sie gestorben?«

Sie öffnete den Mund; er merkte, daß ihr ein Gedanke durch den Kopf schoß und sie zögern ließ. Er hatte sogar den Eindruck, als sehe er eine leichte Röte in ihre Wangen steigen.

»Zwei Jahre«, sagte sie dann. »Merkwürdig, nicht wahr? Jetzt fällt's mir erst auf. Auch mit Maria hat er nur zwei Jahre zusammengelebt.«

»Wer war seine erste Frau?«

»Ein Mädchen aus allerbester Familie, Jeanne Devoisin, die wir während eines Sommers in Dieppe kennenlernten. Es war zu der Zeit, als wir dort noch jedes Jahr hinfuhren.«

»War sie jünger als er?«

»Warten Sie mal... Er war damals zweiunddreißig. Na, sie war ungefähr gleichaltrig. Sie war Witwe.«

»Hatte sie keine Kinder?«

»Nein. Meines Wissens hatte sie keine Angehörigen, außer einer Schwester, die in Indochina lebte.«

»Woran ist sie gestorben?«

»An einem Herzschlag. Sie hatte ein schwaches Herz und verbrachte die meiste Zeit bei Ärzten.«

Sie lächelte ein weiteres Mal:

»Ich habe Ihnen noch gar nicht gesagt, warum ich Sie aufsuche. Ich wollte Sie zuerst gestern anrufen, als mein Sohn gerade seinen gewohnten Spaziergang machte; dann habe ich mir aber gedacht, es sei korrekter, wenn ich Sie persönlich aufsuche. Ich möchte mich ausdrücklich wegen Guillaumes Benehmen Ihnen gegenüber entschuldigen und Ihnen sagen, daß seine schlechte Laune sich nicht gegen Sie persönlich richtete. Er ist eben von Natur aus ziemlich unbeherrscht.«

»Das habe ich gemerkt.«

»Wenn ich mir vorstelle, Sie könnten ihn einer unehrenhaften Handlung verdächtigen... Er war schon als Kind so –«

»Hat er mich belogen?«

»Wie bitte?«

Das Gesicht der alten Dame drückte ehrliches Erstaunen aus.

»Warum sollte er Sie belogen haben? Das verstehe ich nicht. Sie haben doch sozusagen überhaupt keine Fragen gestellt. Nur um diejenigen zu beantworten, die Sie mir stellen möchten, bin ich heute hergekommen. Wir haben nichts zu verbergen. Ich weiß nicht, aufgrund welcher Vorkommnisse Sie sich mit uns befassen. Es muß ein Mißverständnis sein oder der Racheakt irgendeines Nachbarn.«

»Wann ist die Fensterscheibe kaputtgegangen?«

»Ich habe Ihnen schon gesagt, oder mein Sohn, ich weiß es nicht mehr: bei dem Gewitter letzte Woche. Ich war gerade oben im ersten Stock und hatte keine Zeit mehr, sämtliche Fenster zuzumachen, da habe ich schon das Splittern von Glas gehört.«

»War das am hellichten Tag?«

»Es muß gegen sechs Uhr abends gewesen sein.«

»Als Ihre Haushaltshilfe schon weg war?«

»Sie geht immer um fünf, ich glaube, das erzählte ich Ihnen auch schon. Ich habe meinem Sohn nicht verraten, daß ich zu Ihnen gehen wollte. Ich war der Meinung, Sie möchten vielleicht gern das Haus inspizieren. Das ginge einfacher, wenn er nicht da ist.«

»Sie wollen sagen: während seines Spaziergangs am Spätnachmittag?«

»Ja. Sie werden dann nämlich sehen, daß es bei uns nichts zu verheimlichen gibt und daß sich alles schon gestern aufgeklärt hätte, wenn Guillaume nicht diesen eigenartigen Charakter hätte.«

»Sie sind sich klar darüber, Madame Serre, daß Sie aus freien Stücken hierhergekommen sind?«

»Aber ja.«

»Und daß Sie mich selbst auffordern, Ihnen Fragen zu stellen?«

Sie nickte zustimmend.

»Dann wollen wir mal die Ereignisse von der letzten Mahlzeit an durchsprechen, die Sie gemeinsam eingenommen haben – Sie, Ihr Sohn und Ihre Schwiegertochter. Die Koffer Ihrer Schwiegertochter waren gepackt. Wo standen sie?«

»Im Hausflur.«

»Wer hatte sie hinuntergetragen?«

»Eugénie hatte die Handkoffer genommen und mein Sohn den großen Koffer, weil der zu schwer für sie war.«

»War es ein sehr großer Koffer?«

»Ein sogenannter Kabinenkoffer. Vor ihrer Ehe war Maria viel auf Reisen. Sie hat in Italien und in Ägypten gelebt.«

»Was gab's?«

Die Frage schien sie zu amüsieren und zu überraschen.

»Momentchen. Da ich für das Kochen zuständig bin, werde ich es noch zusammenkriegen. Vorweg eine Gemüsesuppe. Wir essen aus gesundheitlichen Gründen immer Gemüsesuppe. Dann gab's gegrillte Makrelen und Kartoffelpüree.«

»Und zum Nachtisch?«

»Schokoladenpudding. Ja, genau. Ein Lieblingsdessert meines Sohnes.«

»Eine Auseinandersetzung hat es bei Tisch nicht gegeben? Wann waren Sie mit dem Essen fertig?«

»Ungefähr um halb acht. Ich habe das Geschirr in den Ausguß gestellt und bin nach oben gegangen.«

»Also waren Sie nicht dabei, als Ihre Schwiegertochter das Haus verließ?«

»Ich legte keinen Wert darauf. Solche Augenblicke sind

immer peinlich, und ich erspare mir lieber Aufregungen. Ich habe ihr unten im Wohnzimmer auf Wiedersehen gesagt. Ich bin ihr nicht böse. Jeder hat nun mal seine Eigenarten und –«

»Wo war Ihr Sohn während dieser Zeit?«

»In seinem Arbeitszimmer, glaube ich.«

»Sie wissen nicht, ob er eine letzte Aussprache mit seiner Frau gehabt hat?«

»Das ist unwahrscheinlich. Sie ist wieder nach oben gegangen. Ich hörte, wie sie sich in ihrem Schlafzimmer reisefertig machte.«

»Ihr Haus ist wie die meisten alten Häuser aus solidem Material gebaut. Ich vermute, daß es in der ersten Etage schwierig ist, die Geräusche im Erdgeschoß zu hören?«

»Für mich nicht«, antwortete sie und verzog schmollend den Mund.

»Was wollen Sie damit sagen?«

»Daß ich feine Ohren habe. Wenn irgendwo im Haus eine Diele knarrt, höre ich's, immer.«

»Wer hat das Taxi geholt?«

»Maria, wie ich Ihnen gestern schon sagte.«

»Ist sie lange weggeblieben?«

»Ja, ziemlich lange. Es gibt keinen Taxistand in der Nähe, und man muß warten, bis zufällig ein leeres Taxi vorbeifährt.«

»Sie sind ans Fenster gegangen?«

Sie zögerte kaum merklich.

»Ja.«

»Wer hat den großen Koffer zum Taxi geschafft?«

»Der Taxifahrer.«

»Sie wissen nicht, zu welcher Firma das Auto gehörte?«

»Wie sollte ich das wissen?«

»Welche Farbe hatte es?«

»Rötlichbraun, und auf der Wagentür war ein Wappen.«

»Können Sie sich erinnern, wie der Fahrer aussah?«

»Nicht mehr sehr gut. Ich glaube, er war klein und ziemlich dick.«

»Was hatte Ihre Schwiegertochter an?«

»Sie trug ein malvenfarbenes Kleid.«

»Keinen Mantel?«

»Sie hatte ihn über den Arm gelegt.«

»Ihr Sohn befand sich immer noch in seinem Arbeitszimmer?«

»Ja.«

»Was ist dann passiert? Sind Sie hinuntergegangen?«

»Nein.«

»Sie sind nicht zu Ihrem Sohn gegangen?«

»Nein, er ist heraufgekommen.«

»Sofort danach?«

»Kurz nachdem das Taxi abgefahren war.«

»Ist ihm das Ganze nahegegangen?«

»Er war in dem Zustand, in dem Sie ihn gesehen haben. Er hat einen ziemlich unausgeglichenen Charakter. Ich habe Ihnen schon erklärt, daß er in Wirklichkeit sehr sensibel ist und daß die geringsten Vorkommnisse ihn sehr aufregen.«

»Wußte er, daß seine Frau nicht zurückkommen würde?«

»Er ahnte es.«

»Hatte sie es ihm gesagt?«

»Nicht direkt. Sie hat wohl eine entsprechende Andeutung gemacht. Sie wollte einen Tapetenwechsel, ihre Heimat wiedersehen. Wenn sie erst einmal dort war, verstehen Sie...«

»Was haben Sie anschließend gemacht?«

»Ich habe mir die Haare für die Nacht hergerichtet.«

»War Ihr Sohn noch in Ihrem Schlafzimmer?«

»Ja.«

»Er hat das Haus nicht verlassen?«

»Nein. Warum?«

»Wo stellt er seinen Wagen unter?«

»Ungefähr hundert Meter von unserem Haus entfernt. Ehemalige Pferdeställe sind dort zu Privatgaragen umgebaut worden. Guillaume hat eine davon gemietet.«

»Er kann also sein Auto herausholen und zurückbringen, ohne gesehen zu werden?«

»Warum sollte er sich verbergen?«

»Ist er wieder nach unten gegangen?«

»Ich weiß es nicht. Ich glaube, ja. Ich gehe früh schlafen, und er liest gewöhnlich bis elf oder Mitternacht.«

»In seinem Arbeitszimmer?«

»Oder in seinem Schlafzimmer.«

»Liegt sein Schlafzimmer in der Nähe von Ihrem?«

»Direkt neben meinem. Unsere Zimmer sind durch ein Bad getrennt.«

»Sie haben gehört, wie er zu Bett gegangen ist?«

»Sicher.«

»Wie spät war es?«

»Ich habe kein Licht gemacht.«

»Später haben Sie kein Geräusch gehört?«

»Nein, keins.«

»Ich nehme an, daß Sie morgens als erste nach unten gehen?«

»Im Sommer gehe ich um halb sieben runter.«

»Sie sind dann durch alle Zimmer gegangen?«

»Zuerst habe ich in der Küche Wasser zum Kochen aufgesetzt und dann die Fenster aufgemacht, denn um diese Zeit ist die Luft noch frisch.«

»Sie haben also auch das Arbeitszimmer betreten?«

»Wahrscheinlich.«

»Wissen Sie es nicht mehr genau?«

»Doch, ja, ich bin mir ziemlich sicher.«

»Die zerbrochene Fensterscheibe war schon ersetzt?«

»Ich glaube... ja...«

»Sie haben im Zimmer keine Unordnung bemerkt?«

»Keine, bis auf die üblichen Zigarrenstummel in den Aschenbechern und vielleicht ein oder zwei herumliegende Bücher. Ich weiß nicht, worauf Sie hinauswollen, Monsieur Maigret. Wie Sie sehen, beantworte ich frank und frei Ihre Fragen. Ich bin Ihnen sogar zuvorgekommen.«

»Weil Sie innerlich unruhig sind?«

»Nein, weil ich mich über die Art und Weise schäme, wie Guillaume Sie empfangen hat, und auch, weil Ihr Besuch mir irgendwie nicht geheuer ist. Die Frauen sind nicht wie die Männer. Als mein Mann noch lebte, zum Beispiel, wenn da nachts im Haus ein Geräusch zu hören war, bewegte er sich nicht aus seinem Bett, und ich war es, die nachsehen ging. Verstehen Sie mich? Mit Ihrer Frau ist es wahrscheinlich genauso. Aus ähnlichen Gründen bin ich hergekommen. Sie haben von einem Einbruch gesprochen. Sie scheinen sich über Maria Gedanken zu machen...«

»Sie haben inzwischen noch keine Nachricht von ihr bekommen?«

»Ich rechne nicht mehr damit, von ihr zu hören. Sie verheimlichen mir gewisse Dinge. Das beunruhigt mich. Wie bei den nächtlichen Geräuschen behaupte ich, daß gar nichts Mysteriöses dahintersteckt, daß es genügt, den Dingen auf den Grund zu gehen, damit sie sich als ganz simpel herausstellen.«

Sie sah ihn selbstsicher an, und Maigret hatte ein wenig den Eindruck, als betrachte sie ihn als Kind, als zweiten Guillaume. Sie schien zu sagen:

»Schütten Sie mir Ihr Herz aus. Haben Sie keine Angst. Sie werden sehen, alles ist erklärbar.«

Auch er sah ihr voll ins Gesicht.

»In jener Nacht ist ein Mann in Ihr Haus eingedrungen.«

Die Augen der alten Dame spiegelten Ungläubigkeit wider, vermischt mit ein wenig Mitleid, so als hätte er erklärt, er glaube noch an den bösen Wolf.

»Was hat er denn gewollt?«

»Den Geldschrank aufbrechen.«

»Hat er es getan?«

»Er ist ins Haus gelangt, indem er eine Fensterscheibe herausschnitt, um das Fenster zu öffnen.«

»Die Scheibe, die beim Gewitter schon zerbrochen war? Sicher hat er sie hinterher wieder eingesetzt?«

Sie weigerte sich noch immer, ihn ernst zu nehmen.

»Was hat er mitgenommen?«

»Er hat nichts mitgenommen, weil in einem bestimmten Augenblick das Licht seiner Taschenlampe auf einen Gegenstand fiel, den er in diesem Zimmer nicht erwartet hatte.«

Sie lächelte.

»Was für ein Gegenstand denn?«

»Die Leiche einer Frau reiferen Alters, die ganz gut die Ihrer Schwiegertochter hätte sein können.«

»Hat er Ihnen das erzählt?«

Er betrachtete ihre weißbehandschuhten Hände, aber sie zitterten nicht.

»Warum ersuchen Sie diesen Mann nicht, herzukommen und seine Beschuldigungen in meiner Gegenwart zu wiederholen?«

»Er ist nicht in Paris.«

»Können Sie ihn nicht herkommen lassen?«

Maigret zog es vor, nicht zu antworten. Er war nicht gerade zufrieden mit sich. Er begann sich zu fragen, ob nicht auch er dem Einfluß dieser Frau verfiel, die die schützende Gelassenheit einer Äbtissin ausstrahlte.

Sie stand nicht auf, wurde nicht unruhig und empörte sich auch nicht.

»Ich weiß nicht, worum es geht, und ich frage Sie auch nicht danach. Bestimmt haben Sie gute Gründe, diesem Mann zu glauben. Er ist Einbrecher, nicht wahr? Ich selbst bin nur eine alte Frau von sechsundsiebzig Jahren, die nie jemandem etwas Böses getan hat. Erlauben Sie mir, da ich das nun alles erfahren habe, Sie inständig zu bitten, zu uns zu kommen. Ich werde für Sie alle Türen aufmachen, werde Ihnen alles zeigen, was Sie sehen wollen. Und auch mein Sohn wird, sobald er erfahren hat, was passiert ist, Ihnen bereitwillig Rede und Antwort stehen. Wann werden Sie kommen, Monsieur Maigret?«

Diesmal war sie aufgestanden. Sie gab sich noch immer ungezwungen und wurde kein bißchen aggressiv, wenn ihr auch etwas Bitterkeit anzumerken war.

»Vielleicht heute nachmittag. Ich kann es noch nicht sagen. Hat Ihr Sohn in den letzten Tagen sein Auto benutzt?«

»Das fragen Sie ihn bitte selber.«

»Ist er jetzt zu Hause?«

»Vermutlich ja. Er war da, als ich wegging.«

»Eugénie auch?«

»Die ist bestimmt da.«

»Ich danke Ihnen.«

Er begleitete sie zur Tür. Kurz bevor sie sie erreichte, drehte sich Madame Serre um.

»Ich möchte Sie um eine Gefälligkeit bitten«, sagte sie in freundlichem Ton. »Wenn ich gegangen bin, dann versuchen Sie bitte für einen Augenblick, sich in meine Lage zu versetzen, und vergessen Sie einmal, daß Sie sich Ihr Leben lang mit Verbrechen beschäftigt haben. Stellen Sie sich vor, daß Sie selbst es sind, dem man plötzlich die Fragen stellt, die Sie mir gestellt haben, daß Sie in Verdacht geraten sind, jemanden kaltblütig umgebracht zu haben.«

Das war alles. Sie fügte nur noch hinzu: »Bis heute nachmittag, Monsieur Maigret!«

Als sich die Tür geschlossen hatte, blieb er eine ganze Weile reglos vor dem Türrahmen stehen. Dann ging er zum

Fenster und blickte hinaus und sah gerade noch die alte Dame im gleißenden Sonnenlicht in Richtung auf den Pont Saint-Michel davontrippeln.

Er nahm den Telefonhörer ab.

»Geben Sie mir das Polizeirevier in Neuilly!«

Er ließ sich nicht mit dem Wachtmeister verbinden, sondern mit einem Inspektor, den er kannte.

»Vanneau? Maigret hier. Danke, mir geht's gut. Hör zu. Es geht um eine heikle Angelegenheit. Du springst jetzt in einen Wagen und fährst in die Rue de la Ferme 43a.«

»Zu dem Zahnarzt? Janvier war gestern abend hier und hat mir davon erzählt. Es handelt sich um eine Holländerin, nicht wahr?«

»Das ist jetzt egal. Die Sache eilt. Mit dem Kerl ist nicht gut Kirschen essen, und ich will vorerst keinen Haftbefehl beantragen. Wir müssen schnell handeln, bevor seine Mutter zurückkommt.«

»Ist sie noch weit weg?«

»Am Pont Saint-Michel. Ich vermute, sie wird ein Taxi nehmen.«

»Was mache ich mit dem Mann?«

»Du nimmst ihn unter irgendeinem Vorwand mit. Erzähl ihm, was du willst, daß du ihn als Zeugen für eine Aussage brauchst …«

»Und dann?«

»… bin ich schon da. Ich gehe runter und springe in den ersten Wagen.«

»Und wenn der Zahnarzt nicht zu Hause ist?«

»Dann paßt du ihn draußen ab und greifst ihn dir, bevor er das Haus betritt.«

»Nicht gerade gesetzlich, was?«

»Überhaupt nicht.«

Als Vanneau einhängen wollte, fügte Maigret hinzu:

»Nimm jemanden mit und postier ihn gegenüber den alten Ställen, die jetzt Garagen sind. Sie liegen in derselben Straße, und der Zahnarzt hat eine von ihnen gemietet.«

»Verstanden.«

Eine Sekunde später eilte Maigret die Treppe hinunter und nahm in einem der Polizeiautos Platz, die im Hof parkten. Als der Wagen zum Pont-Neuf abbog, hatte er den Eindruck, Ernestines grünen Hut zu sehen. Er war sich indessen nicht sicher und wollte lieber keine Zeit verlieren. Insgeheim konnte er sich sogar eines Gefühls des Grolls gegen die Bohnenstange nicht erwehren.

Als der Pont-Neuf hinter ihm lag, tat es ihm leid, aber es war zu spät.

Es war für sie nicht mehr zu ändern. Sie würde aber bestimmt auf ihn warten.

4

Es stellt sich heraus, daß kein Verhör dem anderen gleicht, und Eugénies Ansichten hindern sie nicht daran, eine kategorische Erklärung abzugeben

Das Polizeirevier lag im Erdgeschoß des Rathauses, eines häßlichen quadratischen Gebäudes, das von einem mit dürren Bäumen bestandenen Wall umgeben war und dessen Trikolore schlaff herabhing. Maigret hätte von außen her direkt die Büros der Inspektoren betreten können. Um aber zu vermeiden, sofort Guillaume Serre Auge in Auge gegenüberzustehen, nahm er den Umweg über die zugigen Korridore, wo er sich prompt verlief.

Auch hier herrschte sommerliche Flaute. Türen und Fenster standen offen, Papiere flatterten auf den Schreibtischen der leeren Räume herum, während in anderen Zimmern Beamte in Hemdsärmeln einander von ihren Ferienerlebnissen berichteten und einige wenige Steuerzahler entmutigt auf der Suche nach einem Stempel oder einer Unterschrift herumirrten.

Maigret stieß endlich auf einen Polizisten, der ihn erkannte.

»Wo geht's hier zu Inspektor Vanneau?«

»Zweiter Flur links und dann die dritte Tür.«

»Würden Sie ihn bitte herholen? Er muß jemanden bei

sich im Büro haben. Nennen Sie aber meinen Namen nicht laut!«

Vanneau kam einige Augenblicke später zu ihm heraus.

»Ist er da?«

»Ja.«

»Wie ist es gelaufen?«

»Na, so einigermaßen. Ich hatte vor dem Weggehen noch daran gedacht, eine Vorladung einzustecken. Eine Hausgehilfin machte mir auf. Ich sagte, ich wolle den Hausherrn sprechen. Man hat mich einige Minuten im Flur warten lassen, dann ist der Kerl die Treppe heruntergekommen, und ich habe ihm das Papier gezeigt. Er hat es gelesen und mich stumm angestarrt.

›Wenn Sie mitkommen wollen, ich habe einen Wagen vor der Tür stehen!‹

Er hat die Achseln gezuckt, hat einen Panamahut vom Garderobenständer genommen und aufgesetzt und ist mir gefolgt. Jetzt sitzt er bei mir drin auf einem Stuhl. Bisher hat er den Mund noch nicht aufgemacht.«

Wenig später betrat Maigret Vanneaus Büro, in dem Serre saß und eine tiefschwarze Zigarre rauchte. Der Kommissar nahm auf dem Stuhl des Inspektors Platz.

»Ich bitte um Verzeihung, Sie gestört zu haben, Monsieur Serre, aber ich möchte gern, daß Sie ein paar Fragen beantworten.«

Wie am Tag zuvor sah ihn der riesige Zahnarzt mit müdem Blick an. Aus seinen düsteren Augen sprach kein Fünkchen Sympathie. Maigret wußte plötzlich, woran der Mann ihn denken ließ: an einen Türken auf Bildern von früher. Er hatte den passenden Bauch, das gleiche Körpergewicht und vermutlich auch die gleiche Kraft. Denn trotz seiner Fettleibigkeit erweckte er den Eindruck beträchtlicher Stärke. Er hatte auch die hochmütige Ruhe der Paschas, die die Zigarettenpäckchen zieren.

Anstatt ein Zeichen des Einverständnisses zu geben oder eine Höflichkeitsfloskel zu äußern, geschweige denn zu protestieren, zog Serre ein gelbliches Formular aus der Tasche und warf einen Blick darauf.

»Ich bin vom Polizeikommissar in Neuilly herbestellt worden«, sagte er. »Ich erwarte Aufklärung darüber, was dieser Kommissar von mir will!«

»Sie weigern sich also, mir zu antworten?«

»Ganz entschieden!«

Maigret zögerte. Er hatte alle möglichen Menschen kennengelernt: bärenstarke, verstockte, starrsinnige, durchtriebene. Aber noch nie hatte ihm jemand mit so ruhiger Energie geantwortet.

»Ich vermute, daß es keinen Zweck hat, darauf zu bestehen?«

»Da bin ich Ihrer Meinung.«

»Oder zu versuchen, Ihnen zu beweisen, daß Ihre Einstellung nicht zu Ihren Gunsten spricht?«

Diesmal begnügte sich sein Gegenüber mit einem Seufzer.

»Also schön. Warten Sie. Der Polizeikommissar wird Sie gleich empfangen.«

Maigret suchte den Kommissar auf, der nicht gleich verstand, was von ihm erwartet wurde, und sich nur widerwillig zur Verfügung stellte. Sein Büro war komfortabler, fast luxuriös im Vergleich zu den anderen Räumlichkeiten. Auf dem Kaminsims stand sogar eine Pendeluhr aus Marmor.

»Lassen Sie Monsieur Serre eintreten!« wies er den diensthabenden Beamten an.

Er machte eine einladende Handbewegung in Richtung eines Sessels mit rotem Samtbezug.

»Nehmen Sie Platz, Monsieur Serre. Es handelt sich nur um eine Überprüfung. Ich werde Ihre Zeit nicht über Gebühr in Anspruch nehmen.«

Der Kommissar überflog ein Schriftstück, das ihm gebracht worden war.

»Sie sind doch der Eigentümer eines Wagens mit der polizeilichen Kennummer RS 88 22 L?«

Der Zahnarzt nickte zustimmend. Maigret hatte sich auf die Fensterbank gesetzt und musterte ihn mit sehr nachdenklicher Miene.

»Dieser Wagen ist nach wie vor in Ihrem Besitz?«

Wiederum ein Kopfnicken.

»Wann haben Sie ihn das letzte Mal benutzt?«

»Ich nehme an, ich habe das Recht zu erfahren, wieso man mir diese Fragen stellt?«

Der Polizeikommissar rückte auf seinem Stuhl hin und her. Er war überhaupt nicht begeistert von der Aufgabe, mit der Maigret ihn da betraut hatte.

»Nehmen wir mal an, Ihr Auto habe einen Unfall verursacht...«

»Ist das denn geschehen?«

»Nehmen wir an, seine Nummer sei uns gemeldet worden als die eines Wagens, der jemanden angefahren hat.«

»Wann?«

Der Beamte warf Maigret einen vorwurfsvollen Blick zu.

»Am Dienstagabend.«

»Wo?«

»In der Nähe der Seine.«

»Mein Wagen blieb Dienstagabend in der Garage.«

»Jemand kann ihn ohne Ihr Wissen benutzt haben.«

»Das glaube ich nicht. Die Garage ist abgeschlossen.«

»Sie versichern also, Sie hätten Ihr Auto am Dienstagabend nicht benutzt, auch nicht später während der Nacht?«

»Wo sind die Unfallzeugen?«

Neuer verzweifelter Blick des Kommissars zu Maigret. Dieser merkte, daß die Vernehmung fruchtlos war, und bedeutete ihm, es gut sein zu lassen.

»Ich habe Ihnen keine weiteren Fragen zu stellen, Monsieur Serre. Ich danke Ihnen!«

Der Zahnarzt erhob sich zu voller Körpergröße, mit der er vorübergehend das Büro fast ganz auszufüllen schien, dann setzte er sich den Panamahut auf und verließ das Zimmer, nicht ohne Maigret mit einem eindringlichen Blick bedacht zu haben.

»Ich habe getan, was ich konnte. Sie haben es ja gesehen.«

»Ich habe es gesehen.«

»Hat sich dadurch ein Hinweis ergeben?«

»Vielleicht.«

»Dieser Mann könnte uns Schwierigkeiten machen. Er kennt seine Rechte.«

»Ich weiß.«

Es war, als hätte Maigret unbewußt das Gebaren des Zahnarztes übernommen. Er hatte dieselbe düstere und unnahbare Miene aufgesetzt. Auch er ging zur Tür.

»Was wird ihm denn zur Last gelegt, Maigret?«

»Ich weiß es noch nicht. Möglicherweise hat er seine Frau umgebracht.«

Er bedankte sich noch bei Vanneau und stand dann wieder auf der Straße, wo ihn der Polizeiwagen erwartete. Ehe er einstieg, trank er ein Glas an der Bar an der Ecke, und als er in den Spiegel sah, fragte er sich, wie ihm ein Panamahut stehen würde. Und ein versonnenes Lächeln stahl sich auf seine Lippen, als er sich klar wurde, daß so etwas wie ein Kampf der Schwergewichtler bevorstand.

Dem Fahrer sagte er:

»Fahren Sie durch die Rue de la Ferme.«

Unweit der Nummer 43a sahen sie Serre, der mit großen, etwas schlappen Schritten den Bürgersteig entlangschritt. Wie manche Dicke ging er breitbeinig. Er rauchte noch immer seine lange Zigarre. Als er an der Garage vorbeikam, war ihm sicher der Inspektor aufgefallen, der dort Posten bezogen und keine Möglichkeit hatte, sich zu verstecken.

Maigret war sich unschlüssig, ob er das Auto vor dem Haus mit dem schwarzen Gitter halten lassen sollte. Wozu? Man würde ihn ja doch nicht hereinlassen.

Ernestine wartete am Quai des Orfèvres im ›Glaskasten‹ auf ihn. Er führte sie in sein Büro.

»Wissen Sie etwas Neues?« fragte sie sofort.

»Überhaupt nichts.«

Er hatte schlechte Laune. Sie konnte nicht ahnen, daß er

es nicht unangenehm fand, bei einem schwierigen Fall anfangs schlecht gelaunt zu sein.

»Ich schon. Ich habe heute morgen eine Karte bekommen. Ich habe sie Ihnen mitgebracht.«

Sie reichte ihm eine bunte Ansichtskarte mit dem Rathaus von Le Havre darauf. Sie enthielt weder Text noch Unterschrift, sondern nur den Namen der Bohnenstange und den Vermerk ›Postlagernd‹.

»Von Alfred?«

»Es ist seine Schrift.«

»Dann ist er also nicht nach Belgien gefahren?«

»Sieht so aus. Er hatte wohl Bammel vor der Kontrolle an der Grenze.«

»Glauben Sie, daß er versucht, an Bord eines Schiffes zu kommen?«

»Das nicht. Er hat noch nie ein Schiff betreten. Ich möchte Sie jetzt etwas fragen, Monsieur Maigret, aber Sie müssen mir ehrlich antworten. Angenommen, er kommt nach Paris zurück, was dann?«

»Sie wollen wissen, ob er verhaftet wird?«

»Ja.«

»Wegen versuchten Einbruchs?«

»Ja.«

»Man kann ihn gar nicht verhaften, weil er nicht auf frischer Tat ertappt worden ist und weil andererseits Guillaume Serre keine Anzeige erstattet hat, ja sogar bestreitet, daß bei ihm jemand eingestiegen ist.«

»Er würde also in Ruhe gelassen?«

»Vorausgesetzt, daß er nicht gelogen hat und daß die Dinge sich nicht ganz anders abgespielt haben.«

»Kann ich ihm das versprechen?«

»Ja.«

»Dann werde ich eine Anzeige in der Zeitung aufgeben. Er liest jeden Tag die gleiche Zeitung, wegen der Kreuzworträtsel.«

Sie beobachtete ihn einen Augenblick lang.

»Man sollte meinen, Sie hätten kein Vertrauen.«

»Vertrauen in was?«

»In die ganze Angelegenheit. In sich selbst. Ich weiß es nicht. Haben Sie den Zahnarzt noch einmal gesehen?«

»Vor einer halben Stunde.«

»Was hat er gesagt?«

»Nichts.«

Auch sie drängte ihn nicht weiter, und als das Telefon klingelte, verabschiedete sie sich.

»Was ist los?« knurrte Maigret in den Apparat hinein.

»Ich bin's, Chef. Kann ich zu Ihnen kommen?«

Ein paar Sekunden später betrat Janvier das Büro, quicklebendig und sichtlich mit sich zufrieden.

»Ich habe haufenweise gute Tips. Ich erzähle sie Ihnen gleich. Haben Sie einen Moment Zeit?«

Sein Ungestüm wurde etwas gebremst durch Maigrets Verhalten, der sich erst das Jackett auszog und dann seine Krawatte lockerte, um sich Luft zu verschaffen.

»Ich bin zuerst zu dieser Familienpension gefahren, von der ich Ihnen erzählt habe. Sie gleicht diesen Hotels auf dem linken Seine-Ufer mit den Zimmerpalmen in der Eingangshalle und alten Damen, die in Korbsesseln sitzen. Gäste, die jünger waren als fünfzig, habe ich kaum gesehen. Vor allem Ausländerinnen – Engländerinnen, Schweizerinnen und Amerikanerinnen –, die in die Museen gehen und endlos lange Briefe schreiben.«

»Weiter!«

Maigret kannte sich in diesem Genre aus. Es lohnte sich nicht, sich damit aufzuhalten.

»Maria van Aerts hat dort ein Jahr lang gewohnt. Man hat sie nicht vergessen, denn sie war in der Pension beliebt. Es scheint, daß sie eine sehr lustige Person war, immerzu lachte, wobei ihr üppiger Busen lustig auf und ab wogte. Sie stopfte sich mit Kuchen voll und ließ keinen Vortrag in der Sorbonne aus.«

»Ist das alles?« warf Maigret mit einer Miene ein, als verstehe er nicht, warum Janvier so aufgeregt tat.

»Sie schrieb fast täglich acht bis zehn Seiten lange Briefe.«

Maigret zuckte mit den Schultern und sah dann den Inspektor mit interessierterem Blick an. Jetzt verstand er.

»Immer an dieselbe Empfängerin, eine Pensionatsfreundin, die in Amsterdam lebt. Ihren Namen habe ich. Diese Freundin hat sie einmal hier besucht. Sie haben drei Wochen lang im selben Zimmer gewohnt. Ich vermute, daß Maria Serre ihr nach ihrer Hochzeit weiter geschrieben hat. Die Freundin heißt Gertrude Oostings. Sie ist mit einem Brauereibesitzer verheiratet. Ihre Adresse muß leicht festzustellen sein.«

»Ruf in Amsterdam an!«

»Wollen Sie die Briefe haben?«

»Die letzten, wenn möglich.«

»Das habe ich angenommen. Brüssel hat noch immer keine Nachricht vom Traurigen Alfred.«

»Er ist in Le Havre.«

»Soll ich in Le Havre anrufen?«

»Das mache ich selber. Wer hat Zeit nebenan?«

»Torrence ist heute morgen zurückgekommen.«

»Schick ihn mir rüber!«

Er war ebenfalls ein Schwergewichtler, der nicht durch eine menschenleere Straße gehen konnte, ohne aufzufallen.

»Du machst dich jetzt auf die Socken und pflanzt dich in Neuilly in der Rue de la Ferme gegenüber der Hausnummer 43a auf. Ein Haus mit einem Vorgarten und einem Gitter. Du brauchst dich nicht zu verstecken, im Gegenteil. Wenn du jemand herauskommen siehst, der noch größer und breiter ist als du, dann folge ihm möglichst auffällig.«

»Ist das alles?«

»Richte es ein, daß du während der Nacht Ablösung bekommst. Ein Mann vom Revier in Neuilly behält weiter die Straße abwärts die Garage im Auge.«

»Wenn der Kerl nun mit dem Auto abhaut?«

»Nimm einen von unseren Wagen und stell ihn am Straßenrand ab.«

Er hatte keine Lust, zum Mittagessen nach Hause zu fahren. Es war noch heißer als am Vortag. Ein Gewitter kündigte sich an. Die meisten Männer flanierten mit dem Jackett überm Arm, und ein paar Straßenjungen badeten in der Seine.

Er aß einen Happen in der ›Brasserie Dauphine‹, nachdem er, wie zum Trotz, zwei Pernod getrunken hatte. Dann stieg er hinauf zu Moers vom Erkennungsdienst, der unter dem glutheißen Dach des Justizpalastes residierte.

»Sagen wir also heute abend gegen elf. Bring das nötige Material mit und einen deiner Beamten.«

Er hatte die Polizei in Le Havre benachrichtigt. War der Traurige Alfred trotz allem auf der Gare du Nord in einen Zug gestiegen, nach Lille beispielsweise, oder war er nach seinem Telefongespräch mit Ernestine sofort zur Gare Saint-Lazare geeilt? Er mußte sich in einem armseligen möblierten Zimmer vergraben haben oder von Bistro zu Bistro irren und jedesmal ein Viertel Vichywasser trinken, wenn er nicht schon versuchte, sich auf ein Schiff zu stehlen. Ob es in Le Havre ebenso heiß war wie in Paris?

Das Taxi, das angeblich Maria Serre und ihr Gepäck befördert hatte, war noch immer nicht ausfindig gemacht worden. Die Bahnbeamten der Gare du Nord konnten sich nicht an sie erinnern.

Als Maigret gegen drei Uhr die Zeitung aufschlug, las er Ernestines Anzeige:

Für Alfred. Komm nach Paris zurück!
Keine Gefahr. Alles in Ordnung. Tine

Es war halb fünf, als er in seinem Sessel wieder zu sich kam, die Zeitung auf den Knien. Er hatte die Seite nicht umgeblättert. Er hatte geschlafen und davon einen Frosch im Hals und ein steifes Kreuz bekommen.

Kein einziger Wagen der Kriminalpolizei stand im Hof, und er mußte bis zum Ende des Quais gehen, um ein Taxi zu bekommen.

»Rue de la Ferme in Neuilly. Ich sage Ihnen, wo Sie halten sollen.«

Fast wäre er erneut eingenickt. Es war schon fünf vor fünf, als er das Auto gegenüber dem schon vertrauten Bistro halten ließ. Niemand saß auf der Terrasse. Ein Stück entfernt war die Silhouette des dicken Torrence zu erkennen, der auf der Schattenseite auf und ab ging. Er bezahlte den Chauffeur und setzte sich mit einem Seufzer der Erleichterung.

»Was darf ich Ihnen bringen, Monsieur Maigret?«

Ein Bier! Er hatte solchen Durst, daß er fünf Gläser Bier hintereinander hätte hinunterstürzen können.

»Ist er nicht wieder mal hiergewesen?«

»Wer? Der Zahnarzt? Nein. Ich habe heute morgen seine Mutter gesehen. Sie ging Richtung Boulevard Richard-Wallace.«

Das Gittertor quietschte. Eine kleine, nervöse Frau setzte sich auf dem gegenüberliegenden Bürgersteig in Marsch. Maigret zahlte und holte sie ein, als sie gerade am Rand des Bois de Boulogne anlangte.

»Madame Eugénie?«

»Was wollen Sie von mir?«

Freundlichkeit wurde in dem Haus in Neuilly nicht gerade großgeschrieben.

»Einen Augenblick mit Ihnen plaudern.«

»Ich habe keine Zeit zum Plaudern. Ich muß daheim meinen Haushalt versorgen.«

»Ich bin von der Polizei.«

»Das ändert nichts daran.«

»Ich muß Ihnen ein paar Fragen stellen.«

»Bin ich verpflichtet, sie zu beantworten?«
»Es wäre bestimmt besser.«
»Ich mag die Polizei nicht.«
»Das ist Ihr gutes Recht. Mögen Sie Ihre Herrschaft?«
»Wanzen sind das!«
»Die alte Madame Serre auch?«
»Die ist eine Giftkröte!«
Sie blieben an einer Autobushaltestelle stehen. Maigret hob die Hand, als ein leeres Taxi vorbeikam.
»Ich bringe Sie nach Hause.«
»Es gefällt mir ja nicht sehr, mit einem von der Polizei gesehen zu werden, aber so spare ich Zeit.«
Sie stieg würdevoll in den Wagen.
»Was haben Sie gegen die Serres?«
»Und Sie? Warum stecken Sie Ihre Nase in deren Angelegenheiten?«
»Die junge Madame Serre ist abgereist?«
»Die junge?« fragte sie ironisch.
»Sagen wir: die Schwiegertochter.«
»Die ist abgefahren, ja. Ab mit Schaden!«
»War die auch eine Giftkröte?«
»Nein.«
»Sie mochten sie nicht?«
»Sie stöberte immer in der Speisekammer herum, und zur Essenszeit fand ich nicht mal die Hälfte von dem wieder, was ich vorbereitet hatte.«
»Wann ist sie abgereist?«
»Dienstag.«
Sie fuhren über die Brücke von Puteaux. Eugénie klopfte an die Scheibe, die sie vom Fahrer trennte.

»Wir sind da«, sagte sie. »Brauchen Sie mich noch?«

»Kann ich einen Augenblick mit zu Ihnen kommen?«

Sie befanden sich auf einem belebten Platz. Die Putzfrau steuerte auf einen Hausflur rechts neben einem Laden zu und stieg eine Treppe hinauf, die nach Spülwasser roch.

»Wenn Sie denen bloß sagen könnten, sie sollten meinen Sohn zufriedenlassen.«

»Wem soll ich das sagen?«

»Den anderen von der Polizei. Denen hier bei uns. Sie hören einfach nicht auf, ihm Schwierigkeiten zu machen.«

»Was macht er denn?«

»Er arbeitet.«

»Was?«

»Woher soll ich das wissen? Sie sind selbst schuld, wenn Sie in eine unaufgeräumte Wohnung kommen. Ich kann nicht den ganzen Tag bei anderen Leuten putzen und bei mir alles sauberhalten!«

Sie öffnete das Fenster, denn es roch ziemlich muffig. Aber es herrschte keine Unordnung, und abgesehen von einem Bett in einer Ecke war das Wohneßzimmer fast behaglich zu nennen.

»Worum geht's denn?« fragte sie, während sie ihren Hut absetzte.

»Maria Serre ist nicht mehr aufzufinden.«

»Logisch. Schließlich ist sie in Holland.«

»Auch in Holland ist sie unauffindbar.«

»Warum muß man sie denn unbedingt wiederfinden?«

»Weil Gründe zu der Annahme bestehen, daß sie ermordet worden ist.«

Ein kleiner Funke blitzte in Eugénies braunen Augen auf.

»Warum verhaften Sie die Serres denn nicht?«

»Wir haben noch keine Beweise.«

»Sie rechnen damit, daß ich sie Ihnen liefere?«

Sie setzte einen Topf mit Wasser auf den Gasherd und trat dann wieder zu Maigret.

»Was ist am Dienstag geschehen?«

»Sie hat den ganzen Tag ihre Koffer gepackt.«

»Einen Augenblick. Sie ist zweieinhalb Jahre verheiratet gewesen, nicht wahr? Ich nehme an, daß sie eine ganze Menge persönlicher Dinge besaß?«

»Sie hatte mindestens dreißig Kleider und ebenso viele Schuhe.«

»War sie eitel?«

»Sie warf nichts fort. Manche Kleider waren schon zehn Jahre alt. Sie trug sie nicht mehr, aber sie hätte sie nicht für alles Gold der Welt weggegeben.«

»Geizig?«

»Sind nicht alle reichen Leute geizig?«

»Mir ist gesagt worden, sie hätte nur einen großen und zwei kleine Koffer mitgenommen.«

»Das stimmt. Die übrigen Sachen waren in der Woche davor weggeschickt worden.«

»Sie wollen sagen, daß sie weitere Koffer aufgegeben hat?«

»Koffer, Kisten und Kartons, ja. Eine Speditionsfirma hat das alles am letzten Donnerstag oder Freitag mit einem Lastwagen abgeholt.«

»Haben Sie auf die Beschriftung geachtet?«

»Die genaue Adresse weiß ich nicht mehr, aber die Sachen gingen nach Amsterdam.«

»Wußte Monsieur Serre das?«

»Natürlich.«

»Also war die Abreise schon vor längerer Zeit beschlossen worden?«

»Nach ihrem letzten Anfall. Bei jedem Anfall sprach sie davon, daß sie in ihre Heimat zurückkehren wolle.«

»Was für Anfälle waren das?«

»Herzanfälle, behauptete sie immer.«

»War sie denn herzkrank?«

»Es scheint so.«

»Kam ein Arzt ins Haus?«

»Ja, Dr. Dubuc.«

»Und sie nahm Medikamente?«

»Bei jeder Mahlzeit. Alle nahmen welche. Die beiden anderen tun es noch, und jeder hat sein Fläschchen mit Pillen oder Tropfen vor seinem Gedeck stehen.«

»Ist Guillaume Serre krank?«

»Ich weiß es nicht.«

»Seine Mutter?«

»Reiche Leute sind alle krank.«

»Verstanden sie sich gut?«

»Manchmal haben sie eine ganze Woche lang kein Wort miteinander gesprochen.«

»Maria Serre schrieb wohl viel?«

»Fast von morgens bis abends.«

»Haben Sie manchmal ihre Briefe in den Kasten gesteckt?«

»Ja, oft. Sie waren immer an dieselbe Person gerichtet,

eine Frau mit einem komischen Namen, die in Amsterdam wohnt.«

»Sind die Serres reich?«

»Ich glaube, ja.«

»Und Maria?«

»Die sicher auch, sonst hätte er sie nicht geheiratet.«

»Waren Sie schon bei den Serres in Stellung, als die beiden heirateten?«

»Nein.«

»Wissen Sie, wer damals im Haus gearbeitet hat?«

»Sie wechseln ständig ihre Hilfe. Für mich ist das jetzt die letzte Woche. Wenn man das Haus erst richtig kennt, geht man lieber wieder.«

»Warum?«

»Fänden Sie es etwa angenehm, wenn man Ihnen die Zuckerstücke in der Dose vorzählt und einen halbverfaulten Apfel zum Nachtisch hinstellt?«

»Tut die alte Madame Serre das?«

»Ja. Unter dem Vorwand, sie arbeite in ihrem Alter den ganzen Tag lang, was ihre Sache ist, springt sie einem ins Genick, wenn man das Pech hat, sich mal eine Minute hinzusetzen.«

»Schimpft sie mit Ihnen?«

»Sie hat noch nie mit mir geschimpft. Das hätte ich mal erleben sollen! Es ist viel schlimmer. Sie ist überfreundlich, sieht einen verzweifelt an, als sei man für sie eine einzige Enttäuschung.«

»Ist Ihnen nichts aufgefallen, als Sie am Mittwochmorgen ihren Dienst begannen?«

»Nein.«

»Sie haben nicht bemerkt, daß während der Nacht eine Fensterscheibe entzweigegangen oder daß der Kitt an einer der Scheiben noch frisch war?«

Sie schüttelte den Kopf.

»Sie irren sich im Datum.«

»An welchem Tag ist es denn passiert?«

»Zwei oder drei Tage davor, als das schwere Gewitter war.«

»Sind Sie sich da ganz sicher?«

»Ganz bestimmt. Ich habe ja noch den Fußboden im Arbeitszimmer bohnern müssen, weil es hereingeregnet hatte.«

»Wer hat die Scheibe eingesetzt?«

»Monsieur Guillaume.«

»Hat er sie selbst gekauft?«

»Ja. Er hat auch den Kitt mitgebracht. Das war so gegen zehn Uhr vormittags. Wahrscheinlich ist er zu dem Eisenwarengeschäft in der Rue de Longchamp gegangen. Sie lassen keinen Handwerker kommen, wenn sie es vermeiden können. Monsieur Guillaume repariert sogar die Klosetts, wenn sie mal verstopft sind.«

»Und mit dem Datum vertun Sie sich nicht?«

»Absolut nicht.«

»Besten Dank!«

Maigret blieb hier nichts mehr zu tun. Alles in allem gab es auch in der Rue de la Ferme nichts mehr für ihn zu tun. Es sei denn, man hegte den Verdacht, daß Eugénie eine einstudierte Lektion herunterrasselte. In diesem Fall war sie noch robuster als die beiden anderen.

»Sie glauben nicht, daß sie sie umgebracht haben?«

Er gab keine Antwort und ging zur Tür.

»Wegen der Fensterscheibe?«

Aus ihrer Stimme klang Unschlüssigkeit.

»Ist es unbedingt nötig, daß die Scheibe an dem von Ihnen genannten Tag kaputtging?«

»Warum? Möchten Sie die beiden gern im Gefängnis sehen?«

»Das würde mir tatsächlich Spaß machen. Aber da ich jetzt die Wahrheit gesagt habe…«

Es tat ihr leid. Es hätte nicht viel gefehlt, und sie hätte ihr Aussage widerrufen.

»Sie könnten ja mal in dem Eisenwarengeschäft nachfragen, wo er die Scheibe und den Kitt gekauft hat.«

»Danke für den Rat.«

Er blieb einen Moment vor dem Haus stehen, in dem sich zufällig ein solches Geschäft befand. Aber es war nicht das richtige. Er wartete auf ein Taxi.

»Rue de la Ferme.«

Es lohnte nicht die Mühe, daß sich Torrence und der Inspektor aus Neuilly auf seine Anweisung hin länger auf dem Bürgersteig die Beine in den Leib standen. Die Erinnerung an Ernestines Komödie in der Rue de la Lune stieg in ihm auf, und er fand sie überhaupt nicht komisch. Er begann, über das Mädchen nachzudenken. Schließlich hatte sie ihn auf diese Fährte gebracht. Er hatte dummerweise die ganze Sache übereilt angefaßt. Noch heute morgen hatte er sich im Büro des Polizeikommissars lächerlich gemacht.

Die Pfeife schmeckte ihm nicht. Er schlug die Beine übereinander und setzte sich gleich darauf wieder gerade hin. Die Glasscheibe zwischen ihm und dem Taxifahrer war heruntergedreht.

»Fahren Sie durch die Rue de Longchamp. Wenn das Eisenwarengeschäft noch geöffnet hat, halten Sie einen Augenblick.«

Er spielte gewissermaßen Kopf oder Zahl. Es war sein letzter Schritt. Wenn das Geschäft geschlossen war, würde er sich nicht die Mühe machen, noch einmal hinzufahren. Was bewies denn, daß Alfred wirklich in das Haus in Neuilly eingestiegen war?

Schön, er war mit dem Fahrrad vom Quai de Jemmapes weggefahren und hatte in aller Herrgottsfrühe mit seiner Frau telefoniert. Aber niemand wußte, worüber sie miteinander gesprochen hatten.

»Das ist noch offen!«

Das bezog sich auf die Eisenwarenhandlung, die, wie man durch das Schaufenster sehen konnte, auch eine Drogerieabteilung hatte. Ein großer junger Mann in grauem Kittel kam Maigret zwischen Zinkeimern und Besen entgegen.

»Gibt es bei Ihnen Fensterglas?«

»Jawohl, Monsieur.«

»Und Kitt?«

»Selbstverständlich. Haben Sie die Maße?«

»Es ist nicht für mich. Sie kennen doch Monsieur Serre?«

»Den Zahnarzt? Ja, Monsieur.«

»Ist er Kunde bei Ihnen?«

»Er hat bei uns ein laufendes Konto.«

»Haben Sie ihn in den letzten Tagen gesehen?«

»Ich nicht, ich bin erst vorgestern aus dem Urlaub zurückgekommen. Vielleicht war er vorher hier. Das läßt sich aber leicht im Kontobuch feststellen.«

Der Verkäufer stellte keine Fragen, verschwand im Halbdunkel des Ladens und schlug ein dickes Register auf, das auf einem Stehpult lag.

»Er hat letzte Woche Fensterglas gekauft.«

»Können Sie mir den Tag sagen?«

»Freitag.«

Das Gewitter war am Donnerstagabend gewesen. Eugénie hatte recht und die alte Madame Serre auch!

»Er hat auch ein halbes Pfund Kitt gekauft.«

»Ich danke Ihnen.«

Alles hing an einem seidenen Faden, an der mechanischen Geste eines jungen Mannes in grauem Kittel, der jetzt rasch den Laden schließen wollte, aber wie um ganz sicherzugehen, noch weiterblätterte. Dann sagte er:

»Er war diese Woche schon wieder da.«

»Was?«

»Am Mittwoch. Er hat eine Fensterscheibe von derselben Größe, 42 × 65 Zentimeter, gekauft und noch mal ein halbes Pfund Kitt.«

»Sind Sie ganz sicher?«

»Ich kann sogar genau sagen, daß er sehr früh gekommen ist, denn es war der erste Verkauf an diesem Tag.«

»Wann machen Sie auf?«

Das war wichtig, denn Eugénie, die um neun Uhr zur Arbeit kam, hatte behauptet, am Mittwochmorgen sämtliche Fensterscheiben in einwandfreiem Zustand vorgefunden zu haben.

»Wir kommen um neun, aber der Chef geht schon um acht runter und schließt den Laden auf.«

»Danke, mein Lieber! Sie sind ein prima Kerl!«

Der prima Kerl mußte wohl lange darüber nachdenken, warum dieser Herr, der beim Hereinkommen so finster dreingeschaut hatte, mit einemmal solch gute Laune bekundete.

»Ich nehme nicht an, daß die Gefahr besteht, daß die Seiten Ihres Kontobuches vernichtet werden?«

»Warum sollte man das tun?«

»Eben. Trotzdem empfehle ich Ihnen, auf sie aufzupassen. Ich schicke Ihnen morgen früh jemanden vorbei, der die Seiten fotografieren wird.«

Er zog eine Visitenkarte aus der Tasche und reichte sie dem jungen Mann, der verdutzt las:

Kommissar Maigret
Kriminalpolizei
Paris

»Wohin soll's jetzt gehen?« fragte der Taxifahrer.

»Halten Sie einen Augenblick in der Rue de la Ferme. Sie sehen linker Hand ein kleines Bistro...«

Er hatte ein Bier verdient. Beinahe hätte er Torrence und den Inspektor herbeigerufen, damit sie ihm Gesellschaft leisteten, lud aber dann statt dessen nur den Fahrer ein.

»Was nehmen Sie?«

»Für mich bitte einen gespritzten Weißwein.«

Die Straße war von der Sonne ganz in Gold getaucht.

Der Abendwind rauschte in den großen Bäumen des Bois de Boulogne.

Da gab es ein wenig weiter ein schwarzes Gitter, ein Rasenviereck, ein stilles, wie ein Kloster eingerichtetes Haus. Irgendwo in diesem Haus gab es eine alte Frau, die einer Äbtissin glich, und einen grandiosen Türken, mit dem Maigret ein Hühnchen zu rupfen hatte.

Das Leben war schön.

5

Maigret erfährt anstelle Janviers die seltsame Meinung von Maria Serre, geborene van Aerts, über ihren Ehemann, und dann ist auch noch die Rede von sich daraus ergebenden Formalitäten

Der Rest des Tages verlief folgendermaßen: Zunächst trank Maigret zwei Halbe mit seinem Taxifahrer, der sich seinerseits mit einem Glas gespritzten Weißweins begnügte. Es war die Stunde, da es kühl zu werden begann, und Maigret wollte gerade in den wartenden Wagen einsteigen, als er sich besann, daß er sich zu der Pension fahren lassen könnte, in der Maria van Aerts ein Jahr lang gewohnt hatte. Er hatte dort nichts Wichtiges zu erledigen. Er gab vielmehr seiner Gewohnheit nach, bei den Leuten herumzuschnüffeln, um sie besser zu verstehen.

Die Wände waren von cremefarbenem Weiß. Alles war cremefarben, süßlich, wie in einer Konditorei, und die Besitzerin mit dem überstark gepuderten Gesicht wirkte wie ein Kuchen mit zuviel Zuckerguß.

»Was für eine reizende Person war sie, Monsieur Maigret! Und was für eine wunderbare Lebensgefährtin muß sie für ihren Mann gewesen sein! Sie sehnte sich so sehr danach zu heiraten.«

»Wollen Sie damit sagen, daß sie auf eine Heirat aus war?«

»Träumen nicht alle jungen Mädchen von einem Ehemann?«

»Sie war doch ungefähr achtundvierzig, als sie bei Ihnen wohnte, wenn ich mich nicht irre?«

»In ihrem Wesen war sie aber unglaublich jung geblieben! Ein Nichts amüsierte sie. Wenn ich Ihnen erzählen würde, daß es ihr großen Spaß machte, den anderen Pensionsgästen Streiche zu spielen! Es gibt in der Nähe der Madeleine ein Geschäft, das mir nie zuvor aufgefallen war, ehe ich es durch sie kennenlernte. Man kann dort alle möglichen Scherzartikel kaufen: künstliche Mäuse, Löffel, die im Kaffee schmelzen, Geräte, die man unter das Tischtuch schiebt und die dann heimlich den Teller eines Tischnachbarn emporheben, Gläser, aus denen man nicht trinken kann, und was sonst noch. Kurz und gut – in diesem Geschäft war sie eine der besten Kundinnen. Dabei eine sehr gebildete Dame, die alle Museen in Europa kannte und ganze Tage im Louvre zubrachte.«

»Hat sie Ihnen ihren künftigen Gatten einmal vorgestellt?«

»Nein. Sie spielte gern die Geheimniskrämerin. Vielleicht scheute sie sich, ihn hierher mitzubringen, weil ihm da sicher ein paar andere Damen schöne Augen gemacht hätten. Dem Vernehmen nach ist er ein außerordentlich stattlicher Mann mit dem Aussehen eines Diplomaten.«

»Aha!«

»Er sei Zahnarzt, hat sie mir gesagt, behandle aber nur

ganz wenige Patienten nach Vereinbarung. Er stamme aus einer sehr reichen Familie.«

»Und Mademoiselle van Aerts?«

»Ihr Vater hat ihr ein hübsches Vermögen hinterlassen.«

»Sagen Sie: War sie geizig?«

»Hat man Ihnen das erzählt? Ganz sicher war sie äußerst sparsam. Wenn sie zum Beispiel in der Stadt Besorgungen zu machen hatte, wartete sie, bis eine andere Dame aus der Pension den gleichen Weg hatte, damit sie sich die Taxikosten teilen konnten. Jede Woche hatte sie an ihrer Rechnung etwas zu bemängeln.«

»Wissen Sie, wie sie Monsieur Serre kennengelernt hat?«

»Ich glaube nicht, daß es durch die Annonce geschah.«

»Sie hatte also eine Zeitungsanzeige aufgegeben?«

»Nur so zum Spaß. Sie hielt nichts davon. Wohl mehr, um sich zu amüsieren. Ich kann mich nicht an den genauen Text erinnern, aber sie hatte etwa so formuliert, daß eine Dame aus sehr guter Familie, Ausländerin, vermögend, einen Herrn aus entsprechenden Kreisen zwecks späterer Heirat suche. Sie hat damals Hunderte von Briefen bekommen. Sie verabredete sich mit den Absendern dann im Louvre, einmal in diesem Saal, einmal in jenem, und die Herren mußten ein bestimmtes Buch in der Hand halten oder eine Blume im Knopfloch tragen.«

Es gab andere Damen, die ähnlich aussahen, aus England, Schweden oder Amerika nach Paris gekommen waren und jetzt in den Korbsesseln in der Halle saßen, wo man das ölige Surren der elektrischen Ventilatoren hörte.

»Es ist ihr doch hoffentlich nichts zugestoßen?«

Es war schon fast sieben Uhr, als Maigret am Quai des

Orfèvres aus dem Taxi stieg. Auf dem dunklen Bürgersteig hatte er Janvier bemerkt, der gedankenverloren mit einem Paket unter dem Arm herankam, und hatte auf ihn gewartet, um mit ihm die Treppe hinaufzusteigen.

»Wie geht's, mein lieber Janvier?«

»Na, es geht, Chef.«

»Was trägst du denn da?«

»Mein Abendessen.«

Janvier klagte nicht, aber er hatte den Gesichtsausdruck eines Märtyrers.

»Warum gehst du nicht nach Hause?«

»Wegen dieser unseligen Gertrude.«

Die Büros waren beinahe leer und wurden von Zugluft durchpustet, denn ein frischer Wind war aufgekommen, und alle Fenster im Gebäude waren offengeblieben.

»Ich habe Gertrude Oosting in Amsterdam erwischen können. Genauer gesagt: Ich hatte ihr Dienstmädchen an der Strippe. Zum Glück habe ich einen freundlichen Menschen aufgetrieben, der bei der Fremdenpolizei auf eine Kennkarte wartete und mir als Dolmetscher half, denn das Mädchen sprach kein Wort Französisch. Ich mußte dann noch einmal anrufen. Unglücklicherweise hat die Dame Oosting mit ihrem Gatten heute nachmittag um vier das Haus verlassen. Es gibt bei ihnen heute irgendein Konzert im Freien mit einem Kostümumzug. Anschließend sind die Oostings mit Freunden zum Abendessen verabredet; wo, weiß das Mädchen nicht. Sie kann auch nicht sagen, wann sie nach Hause kommen. Jedenfalls ist sie beauftragt worden, die Kinder zu Bett zu bringen. Übrigens, da wir gerade von Kindern reden…«

»Ja, was?«

»Ach nichts, Chef.«

»Sag es, los!«

»Es ist weiter nichts. Nur daß meine Frau enttäuscht ist. Unser Ältester hat heute Geburtstag. Sie hatte ein leckeres kleines Abendessen vorbereitet. Na, macht nichts.«

»Hast du das Dienstmädchen fragen lassen, ob Gertrude Oosting Französisch spricht?«

»Das tut sie.«

»Dann hau ab!«

»Was?«

»Hau ab, sag ich! Laß mir deine Butterbrote da; ich bleibe dann hier.«

»Madame Maigret wird das aber bestimmt gar nicht recht sein!«

Janvier hatte noch ein wenig herumgedruckst und sich bitten lassen und war dann davongeeilt, um seinen Vorortszug zu erreichen.

Maigret hatte allein in seinem Büro gegessen und war dann zu einem Schwätzchen mit Moers ins Laboratorium gegangen. Moers verließ das Haus erst um neun Uhr, als es völlig Nacht geworden war.

»Alles klar?«

»Ja, Chef.«

Er nahm einen Fotografen mit und eine Menge Apparate. Es war nicht gerade legal, aber seit er wußte, daß Guillaume Serre zwei Fensterscheiben und nicht nur eine gekauft hatte, spielte das alles kaum noch eine Rolle.

»Verbinden Sie mich bitte mit Amsterdam...«

Das Dienstmädchen am anderen Ende der Leitung

kauderwelschte irgend etwas, und er glaubte verstanden zu haben, daß Madama Oosting noch nicht nach Hause gekommen war.

Dann rief er seine Frau an.

»Würde es dir etwas ausmachen herzukommen und mit mir ein Gläschen auf der Terrasse der ›Brasserie Dauphine‹ zu trinken? Ich habe hier wahrscheinlich noch eine oder zwei Stunden zu tun. Nimm dir ein Taxi.«

Es war kein unerfreulicher Abend. Alle beide fühlten sich ebenso behaglich wie auf einer Restaurantterrasse an den großen Boulevards, mit dem einzigen Unterschied, daß sie nur die Aussicht auf die große, weiß leuchtende Treppe des Justizpalastes hatten.

In der Rue de la Ferme war jetzt alles in vollem Gange. Maigret hatte seine Leute angewiesen zu warten, bis die Serres zu Bett gegangen waren. Torrence sollte für alle Fälle vor dem Haus Wache stehen, während die anderen in die Garage eindrangen, die man von den Fenstern des Hauses aus nicht sehen konnte, und das Auto einer sorgfältigen Untersuchung unterzogen. Für diese Aufgabe waren Moers und der Fotograf ausersehen. Sie würden das Unterste zuoberst kehren, grobes Geschütz auffahren: Fingerabdrücke, Entnahme von Staubproben und der ganze Klimbim.

»Du siehst zufrieden aus.«

»Ich kann mich nicht beklagen.«

Er gestand ihr nicht, daß er vor ein paar Stunden von solch guter Laune weit entfernt gewesen war, und kippte nacheinander ein paar Schnäpse, während Madame Maigret nur einen Kräutertee trank.

Zweimal ließ er sie allein, um von seinem Büro aus Amsterdam anzurufen. Erst um halb zwölf vernahm er eine Stimme, die nicht die des Dienstmädchens war und die ihm auf Französisch antwortete:

»Ich verstehe Sie nicht sehr gut!«

»Ich sagte, daß ich aus Paris anrufe.«

»Oh! Paris!«

Sie sprach mit starkem Akzent, der keineswegs unangenehm war.

»Hier ist die Kriminalpolizei.«

»Die Polizei?«

»Ja. Ich rufe Sie wegen Ihrer Freundin Maria an. Sie kennen doch Maria Serre, nicht wahr? Mit Mädchennamen hieß sie van Aerts.«

»Wo ist sie?«

»Ich weiß es nicht. Das möchte ich gerade Sie fragen. Hat sie Ihnen oft geschrieben?«

»Ja, sehr oft. Ich sollte sie am Mittwochmorgen vom Bahnhof abholen.«

»Haben Sie auf sie gewartet?«

»Ja.«

»Ist sie angekommen?«

»Nein.«

»Hat sie Sie telegrafisch oder telefonisch benachrichtigt, daß sie nicht käme?«

»Nein. Ich bin sehr beunruhigt!«

»Ihre Freundin ist spurlos verschwunden.«

»Was wollen Sie damit sagen?«

»Was hat sie Ihnen in ihren Briefen mitgeteilt?«

»Sehr viele Dinge.«

Sie redete in ihrer Muttersprache auf jemanden ein, der neben ihr stand, wahrscheinlich ihren Ehemann.

»Nehmen Sie an, daß Maria tot ist?«

»Vielleicht. Hat sie Ihnen nie geschrieben, sie sei unglücklich?«

»Sie war mit ihrem Los nicht gerade zufrieden.«

»Warum nicht?«

»Sie mochte die alte Dame nicht.«

»Ihre Schwiegermutter?«

»Ja.«

»Und ihren Mann?«

»Der ist anscheinend gar kein richtiger Mann, sondern ein Kind, das große Angst vor seiner Mutter hat.«

»Ist es lange her, daß sie Ihnen das geschrieben hat?«

»Fast unmittelbar nach der Hochzeit. Ein paar Wochen danach.«

»Äußerte sie damals schon die Absicht, sich von ihm zu trennen?«

»Nein. Erst seit ungefähr einem Jahr.«

»Und in jüngster Zeit?«

»Da war sie fest entschlossen. Sie hat mich gebeten, für sie ein Appartement in Amsterdam in unserer Nähe zu suchen.«

»Haben Sie eine Wohnung gefunden?«

»Ja. Eine schöne sogar.«

»So daß alles in die Wege geleitet war?«

»Ja. Ich war am Bahnhof.«

»Würde es Ihnen etwas ausmachen, mir Abschriften der Briefe Ihrer Freundin zu schicken? Haben Sie sie aufbewahrt?«

»Ich hebe alle Briefe auf, aber es wäre eine Heidenarbeit, sie abzuschreiben; sie sind nämlich sehr lang. Ich kann Ihnen die wichtigsten schicken. Sind Sie sicher, daß ihr etwas zugestoßen ist?«

»Ich bin davon überzeugt.«

»Ist sie ermordet worden?«

»Wahrscheinlich.«

»Ihr Mann?«

»Ich weiß nicht. Hören Sie, Madame Oosting, Sie könnten mir einen großen Gefallen tun. Hat Ihr Gatte ein Auto?«

»Selbstverständlich.«

»Es wäre nett von ihm, wenn er Sie jetzt zum Polizeipräsidium fahren würde. Es ist die ganze Nacht geöffnet. Sie erklären dem Inspektor vom Dienst, Sie hätten Ihre Freundin Maria erwartet. Sie zeigen ihm ihren letzten Brief. Sie sagen ferner, daß Sie äußerst beunruhigt seien und wünschten, daß Ermittlungen eingeleitet würden.«

»Soll ich mich auf Sie beziehen?«

»Das ist nebensächlich. Die Hauptsache ist, daß Sie Nachforschungen verlangen.«

»Ich fahre gleich hin.«

»Ich danke Ihnen. Vergessen Sie nicht die Briefe, die Sie mir schicken wollten!«

Er rief fast unmittelbar darauf noch einmal in Amsterdam an, diesmal die Nummer der Kriminalpolizei.

»In ein paar Minuten wird Sie eine gewisse Madame Oosting aufsuchen und Sie von dem Verschwinden ihrer Freundin Madame Serre, geborene van Aerts, in Kenntnis setzen.«

»Ist sie in Holland verschwunden?«

»Nein, in Paris. Um mich einschalten zu können, brauche ich eine offizielle Anzeige. Wären Sie so freundlich, sobald Sie ihre Angaben zu Protokoll genommen haben, mir ein Telegramm zu schicken, in dem Sie uns auffordern, Ermittlungen anzustellen?«

All dies nahm geraume Zeit in Anspruch. Der Inspektor am anderen Ende der Leitung begriff nicht, wie ihm Maigret aus Paris den Besuch von Madame Oosting ankündigen konnte.

»Ich erkläre Ihnen das später. Jetzt brauche ich erst einmal Ihr Telegramm. Geben Sie es sofort auf! Ich habe es dann binnen einer halben Stunde hier.«

Er ging dann wieder zu seiner Frau, die auf der Restaurantterrasse sitzen geblieben war und ungeduldig wurde.

»Bist du jetzt fertig?«

»Noch nicht. Ich trinke noch ein Glas und nehme dich dann mit.«

»Nach Hause?«

»Ins Büro.«

Das machte immer Eindruck auf sie. Sie hatte die Diensträume am Quai des Orfèvres nur bei seltenen Gelegenheiten betreten und wußte nie recht, wie sie sich dort verhalten sollte.

»Du scheinst ja gut gelaunt zu sein. Man könnte meinen, du spieltest jemandem einen Streich.«

»Da hast du beinahe recht.«

»Wem denn?«

»Einem Kerl, der aussieht wie ein Türke, ein Diplomat und ein Straßenjunge.«

»Das verstehe ich nicht.«

»Ist das die Möglichkeit!«

Es kam selten vor, daß er so zum Scherzen aufgelegt war. Wie viele Calvados hatte er getrunken? Vier? Fünf? Diesmal stürzte er, bevor er in sein Büro zurückkehrte, ein Bier hinunter, hakte seine Frau unter und legte mit ihr die zweihundert Meter am Quai zurück, die sie von der Zentrale der Pariser Kriminalpolizei trennten.

»Ich bitte dich nur um eines: Fang nicht wieder damit an, daß alles staubig ist und daß die Büros dringend ein Großreinemachen nötig haben!«

Am Telefon:

»Kein Telegramm für mich?«

»Nichts, Herr Kommissar!«

Zehn Minuten später kehrte die ganze Mannschaft bis auf Torrence aus der Rue de la Ferme zurück.

»Alles glattgegangen? Nichts dazwischengekommen?«

»Nichts. Niemand hat uns gestört. Torrence hat darauf bestanden, daß wir warteten, bis man kein Licht mehr im Haus sah, und Guillaume Serre hat lange herumgetrödelt, bevor er schlafen ging.«

»Das Auto?«

Vacher, der nichts mehr zu tun hatte, bat, nach Hause gehen zu dürfen. Nur Moers und der Fotograf blieben da. Madame Maigret saß auf einem Stuhl wie eine Besucherin und setzte die zerstreute Miene von jemandem auf, der nicht zuhört.

»Wir haben alle Teile des Wagens untersucht; er ist anscheinend seit zwei bis drei Tagen nicht mehr benutzt worden. Der Tank ist halb voll. Im Inneren ist keine Unordnung festzustellen. Im Kofferraum habe ich ein paar frische Kratzer entdeckt.«

»Als hätte man ein großes und schweres Paket hineingepackt?«

»Das könnte sein.«

»Einen Koffer beispielsweise?«

»Einen Koffer oder eine Kiste.«

»Keine Blutflecken im Inneren?«

»Nein. Auch keine Haare. Ich habe darauf geachtet. Wir hatten einen Scheinwerfer mitgenommen, und in der Garage war eine Steckdose. Emile wird sofort die Aufnahmen entwickeln.«

»Ich gehe gleich nach oben«, sagte der Fotograf. »Wenn Sie ungefähr zwanzig Minuten warten würden...«

»Ich warte. Hast du den Eindruck, Moers, als sei das Auto vor kurzem gereinigt worden?«

»Außen nicht. Es ist nicht in einer Werkstatt gewaschen worden. Aber ich würde sagen, daß das Auto innen sorgfältig ausgebürstet worden ist. Sogar die Fußmatten müssen herausgenommen und ausgeschlagen worden sein, denn ich habe Mühe gehabt, überhaupt etwas Schmutz zusammenzukratzen. Trotzdem habe ich mehrere Proben mitgebracht, die ich jetzt analysieren werde.«

»Keine Bürste in der Garage?«

»Nein. Ich habe danach gesucht. Sie muß weggeschafft worden sein.«

»Alles in allem, bis auf die Kratzer–«

»Nichts Anormales. Kann ich raufgehen?«

Sie blieben allein im Büro zurück, Madame Maigret und er.

»Bist du nicht müde?«

Sie schüttelte den Kopf. Sie hatte eine besondere Art und Weise, sich diese Umgebung anzusehen, in der ihr Mann den größten Teil seines Lebens verbracht hatte und die sie so wenig kannte.

»Ist das immer so?«

»Was?«

»Eine Ermittlung. Wenn du nicht nach Hause kommst.«

Sie fand wohl, daß alles sehr ruhig und sehr einfach war, fast wie eine Spielerei wirkte.

»Das kommt drauf an.«

»Geht es um einen Mord?«

»Das ist mehr als wahrscheinlich.«

»Kennst du den Täter?«

Als er sie lächelnd ansah, wandte sie die Augen ab. Dann fragte sie:

»Weiß er, daß du ihn verdächtigst?«

Er nickte.

»Glaubst du, daß er schlafen kann?«

Nach einem Augenblick fügte sie mit einem Anflug von Schaudern hinzu:

»Das muß schrecklich sein!«

»Für die arme Frau muß es auch nicht gerade ein Vergnügen gewesen sein.«

»Ich weiß. Aber es ist doch wahrscheinlich schneller gegangen, nicht?«

»Vielleicht.«

Man gab ihm das Telegramm der holländischen Polizei telefonisch durch. Den Text würde man ihm am nächsten Morgen zustellen.

»Na endlich! Wir können nach Hause fahren.«

»Wolltest du nicht noch auf die Fotografien warten?«

Er lächelte erneut. Im Grunde hätte sie gern mehr erfahren. Sie verspürte gar kein Bedürfnis mehr, schlafen zu gehen.

»Sie werden keine Aufschlüsse liefern.«

»Glaubst du?«

»Ich bin davon überzeugt. Moers' Untersuchungen ebensowenig.«

»Warum denn nicht. War der Mörder so vorsichtig?«

Er antwortete nicht, knipste das Licht aus und zog seine Frau in den Korridor, wo die Reinigungskolonne ihren Dienst antrat.

»Sind Sie's, Monsieur Maigret?«

Er sah auf den Wecker, der halb neun anzeigte. Seine Frau hatte ihn schlafen lassen. Er erkannte Ernestines Stimme.

»Ich habe Sie doch nicht etwa geweckt?«

Er zog es vor, die Frage zu verneinen.

»Ich bin auf dem Postamt. Es ist noch eine Karte für mich da.«

»Aus Le Havre?«

»Aus Rouen. Er schreibt nichts, geht auch nicht auf meine Anzeige ein. Nur meine Postlageranschrift, wie gestern.«

Es entstand ein Schweigen. Dann wollte sie wissen:

»Haben Sie was Neues?«

»Ja.«

»Was?«

»Es hat mit Fensterscheiben zu tun.«

»Gut?«

»Es hängt davon ab, für wen.«

»Für uns?«

»Ich glaube, es ist gut für Sie und für Alfred, ja.«

»Sie glauben nicht mehr, daß ich gelogen habe?«

»Momentan nicht.«

Im Büro bestimmte er Janvier zu seinem Begleiter, der sich ans Steuer des kleinen schwarzen Autos der Kriminalpolizei setzte.

»Rue de la Ferme!«

Das Telegramm in der Tasche, ließ er den Wagen vor dem Gittertor halten, das die beiden durchschritten und dabei ihre berufsmäßigste Miene aufsetzten. Maigret schellte. Ein Vorhang bewegte sich in der ersten Etage, wo die Jalousien noch nicht geschlossen waren. Eugénie, in alten Pantoffeln, machte ihnen auf und wischte sich die nassen Hände an der Schürze ab.

»Guten Tag, Eugénie. Monsieur Serre ist zu Hause, und ich möchte ihn sprechen.«

Jemand beugte sich über das Treppengeländer. Eine Altfrauenstimme sagte:

»Führen Sie die Herren ins Wohnzimmer, Eugénie!«

Es war das erste Mal, daß Janvier das Haus betrat, und es machte großen Eindruck auf ihn. Über ihren Köpfen hörten sie ein Kommen und Gehen. Dann öffnete sich unvermutet die Tür, und die massige Gestalt Guillaume Serres füllte fast den ganzen Rahmen aus.

Er war genauso beherrscht wie am Tag zuvor und blickte sie mit derselben sorglosen Unverschämtheit an.

»Haben Sie einen Hausdurchsuchungsbefehl?« fragte er mit leicht zitternden Lippen.

Maigret holte umständlich seine Brieftasche hervor, öffnete sie und suchte darin ein Formular, das er ihm höflich überreichte.

»Bitte, Monsieur Serre.«

Der Mann war darauf nicht gefaßt gewesen. Er las den Text und trat an das Fenster, um die Unterschrift zu entziffern, während Maigret sagte:

»Wie Sie sehen, ist es ein Hausdurchsuchungsbefehl. Es ist eine Untersuchung eröffnet worden in Sachen der vermißten Madame Maria Serre, geborene van Aerts, aufgrund einer Anzeige von Madame Gertrude Oosting in Amsterdam.«

Bei den letzten Worten war die alte Dame hereingekommen.

»Was ist denn los, Guillaume?«

»Nichts, Mama«, antwortete er mit merkwürdig sanfter Stimme. »Diese Herren möchten, glaube ich, das Haus besichtigen. Geh hinauf in dein Zimmer!«

Sie zögerte und sah Maigret wie ratsuchend an.

»Bleibst du auch ganz ruhig, Guillaume?«

»Aber ja, Mama. Laß uns bitte allein!«

Es verlief nicht alles ganz so, wie Maigret es erwartet hatte, und der Kommissar runzelte die Stirn.

»Ich vermute«, sagte er, als sich die alte Dame widerstrebend entfernt hatte, »daß Sie den Beistand eines Anwalts wünschen. Ich muß Ihnen gleich eine Anzahl Fragen stellen.«

»Ich benötige keinen Anwalt. Da Sie einen Durchsuchungsbefehl haben, muß ich mich beugen und Ihre Anwesenheit akzeptieren. Punktum.«

Die Jalousien im Erdgeschoß waren heruntergelassen. Bis jetzt hatten sie sich im Halbdunkel unterhalten. Serre ging auf das erstbeste Fenster zu.

»Zweifellos wollen Sie alles bei Licht besehen.«

Seine Stimme klang unbeteiligt, und wenn sich wirklich eine Gefühlsäußerung heraushören ließ, war es eine gewisse Verachtung.

»Tun Sie Ihre Pflicht, meine Herren!«

Sie erschraken fast, als das Tageslicht plötzlich ungehindert ins Wohnzimmer flutete. Serre ging ins angrenzende Arbeitszimmer hinüber, wo er ebenfalls die Jalousien hochzog, und weiter in sein Behandlungszimmer.

»Wenn Sie in die erste Etage hinaufgehen wollen, sagen Sie mir Bescheid.«

Janvier warf seinem Vorgesetzten überraschte Blicke zu. Dieser hatte nicht mehr ganz die gute Laune wie am Morgen oder am Vorabend. Er wirkte nachdenklich.

»Sie erlauben doch, daß ich Ihr Telefon benutze, Monsieur Serre?« fragte er mit derselben kühlen Höflichkeit, die sein Gesprächspartner ihm gegenüber angeschlagen hatte.

»Auch dazu haben Sie das Recht.«

Er wählte die Nummer der Kriminalpolizei. Moers hatte ihm am Morgen einen mündlichen Bericht erstattet, der, wie es der Kommissar geahnt hatte, beinahe negativ gewesen war. Die Untersuchung der Schmutzproben hatte nichts ergeben. Genauer gesagt: beinahe nichts. Moers hatte lediglich vorn im Auto, unter dem Fahrersitz, eine winzige Menge Ziegelsteinstaub aufgesammelt.

»Geben Sie mir das Laboratorium. Bist du's, Moers? Würdest du mit deinen Leuten und den Geräten zur Rue de la Ferme kommen?«

Er beobachtete Serre, der sich eine lange schwarze Zigarre anzündete und keine Miene verzog.

»Das grobe Geschütz, ja... Nein, keine Leiche da. Ich bleibe hier.«

Dann, zu Janvier gewandt:

»Du kannst anfangen!«

»Mit diesem Zimmer?«

»Egal, mit welchem!«

Guillaume Serre folgte ihnen auf Schritt und Tritt und sah ihrem Tun wortlos zu. Er trug keine Krawatte und hatte eine Jacke aus schwarzer Alpakawolle über sein weißes Oberhemd gezogen.

Während Janvier die Schubladen des Schreibtisches durchsuchte, blätterte Maigret in der Kartei des Zahnarztes und machte sich Aufzeichnungen in seinem dicken Notizbuch.

In Wirklichkeit grenzte das Ganze an eine Komödie. Er wäre in Verlegenheit geraten, wenn man ihn gefragt hätte, was er eigentlich suchte. Im Grunde ging es nur darum festzustellen, ob Serre in einem bestimmten Augenblick an irgendeiner Stelle des Hauses eine gewisse Unruhe zeigen würde.

Als man beispielsweise das Wohnzimmer durchsucht hatte, hatte er nicht mit der Wimper gezuckt und regungslos und würdevoll dagestanden, den Rücken gegen den braunen Marmorkamin gelehnt.

Jetzt sah er Maigret an, als frage er sich, was dieser in seiner Kartei suche, aber sein Blick verriet dabei mehr Neugier als Angst.

»Sie haben sehr wenige Patienten, Monsieur Serre.«

Er gab keine Antwort und zuckte die Achseln.

»Ich stelle fest, daß die Zahl der weiblichen Patienten die der männlichen beträchtlich übersteigt.«

Der andere schien zu lachen: »Na und?«

»Ich sehe auch, daß Sie in Ihrer Eigenschaft als Zahnarzt die Bekanntschaft von Maria van Aerts gemacht haben.«

Er fand Vermerke über fünf auf zwei Monate verteilte Besuche mit allen Einzelheiten der Behandlung.

»Wußten Sie, daß sie reich war?«

Erneutes Achselzucken.

»Kennen Sie Dr. Dubuc?«

Er nickte.

»Er war der Hausarzt Ihrer Frau, wenn ich mich nicht irre. Haben Sie sie zu ihm geschickt?«

Aha! Endlich tat er den Mund auf!

»Dr. Dubuc hat Maria van Aerts behandelt, ehe sie meine Frau wurde.«

»Wußten Sie bei der Eheschließung, daß sie herzkrank war?«

»Sie hatte mir davon erzählt.«

»War es eine ernste Erkrankung?«

»Dr. Dubuc wird Sie darüber unterrichten, wenn er es für nötig hält.«

»Auch Ihre erste Frau war herzkrank, nicht wahr?«

»Sie finden ihre Sterbeurkunde bei den Akten.«

Janvier fühlte sich am unbehaglichsten und war sichtlich erleichtert, als die Spezialisten vom Erkennungsdienst eintrafen, die frischen Wind ins Haus bringen würden. Als das Auto vor dem Gittertor hielt, ging Maigret selbst zur Haustür und öffnete sie. Mit leiser Stimme sagte er zu Moers:

»Alle Schikanen! Wir wollen das Haus sorgsam durchkämmen!«

Und Moers, der verstanden und die gedrungene Gestalt von Guillaume Serre bemerkt hatte, flüsterte:

»Glauben Sie, daß ihn das beeindrucken wird?«

»Vielleicht wird am Ende irgend jemand beeindruckt sein.«

Nur Augenblicke später ging es in dem Haus zu, als sollte es unter den Hammer kommen und die Auktionatoren wären eingefallen. Die Männer von der Spurensicherung ließen keinen Winkel undurchforstet; sie hängten die Fotos und Gemälde ab, rückten das Klavier und die Sessel beiseite, um unter den Teppichen nachzusehen, stapelten Schubladen und breiteten Papiere aus.

Madame Serres Gesicht war ein erstes Mal in der Tür erschienen. Sie hatte nur einen Blick ins Zimmer geworfen und war dann traurig wieder gegangen. Dann knurrte Eugénie:

»Sie räumen doch hoffentlich wieder auf!«

Sie murrte noch mehr, als die Küche an der Reihe war und sogar die Wandschränke drankamen, in denen sie die Besen hängen hatte.

»Wenn Sie mir nur sagen würden, was Sie suchen.«

Sie suchten nichts Bestimmtes. Vielleicht suchte Maigret sogar im Grunde überhaupt nichts. Er beobachtete den Mann, der ihnen auf den Fersen blieb und sich keinen Moment aus der Ruhe bringen ließ.

Warum hatte Maria ihrer Freundin geschrieben, Serre sei in Wirklichkeit nichts weiter als ein großes Kind?

Während seine Leute noch bei der Arbeit waren, nahm Maigret den Telefonhörer ab und ließ sich mit Dr. Dubuc verbinden.

»Sind Sie noch einige Zeit in Ihrer Praxis? Darf ich vorbeikommen? Nein, es wird nicht lange dauern. Ich werde es Eugénie ausrichten, danke schön.«

Dubuc hatte fünf Patienten in seinem Wartezimmer sitzen und versprach dem Kommissar, ihn durch die Hintertür hereinzulassen. Es waren nur zwei Schritte bis hinunter zum Quai. Maigret ging zu Fuß hin, kam an dem Eisenwarengeschäft vorbei, aus dem der junge Verkäufer vom Vortag ihm zuwinkte.

»Lassen Sie das Geschäftsbuch nicht fotografieren?«

»Gleich.«

Dubuc war ein Mann in den Fünfzigern mit einem kleinen roten Kinnbart und einem Kneifer.

»Sie waren der Arzt von Madame Serre, Herr Doktor?«

»Der jungen Madame Serre. Das heißt, der jüngeren.«

»Sonst haben Sie niemanden im Haus behandelt?«

»Warten Sie mal! Doch! Eine Hausgehilfin, die sich vor zwei oder drei Jahren in die Hand geschnitten hatte.«

»War Maria Serre wirklich krank?«

»Sie mußte behandelt werden, ja.«

»Das Herz?«

»Herzerweiterung. Außerdem aß sie viel zuviel und klagte über nervöse Störungen.«

»Hat sie Sie oft rufen lassen?«

»Etwa einmal im Monat. Manchmal kam sie auch zu mir.«

»Hatten Sie ihr Medikamente verschrieben?«

»Beruhigungstabletten, völlig harmlos.«

»Glauben Sie, daß ihr Herz ihr einen Streich spielte?«

»Keinesfalls. In zehn oder fünfzehn Jahren vielleicht ...«

»Tat sie nichts, um abzunehmen?«

»Alle vier oder fünf Monate beschloß sie, Diät zu halten, aber sie hielt immer nur wenige Tage durch.«

»Sind Sie ihrem Mann begegnet?«

»Gelegentlich.«

»Was halten Sie von ihm?«

»In welcher Hinsicht? Beruflich? Eine meiner Patientinnen war bei ihm in Behandlung und erzählte mir, er sei sehr geschickt und sehr behutsam.«

»Und als Mensch?«

»Er ist mir verschlossen vorgekommen. Was ist eigentlich los?«

»Seine Frau ist verschwunden.«

»Ach!«

Im Grunde kümmerte es Dubuc einen Dreck, und er winkte ab.

»So was kommt schon mal vor, nicht wahr? Er tut nicht gut daran, sie durch die Polizei suchen zu lassen, denn das wird sie ihm nie verzeihen.«

Maigret ging lieber nicht darauf ein. Den Rückweg nahm er über die Garage, vor der jetzt niemand mehr auf Posten stand. Das Gebäude gegenüber war ein Mietshaus. Die Concierge stand auf der Schwelle und war dabei, den Messingtürgriff zu polieren.

»Liegt Ihre Wohnung zur Straße?« fragte er.

»Was geht Sie das an?«

»Ich bin von der Polizei. Ich wüßte gern, ob Sie die Person kennen, die ihren Wagen in der Garage gegenüber parkt, in der ersten von rechts.«

»Das ist der Zahnarzt.«

»Sehen Sie ihn ab und zu?«

»Ich sehe ihn, wenn er seinen Wagen holt.«

»Haben Sie ihn diese Woche gesehen?«

»Hören Sie mal, was war eigentlich gestern abend in seiner Garage los? Waren das Diebe? Ich habe zu meinem Mann gesagt –«

»Es waren keine Diebe.«

»Also waren Sie's?«

»Spielt keine Rolle. Haben Sie ihn in dieser Woche sein Auto holen sehen?«

»Ich glaube, ja.«

»Wissen Sie noch, an welchem Tag? Und wie spät es war?«

»Es war abends, ziemlich spät. Warten Sie. Ich war noch mal aufgestanden. Sehen Sie mich nicht so an. Es fällt mir gleich wieder ein.«

Sie machte ein Gesicht wie beim Kopfrechnen.

»Ich bin nämlich noch mal aufgestanden, weil mein Mann Zahnweh hatte, und habe ihm eine Aspirintablette geholt. Wenn er hier wäre, könnte er Ihnen sofort sagen, an welchem Tag das war. Ich habe beobachtet, daß Monsieur

Serres Auto aus der Garage herausfuhr und habe noch ›Was für ein Zufall!‹ gesagt.«

»Weil Ihr Mann Zahnschmerzen hatte?«

»Ja. Und im selben Augenblick auf der anderen Seite ein Zahnarzt auftauchte. Es war schon nach Mitternacht. Mademoiselle Germaine kam gerade zurück. Richtig, dann war es Dienstag, denn sie geht nur Dienstagabend aus dem Haus, um bei Freunden Karten zu spielen.«

»Sein Auto fuhr aus der Garage heraus? Es fuhr nicht hinein?«

»Es kam heraus.«

»In welche Richtung fuhr es?«

»Zur Seine.«

»Sie haben nicht gehört, daß es ein Stück weiter anhielt, zum Beispiel vor Monsieur Serres Haus?«

»Ich habe mich nicht weiter darum gekümmert. Ich war barfuß, und der Fußboden war kalt, denn wir schlafen bei offenem Fenster. Was hat er denn getan?«

Was hätte Maigret antworten können? Er bedankte sich und ging davon, durchquerte den Vorgarten und klingelte. Eugénie öffnete ihm die Tür, bedachte ihn mit einem vernichtenden Blick und brummte barsch:

»Die Herren sind oben!«

Man war mit dem Erdgeschoß fertig. Aus der ersten Etage waren geräuschvolle Schritte zu hören und der Lärm von Möbelstücken, die hin und her geschoben wurden.

Maigret ging hinauf und fand die alte Madame Serre auf einem Stuhl mitten auf dem Treppenabsatz sitzen.

»Ich weiß nicht mehr, wo ich hin soll«, sagte sie. »Es ist

wie beim Umzug. Was suchen die denn bloß, Monsieur Maigret?«

Guillaume Serre stand mitten in einem in gleißendes Sonnenlicht getauchten Zimmer und zündete sich eine neue Zigarre an.

»Mein Gott, warum haben wir sie bloß abreisen lassen?« seufzte die Alte. »Wenn ich geahnt hätte ...«

Sie führte nicht weiter aus, was sie getan hätte, wenn sie die Unannehmlichkeiten hätte voraussehen können, die das Verschwinden ihrer Schwiegertochter ihr einbrachte.

6

Maigret trifft eine verblüffende Entscheidung, und sein Büro verwandelt sich in einen Boxring

Es war drei Uhr vierzig, als Maigret seine Entscheidung traf, und vier Uhr fünfundzwanzig, als das Verhör begann. Aber der feierliche Augenblick, der fast dramatisch zu nennen war, war der, in dem der Entschluß gefaßt wurde.

Maigrets Handlungsweise überraschte alle, die mit ihm in dem Haus in der Rue de la Ferme an die Arbeit gegangen waren. Seit dem Morgen schon lag etwas Ungewöhnliches in der Art, wie der Kommissar die Operation leitete. Es war nicht die erste Hausdurchsuchung dieses Umfangs, an der sie teilnahmen, aber diese nahm, je weiter man damit vorankam, einen Charakter an, der sie von den anderen unterschied. Es war schwierig, es in Worte zu fassen. Janvier merkte es als erster, weil er den Chef am besten kannte. Als er ihnen die Arbeit zuwies, hatte Maigret ein kleines, fröhliches, fast wildes Funkeln in den Augen gehabt; er hatte sie im Haus ein wenig so losgelassen, als hetze er eine Meute auf eine frische Spur und stachle sie nicht mit Worten an, sondern mit seinem ganzen Verhalten.

War es eine persönliche Angelegenheit zwischen ihm und Guillaume Serre geworden? Genauer: Hätten sich die

Ereignisse auf die gleiche Weise abgespielt, hätte Maigret die gleiche Entscheidung im gleichen Moment getroffen, wenn der Mann aus der Rue de la Ferme ihm nicht körperlich und psychisch überlegen gewesen wäre?

Er schien von Anfang an darauf gebrannt zu haben, sich mit ihm zu messen.

Bei anderen Gelegenheiten hätte man ihm alle möglichen Beweggründe unterstellen und sich fragen können, ob er nicht ein mehr oder minder perverses Vergnügen daran fand, im Haus das Unterste zuoberst zu kehren.

Sie hatten selten Gelegenheit, in einem Heim wie diesem zu arbeiten, wo alles friedlich und harmonisch, von einer dumpfen Harmonie in Moll war, wo der älteste Krimskrams nicht lächerlich anmutete und wo man nach stundenlangem hartnäckigem Suchen nicht eine einzige verdächtige Kleinigkeit aufgespürt hatte.

Als um drei Uhr vierzig seine Worte gefallen waren, war noch immer nichts gefunden worden. Eine gewisse Verlegenheit herrschte bei den an der Durchsuchung Beteiligten, die schon damit rechneten, daß sich der Chef mit einer Entschuldigung zurückziehen würde.

Was hatte für Maigret den Ausschlag gegeben? Wußte er es selbst? Janvier ging sogar so weit, ihn zu verdächtigen, zu viele Aperitifs getrunken zu haben, als Maigret gegen ein Uhr auf der Terrasse des Bistros gegenüber einen Bissen essen ging. Als er wiederkam, hatte er tatsächlich eine Pernod-Fahne.

Eugénie hatte nicht für ihre Herrschaft gedeckt. Mehrmals war sie gekommen und hatte bald der alten Madame Serre, bald dem Zahnarzt etwas ins Ohr geflüstert. Zu einer bestimmten Zeit hatte man die Mutter im Stehen in der Küche essen sehen, wie in einem Haus, in dem man beim Umzug ist, und kurz darauf hatte die Putzfrau Guillaume, der sich weigerte hinunterzugehen, ein belegtes Brot und eine Tasse Kaffee heraufgebracht.

Man nahm sich dann den Dachboden vor. Das war der intimste Teil des Hauses, intimer als die Schlafzimmer und die Wäscheschränke.

Er war geräumig und erhielt sein Licht durch Dachluken, die zwei große leuchtende Rechtecke auf den grau wirkenden Fußboden warfen. Janvier hatte zwei lederne Gewehrfutterale geöffnet, und einer der Männer vom Erkennungsdienst hatte die Waffen untersucht.

»Gehören die Ihnen?«

»Sie gehörten meinem Schwiegervater. Ich bin nie auf die Jagd gegangen.«

Eine Stunde zuvor war in Guillaumes Zimmer ein Revolver gefunden und untersucht worden. Maigret hatte ihn zu dem Stapel von Gegenständen gelegt, die zur weiteren Überprüfung mitgenommen werden sollten.

Dieser Stapel enthielt alles mögliche, einschließlich der Kartei des Zahnarztes und der in einem Vertiko im Schlafzimmer der alten Dame entdeckten Sterbeurkunden ihres Mannes und ihrer ersten Schwiegertochter.

Man sah auch einen Anzug dabei, an dessen Rockärmel Janvier einen kleinen Riß bemerkt hatte und von dem Guillaume Serre behauptete, er habe ihn seit ungefähr zehn Tagen nicht mehr getragen.

Man irrte zwischen den alten Koffern, den Kisten, den wackligen Möbeln herum, die auf den Speicher geschafft worden waren, weil sie nicht mehr benutzt wurden. In einer Ecke fand sich ein altmodisches Kinderstühlchen mit bunten Kugeln beidseits der Tischplatte und auch ein Schaukelpferd ohne Schwanz und Mähne.

Man hatte keine reguläre Mittagspause gemacht. Die Männer waren der Reihe nach etwas essen gegangen, und Moers hatte sich mit einem belegten Brot begnügt, das der Fotograf ihm mitgebracht hatte.

Gegen zwei Uhr war Maigret von seinem Büro aus angerufen worden. Man hatte ihm mitgeteilt, daß gerade ein ziemlich dicker Brief per Luftpost aus Holland eingetroffen war. Er ließ ihn öffnen. Es waren Marias auf holländisch geschriebene Briefe.

»Laßt einen Übersetzer kommen und setzt ihn an die Arbeit.«

»Hier?«

»Ja. Er soll warten, bis ich wiederkomme.«

Das Verhalten Guillaume Serres war unverändert geblieben. Er folgte ihnen, ließ sich nichts von dem, was sie taten, keine ihrer Bewegungen entgehen, doch nicht einen Augenblick lang sah er bestürzt aus.

Er hatte eine eigentümliche Art, Maigret zu betrachten, aus der deutlich sprach, daß für ihn die übrigen nicht zählten. Es war tatsächlich ein Zweikampf. Die Inspektoren waren nur Komparsen. Selbst die Kriminalpolizei existierte nicht. Der Kampf war eher persönlich. Und die Augen des Zahnarztes hatten einen Ausdruck, von dem man nicht wußte, ob er vorwurfsvoll oder verächtlich war.

Auf alle Fälle ließ er sich durch dieses Unternehmen

großen Stils nicht beeindrucken. Er protestierte nicht mehr, nahm dieses Eindringen in sein Domizil und sein Privatleben mit hochmütiger Resignation hin, ohne das leiseste Anzeichen von Angst erkennen zu lassen.

War der Mann ein Waschlappen? Oder besonders hartgesotten? Beides war möglich. Sein Körper war der eines Ringers, seine Haltung die eines selbstbewußten Mannes, und trotzdem war der Ausspruch Marias, die ihn mit einem großen Kind verglich, nicht von der Hand zu weisen. Seine Haut war blaß, ungesund. In einer Schublade hatte man einen Haufen zu mehreren Stapeln zusammengehefteter Rezepte gefunden, einige schon zwanzig Jahre alt. Die Krankheitsgeschichte der Familie mußte sich anhand dieser Rezepte, von denen manche schon vergilbt waren, rekonstruieren lassen können. Im Badezimmer in der ersten Etage stand ein weißgestrichener kleiner Schrank mit Medizinfläschchen und neuen und alten Pillenschachteln.

Hier wurde nichts weggeworfen, nicht einmal die alten Besen, die in einer Ecke des Speichers auf einem Haufen neben schiefgetretenen Schuhen lagen, deren Leder hart und brüchig geworden war und die nie wieder getragen wurden.

Jedesmal, wenn man ein Zimmer verließ, um sich an ein anderes heranzuwagen, warf Janvier seinem Chef einen Blick zu, der besagte:

»Noch immer nichts!«

Denn Janvier rechnete immer noch mit einer Entdeckung. Erwartete Maigret ganz im Gegenteil, daß nichts gefunden wurde? Er war nicht verwundert darüber, sah seinen Leuten zu, rauchte mit gemächlichen Zügen seine Pfeife und vergaß manchmal eine volle Viertelstunde lang, dem Zahnarzt einen Blick zuzuwerfen. Man erfuhr seinen Entschluß auf indirekte Weise, und das verlieh ihm einen noch verblüffenderen Effekt.

Alle stiegen vom Speicher herunter, wo Guillaume Serre die beiden Dachluken wieder geschlossen hatte. Die Mutter war aus ihrem Schlafzimmer getreten, um sie zu verabschieden. Unschlüssig standen sie auf dem Treppenabsatz herum.

Da wandte sich Maigret zu Serre und sagte, als ob es das Natürlichste von der Welt sei:

»Würden Sie sich eine Krawatte umbinden und Schuhe anziehen?«

Seit dem Morgen lief der Mann noch immer in Pantoffeln herum.

Serre hatte verstanden, hatte ihn angesehen, ohne sich seine Überraschung anmerken zu lassen. Seine Mutter hatte den Mund aufgemacht, um etwas zu sagen, um zu protestieren oder Erklärungen zu verlangen, und Guillaume hatte ihren Arm ergriffen und sie in sein Schlafzimmer gezogen.

Janvier hatte ganz leise gefragt:

»Nehmen Sie ihn fest?«

Maigret hatte nicht darauf geantwortet. Er wußte es selber nicht. Wenn er ehrlich war, hatte er diese Entscheidung gerade eben erst hier auf dem Treppenabsatz getroffen.

»Kommen Sie herein, Monsieur Serre. Wollen Sie bitte Platz nehmen?«

Die Uhr auf dem Kamin zeigte vier Uhr fünfundzwanzig. Es war Samstag, wie Maigret erst wieder einfiel, als sie im Wagen die Stadt durchquerten.

Der Kommissar schloß die Bürotür. Die Fenster standen offen, und die Papiere auf dem Schreibtisch raschelten unter den Gegenständen, die sie am Davonfliegen hinderten.

»Ich habe Sie gebeten, sich zu setzen!«

Er selbst trat in die Garderobennische, um seinen Hut und sein Jackett aufzuhängen und sich die Hände in dem Emaillebecken zu waschen.

Zehn Minuten richtete er kein Wort an den Zahnarzt, während er damit beschäftigt war, Akten zu unterzeichnen. Er klingelte nach Joseph, übergab ihm den Aktenstoß und stopfte dann mit langsamen, sorgfältigen Bewegungen das halbe Dutzend Pfeifen, die vor ihm aufgereiht waren.

Es kam selten vor, daß jemand in Serres Lage so lange durchhielt, ohne Fragen zu stellen, ohne nervös zu werden, ohne abwechselnd ein Bein über das andere zu schlagen.

Endlich wurde an die Tür geklopft. Es war der Fotograf, der während des ganzen Tages dabeigewesen war und den Maigret mit einem Sonderauftrag betraut hatte. Er übergab dem Kommissar den noch feuchten Abzug eines Dokuments.

»Danke, Dambois. Sie bleiben oben. Gehen Sie nicht weg, ohne mir Bescheid zu sagen.«

Er wartete, bis sich die Tür wieder geschlossen hatte, und zündete sich dann eine der Pfeifen an.

»Würden Sie mit Ihrem Stuhl näher heranrücken, Monsieur Serre?«

Sie saßen einander genau gegenüber, getrennt durch den breiten Schreibtisch, über den hinweg Maigret das Dokument reichte, das er in der Hand hielt.

Er tat das, ohne etwas dabei zu sagen. Der Zahnarzt nahm das Blatt entgegen, holte eine Brille aus der Tasche, las es aufmerksam und legte es auf den Schreibtisch.

»Ich bin ganz Ohr.«

»Ich habe nichts zu sagen.«

Die Fotografie zeigte eine Seite aus dem Geschäftsbuch des Eisenwarenhändlers, diejenige, auf welcher der Verkauf der zweiten Fensterscheibe und des zweiten halben Pfundes Kitt eingetragen war.

»Sie sind sich klar darüber, was das bedeutet?«

»Muß ich das so verstehen, daß ich unter Anklage gestellt bin?«

Maigret zögerte.

»Nein«, entschied er. »Offiziell sind Sie als Zeuge vorgeladen. Wenn Sie es jedoch wünschen, bin ich bereit, Sie unter Anklage zu stellen, genauer gesagt: den Staatsanwalt zu ersuchen, Sie unter Anklage zu stellen, was Ihnen ermöglichen würde, sich von einem Anwalt beraten zu lassen.«

»Ich habe Ihnen bereits gesagt, daß ich keinen Anwalt wünsche.«

Das war erst das Vorgeplänkel. Zwei Schwergewichtler waren dabei, sich zu beobachten, sich mit Blicken zu messen, einander abzutasten in diesem Büro, das zu einer Art Boxring wurde. Im Inspektorenzimmer, wo Janvier seinen Kollegen gerade über die jüngsten Ereignisse berichtet hatte, war es still geworden.

»Ich glaube, das wird lange dauern!« hatte er zu ihnen gesagt. »Der Chef ist wild entschlossen!«

Sie wußten alle, was das bedeutete, und Janvier war der erste, der seine Frau anrief, um ihr zu sagen, sie solle sich keine Sorgen machen, wenn er die Nacht über wegbliebe.

»Sie sind herzkrank, Monsieur Serre?«

»Ich leide an Herzerweiterung, wie Sie wahrscheinlich auch.«

»Ihr Vater ist an einer Herzkrankheit gestorben, als Sie siebzehn waren, nicht wahr?«

»Siebzehneinhalb.«

»Ihre erste Frau ist infolge einer Herzerkrankung verstorben. Ihre zweite Frau war ebenfalls herzkrank.«

»Nach den Statistiken erleiden ungefähr dreißig Prozent der Menschen den Tod durch Herzversagen.«

»Haben Sie eine Lebensversicherung abgeschlossen, Monsieur Serre?«

»Seit meiner Kindheit.«

»Ach ja, ich habe die Police vorhin gesehen. Ihre Mutter ist, wenn ich mich recht erinnere, nicht versichert.«

»Das stimmt.«

»Ihr Vater war es?«

»Ich glaube.«

»Ihre erste Frau auch?«

»Ich habe Sie die Unterlagen mitnehmen sehen.«

»Und Ihre zweite Frau?«

»Das ist nichts Ungewöhnliches.«

»Ungewöhnlich ist es doch aber, eine Summe von mehreren Millionen Bargeld und Gold in einem Geldschrank aufzubewahren.«

»Meinen Sie?«

»Würden Sie mir sagen, warum Sie dieses Geld bei sich zu Hause behalten, wo es keine Zinsen bringt?«

»Ich nehme an, daß heutzutage Tausende von Leuten in derselben Lage sind wie ich. Sie vergessen die Währungsgesetze, die mehrfach eine Panik ausgelöst haben, die Sondersteuern und die schleichende Geldentwertung...«

»Ich verstehe. Sie geben also zu, daß Sie beabsichtigten, diese Gelder zu verstecken und Steuern zu hinterziehen?«

Serre schwieg.

»Wußte Ihre Frau – ich spreche von der zweiten, von Maria –, daß dieses Geld in Ihrem Panzerschrank lag?«

»Sie wußte es.«

»Hatten Sie es ihr gesagt?«

»Ihr eigenes Geld befand sich noch vor wenigen Tagen ebenfalls darin.«

Er nahm sich Zeit, ehe er antwortete; er wog seine Worte, betonte jede Silbe und sah dabei den Kommissar ernst an.

»Ich habe keinen Ehevertrag unter Ihren Papieren gefunden. Muß ich daraus schließen, daß Sie bei der Heirat Gütergemeinschaft vereinbart hatten?«

»Das ist richtig.«

»Ist das nicht überraschend angesichts Ihrer beider Alter?«

»Es geschah aus dem schon erwähnten Grund. Ein Vertrag hätte uns auferlegt, ein Inventar unseres beiderseitigen Besitzes zu erstellen.«

»Die Gütergemeinschaft blieb also fiktiv?«

»Wir behielten jeder die Verfügung über unser Vermögen.«

War das alles nicht ziemlich einleuchtend?

»War Ihre Frau reich?«

»Sie ist reich.«

»Ebenso reich wie Sie oder reicher?«

»Ungefähr gleich.«

»Befindet sich ihr gesamtes Vermögen in Frankreich?«

»Nur zum Teil. Sie hat von ihrem Vater einen Anteil an einer Käsefabrik in Holland geerbt.«

»In welcher Form hat sie ihren sonstigen Besitz angelegt?«

»Hauptsächlich in Gold.«

»Schon bevor sie Sie kennenlernte?«

»Ich merke, worauf Sie hinauswollen. Dennoch werde ich Ihnen wahrheitsgemäß antworten. Ich selbst habe ihr geraten, ihre Wertpapiere zu verkaufen und Gold zu kaufen.«

»Dieses Gold befand sich zusammen mit dem Ihnen gehörenden in Ihrem Geldschrank?«

»Es befand sich darin.«

»Bis wann?«

»Bis Dienstag. Am frühen Nachmittag, als ihre Koffer fast fertig gepackt waren, habe ich ihr ausgehändigt, was ihr gehörte.«

»Diese Summe war dann also zum Zeitpunkt ihrer Abreise in einem der beiden Handkoffer oder in dem großen Koffer?«

»Vermutlich.«

»Sie hat vor dem Abendessen das Haus nicht verlassen?«

»Ich habe sie nicht aus dem Haus gehen hören.«

»Demnach ist sie Ihres Wissens nicht weggegangen?«

Er nickte.

»Hat sie telefoniert?«

»Der einzige Telefonapparat im Haus steht im Arbeitszimmer, und sie hat ihn nicht benutzt.«

»Wie kann ich wissen, Monsieur Serre, ob das Geld, das ich im Geldschrank gefunden habe, nur *Ihr* Geld ist und nicht das Ihre *und* das Ihrer Frau?«

Gelassen, mit dem gleichbleibenden Ausdruck von Überdruß oder Geringschätzung im Gesicht, holte der Zahnarzt ein grünes Notizbuch aus der Tasche und reichte es dem Kommissar. Die Seiten waren mit winzigen Ziffern vollgeschrieben. Über den Zahlen links stand der Buchstabe W, über der rechten Kolonne ein M.

»Was bedeutet das ›W‹?«

»›Wir.‹ Das heißt, meine Mutter und ich. Wir haben seit jeher eine gemeinsame Kasse gehabt, ohne einen Unterschied zu machen zwischen dem, was mir gehört, und dem, was ihr gehört.«

»Das ›M‹ hier steht dann wohl für Maria?«

»Ganz recht.«

»Ich sehe eine bestimmte Zahl, die in regelmäßigen Abständen wiederkehrt.«

»Ihr Anteil an den Haushaltskosten.«

»Sie hat Ihnen allmonatlich ein Kostgeld gezahlt?«

»Wenn Sie es so nennen wollen. In Wirklichkeit hat sie mir kein Geld gegeben, denn das lag ja im Geldschrank, sondern ihr Konto wurde mit dem betreffenden Betrag belastet.«

Maigret blätterte einige Minuten lang wortlos in dem Notizbuch, dann stand er auf und ging in das angrenzende Büro hinüber, wo die Inspektoren wie Schuljungen sofort ungeheure Geschäftigkeit an den Tag legten.

Er gab mit leiser Stimme Janvier Instruktionen, erwog, ob er sich Bier heraufkommen lassen sollte, und trank fast mechanisch das halbleere Glas aus, das auf Vachers Schreibtisch stand.

Als er zurückkam, hatte Serre, ohne sich von seinem Platz zu rühren, gerade eine seiner langen Zigarren angesteckt und murmelte eine Spur anmaßend:

»Sie erlauben doch?«

Maigret überlegte kurz, ob er nicht nein sagen sollte, zuckte dann aber nur die Achseln.

»Haben Sie über diese zweite Fensterscheibe nachgedacht, Monsieur Serre?«

»Ich habe mir keine Gedanken darüber gemacht.«

»Das war falsch. Es wäre weit besser, wenn Sie eine einleuchtende Erklärung fänden.«

»Ich suche keine.«

»Sie bleiben bei Ihrer Behauptung, Sie hätten nur einmal die Fensterscheibe in Ihrem Arbeitszimmer ersetzt?«

»Am Tag nach dem Gewitter.«

»Möchten Sie, daß wir uns vom Wetterdienst bestätigen lassen, daß es in Neuilly in der Nacht von Dienstag auf Mittwoch kein Gewitter gegeben hat?«

»Das ist überflüssig. Es sei denn, es mache Ihnen besonderen Spaß. Ich meine das Gewitter letzte Woche.«

»Sie sind am nächsten Tag in das Eisenwarengeschäft in der Rue de Longchamp gegangen und haben Fensterglas und Kitt gekauft.«

»Das habe ich Ihnen bereits gesagt.«

»Sie versichern, daß Sie seither diesen Laden nicht wieder betreten haben?«

Er schob ihm das Foto der Geschäftsbuchseite hin.

»Warum hat man sich Ihrer Meinung nach die Mühe gemacht, diesen Kauf von Scheibe und Kitt ein zweites Mal in das Buch einzutragen?«

»Ich weiß es nicht.«

»Aus welchem Grund erklärt der Händler, Sie seien am Mittwochmorgen gegen acht in sein Geschäft gekommen?«

»Das ist seine Sache.«

»Wann haben Sie Ihren Wagen zuletzt benutzt?«

»Am vergangenen Sonntag.«

»Wo sind Sie hingefahren?«

»Ich bin mit meiner Mutter zwei oder drei Stunden spazierengefahren, wie oft am Sonntag.«

»Wohin?«

»Zum Wald von Fontainebleau.«

»Hat Ihre Frau Sie begleitet?«

»Nein. Sie fühlte sich nicht wohl.«

»War die Trennung schon beschlossen?«

»Es ist nie von Trennung die Rede gewesen. Sie war erschöpft und deprimiert. Sie verstand sich nicht immer mit meiner Mutter. In beiderseitigem Einverständnis haben wir beschlossen, daß sie einige Wochen oder Monate in ihrer Heimat verbringen sollte.«

»Sie hat trotzdem ihr Geld mitgenommen?«

»Ja. Weil immerhin die Möglichkeit bestand, daß sie nicht mehr zurückkehrte. Wir sind keine Kinder mehr. Wir sind fähig, das Leben gelassen zu betrachten. Es ist eine Art Experiment, das wir da machen.«

»Sagen Sie, Monsieur Serre, bei der Reise nach Amsterdam muß man zweimal über die Grenze, nicht wahr? Die französischen Zollbeamten sind bei der Ausreise ziemlich strikt in Fragen der Kapitalausfuhr. Befürchtete Ihre Frau nicht, daß ihr Gold entdeckt und beschlagnahmt wurde?«

»Muß ich das beantworten?«

»Ich glaube, es liegt in Ihrem eigenen Interesse.«

»Selbst wenn ich ein Verfahren riskiere?«

»Es wird wahrscheinlich weniger schlimm sein als eine Anklage wegen Mordes.«

»Sehr gut. Einer der Handkoffer meiner Frau war mit einem doppelten Boden ausgestattet.«

»Eigens für diese Reise?«

»Nein.«

»Hatte sie schon Gelegenheit gehabt, ihn zu benutzen?«

»Mehrmals.«

»Um die Grenze zu überschreiten?«

»Die belgische Grenze und einmal auch die Grenze zur Schweiz. Sie wissen zweifellos, daß es bis in die jüngste Zeit leicht und weniger kostspielig war, sich Gold in Belgien und besonders in der Schweiz zu beschaffen.«

»Sie geben Ihre Beihilfe an diesen Kapitaltransfers zu?«

»Ich gebe sie zu.«

Maigret erhob sich und betrat erneut das Büro der Inspektoren.

»Kannst du einen Augenblick herüberkommen, Janvier?«

Dann, zu Serre:

»Mein Inspektor wird diesen Teil unserer Unterhaltung zu Protokoll nehmen. Würden Sie ihm bitte genau wiederholen, was Sie mir eben mitgeteilt haben. Du läßt ihn seine Aussage unterschreiben, Janvier!«

Er ging hinaus und ließ sich von Vacher das Büro zeigen, wo man den Übersetzer hingesetzt hatte. Es war ein bebrilltes Männchen, das seine Übersetzung direkt in die Maschine tippte und manchmal innehielt, um in einem Wörterbuch etwas nachzuschlagen.

Es waren mindestens vierzig Briefe, von denen die meisten mehrere Blätter umfaßten.

»Womit haben Sie angefangen?«

»Ganz vorn. Ich bin beim dritten Brief. Alle drei sind vor etwas mehr als zweieinhalb Jahren geschrieben worden. Im ersten berichtet sie ihrer Freundin, daß sie bald heiraten werde, daß ihr künftiger Gatte ein vornehmer Mann von gutem Aussehen sei, der dem französischen Großbürgertum angehöre, und daß seine Mutter irgendeinem Gemälde im Louvre – ich weiß nicht mehr, welchem – gliche. Ich kann Ihnen den Namen des Malers sagen.«

Er blätterte in seinen Papieren.

»Clouet. In diesen Briefen ist immerzu von Malerei die Rede. Wenn sie nicht übers Wetter schreibt, dann über Monet oder Renoir.«

»Ich möchte jetzt lieber, daß Sie sich die letzten Briefe vornehmen!«

»Wie Sie wollen. Wissen Sie, daß ich, selbst wenn ich die

ganze Nacht daran sitze, morgen früh noch nicht fertig bin?«

»Aus diesem Grund bitte ich Sie ja auch, von hinten anzufangen. Von wann ist der letzte Brief?«

»Vom letzten Sonntag.«

»Können Sie ihn mir rasch vorlesen?«

»Ich kann Ihnen einen Begriff vermitteln. Warten Sie!

Geliebte Gertrude,

Paris ist noch nie so strahlend gewesen wie heute morgen, und beinahe hätte ich G… und seine Mutter in den Wald von Fontainebleau begleitet, der sich mit allen leuchtenden Farben eines Corot und eines Courbet geschmückt haben muß…«

»Folgt noch viel über diese leuchtenden Farben?«

»Soll ich das überspringen?«

»Lassen Sie es weg.«

Der Übersetzer überflog den Brief mit den Augen und bewegte die Lippen wie in der Kirche.

»Hier haben wir's:

Ich bin neugierig, welchen Eindruck das Wiedersehen mit unserem Holland und seinen Pastelltönen auf mich machen wird, und jetzt, da der Augenblick heranrückt, fühle ich mich verzagt.

Nach all dem, was ich Dir über mein Leben hier, über G… und meine Schwiegermutter geschrieben habe, mußt Du Dich fragen, was mit mir los ist und warum ich nicht mehr lustig bin.

Vielleicht ist ein Traum schuld, den ich vergangene Nacht gehabt habe und der mir den ganzen Tag verdorben hat. Du erinnerst Dich doch des kleinen Bildes, das im Museum in Den Haag hängt und vor dem wir errötet sind? Es ist nicht signiert. Es wird einem Maler der Florentiner Schule zugeschrieben, dessen Namen ich vergessen habe, und stellt einen Faun dar, der auf seinen Schultern eine splitternackte Frau davonträgt, die sich sträubt. Weißt Du noch?

Der Faun sah in meinem Traum genauso aus wie G…, und seine Miene war derart grausam, daß ich zitternd und schweißgebadet aufwachte.

Kein Angstgefühl, das ist das Seltsame dabei. Ich erinnere mich nur noch schwach. Bestimmt spielte Angst eine Rolle, aber auch ein anderes Gefühl. Ich werde versuchen, es Dir am Mittwoch zu schildern, wenn wir endlich wieder schwatzen können, wie wir es so ausführlich bei Deiner letzten Reise getan haben.

Ich reise Dienstagabend ab, soviel steht fest. Daran gibt es gar keinen Zweifel. Das macht nur noch zwei Tage, die ich warten muß. Ich habe in dieser Zeit noch einen Haufen Dinge zu erledigen. Die Zeit wird also schnell herumgehen. Trotzdem kommt mir alles noch weit entfernt und fast unwirklich vor.

Manchmal meine ich, besonders nach diesem Traum, ein Ereignis könnte eintreten, das mich an der Abreise hindert.

Hab keine Angst! Mein Entschluß ist gefaßt. Ich befolge Deinen Rat. Ich kann das Leben hier nicht länger ertragen. Aber…«

»Sind Sie da, Chef?«

Es war Janvier mit beschriebenen Papierbogen in der Hand.

»Wir sind fertig. Er wartet auf Sie.«

Maigret nahm die Blätter, ließ den Übersetzer bei seiner Arbeit zurück und durchquerte nachdenklich das Inspektorenzimmer. Niemand sah in diesem Augenblick voraus, wie lange das Verhör noch dauern würde. Guillaume Serre blickte zu dem Kommissar auf und nahm von sich aus einen Federhalter vom Schreibtisch.

»Ich muß vermutlich unterschreiben?«

»Hier. Ja. Haben Sie es durchgelesen?«

»Ich habe es gelesen. Dürfte ich Sie um ein Glas Wasser bitten?«

»Möchten Sie nicht lieber ein Glas Rotwein?«

Der Zahnarzt blickte ihn an und verzog den Mund zu einem undefinierbaren Lächeln, in dem ebensoviel Ironie wie Bitterkeit lag.

»Das auch?« fragte er mit zusammengepreßten Lippen.

»Das auch, Monsieur Serre. Sie haben solche Angst vor Ihrer Mutter, daß Sie gezwungen sind, heimlich zu trinken.«

»Ist das eine Frage? Muß ich darauf antworten?«

»Wenn Sie Wert darauf legen.«

»Sie müssen wissen, daß mein Großvater mütterlicherseits Trinker war, daß ihre beiden inzwischen verstorbenen Brüder es ebenfalls waren und daß ihre Schwester ihr Leben in einer Nervenheilanstalt beschloß. Meine Mutter hat in der ständigen Angst gelebt, ich könnte ebenfalls zu trinken anfangen, denn sie weigert sich zu glauben, daß diese Neigung nicht erblich ist. Als ich Student war, wartete sie immer voll Sorge, daß ich heimkam, und es ist vorgekommen, daß sie um die Cafés am Boulevard Saint-Michel herumstrich, wo ich mit meinen Freunden saß. Es ist nie ein Tropfen Alkohol im Haus gewesen, und wenn sich mal Wein im Keller befindet, trägt sie aus Gewohnheit den Schlüssel immer bei sich.«

»Sie erlaubt Ihnen ein Glas mit Wasser verdünntem Wein bei jeder Mahlzeit, nicht wahr?«

»Ich weiß, daß sie Sie aufgesucht und mit Ihnen gesprochen hat.«

»Hat sie Ihnen berichtet, was sie mir gesagt hat?«

»Ja.«

»Sie hängen sehr an Ihrer Mutter, Monsieur Serre?«

»Wir haben fast immer allein gelebt, sie und ich.«

»Ein bißchen wie ein Ehepaar?«

Er wurde leicht rot.

»Ich weiß nicht, was Sie damit sagen wollen.«

»Ist Ihre Mutter eifersüchtig?«

»Wie bitte?«

»Ich frage Sie, ob Ihre Mutter, wie das bei einer Witwe mit einem einzigen Sohn öfter vorkommt, auf Ihre Bekannten eifersüchtig ist. Haben Sie viele Freunde?«

»Steht das in einem Zusammenhang mit dem sogenannten Verschwinden meiner Frau?«

»Ich habe in Ihrem Haus nicht einen einzigen Brief von einem Freund gefunden, kein einziges Gruppenbild, wie es die meisten Leute besitzen.«

Er sagte nichts.

»Es gab auch kein Foto von Ihrer ersten Frau.«

Immer noch Schweigen.

»Ein weiteres Detail hat mich erstaunt, Monsieur Serre. Das Porträt, das über dem Kamin hängt, zeigt doch Ihren Großvater mütterlicherseits?«

»Ja.«

»Den, der trank?«

Zustimmendes Nicken.

»In einer Schublade ist mir eine Reihe von Fotos von Ihnen als Kind und jungem Mann in die Hand gefallen, ferner Bilder von Frauen und Männern, bei denen es sich um Ihre Großmutter, Ihre Tante und Ihre Onkel handeln muß. Sämtliche Verwandte von seiten Ihrer Mutter. Kommt es Ihnen nicht seltsam vor, daß nicht ein Bild Ihres Vaters oder von Angehörigen seiner Familie dabei ist?«

»Das war mir nie aufgefallen.«

»Wurden sie nach dem Tod Ihres Vaters vernichtet?«

»Meine Mutter ist eher in der Lage als ich, diese Frage zu beantworten.«

»Sie erinnern sich nicht daran, daß sie vernichtet worden sind?«

»Ich war damals noch sehr jung.«

»Sie waren siebzehn. Was für ein Bild haben Sie sich von Ihrem Vater bewahrt, Monsieur Serre?«

»Gehört das zum Verhör?«

»Weder meine Fragen noch Ihre Antworten werden registriert, wie Sie sehen. Ihr Vater war Rechtsanwalt?«

»Ja.«

»Kümmerte er sich persönlich um seine Anwaltspraxis?«

»Ziemlich wenig. Sein Bürovorsteher erledigte den größten Teil der Arbeit.«

»Führte er ein mondänes Leben oder lebte er ausschließlich für seine Familie?«

»Er ging viel aus.«

»Hatte er Mätressen?«

»Davon ist mir nichts bekannt.«

»Ist er in seinem Bett gestorben?«

»Auf der Treppe, auf dem Weg in sein Schlafzimmer.«

»Waren Sie zu Hause?«

»Ich war nicht da. Als ich heimkam, war er seit ungefähr zwei Stunden tot.«

»Wer hat ihn behandelt?«

»Dr. Dutilleux.«

»Lebt der noch?«

»Er ist vor mindestens zehn Jahren gestorben.«

»Waren Sie dabei, als Ihre erste Frau starb?«

Er runzelte seine dichten Brauen, während er Maigret starr ansah. Seine Unterlippe schob sich angeekelt vor.

»Antworten Sie bitte!«

»Ich war im Haus.«

»In welchem Teil des Hauses?«

»In meinem Arbeitszimmer.«

»Wie spät war es?«

»Gegen neun Uhr abends.«

»Ihre Frau hielt sich in ihrem Schlafzimmer auf?«

»Sie war früh nach oben gegangen. Sie fühlte sich unwohl.«

»Fühlte sie sich schon länger nicht wohl?«

»Das weiß ich nicht mehr.«

»War Ihre Mutter bei ihr?«

»Sie war ebenfalls oben.«

»Bei ihr?«

»Das weiß ich nicht.«

»Hat Ihre Mutter Sie gerufen?«

»Ich glaube, ja.«

»Als Sie in das Schlafzimmer kamen, war da Ihre Frau tot?«

»Nein.«

»Ist sie erst viel später gestorben?«

»Fünfzehn oder zwanzig Minuten danach. Der Arzt klingelte gerade an der Haustür.«

»Welcher Arzt?«

»Dutilleux.«

»War er Ihr Hausarzt?«

»Er behandelte mich schon, als ich noch klein war.«

»Ein Freund Ihres Vaters?«

»Meiner Mutter.«

»Hatte er Kinder?«

»Zwei oder drei.«

»Haben Sie sie aus den Augen verloren?«

»Ich habe sie nicht persönlich gekannt.«

»Warum haben Sie keine Anzeige erstattet, daß versucht worden war, Ihren Safe aufzubrechen?«

»Ich hatte keinen Grund, bei der Polizei eine Anzeige zu erstatten.«

»Was haben Sie mit dem Werkzeug angefangen?«

»Welchem Werkzeug?«

»Das der Einbrecher bei der Flucht an Ort und Stelle zurückgelassen hat.«

»Ich habe weder Werkzeug noch einen Einbrecher gesehen.«

»Sie haben Ihren Wagen in der Nacht vom Dienstag zum Mittwoch nicht benutzt?«

»Ich habe ihn nicht benutzt.«

»Sie wissen nicht, ob jemand anders mit ihm gefahren ist?«

»Ich hatte seither keine Veranlassung, die Garage zu betreten.«

»Als Sie Ihren Wagen dort am vergangenen Sonntag eingestellt haben, waren da Kratzer im Kofferraum und auf dem rechten Kotflügel?«

»Ich habe nichts bemerkt.«

»Sind Sie unterwegs ausgestiegen?«

Einen Augenblick lang blieb er stumm.

»Ich habe Ihnen eine Frage gestellt.«

»Ich versuche, mich zu erinnern.«

»Das dürfte doch nicht weiter schwer sein. Sie sind die Landstraße nach Fontainebleau entlanggefahren. Haben Sie das Auto verlassen?«

»Ja. Wir sind durch die Felder gegangen.«

»Sie wollen sagen: über einen Feldweg?«

»Einen kleinen Weg, der durch die Wiesen führt, rechts von der Straße.«

»Könnten Sie diesen Weg wiederfinden?«

»Ich glaube, ja.«

»Wo ist Ihre Frau, Monsieur Serre?«

Der Kommissar erhob sich, ohne eine Antwort abzuwarten.

»Es ist dringend nötig, daß wir sie wiederfinden, nicht wahr?«

7

Eine Frau sitzt im Wartezimmer, später noch eine zweite, und eine von ihnen gibt Maigret ein Zeichen, so zu tun, als kenne er sie nicht

Gegen fünf Uhr war Maigret schon einmal kurz aufgestanden, um die Verbindungstür zwischen seinem Büro und dem der Inspektoren aufzumachen, und hatte dabei Janvier zugezwinkert. Kurz danach hatte er sich abermals erhoben und trotz der Hitze wegen des Lärms draußen das Fenster geschlossen.

Um zehn vor sechs ging er, sein Jackett in der Hand, in das Büro nebenan.

»Du bist dran, Janvier!«

Janvier und seine Kollegen hatten längst begriffen, was gespielt wurde. Schon als in der Rue de la Ferme der Kommissar Serre aufgefordert hatte, mit ihm zu kommen, war Janvier so gut wie sicher gewesen, daß Serre den Quai des Orfèvres so bald nicht wieder verlassen würde. Janvier wunderte sich nur, daß sein Chef seine Entscheidung so unvermittelt getroffen hatte, ohne abzuwarten, bis er alle Fäden in der Hand hielt.

»Sie ist im Vorzimmer«, flüsterte er.

»Wer?«

»Die Mutter!«

Hinter der Tür postierte Maigret einen jungen Inspektor namens Marlieux, der mitstenografierte.

»Die gleichen Fragen?« wollte Janvier wissen.

»Die gleichen. Und alle, die dir gerade einfallen.«

Es ging darum, den Zahnarzt mürbe zu machen. Sie würden sich ablösen, zwischendurch eine Tasse Kaffee oder ein Bier trinken gehen und wieder Kontakt mit der Außenwelt aufnehmen, während Serre so lange wie nötig in demselben Büro, auf demselben Stuhl sitzen bleiben mußte.

Maigret begann mit einem Besuch bei dem Übersetzer, der sich inzwischen dazu entschlossen hatte, Jackett und Krawatte abzulegen.

»Was berichtet sie denn so?«

»Ich habe die vier letzten Briefe übertragen. Hier im vorletzten ist ein Abschnitt, der Sie vielleicht interessiert.

> *Alles ist entschieden, meine liebe Gertrude. Ich frage mich noch, wie das alles geschehen konnte. Trotzdem habe ich in der vergangenen Nacht nicht geträumt – oder wenn doch, habe ich es vergessen.«*

»Schreibt sie viel von ihren Träumen?«

»Ja. Davon ist oft die Rede. Und sie deutet sie.«

»Lesen Sie weiter.«

> *Du hast mich oft gefragt, was eigentlich los sei, und ich antwortete Dir, daß Du Dir umsonst Sorgen machtest und daß ich glücklich sei. In Wirklichkeit versuchte ich mir das nur einzureden.*

Ich habe ehrlich zweieinhalb Jahre lang mein möglichstes getan, um mir vorzustellen, ich sei in diesem Haus daheim und G… sei mein Ehemann.

Die Wahrheit, weißt Du, sieht so aus, daß ich wußte, daß das alles nicht stimmte, daß ich immer eine Fremde geblieben bin und mich hier sehr viel weniger heimisch gefühlt habe als in der Familienpension, die Du kennst und in der wir so frohe Stunden verbracht haben.

Wie habe ich mich mit einemmal dazu durchgerungen, die Dinge so zu sehen, wie sie sind?

Weißt Du noch, was wir als Kinder taten? Es machte uns Spaß, alles, was wir sahen – die Leute, die Straßen, die Tiere –, mit den Abbildungen in unseren Bilderbüchern zu vergleichen. Wir wollten, daß das Leben aussah wie sie. Später dann, als wir begonnen hatten, die Museen zu besuchen, waren es die Gemälde, die wir als Gradmesser nahmen.

Ich habe hier dasselbe getan, aber ich habe es mit Absicht getan, ohne daran zu glauben. Heute morgen habe ich plötzlich das Haus gesehen, wie es wirklich ist; ich habe meine Schwiegermutter, ich habe G… mit neuen Augen, ohne Illusionen betrachtet.

Ich hatte sie seit langem nicht mehr, diese Illusionen. Du mußt mich verstehen. Ich hatte sie nicht mehr, aber ich wollte sie mir unbedingt bewahren.

Das ist vorbei. Ganz plötzlich habe ich beschlossen davonzufahren. Ich habe noch mit niemandem darüber gesprochen. Die alte Dame ahnt nichts. Sie zeigt sich mir gegenüber immer von der gleichen Seite, sanft und lächelnd, vorausgesetzt, daß ich alles tue, was sie will.

Sie ist die egoistischste Frau, die ich kenne.

»Dieser Satz ist unterstrichen«, bemerkte der Übersetzer. »Soll ich fortfahren?«

Was G… angeht, so frage ich mich, ob es für ihn nicht eine Erleichterung bedeutet, mich abreisen zu sehen. Er wußte von Anfang an, daß es nichts Gemeinsames zwischen uns gibt. Ich habe mich nie an seine Haut, an seinen Körpergeruch gewöhnen können. Verstehst Du jetzt, warum wir kein gemeinsames Schlafzimmer gehabt haben, worüber Du Dich anfangs so gewundert hast?

Nach zweieinhalb Jahren ist es noch genauso, als ob ich ihn gerade auf der Straße oder in der Métro kennengelernt hätte, und ich kriege jedesmal denselben Schreck, wenn er zu mir kommt. Glücklicherweise geschieht das nicht oft.

Ich glaube sogar, unter uns gesagt, daß er nur kommt, weil er glaubt, mir damit ein Vergnügen zu bereiten, oder weil er meint, es sei seine Pflicht.

Vielleicht fordert seine Mutter ihn dazu auf. Das ist durchaus möglich. Lach nicht! Ich weiß nicht, wie das mit Deinem Mann ist, aber bei G… ist es so, daß er das verdutzte Gesicht eines Schuljungen macht, der zur Strafe fünf Seiten abschreiben muß. Weißt Du, was ich meine?

Ich habe mich oft gefragt, ob es mit seiner ersten Frau

genauso gewesen ist. Möglich ist es schon. Es wäre ohne Zweifel dasselbe mit jeder Frau. Diese Leute, mußt Du wissen, ich spreche von Mutter und Sohn, bilden eine Welt für sich allein und brauchen niemand anders.

Man glaubt es nicht, daß die alte Dame früher einmal verheiratet war. Von ihrem Mann ist nie die Rede. Außer ihnen beiden gibt es auf der Welt für sie nur die Menschen, deren Porträts an den Wänden hängen, und Verstorbene, über die man sich unterhält, als seien sie lebendiger als alle Lebenden auf Erden.

Ich halte es nicht mehr aus, Gertrude. Ich werde gleich heute mit G... sprechen und ihm sagen, daß ich Heimatluft atmen muß. Er wird Verständnis haben. Die Frage ist nur, ob er sich traut, mit seiner Mutter darüber zu sprechen...

»Ist der Brief noch lang?« fragte Maigret.

»Noch sieben Seiten.«

»Übersetzen Sie weiter. Ich komme gleich wieder.«

An der Tür drehte er sich um.

»Wenn Sie Hunger oder Durst haben, rufen Sie die ›Brasserie Dauphine‹ an. Lassen Sie sich kommen, was Sie wollen!«

»Ich danke Ihnen.«

Vom Gang aus sah er im ›Glaskasten‹ die alte Madame Serre auf einem der mit grünem Samt bezogenen Stühle sitzen. Sie saß kerzengerade, die Hände im Schoß gefaltet. Als sie Maigret erblickte, machte sie Anstalten, sich zu erheben, aber er schritt, ohne stehenzubleiben, vorbei zum Treppenhaus.

Das Verhör hatte gerade erst begonnen, doch schon erfüllte es ihn mit Erstaunen, daß draußen im Sonnenschein das Leben weiterging, Leute hin und her eilten, Taxis fuhren und Autobusse mit Männern, die auf der hinteren Plattform die Abendzeitung lasen.

»Rue Gay-Lussac!« sagte er zum Fahrer. »Ich sage Bescheid, wo Sie halten sollen.«

Die großen Bäume im Jardin du Luxembourg rauschten in der abendlichen Brise, und alle Stühle waren besetzt; man sah viele Kleider in leuchtenden Farben, und einige Kinder spielten noch auf den Alleen im Park.

»Ist Maître Orin zu Hause?« fragte er die Concierge.

»Er ist schon über einen Monat nicht mehr heruntergekommen, der Ärmste!«

Maigret hatte sich plötzlich an den Rechtsanwalt erinnert. Er war wahrscheinlich der älteste Anwalt in ganz Paris. Der Kommissar wußte sein genaues Alter nicht, aber er hatte ihn nur alt und halb gelähmt gekannt, was ihn nicht hinderte, immer ein Lächeln zu zeigen und von den Frauen mit begehrlichen Blicken zu sprechen.

Er und ein Dienstmädchen, das fast ebenso alt war wie er, lebten in einer Junggesellenwohnung, die mit Büchern und Stichen, die er sammelte, vollgestopft war. Die Mehrzahl dieser Stiche zeigte erotische Motive.

Orin saß in einem Lehnstuhl am offenen Fenster, eine Decke über die Knie gebreitet trotz der Hitze.

»Na, mein Sohn! Welch guter Wind weht Sie herein? Da meinte ich schon, daß sich keiner mehr meiner erinnert und daß man mich längst auf dem Père-Lachaise glaubt. Worum geht es diesmal?«

Er machte sich keine falschen Hoffnungen, und Maigret wurde ein wenig rot, denn er hatte den alten Anwalt tatsächlich nur selten besucht, ohne einen bestimmten Zweck damit zu verbinden.

»Ich habe mich vorhin gefragt, ob Sie nicht zufällig einen gewissen Serre gekannt haben, der vor ungefähr zwei- oder dreiunddreißig Jahren gestorben ist.«

»Alain Serre?«

»Er war Anwalt.«

»Dann muß es Alain sein.«

»Was für ein Mensch war er?«

»Vermutlich habe ich nicht das Recht zu erfahren, worum es sich handelt?«

»Um seinen Sohn.«

»Ich habe den jungen Mann nie gesehen. Ich wußte, daß es ihn gab, aber ich bin ihm nie begegnet. Sehen Sie, Maigret, Alain und ich gehörten einer fröhlichen Clique an, für die das Familienleben nicht der Weisheit letzter Schluß war. Man traf uns vor allem im Club und hinter den Kulissen der kleinen Theater, und wir kannten sämtliche Ballettmädchen mit Vornamen.«

Mit anzüglichem Lächeln fügte er hinzu:

»Wenn ich so sagen darf!«

»Seine Frau haben Sie nicht gekannt?«

»Ich muß ihr vorgestellt worden sein. Wohnte sie nicht irgendwo in Neuilly? Einige Jahre lang war Alain wie vom Erdboden verschwunden. Er war nicht der erste, dem das passierte. Es gab sogar welche, die uns nach ihrer Heirat regelrecht schnitten. Ich dachte, den sehe ich nicht wieder. Dann plötzlich, viel später –«

»Wieviel Zeit war etwa vergangen?«

»Ich weiß nicht. Jedenfalls eine Reihe von Jahren. Der Club war schon vom Faubourg Saint-Honoré in die Avenue Hoche übergesiedelt. Zehn Jahre? Zwölf Jahre? Fest steht auf alle Fälle, daß er wieder zu uns gekommen ist. Anfangs war er noch kleinlaut, denn er dachte wohl, wir seien ihm böse, weil er uns im Stich gelassen hatte.«

»Und dann?«

»Nichts weiter. Er hat das Verpaßte doppelt aufgeholt. Moment... Er war lange mit einer kleinen Sängerin mit großem Mund liiert. Sie hieß bei uns nur... Ein Spitzname, den wir ihr gegeben hatten... Irgend etwas Unanständiges... Er fällt mir jetzt nicht ein.«

»Trank er?«

»Nicht mehr als die anderen. Zwei oder drei Flaschen Champagner unter Umständen...«

»Was ist aus ihm geworden?«

»Das, was am Ende aus uns allen wird. Er ist gestorben.«

»Ist das alles?«

»Nach der Fortsetzung, mein Sohn, muß man sich da oben erkundigen. Das ist Sache von Sankt Petrus und nicht meine. Welche Missetat hat sein Sohn denn begangen?«

»Ich weiß noch nichts darüber. Seine Frau ist verschwunden.«

»Ist er ein Spaßvogel?«

»Nein. Ganz im Gegenteil.«

»Juliette! Bringen Sie uns etwas!«

Maigret mußte noch eine Viertelstunde bei dem Greis bleiben, der eigensinnig unter seinen Stichen nach einer Skizze der Sängerin suchte.

»Ich kann nicht beschwören, daß sie da gut getroffen ist. Ein Bursche mit unglaublich viel Talent hat sie gezeichnet, als wir eines Abends mit einer ganzen Bande in sein Atelier kamen.«

Das Mädchen war nackt und ging auf den Händen; von seinem Gesicht war nichts zu erkennen, weil seine Haare bis auf den Boden herabhingen.

»Kommen Sie mal wieder vorbei, mein kleiner Maigret. Wenn Sie Zeit gehabt hätten, mein bescheidenes Mahl mit mir zu teilen...«

Eine Flasche Wein stand zur Temperierung in einer Zimmerecke, und in der Wohnung duftete es angenehm nach Essensvorbereitungen.

Die Polizei in Rouen hatte den Traurigen Alfred ebensowenig ausfindig machen können wie die von Le Havre. Wahrscheinlich war der Geldschrankspezialist längst nicht mehr in der Stadt. War er noch weiter in die Nähe von Paris gekommen? Hatte er Ernestines Anzeige gelesen?

Maigret hatte einen Inspektor mit einem Sonderauftrag entlang der Seine-Quais betraut.

»Wo soll ich anfangen?«

»So weit stromaufwärts, wie du kannst.«

Er hatte seine Frau angerufen und sie wissen lassen, daß er nicht zum Abendessen käme.

»Glaubst du, ich bekomme dich in dieser Nacht noch zu Gesicht?«

»Möglicherweise nicht.«

Er hegte keine allzu große Hoffnung. Auch er wußte,

daß er eine große Verantwortung auf sich geladen hatte, als er die Dinge gewaltsam ins Rollen brachte und Guillaume Serre zum Quai des Orfèvres schaffte, bevor er den geringsten Beweis hatte.

Jetzt war es zu spät. Er konnte ihn nicht mehr laufenlassen.

Er fühlte sich bedrückt und schlecht gelaunt. Er setzte sich auf die Terrasse der ›Brasserie Dauphine‹, aber nachdem er die Speisekarte von vorn bis hinten studiert hatte, bestellte er sich nur ein belegtes Brot und ein Glas Bier, denn er war nicht hungrig.

Langsamen Schrittes stieg er dann wieder die Treppe zu den Diensträumen der Kriminalpolizei hinauf. Man hatte schon Licht gemacht, obwohl es draußen noch hell war. Als sein Kopf die Höhe der ersten Etage erreichte, warf er mechanisch einen Blick in das Wartezimmer, und das erste, was er sah, war ein grüner Hut, der ihm allmählich auf die Nerven ging.

Ernestine war da und saß Madame Serre genau gegenüber, die Hände in den Schoß gelegt wie die alte Dame, mit derselben geduldigen und niedergeschlagenen Miene. Sie erblickte ihn sofort, ließ absichtlich ihren Blick starr werden und schüttelte leicht den Kopf.

Er interpretierte das Kopfschütteln als Bitte, sie nicht zu erkennen. Unmittelbar darauf begann sie mit der alten Dame eine Unterhaltung, als hätten die beiden vor einer Weile Bekanntschaft geschlossen.

Achselzuckend stieß er die Tür zum Dienstzimmer der Inspektoren auf. Der Stenograf war in Aktion, einen Schreibblock auf den Knien. Man hörte Janviers erschöpfte

Stimme, untermalt von den Schritten des Inspektors, der nebenan auf und ab ging.

»Sie behaupten, Monsieur Serre, daß Ihre Frau ein Taxi an der Ecke des Boulevard Richard-Wallace holen gegangen ist. Wie lange ist sie weggeblieben?«

Bevor er die Ablösung übernahm, kletterte er die Treppe zum Büro von Moers unter dem Dach hinauf. Moers war dabei, Dokumente abzulegen.

»Sag mal, Junge, außer diesem Ziegelstaub gab es keine anderen Spuren in dem Auto?«

»Der Wagen ist sorgfältig gesäubert worden.«

»Bist du dir da sicher?«

»Es war purer Zufall, daß ich das bißchen Ziegelstaub in einer Falte der Fußmatte unter dem Fahrersitz entdeckt habe.«

»Angenommen, das Auto sei nicht gereinigt worden und der Fahrer auf einem Feldweg ausgestiegen.«

»Einem asphaltierten Weg?«

»Nein. Nimm mal an, sage ich, er sei ausgestiegen und ebenso die Person, die bei ihm war, und sie seien alle beide auf dem Weg spazierengegangen und dann wieder in den Wagen gestiegen.«

»Und man hätte ihn danach nicht saubergemacht?«

»Ja.«

»Dann gäbe es Spuren. Vielleicht nicht viele. Aber ich hätte sie gefunden.«

»Das ist alles, was ich wissen wollte. Lauf nicht fort!«

»Geht in Ordnung. Übrigens habe ich zwei Haare im Zimmer der verschwundenen Frau entdeckt. Sie hatte von Natur aus blondes Haar, färbte es sich aber rötlichblond. Ich weiß auch, welchen Gesichtspuder sie benutzt hat.«

Der Kommissar stieg wieder hinunter und betrat diesmal sein eigenes Büro, wo er sich das Jackett auszog. Er hatte den ganzen Nachmittag Pfeife geraucht. Janvier hatte Zigaretten geraucht, Serre Zigarren. Die Luft war blau vor Rauch, der um die Lampe herum Nebelschwaden bildete.

»Haben Sie keinen Durst, Monsieur Serre?«

»Der Inspektor hat mir ein Glas Wasser gegeben.«

Janvier verließ das Zimmer.

»Möchten Sie nicht lieber ein Glas Bier oder Wein?«

Erneut dieses Augenfunkeln, als trage er Maigret persönlich diese kleinen Fallen nach.

»Nein, danke.«

»Ein belegtes Brot?«

»Gedenken Sie mich noch lange festzuhalten?«

»Ich weiß es nicht. Das hängt von Ihnen ab.«

Er ging zur Tür und rief den Inspektoren zu:

»Bringt einer von euch mir mal eine Straßenkarte von Fontainebleau und Umgebung?«

Er ließ sich Zeit. All das waren nur Worte, war gewissermaßen nur die Oberfläche.

»Laß belegte Brote und Bier heraufschicken, wenn du essen gehst, Janvier!«

»Gut, Chef.«

Man brachte ihm die Straßenkarte.

»Zeigen Sie mir die Stelle, wo Sie am Sonntag mit Ihrem Wagen gehalten haben.«

Serre suchte einen Moment, nahm einen Bleistift vom

Schreibtisch und machte ein Kreuz an der Stelle, wo sich die Landstraße und ein Feldweg kreuzten.

»Wenn links ein Bauernhof mit rotem Dach liegt, ist es dieser Weg hier.«

»Wie lange sind Sie spazierengegangen?«

»Ungefähr eine Viertelstunde.«

»Hatten Sie dieselben Schuhe an wie heute?«

Er überlegte, blickte auf seine Schuhe hinunter und nickte.

»Sind Sie sicher?«

»Vollkommen.«

Die Schuhe hatten Gummiabsätze, auf denen konzentrische Kreise um den Namen des Herstellers herum eingeprägt waren.

»Glauben Sie nicht, Monsieur Serre, daß es einfacher und weniger anstrengend wäre, reinen Tisch zu machen? Zu welchem Zeitpunkt haben Sie Ihre Frau umgebracht?«

»Ich habe sie nicht umgebracht!«

Maigret seufzte und ging nach nebenan, um neue Instruktionen zu erteilen. Da war nichts zu machen! Es würde wahrscheinlich noch Stunden dauern. Die Gesichtsfarbe des Zahnarztes wirkte noch fahler als am Morgen, und unter seinen Augen begannen sich Ringe zu bilden.

»Warum haben Sie sie geheiratet?«

»Meine Mutter hat mir dazu geraten.«

»Aus welchem Grund?«

»Aus Angst, daß ich eines Tages allein bleiben würde. Sie bildet sich ein, ich sei noch ein Kind und hätte jemanden nötig, der sich um mich kümmert.«

»Und der Sie am Trinken hindert?«

Schweigen.

»Ich nehme an, daß zwischen Maria von Aerts und Ihnen von Liebe nicht die Rede war?«

»Wir gingen beide auf die Fünfzig zu.«

»Wann haben die Streitigkeiten angefangen?«

»Es hat niemals Streitigkeiten gegeben.«

»Womit haben Sie Ihre Abende verbracht, Monsieur?«

»Ich?«

»Ja, Sie!«

»Meistenteils mit Lesen, in meinem Arbeitszimmer.«

»Und Ihre Frau?«

»Sie hat in ihrem Schlafzimmer geschrieben. Sie ging früh zu Bett.«

»Hat Ihr Vater viel Geld verloren?«

»Ich verstehe nicht.«

»Ist Ihnen zu Ohren gekommen, daß Ihr Vater ein, wie man es damals nannte, sehr liederliches Leben führte?«

»Er ging oft aus.«

»Hat er viel Geld ausgegeben?«

»Ich glaube, ja.«

»Ihre Mutter hat ihm Szenen gemacht?«

»Wir sind keine Menschen, die Szenen machen.«

»Wieviel hat Ihre erste Ehe Ihnen eingebracht?«

»Wir sprechen nicht dieselbe Sprache.«

»Ihre erste Frau und Sie hatten doch auch Gütergemeinschaft vereinbart?«

»Das stimmt.«

»Sie war vermögend. Sie haben sie also beerbt.«

»Ist das nicht normal?«

»Solange die Leiche Ihrer zweiten Frau nicht gefunden wird, können Sie sie nicht beerben!«

»Warum sollte sie nicht lebend wiedergefunden werden?«

»Glauben Sie das, Monsieur Serre?«

»Ich habe sie nicht getötet!«

»Warum haben Sie am Dienstagabend Ihren Wagen aus der Garage geholt?«

»Ich habe ihn nicht herausgeholt.«

»Die Concierge im Haus gegenüber hat Sie gesehen. Es war nach Mitternacht.«

»Sie vergessen, daß es drei Garagen gibt, drei ehemalige Ställe, deren Tore nebeneinander liegen. Es war Nacht, das sagen Sie selbst. Sie kann sich geirrt haben.«

»Der Eisenwarenhändler allerdings hat Sie am hellichten Tage nicht mit jemand anderem verwechseln können, als Sie bei ihm Kitt und eine zweite Fensterscheibe gekauft haben.«

»Mein Wort ist ebensoviel wert wie seines.«

»Vorausgesetzt, daß Sie Ihre Frau nicht ermordet haben. Was haben Sie mit den Handkoffern und dem großen Koffer gemacht?«

»Diese Frage stellt man mir jetzt zum drittenmal. Diesmal vergessen Sie, nach dem Werkzeug zu fragen.«

»Wo waren Sie am Dienstag nach Mitternacht?«

»Im Bett.«

»Haben Sie einen leichten Schlaf, Monsieur Serre?«

»Nein. Meine Mutter aber schon.«

»Sie haben alle beide nichts gehört?«

»Ich glaube, das habe ich Ihnen bereits versichert.«

»Und am Mittwochmorgen war für Sie das Haus in bester Ordnung?«

»Ich vermute, Sie haben das Recht, mich ins Verhör zu nehmen, weil eine Untersuchung eingeleitet worden ist. Sie haben beschlossen, nicht wahr, mich kleinzukriegen. Ihr Inspektor hat mir bereits dieselben Fragen gestellt. Jetzt geht es wieder von neuem damit los. Ich ahne schon, daß die ganze Nacht damit draufgehen wird. Damit wir Zeit sparen, wiederhole ich ein für allemal, daß ich meine Frau nicht ermordet habe. Ich kündige Ihnen auch an, daß ich nicht mehr auf Fragen antworten werde, die mir bereits gestellt worden sind. Ist meine Mutter hier?«

»Haben Sie Grund zu der Annahme, sie sei hier?«

»Ist das in Ihren Augen nicht normal?«

»Sie sitzt im Warteraum.«

»Haben Sie vor, sie dort die Nacht verbringen zu lassen?«

»Ich werde nichts unternehmen, um sie daran zu hindern. Sie ist frei.«

Diesmal warf ihm Guillaume Serre einen haßerfüllten Blick zu.

»Ich möchte nicht Ihren Beruf haben.«

»Ich möchte nicht an Ihrer Stelle sein.«

Sie sahen sich schweigend an; keiner von beiden wollte die Augen niederschlagen.

»Sie haben Ihre Frau ermordet, Monsieur Serre. Wahrscheinlich ebenso, wie Sie Ihre erste umgebracht haben.«

Sein Gegenüber zuckte nicht mit der Wimper.

»Sie werden es schon gestehen.«

Der Zahnarzt verzog die Lippen zu einem verächtlichen Grinsen, lehnte sich in seinem Stuhl zurück und schlug die Beine übereinander.

Nebenan hörte man den Kellner der ›Brasserie Dauphine‹ Teller und Gläser abstellen.

»Ich möchte Ihr Angebot annehmen, einen Happen zu essen.«

»Wollen Sie vielleicht auch Ihr Jackett ausziehen?«

»Nein.«

Langsam kaute er sein Sandwich, während Maigret ihm am Wasserhahn im Wandschrank ein Glas Wasser holte.

Es war acht Uhr abends.

Man sah ein Fenster nach dem anderen dunkel werden, konnte beobachten, wie draußen das Bild der Stadt verschwamm und Lichtpunkte an seine Stelle traten, die ebenso weit entfernt zu sein schienen wie die Sterne.

Maigret mußte sich Tabak holen lassen. Um elf Uhr rauchte der Zahnarzt seine letzte Zigarre, und die Luft im Zimmer war zum Schneiden dick. Zweimal war der Kommissar durch das Haus gegangen, um sich die Beine zu vertreten, und hatte wieder die beiden Frauen im Wartezimmer sitzen sehen. Das zweite Mal hatten ihre Stühle dicht nebeneinander gestanden, und sie plauderten, als kennten sie sich seit je.

»Wann haben Sie ihren Wagen gereinigt?«

»Er ist vor zwei Wochen zum letztenmal gereinigt worden, in einer Reparaturwerkstatt in Neuilly, als auch ein Ölwechsel vorgenommen wurde.«

»Ist das Auto seit Sonntag nochmals gereinigt worden?«

»Nein.«

»Jetzt sehen Sie mal her, Monsieur Serre, wir haben da ein aufschlußreiches Experiment durchgeführt. Einer meiner Inspektoren hat Schuhe mit Gummiabsätzen angezogen, wie Sie sie tragen, und ist zu der von Ihnen angegebenen Kreuzung an der Landstraße nach Fontainebleau gefahren. Genau so, wie Sie es nach Ihrer Aussage mit Ihrer Mutter getan haben, ist er ausgestiegen und auf dem Feldweg spazierengegangen. Dieser ist nicht asphaltiert. Dann ist er wieder in das Auto gestiegen und hierher zurückgekehrt.

Die Spezialisten vom Erkennungsdienst, die bekanntlich ihr Handwerk verstehen, haben dann den Fußteppich des Wagens untersucht. Hier sind der Staub und der Kies, den sie eingesammelt haben.«

Er legte eine kleine Tüte auf den Schreibtisch.

Serre streckte die Hand nicht nach der Papiertüte aus.

»Wir hätten die gleichen Schmutzteilchen auf der Fußmatte Ihres Wagens finden müssen.«

»Beweist das, daß ich meine Frau ermordet habe?«

»Das beweist, daß das Auto nach dem Sonntag saubergemacht worden ist.«

»Könnte sich nicht jemand Einlaß in meine Garage verschafft haben?«

»Das ist ziemlich unwahrscheinlich.«

»Aber Ihre Leute sind doch hineingegangen.«

»Was wollen Sie damit andeuten?«

»Nichts, Herr Kommissar. Ich beschuldige niemanden. Ich mache Sie nur darauf aufmerksam, daß diese Maßnahme ohne Zeugen erfolgt ist, folglich ohne gesetzliche Rückendeckung.«

»Möchten Sie nicht mit Ihrer Mutter sprechen?«

»Sie wüßten wohl gern, was ich ihr mitzuteilen habe?

Nichts, Monsieur Maigret! Ich habe ihr nichts zu sagen, und sie hat mir nichts zu sagen.«

Ein Gedanke durchzuckte ihn plötzlich.

»Hat sie etwas gegessen?«

»Das kann ich nicht sagen. Ich wiederhole mich: Sie ist frei!«

»Sie wird dieses Haus nicht verlassen wollen, solange ich hier bin.«

»Dann muß sie sich auf eine lange Wartezeit gefaßt machen.«

Serre senkte den Blick und schlug einen anderen Ton an. Nach längerem Zögern murmelte er, etwas verlegen, wie es schien:

»Ich vermute, es wäre zuviel verlangt, wenn ich Sie bäte, ihr ein belegtes Brot bringen zu lassen.«

»Das ist längst geschehen.«

»Hat sie es gegessen?«

»Ja.«

»Wie geht es ihr?«

»Sie redet ununterbrochen.«

»Mit wem?«

»Mit einer bestimmten Person, die ebenfalls im Wartezimmer sitzt. Einer ehemaligen Prostituierten.«

Und abermals blitzte Haß in den Augen des Zahnarztes auf.

»Sie haben das absichtlich so eingerichtet!«

»Bestimmt nicht.«

»Meine Mutter hat nichts auszusagen.«

»Um so besser für Sie.«

Fast eine Viertelstunde lang herrschte Schweigen zwischen den beiden Männern, dann ging Maigret langsamen Schrittes in das angrenzende Büro hinüber, verdrossener denn je, und gab Janvier ein Zeichen, der in einer Ecke vor sich hin döste.

»Dasselbe, Chef?«

»Alles, was du willst.«

Der Stenograf war todmüde. Der Übersetzer arbeitete immer noch in seinem Kämmerchen.

»Hol mir Ernestine, die von den beiden mit dem grünen Hut, und bring sie in das Büro von Lucas.«

Als die Bohnenstange hereinkam, sah sie nicht gerade zufrieden aus.

»Sie hätten mich nicht stören sollen. Sie wird bestimmt irgend etwas ahnen.«

Vielleicht weil es mitten in der Nacht war, duzte Maigret sie mit einemmal ganz selbstverständlich.

»Was hast du ihr erzählt?«

»Daß ich nicht wisse, warum man mich vorgeladen habe, daß mein Mann seit zwei Tagen verschwunden sei und ich keine Nachricht von ihm habe, daß ich die Polizei und ihre Tricks wie die Pest hasse.

›Die lassen mich bloß warten, um mich weich zu kriegen‹, habe ich zu ihr gesagt. ›Sie glauben, sie können tun, was sie wollen!‹«

»Was hat sie darauf erwidert?«

»Sie hat wissen wollen, ob ich schon mal hiergewesen sei. Ich habe ja gesagt, ich sei mal vor einem Jahr eine ganze Nacht lang verhört worden, weil mein Mann eine Schlägerei in einem Café gehabt hätte und er verdächtigt worden sei, mit dem Messer zugestochen zu haben. Anfangs hat sie mich fast angewidert angeguckt. Dann hat sie nach und nach begonnen, mich auszufragen.«

»Worüber?«

»Besonders über Sie. Ich habe ihr alles erdenklich Schlechte erzählt. Ich habe auch absichtlich gesagt, daß Sie es immer fertigbrächten, die Leute zum Reden zu bringen, selbst auf die Gefahr hin, dabei brutale Mittel anzuwenden.«

»Was?«

»Ich weiß schon, was ich tue. Ich habe ihr den Fall geschildert, wie Sie jemanden vierundzwanzig Stunden lang mitten im Winter pudelnackt in Ihrem Büro festgehalten haben und noch dafür sorgten, daß das Fenster offenblieb.«

»Das ist doch nie vorgekommen!«

»Aber so etwas macht Eindruck auf sie. Sie ist jetzt weniger selbstbewußt als bei meinem Kommen. Sie spitzt die ganze Zeit die Ohren.

›Schlägt er die Leute?‹ hat sie mich gefragt.

›Das kommt vor.‹

Möchten Sie nicht lieber, daß ich wieder zu ihr gehe?«

»Wenn du willst.«

»Ich hätte nur gern, daß mich ein Inspektor in das Wartezimmer zurückbringt und dabei grob mit mir umgeht.«

»Noch immer keine Nachricht von Alfred?«

»Sie auch nicht?«

Maigret schickte sie zurück, wie sie es verlangt hatte, und der Inspektor kam mit eigenartigem Lächeln wieder.

»Was ist passiert?«

»Fast gar nichts. Als ich an der Alten vorbeigegangen

bin, hat sie schützend den Arm gehoben, als ob sie damit rechnete, daß ich sie schlagen würde. Die Bohnenstange war kaum hier aus dem Büro heraus, da hat sie angefangen zu weinen!«

Madame Maigret rief an, um zu erfahren, ob ihr Mann etwas gegessen habe.

»Dann soll ich also nicht auf dich warten?«

»Nein, bitte nicht.«

Er hatte Kopfschmerzen. Er war mit sich selbst und mit den anderen unzufrieden. Vielleicht war er auch ein wenig unruhig. Er fragte sich, was wohl geschehen würde, wenn plötzlich ein Telefonanruf von Maria van Aerts käme und die Frau mitteilte, sie habe ihre Pläne geändert und hielte sich seelenruhig in irgendeiner Stadt auf.

Er trank ein Glas lauwarm gewordenes Bier, empfahl, neues heraufkommen zu lassen, bevor das Lokal schloß, und ging wieder in sein Büro, wo Janvier das Fenster geöffnet hatte. Der Geräuschpegel der Stadt war auf Null zurückgegangen. Von Zeit zu Zeit überquerte ein Taxi den Pont Saint-Michel.

Er setzte sich mit hängenden Schultern. Janvier verließ den Raum. Nach einem langen Schweigen sagte er nachdenklich:

»Ihre Mutter bildet sich offenbar ein, ich foltere Sie.«

Er war überrascht zu sehen, wie sein Gesprächspartner ruckartig den Kopf hob, und zum ersten Mal las er in seinen Zügen Unruhe.

»Was hat man ihr bloß erzählt?«

»Das kann ich nicht sagen. Wahrscheinlich stammt das von dem Dämchen, das mit ihr da draußen wartet. Diese

Art von Personen erfindet gern Geschichten, um sich interessant zu machen.«

»Kann ich sie sehen?«

»Wen?«

»Meine Mutter.«

Maigret tat so, als sei er sich unschlüssig, als erwäge er das Für und Wider, und schüttelte schließlich den Kopf.

»Nein«, entschied er. »Ich glaube, ich werde sie selbst verhören. Und ich überlege noch, ob ich nicht auch Eugénie holen lassen soll.«

»Meine Mutter weiß nichts.«

»Und Sie?«

»Ich auch nicht.«

»Dann spricht also nichts dagegen, daß ich sie so vernehme, wie ich Sie vernommen habe.«

»Haben Sie denn überhaupt kein Mitleid, Kommissar?«

»Mit wem?«

»Mit einer alten Frau.«

»Maria wäre sicher auch gern eine alte Frau geworden.«

Er ging im Büro hin und her, die Hände auf dem Rücken verschränkt, aber was er erwartete, trat nicht ein.

»Du bist wieder dran, Janvier! Ich werde mir mal die Mutter vorknöpfen!«

In Wirklichkeit wußte er noch nicht, ob er es tun sollte oder nicht. Janvier berichtete später, er habe den Chef noch nie so erschöpft und so brummig erlebt wie in jener Nacht.

Es war ein Uhr früh geworden. Alle im Haus hatten den Mut sinken lassen, und hinter dem Rücken des Kommissars wurden verzweifelte Blicke gewechselt.

8

Man erlebt, wie sich die Bohnenstange die Würmer aus der Nase ziehen läßt, und Maigret entscheidet sich endlich, einem anderen Gegner gegenüberzutreten

Maigret verließ gerade das Dienstzimmer der Inspektoren, um nach dem Übersetzer zu sehen, als einer der Männer der Reinigungskolonne, die seit einer halben Stunde durch das Gebäude schwärmten, auf ihn zutrat und verkündete:

»Da ist eine Dame, die Sie sprechen möchte.«

»Wo?«

»Es ist eine der beiden, die im Wartezimmer gesessen haben. Es sieht so aus, als sei ihr übel geworden. Sie ist ganz bleich wie jemand, der gleich ohnmächtig wird, in das Büro gekommen, das ich gerade ausfegte, und hat mich einfach gebeten, Ihnen Bescheid zu sagen.«

»Die alte Dame?« fragte Maigret stirnrunzelnd.

»Nein, die junge.«

Die meisten der auf den Korridor führenden Türen standen offen. Im übernächsten Büro erblickte der Kommissar Ernestine, die eine Hand auf ihre Brust gelegt hatte und mit trübseliger Miene ein paar hastige Schritte tat, als müßte sie ihn dringend etwas fragen.

»Machen Sie die Tür zu«, flüsterte sie, als er vor ihr stand.

Und als das geschehen war:

»Uff! Ich konnte wirklich nicht mehr, aber schlecht ist mir nicht. Ich habe Theater gespielt, um eine Ausrede zu haben, die da für einen Moment zu verlassen. Was nicht heißen soll, daß ich völlig auf dem Damm bin. Sie haben nicht zufällig einen Schnaps da?«

Er mußte in sein Büro zurückgehen, um die Cognacflasche zu holen, die er immer in seinem Wandschrank stehen hatte. Weil keine Schnapsgläser da waren, goß er ihr den Alkohol in ein Wasserglas. Sie kippte ihn in einem Zug hinunter und mußte aufstoßen.

»Ich weiß nicht, wie Sie mit dem Sohn zurechtkommen. Ich bin mit der Mutter am Ende. Zuletzt flimmerte es mir schon vor den Augen.«

»Hat sie geredet?«

»Sie ist robuster als ich. Darauf wollte ich Sie noch besonders hinweisen. Anfangs war ich überzeugt, sie glaube alles, was ich ihr vorschwindelte. Dann, ich weiß nicht, wie es gekommen ist, hat sie angefangen, mir knappe, scheinbar belanglose Fragen zu stellen. Ich kenne diese Methode von früheren Flunkereien und hielt mich für imstande, meine Geschichte glaubhaft zu machen. Aber bei ihr habe ich nicht lange durchgehalten.«

»Hast du ihr gesagt, wer du bist?«

»Nicht klipp und klar. Diese Frau ist schrecklich intelligent, Monsieur Maigret! Woran hat sie erkennen können, daß ich mal auf den Strich gegangen bin? Können Sie mir das sagen? Sieht man mir das noch an? Dann hat sie mir gesagt:

›Sie kennen sich bei diesen Leuten gut aus, was?‹

Damit hat sie Sie und Ihre Kollegen gemeint.

Zu guter Letzt fragte sie mich über das Gefängnisleben aus, und ich gab ihr Antwort.

Wenn man mir gesagt hätte, als ich mich ihr gegenübersetzte, daß ich mich verplappern würde, hätte ich es bestimmt nicht geglaubt!«

»Hast du ihr was von Alfred erzählt?«

»Nicht allzuviel. Vor allem nicht, was er eigentlich macht. Sie glaubt jetzt, er sei ein Scheckbetrüger. Aber das interessiert sie nicht so sehr. Seit mindestens einer Dreiviertelstunde will sie jetzt von mir alles darüber wissen, wie es in einem Gefängnis zugeht: Wann man aufstehen muß, was man zu essen bekommt, wie die Wärterinnen sich verhalten... Ich dachte, Sie würden das alles gern erfahren, und habe so getan, als würde mir speiübel. Ich bin aufgestanden und habe erklärt, ich würde etwas zu trinken verlangen, und es sei unmenschlich, Frauen die ganze Nacht hier herumsitzen zu lassen...

Kann ich noch einen Schluck haben?«

Sie war tatsächlich erschöpft. Der Alkohol verlieh ihren Wangen wieder Farbe.

»Ihr Sohn gesteht nicht?«

»Noch nicht. Hat sie von ihm gesprochen?«

»Sie horcht auf alle Geräusche und zuckt jedesmal zusammen, wenn eine Tür geöffnet wird. Sie hat mir noch eine Frage gestellt. Sie wollte wissen, ob ich Leute gekannt habe, die mit der Guillotine hingerichtet worden sind... So, jetzt geht es mir besser; ich gehe wieder zu ihr. Diesmal nehme ich mich in acht. Keine Angst!«

Sie benutzte die Gelegenheit, sich zu pudern, und sah nach der Flasche, wagte aber nicht, um einen dritten Schluck zu bitten.

»Wie spät ist es?«

»Drei Uhr.«

»Ich weiß nicht, wie die das fertigbringt. Sie sieht überhaupt nicht müde aus und sitzt genauso kerzengerade da wie gestern abend.«

Maigret ließ sie gehen, schöpfte frische Luft an einem offenen Fenster, das auf den Hof hinausging, und trank einen Schluck Cognac direkt aus der Flasche. Als er durch das Büro ging, in dem der Übersetzer bei der Arbeit war, zeigte ihm dieser eine Stelle in einem Brief, die er unterstrichen hatte.

»Das hat sie vor anderthalb Jahren geschrieben«, sagte er.

Maria teilte ihrer Freundin mit:

> *Gestern habe ich herzhaft gelacht. G… war in meinem Schlafzimmer, nicht aus dem Grund, den Du vermutest, sondern um mit mir einen Plan zu besprechen, den ich am Vortag gefaßt hatte, nämlich für zwei Tage nach Nizza zu fahren.*
>
> *Die Serres sind Menschen, die Reisen einfach scheußlich finden. In ihrem ganzen Leben sind sie mit einer einzigen Ausnahme aus Frankreich nicht herausgekommen. Die Auslandsreise haben sie gemacht, als der Vater noch lebte. Da sind sie zusammen nach London gefahren. Übrigens sind sie wohl allesamt seekrank geworden und haben sich vom Schiffsarzt behandeln lassen.*

Aber davon wollte ich Dir gar nicht berichten. Wenn ich bestimmte Dinge sage, die ihnen nicht passen, antworten sie nicht sofort darauf. Sie schweigen, und man hört, wie man so sagt, einen Engel durchs Zimmer gehen.

Dann kommt später oder am nächsten Tag G... mit verärgerter Miene zu mir ins Schlafzimmer, druckst herum und rückt zu guter Letzt mit dem heraus, was er auf dem Herzen hat. Kurz und gut, es scheint, daß meine Idee, zum Karneval nach Nizza zu fahren, albern und fast unanständig ist. Er hat mich wissen lassen, daß seine Mutter schockiert gewesen sei, als sie davon hörte, und mich flehentlich gebeten, meinen Plan aufzugeben.

Zufällig stand gerade die Schublade meines Nachttisches etwas offen. Er hat rein mechanisch einen Blick hineingeworfen, und ich habe gesehen, daß er ganz blaß wurde.

›Was ist das denn?‹ hat er gestottert und auf den kleinen Trommelrevolver mit dem Perlmuttgriff gedeutet, den ich mir vor meiner Ägyptenreise gekauft hatte.

Erinnerst Du Dich? Ich hatte es Dir damals erzählt. Man hatte mir gesagt, eine alleinreisende Dame sei in diesen Ländern da unten schutzlos.

Ich weiß nicht mehr, warum ich ihn in diese Schublade gelegt hatte. Ich habe ruhig geantwortet:

›Das ist ein Revolver.‹

›Ist er geladen?‹

›Das weiß ich nicht mehr.‹

Ich habe ihn herausgenommen und im Magazin nachgesehen. Es war leer.

›Hast du auch die Patronen dafür?‹

›Irgendwo müssen noch welche sein.‹

Eine halbe Stunde darauf ist meine Schwiegermutter unter einem Vorwand hereingekommen. Sie kommt nämlich nie ohne Grund in mein Zimmer. Sie hat ebenfalls lange drumherum geredet und mir dann erklärt, es gehöre sich nicht für eine Frau, eine Waffe zu besitzen.

›Aber das ist doch mehr ein Spielzeug‹, habe ich geantwortet. ›Ich hebe es als Andenken auf, weil der Griff so hübsch ist und meine Initialen darin eingraviert sind. Ich glaube übrigens nicht, daß man damit viel Unheil anrichten kann.‹

Sie hat sich dann schließlich beruhigt. Aber erst habe ich ihr die Schachtel mit den Patronen aushändigen müssen, die hinten in der Schublade lag.

Das drolligste ist, daß ich, kaum daß sie draußen war, in meiner Handtasche eine weitere Packung Patronen gefunden habe, die ich ganz vergessen hatte. Das habe ich ihr natürlich nicht gesagt…

Maigret, der die Cognacflasche in der Hand hielt, schenkte dem Übersetzer ein und ging dann weiter zu dem Stenografen und bot ihm ebenso einen Schluck an wie dem Inspektor, der, um sich die Müdigkeit zu vertreiben, Männchen auf seine Schreibunterlage malte.

Als er wieder in sein eigenes Büro kam, das Janvier automatisch verließ, begann eine neue Runde im Ring.

»Ich habe mir das Ganze überlegt, Serre. Ich gelange langsam zu der Überzeugung, daß Sie doch nicht so viel gelogen haben, wie ich zunächst vermutete.«

Er hatte die Anrede ›Monsieur‹ weggelassen, als sei nach solch stundenlangem Beisammensein eine gewisse Vertraulichkeit angebracht. Der Zahnarzt begnügte sich damit, ihn argwöhnisch zu mustern.

»Maria durfte ebensowenig verschwinden wie Ihre erste Frau. Es lief Ihren Interessen zuwider, daß sie Sie verlassen wollte. Sie hatte ihre Koffer gepackt und ihre Heimreise nach Holland angekündigt. Sie war fest entschlossen, den Nachtexpreß zu nehmen.

Ich weiß nicht, ob sie in Ihrem Haus oder erst draußen sterben sollte. Was haben Sie dazu zu sagen?«

Guillaume Serre antwortete mit keinem Wort, aber sein Blick verriet zunehmendes Interesse.

»Anders ausgedrückt: Sie sollte eines natürlichen Todes sterben, ich meine, eines Todes, der als natürlich angesehen werden konnte.

So ist die Sache aber nicht abgelaufen, denn sonst hätten Sie keine Veranlassung gehabt, ihre Leiche und ihr Gepäck spurlos verschwinden zu lassen.

Dann ist da noch ein anderes Detail, das keinen Sinn ergibt. Sie hatten einander Lebewohl gesagt. Also brauchte Maria nicht noch einmal Ihr Arbeitszimmer zu betreten. Ihre Leiche hat aber trotzdem zu einer bestimmten Zeit während der Nacht dort gelegen.

Ich will gar nicht, daß Sie mir jetzt antworten, sondern daß Sie meinen Ausführungen folgen. Ich habe eben erst erfahren, daß Ihre Frau einen Revolver besaß.

Ich bin bereit zu glauben, daß Sie in Notwehr geschossen haben. Dann sind Sie von Panik ergriffen worden. Sie haben die Leiche liegen lassen, während Sie Ihren Wagen aus der Garage holten. Bei dieser Gelegenheit, ungefähr um Mitternacht, hat die Concierge Sie beobachtet.

Was ich gern wissen möchte, ist, wodurch sich Ihre und Marias Pläne geändert haben. Sie waren in Ihrem Arbeitszimmer, nicht wahr?«

»Ich kann mich nicht mehr erinnern.«

»Das haben Sie aber gesagt.«

»Das ist möglich.«

»Ich bin davon überzeugt, daß Ihre Mutter nicht in ihrem Schlafzimmer war, sondern sich bei Ihnen aufhielt.«

»Sie war in ihrem eigenen Zimmer.«

»Daran erinnern Sie sich noch genau?«

»Ja.«

»Dann wissen Sie wohl auch noch, daß Sie sich in Ihrem Arbeitszimmer befanden? Ihre Frau war noch nicht losgegangen, um sich ein Taxi zu besorgen. Wenn sie an jenem Abend mit einem Taxi zurückgekommen wäre, hätten wir den Fahrer ermittelt. Mit anderen Worten: Bevor sie das Haus verließ, hat sie ihre Meinung geändert und sich in Ihr Büro begeben. Warum?«

»Ich weiß es nicht.«

»Sie geben zu, daß sie Sie noch einmal aufgesucht hat?«

»Nein.«

»Sie machen einen Fehler, Serre. Es gibt nur äußerst wenige Fälle in der Kriminalgeschichte, bei denen eine Leiche nicht früher oder später gefunden worden wäre. Wir werden Marias Leiche finden! Und ich bin nun auch überzeugt, die Autopsie wird ergeben, daß sie durch eine oder mehrere Kugeln getötet worden ist. Unklar ist mir nur noch, ob es eine Kugel aus Ihrem oder aus Marias Revolver war.

Danach richtet es sich, ob Ihr Fall mehr oder weniger schwerwiegend ist. Handelt es sich um eine Kugel aus ihrer Waffe, wird man daraus folgern, daß sie aus irgendeinem Grund auf die Idee gekommen ist, von Ihnen eine Abrechnung zu verlangen und Sie zu bedrohen.

Ging es um Geld, Serre?«

Er zuckte die Achseln.

»Sie stürzen sich auf sie, entwaffnen sie und drücken, ohne es zu wollen, auf den Abzug. Eine weitere Hypothese ist, daß sie Ihre Mutter und nicht Sie bedroht hat. Eine Frau empfindet leichter Haß gegen eine andere Frau als gegen einen Mann.

Eine letzte Hypothese ist schließlich, daß Ihr eigener Revolver sich nicht in Ihrem Schlafzimmer befunden hat, wohin Sie ihn erst später gelegt haben, sondern in der Schublade Ihres Schreibtisches.

Maria kommt herein. Sie ist bewaffnet. Sie bedroht Sie. Sie reißen die Schublade auf und schießen als erster.

In dem einen wie dem anderen Fall geht es nicht um Ihren Kopf. Die Vorsätzlichkeit fehlt, denn es ist nicht ungewöhnlich, in einer Schreibtischschublade einen Revolver aufzubewahren.

Sie können sogar auf Notwehr plädieren.

Es bleibt nur noch zu klären, warum Ihre Frau unmittelbar vor der Abreise mit einer Waffe in der Hand zu Ihnen hereingestürzt ist.«

Er lehnte sich zurück und stopfte sich langsam eine Pfeife, ohne sein Gegenüber aus den Augen zu lassen.

»Was denken Sie darüber?«

»Das kann noch lange dauern«, sagte Serre mit einer Art Widerwillen.

»Sind Sie immer noch entschlossen zu schweigen?«

»Ich beantworte bereitwillig Ihre Fragen.«

»Sie haben mir nicht gesagt, warum Sie geschossen haben.«

»Ich habe nicht geschossen.«

»Also war es Ihre Mutter?«

»Meine Mutter war in ihrem Schlafzimmer.«

»Während Sie mit Ihrer Frau eine Auseinandersetzung hatten?«

»Es gab keine Auseinandersetzung.«

»Das ist schade.«

»Tut mir leid.«

»Schauen Sie, Serre, ich habe mich bemüht, alle Gründe zu finden, die Maria gehabt haben könnte, um von Ihnen eine Abrechnung zu fordern und Ihnen zu drohen.«

»Sie hat mich nicht bedroht.«

»Behaupten Sie das nicht so steif und fest, diese Aussage könnte Ihnen später leid tun. Vielleicht sind Sie es dann, der mich oder die Geschworenen anfleht, Ihnen zu glauben, Ihr Leben oder das Leben Ihrer Mutter habe auf dem Spiel gestanden.«

Serre lächelte ironisch. Er war erschöpft, ein wenig in sich zusammengesunken; sein Kopf war zwischen die Schultern gesackt, aber er hatte nichts von seiner Kaltblütigkeit eingebüßt. Seine Bartstoppeln ließen die Wangen bläulich schimmern. Der Himmel hinter den Fenstern war schon nicht mehr ganz so dunkel, und die Luft im Zimmer wurde frischer.

Maigret fröstelte als erster; er ging hin und schloß das Fenster.

»Sie hatten keine Lust, eine Leiche auf dem Hals zu haben. Ich meine: eine Leiche, die man nicht vorzeigen konnte. Sie verstehen mich doch?«

»Nein.«

»Als Ihre erste Frau starb, da ist das auf eine Weise geschehen, daß Sie Dr. Dutilleux rufen konnten, damit er den Totenschein ausstellte.

Maria hätte genauso sterben sollen, eines allem Anschein nach natürlichen Todes. Auch sie war herzkrank. Was bei der einen gutgegangen war, hätte auch bei der anderen klappen müssen.

Die Sache hatte aber einen Haken.

Merken Sie jetzt, worauf ich hinauswill?«

»Ich habe sie nicht umgebracht!«

»Und Sie haben auch nicht ihre Leiche irgendwohin gebracht, ebenso wie ihr Reisegepäck und das Werkzeug des Einbrechers?«

»Es war gar kein Einbrecher da.«

»Ich werde Sie ihm wahrscheinlich in wenigen Stunden gegenüberstellen.«

»Haben Sie ihn ausfindig gemacht?«

Es klang jetzt doch Besorgnis aus seiner Stimme.

»Wir haben in Ihrem Arbeitszimmer seine Fingerabdrücke entdeckt. Sie haben zwar sorgfältig die Möbel abgewischt, aber irgendeine Fläche vergißt man dann doch immer. Es handelt sich um einen vorbestraften Mann, einen uns wohlbekannten Spezialisten namens Alfred Jussiaume, den Traurigen Alfred mit Spitznamen. Er hat seiner Frau alles erzählt, was er gesehen hat. Sie sitzt jetzt bei Ihrer Mutter im Wartezimmer. Jussiaume selbst hält sich in Rouen auf und hat keinen Grund mehr, sich zu verstecken.

Wir haben also schon die Concierge, die gesehen hat, wie Sie Ihren Wagen aus der Garage herausgefahren haben. Dann ist da der Eisenwarenhändler, der Ihnen eine zweite Fensterscheibe am Mittwoch um acht Uhr morgens verkauft hat.

Unsere Spurensicherung wird den Beweis liefern, daß Ihr Auto nach diesem Datum gereinigt worden ist.

Das ergibt eine ganze Reihe von Indizien, was?

Wenn wir dann noch die Leiche und die Koffer wiedergefunden haben, wird meine Aufgabe beendet sein.

Vielleicht entschließen Sie sich jetzt zu erklären, warum Sie statt einer gewissermaßen legitimen Leiche plötzlich mit einer Toten belastet waren, die Sie schleunigst wegschaffen mußten?

Eine unerwartete Schwierigkeit ist aufgetreten.

Welche, Serre?«

Der Mann holte ein Taschentuch heraus und wischte sich die Lippen und die Stirn ab, öffnete aber nicht den Mund zu einer Antwort.

»Es ist halb vier. Langsam habe ich jetzt genug. Sind Sie immer noch entschlossen zu schweigen?«

»Ich habe nichts zu sagen!«

»Na schön«, sagte Maigret und erhob sich. »Es fällt mir

schwer, eine alte Frau zu quälen. Ich sehe mich gezwungen, Ihre Mutter zu vernehmen.«

Er hatte mit Protesten gerechnet, zumindest mit irgendeiner Gefühlsregung. Der Zahnarzt zuckte jedoch nicht mit der Wimper, und es kam Maigret sogar so vor, als zeige er eine gewisse Erleichterung, als entspannten sich seine Nerven.

»Die Reihe ist wieder an dir, Janvier. Ich werde mich mit der Mutter beschäftigen.«

Diesmal war er fest entschlossen, kam aber nicht dazu, denn Vacher trat ganz aufgeregt mit einem Paket in der Hand ins Zimmer.

»Ich habe etwas gefunden, Chef! Es hat lange gedauert, aber ich glaube, es ist das Richtige!«

Er knotete das Paket auf, das in eine alte Zeitung eingewickelt war, und holte Bruchstücke von Ziegelsteinen und rötlichen Staub heraus.

»Wo?«

»Am Quai de Billancourt, gegenüber der Insel Seguin. Hätte ich stromabwärts angefangen statt stromaufwärts, wäre ich schon seit Stunden zurück. Ich bin an allen Quais gewesen, wo Schiffe gelöscht werden. Nur in Billancourt ist kürzlich ein Schleppkahn mit Ziegelsteinen entladen worden.«

»Wann war das?«

»Letzten Montag. Dienstag hat er gegen Mittag wieder abgelegt. Die Ziegel liegen immer noch da, und Kinder müssen dort gespielt und eine ganze Anzahl kaputtgemacht haben. Ein großer Teil des Quais ist mit rotem Staub bedeckt. Soll ich nach oben zu Moers gehen?«

»Ich gehe selber.«

Als er durch das Wartezimmer kam, warf er einen Blick auf die beiden schweigend dasitzenden Frauen. Es hatte den Anschein, als hätte sich ihr Verhältnis merklich abgekühlt.

Maigret betrat das Laboratorium, wo Moers sich gerade Kaffee aufgegossen hatte. Maigret bekam eine Tasse davon ab.

»Hast du den Ziegelstaub zur Hand? Würdest du ihn mal hiermit vergleichen?«

Es war dieselbe Farbe; auch die Staubkörner schienen die gleichen zu sein. Moers nahm Vergrößerungsgläser und einen elektrischen Projektor zu Hilfe.

»Na, haut es hin?«

»Wahrscheinlich ja. Auf alle Fälle stammt es aus derselben Gegend. Ich brauche eine halbe bis eine ganze Stunde, um das Zeug zu analysieren.«

Es war noch zu früh, um die Seine abzusuchen. Erst nach Sonnenaufgang konnte die Wasserpolizei einen Taucher einsetzen.

Wenn dann Marias Leiche oder auch nur die Gepäckstücke und der Werkzeugkasten wiedergefunden wurden, war der Kreis geschlossen.

»Hallo! Ist dort die Wasserpolizei? Hier Maigret.«

Er sah immer noch mißmutig aus.

»Ich möchte, daß sobald wie möglich am Quai de Billancourt die Seine abgesucht wird, und zwar an der Stelle, wo kürzlich Ziegel gelöscht wurden.«

»In einer Stunde ist es hell.«

Wer konnte ihn jetzt noch hindern, weiter zu warten?

Kein Gericht würde noch mehr Beweise verlangen, um Guillaume Serre zu verurteilen, auch wenn dieser weiterhin alles abstreiten sollte.

Ohne sich um den Stenografen zu kümmern, der ihm zusah, nahm Maigret einen riesigen Schluck direkt aus der Flasche, wischte sich den Mund ab, ging auf den Korridor hinaus und machte mit einer entschlossenen Bewegung die Tür zum Wartezimmer auf.

Ernestine glaubte, es gelte ihr, und stand erleichtert auf. Madame Serre dagegen rührte sich nicht.

An sie wandte er sich jedoch.

»Würden Sie bitte einen Augenblick mitkommen?«

Er hatte die Wahl zwischen den leeren Büros. Er stieß die nächstbeste Tür auf und schloß das Fenster.

»Bitte, nehmen Sie Platz.«

Und er fing an, im Zimmer im Kreis herumzulaufen; ab und zu bedachte er die alte Dame mit einem ärgerlichen Blick.

»Ich überbringe ungern schlechte Neuigkeiten«, sagte er schließlich brummig, »vor allem nicht jemandem in Ihrem Alter. Sie sind nie krank gewesen, Madame Serre?«

»Abgesehen von einer Seekrankheit bei unserer Fahrt durch den Ärmelkanal habe ich nie einen Arzt nötig gehabt.«

»Und natürlich sind Sie nicht herzkrank?«

»Nein.«

»Aber Ihr Sohn ist es, nicht wahr?«

»Er hatte schon immer ein vergrößertes Herz.«

»Er hat seine Frau umgebracht!« sagte er mit einemmal überlaut, hob den Kopf und sah ihr voll ins Gesicht.

»Hat er das selbst gesagt?«

Er hatte Hemmungen, den alten Trick mit dem angeblichen Geständnis anzuwenden.

»Er leugnet noch, aber es nützt ihm nichts. Wir haben Beweise.«

»Daß er einen Mord begangen hat?«

»Daß er in seinem Arbeitszimmer auf Maria geschossen hat.«

Sie war unbewegt sitzen geblieben. Ihre Züge waren etwas erstarrt, man spürte, daß sie fast den Atem anhielt, aber sonst blieb sie unbewegt.

»Welchen Beweis haben Sie?«

»Wir haben die Stelle entdeckt, wo die Leiche seiner Frau in die Seine geworfen wurde und ebenso ihre Koffer und das Werkzeug des Einbrechers.«

»Aha!«

Mehr sagte sie nicht. Sie wartete, die Hände auf ihr dunkles Kleid gepreßt.

»Ihr Sohn lehnt es ab, Notwehr geltend zu machen. Das ist falsch, denn ich bin überzeugt, daß seine Frau bewaffnet und mit unguten Absichten in sein Arbeitszimmer kam.«

»Warum?«

»Das frage ich Sie!«

»Ich weiß von nichts.«

»Wo waren Sie?«

»Ich habe Ihnen schon gesagt: in meinem Zimmer!«

»Und Sie haben nichts gehört?«

»Nichts. Nur das Zuschlagen einer Tür. Dann ein Motorengeräusch auf der Straße.«

»Das Taxi?«

»Ich nehme an, daß es ein Taxi war, weil meine Schwiegertochter erwähnt hatte, eines holen zu wollen.«

»Sie sind sich aber nicht sicher? Hätte es auch ein normales Auto sein können?«

»Ich habe es nicht gesehen.«

»Hätte es nicht auch der Wagen Ihres Sohnes sein können?«

»Er hat mir versichert, er habe das Haus nicht verlassen.«

»Sie sind sich doch darüber im klaren, daß eine Diskrepanz besteht zwischen Ihren heutigen Antworten und den Aussagen, die Sie mir gegenüber gemacht haben, als Sie freiwillig zu mir gekommen sind?«

»Nein.«

»Sie waren fest davon überzeugt, Ihre Schwiegertochter habe das Haus in einem Taxi verlassen.«

»Das glaube ich immer noch.«

»Aber Sie sind sich dessen jetzt nicht mehr sicher. Sie sind sich auch nicht mehr sicher, daß kein Einbruch bei Ihnen versucht worden ist.«

»Ich habe keinerlei Anzeichen dafür gesehen.«

»Wann sind Sie am Mittwochmorgen nach unten gegangen?«

»Gegen halb sieben.«

»Haben Sie das Arbeitszimmer betreten?«

»Nicht sofort. Ich habe zuerst Kaffee gekocht.«

»Sind Sie nicht durch die Räume gegangen und haben die Fenster aufgemacht?«

»Doch, ich glaube, ja.«

»Bevor Ihr Sohn herunterkam?«

»Kann sein.«

»Beschwören können Sie das nicht?«

»Versetzen Sie sich in meine Lage, Monsieur Maigret. Seit zwei Tagen weiß ich nicht mehr, wo vorn und hinten ist. Da werden mir alle möglichen Fragen gestellt. Wie viele Stunden sitze ich jetzt schon im Vorzimmer und warte? Ich bin mit den Nerven am Ende. Ich tue mein möglichstes, um überhaupt durchzuhalten.«

»Warum sind Sie gestern abend hergekommen?«

»Ist es nicht ganz natürlich, daß eine Mutter unter solchen Umständen ihrem Sohn zur Seite steht? Ich habe immer mit ihm zusammengewohnt. Er braucht mich jetzt.«

»Würden Sie ihm ins Gefängnis folgen?«

»Ich verstehe Sie nicht. Ich nehme nicht an, daß –«

»Ich will meine Frage anders formulieren: Wenn ich Ihren Sohn unter Anklage stellen würde, würden Sie dann einen Teil der Verantwortung für seine Tat auf sich nehmen?«

»Aber er hat doch gar nichts Böses getan!«

»Wissen Sie das so genau?«

»Warum hätte er denn seine Frau umbringen sollen?«

»Sie weichen einer direkten Antwort aus. Sind Sie felsenfest davon überzeugt, daß er sie nicht ermordet hat?«

»Soweit ich es wissen kann – ja!«

»Besteht doch eine Möglichkeit, daß er es getan hat?«

»Er hatte dazu überhaupt keinen Grund.«

»Er hat es getan!« sagte er brüsk und blickte sie fest an.

Sie blieb unschlüssig sitzen und stieß hervor:

»Aha!«

Dann öffnete sie ihre Handtasche, um ein Taschentuch

herauszuholen. Ihre Augen blieben trocken. Sie weinte nicht. Mit dem Taschentuch fuhr sie sich nur über die Lippen.

»Könnte ich ein Glas Wasser haben?«

Er mußte einen Augenblick nach einem Wasserhahn Ausschau halten, denn das Büro war ihm nicht so vertraut wie sein eigenes.

»Sobald der Staatsanwalt heute in den Justizpalast kommt, wird Ihr Sohn unter Anklage gestellt. Ich kann Ihnen jetzt schon sagen, daß er keine Chance hat davonzukommen.«

»Sie wollen damit sagen, daß er –«

»Es wird ihn seinen Kopf kosten!«

Sie wurde nicht ohnmächtig; mit starrem Blick blieb sie steif auf ihrem Stuhl hocken.

»Seine erste Frau wird man exhumieren. Sie wissen wahrscheinlich, daß man Spuren bestimmter Gifte auch noch an einem Skelett feststellen kann.«

»Warum hätte er sie alle beide umbringen sollen? Das ist doch gar nicht möglich! Es ist nicht wahr, Herr Kommissar! Ich weiß nicht, warum Sie so etwas zu mir sagen, aber ich weigere mich, Ihnen zu glauben! Lassen Sie mich mit ihm sprechen! Gestatten Sie mir ein Gespräch mit ihm unter vier Augen, dann kriege ich die Wahrheit heraus!«

»Sie haben sich am Dienstag den ganzen Abend in Ihrem Zimmer aufgehalten?«

»Ja.«

»Sie sind auch nicht für einen einzigen Augenblick hinuntergegangen?«

»Nein. Warum hätte ich nach unten gehen sollen, wenn diese Frau doch endlich das Haus verließ?«

Maigret preßte ziemlich lange die Stirn gegen die Fensterscheibe, ging dann in das angrenzende Büro, griff sich die Flasche und trank soviel, wie in drei oder vier Schnapsgläser hineingeht.

Als er wieder hereinkam, hatte er den schweren Schritt Guillaume Serres und dessen eigensinnigen Blick.

9

Maigret ist nicht gerade stolz auf sein Stück Arbeit, aber er hat nichtsdestoweniger die Genugtuung, jemandem das Leben zu retten

Er saß in einem Lehnstuhl, der nicht sein eigener war, beide Ellbogen auf den Tisch gestützt, seine größte Pfeife im Mund, die Augen auf die alte Dame gerichtet, die er mit einer Äbtissin verglichen hatte.

»Ihr Sohn, Madame Serre, hat weder seine erste noch seine zweite Frau umgebracht«, sagte er, jede Silbe betonend.

Sie runzelte die Stirn, aber ihr Blick verriet keine Freude.

»Er hat auch seinen Vater nicht umgebracht«, fügte er hinzu.

»Was wollen –«

»Pst!... Ihr Einverständnis vorausgesetzt, werden wir das Ganze so anständig wie möglich hinter uns bringen. Die Beweise lassen wir fürs erste außen vor. Die kommen zu gegebener Zeit noch dran.

Wir wollen jetzt auch nicht den Fall Ihres Mannes aufrollen. Ich bin mir fast sicher, daß Ihre erste Schwiegertochter vergiftet wurde. Ich gehe noch weiter: Ich bin überzeugt, daß es nicht mit Arsenik geschah oder einem anderen der starken Gifte, die gewöhnlich benutzt werden.

Ganz nebenbei gesagt, Madame Serre: Neun von zehn Giftmorden sind das Werk einer Frau!

Ihre erste Schwiegertochter litt ebenso wie die zweite an einer Herzkrankheit. Auch Ihr Mann ist herzkrank.

Bestimmte Medikamente, die gesunde Menschen ohne allzu große Nachteile vertragen, können bei Herzkranken tödlich wirken. Ich frage mich, ob uns nicht Maria in einem der Briefe an ihre Freundin den Schlüssel für das Rätsel geliefert hat. Sie erwähnt da eine Reise nach England, die Sie früher einmal mit Ihrem Mann unternommen haben, und hebt hervor, daß alle dermaßen seekrank geworden sind, daß der Schiffsarzt sie behandeln mußte.

Was wird in einem solchen Fall verordnet?«

»Ich weiß es nicht.«

»Das nehme ich Ihnen nicht ab. Man verabreicht für gewöhnlich Atropin in irgendeiner Form. Nun kann aber eine etwas stärkere Dosis Atropin bei einem Herzkranken verhängnisvolle Folgen haben.«

»So daß also mein Mann –«

»Wir kommen noch drauf, auch wenn ich den Nachweis nicht erbringen kann. Ihr Mann führte in seinen letzten Jahren ein zügelloses Leben und verpraßte sein ganzes Vermögen. Sie haben sich immer davor gefürchtet, in Not zu geraten.«

»Nicht um meinetwillen. Meines Sohnes wegen. Was nicht heißt, daß ich –«

»Später hat sich Ihr Sohn dann verheiratet. Eine andere Frau hat in Ihrem Haus gelebt, eine Frau, die auf einmal Ihren Namen trug und dieselben Rechte hatte wie Sie.«

Sie preßte die Lippen zusammen.

»Diese Frau, die gleichfalls eine Herzkrankheit hatte, war reich, reicher als Ihr Sohn, reicher als alle Serres zusammen.«

»Sie behaupten mit anderen Worten, ich hätte sie vergiftet, nachdem ich meinen Mann vergiftet hatte?«

»Ja.«

Sie stieß ein kurzes, gezwungenes Lachen aus.

»Ich habe dann wohl auch meiner zweiten Schwiegertochter Gift gegeben?«

»Die war mutlos geworden und wollte fort, nachdem sie sich vergeblich bemüht hatte, in einem Haus zu leben, das ihr fremd blieb. Wahrscheinlich nahm sie ihr Geld mit. Zufällig war sie ebenfalls herzkrank.

Wissen Sie, von Anfang an habe ich mich gefragt, warum ihre Leiche verschwunden ist. Wenn sie nur vergiftet worden wäre, hätte es genügt, einen Arzt zu rufen, der in Anbetracht von Marias Gesundheitszustand einen Herzanfall festgestellt hätte. Vielleicht hätte dieser Anfall sich sogar später ereignen sollen, im Taxi, auf dem Bahnhof oder im Zug.«

»Sie scheinen sich Ihrer Sache sehr sicher zu sein, Monsieur Maigret!«

»Ich weiß, daß ein Ereignis eingetreten ist, das Ihren Sohn gezwungen hat, auf seine Frau zu schießen. Nehmen wir an, daß Maria in dem Augenblick, als sie weggehen und ein Taxi holen oder, was wahrscheinlicher ist, telefonisch eines bestellen wollte, gewisse Symptome gespürt hat.

Sie kannte Sie beide genau, nachdem sie zweieinhalb Jahre lang mit Ihnen unter einem Dach gelebt hatte. Sie hat viel gelesen, Bücher der unterschiedlichsten Wissensgebiete, und es würde mich nicht wundern, wenn sie sich bestimmte medizinische Kenntnisse angeeignet hätte. In dem Bewußtsein, vergiftet worden zu sein, ist sie in das Arbeitszimmer Ihres Sohnes gekommen, wo Sie sich befanden.«

»Warum behaupten Sie, ich sei dort gewesen?«

»Weil sie sich fatalerweise mit Ihnen gezankt hat. Wenn Sie in Ihrem Zimmer gewesen wären, wäre sie nach oben gegangen.

Ich weiß nicht, ob sie Sie mit ihrem Revolver bedroht oder ob sie nur die Hand nach dem Telefon ausgestreckt hat, um die Polizei zu rufen.

Ihnen blieb nur ein Ausweg: sie zu töten.«

»Und Sie glauben also, ich hätte –«

»Nein. Ich habe Ihnen schon gesagt, daß wahrscheinlich Ihr Sohn den Schuß abgegeben hat oder, wenn Sie so wollen, Ihre Arbeit vollendet hat.«

Die Morgendämmerung verlieh dem Lampenlicht einen schmutziggrauen Schimmer. Die Gesichtszüge wirkten dadurch wie gemeißelt. Das Telefon klingelte.

»Sind Sie's, Chef? Ich bin mit der Analyse fertig. Es ist so gut wie sicher, daß die Ziegelkrümel im Auto aus Billancourt stammen!«

»Du kannst schlafen gehen, mein Junge. Deine Arbeit ist getan.«

Er stand abermals auf und ging im Zimmer herum.

»Ihr Sohn, Madame Serre, ist entschlossen, alles auf sich

zu nehmen. Ich sehe keine Möglichkeit, ihn daran zu hindern. Wenn er imstande war, so viele Stunden lang zu schweigen, wird er es auch fertigbringen, bis zum Schluß zu schweigen. Es sei denn...«

»Es sei denn...?«

»Ich weiß nicht. Ich denke laut. Vor zwei Jahren habe ich einen ebenso robusten Mann in meinem Büro gehabt, der nach fünfzehn Stunden die Zähne noch nicht auseinander bekommen hatte.«

Er riß mit jäher Geste in einer Art Wutanfall das Fenster auf.

»Es hat siebenundzwanzig Stunden gedauert, bis er mit den Nerven am Ende war.«

»Hat er dann geredet?«

»Er hat alles in einem Atemzug erzählt, als verschaffte ihm das Erleichterung.«

»Ich habe niemanden vergiftet.«

»Nicht von Ihnen will ich die Antwort haben.«

»Von meinem Sohn?«

»Ja. Er ist überzeugt, daß Sie es nur um seinetwillen getan haben, halb aus Angst, ihn mittellos dastehen zu sehen, halb aus Eifersucht.«

Er mußte sich zusammennehmen, sie nicht trotz ihres Alters zu schlagen, denn ihre schmalen Lippen verzogen sich unwillkürlich zu einem Lächeln.

»Das ist aber ein Irrtum!« stieß er hervor.

Dann ging er nahe an sie heran, und Auge in Auge, seinen Atem auf dem Gesicht der Frau, hämmerte seine Stimme auf sie ein:

»Nicht seinetwegen haben Sie Angst vor der Not gehabt,

sondern um Ihrer selbst willen! Nicht seinetwegen haben Sie gemordet, und wenn Sie heute nacht hier sind, dann nur, weil Sie befürchteten, er werde alles erzählen.«

Sie versuchte, ihm auszuweichen; sie lehnte sich auf ihrem Stuhl weit zurück, denn Maigrets Gesicht kam immer näher, unerbittlich, drohend.

»Was kümmert es Sie, daß er ins Gefängnis kommt oder sogar hingerichtet wird, wenn Sie nur die Gewißheit haben, aus der Sache herauszubleiben. Sie sind überzeugt, daß Sie noch jahrelang in Ihrem Haus leben, Ihr Geld zählen können...«

Sie hatte Angst bekommen. Ihr Mund öffnete sich, als ob sie um Hilfe rufen wollte. Plötzlich entriß Maigret mit einer unvorhergesehenen brutalen Bewegung ihren alten Händen die Handtasche, an der sie sich festklammerte.

Sie stieß einen Schrei aus und stürzte sich auf ihn, um sie wiederzubekommen.

»Setzen Sie sich!«

Er hakte den silbernen Verschluß auf. Ganz unten, unter den Handschuhen, dem Portemonnaie, dem Taschentuch und der Puderdose, fand er ein zusammengefaltetes Stück Papier mit zwei weißen Tabletten darin.

Es war still wie in einer Kirche oder einer Grotte. Maigret rekelte sich, nahm wieder Platz und betätigte eine elektrische Klingel.

Als die Tür aufging, sagte er, ohne einen Blick auf den eintretenden Inspektor zu werfen:

»Sag Janvier, er soll ihn in Ruhe lassen.«

Und als der Polizeibeamte erstaunt stehenblieb:

»Es ist vorbei. Sie gesteht.«

»Ich habe überhaupt nichts gestanden!«

Er wartete, bis sich die Tür wieder geschlossen hatte.

»Es kommt auf dasselbe heraus. Ich hätte das Experiment zu Ende führen, hätte Ihnen das Gespräch unter vier Augen mit Ihrem Sohn bewilligen können, um das Sie mich gebeten hatten. Finden Sie nicht, daß es für eine einzige alte Frau schon genug Leichen gibt?«

»Sie wollen sagen, ich hätte...«

Er spielte mit den Tabletten.

»Sie hätten ihm sein Medikament gegeben, besser gesagt, das, was er dafür gehalten hätte, und es hätte nie mehr das Risiko bestanden, daß er redete.«

Vereinzelte Sonnenstrahlen begannen über die Dachfirste zu klettern. Das Telefon klingelte wieder.

»Kommissar Maigret? Hier ist die Wasserpolizei. Wir sind in Billancourt. Der Taucher ist gerade zum erstenmal unten gewesen und hat einen großen, ziemlich schweren Koffer entdeckt.«

»Der Rest kommt auch noch!« sagte er, ohne weitere Fragen zu stellen.

Ein abgespannter und überraschter Janvier erschien im Türrahmen.

»Man sagt mir, daß –«

»Bring sie ins Untersuchungsgefängnis! Den Mann auch, wegen Beihilfe. Ich suche den Staatsanwalt auf, sobald er ins Haus kommt.«

Er kümmerte sich nicht mehr um die beiden, weder um die Mutter noch um den Sohn.

»Sie können nach Hause gehen und sich schlafen legen«, sagte er zu dem Übersetzer.

»Fertig?«

»Für heute.«

Der Zahnarzt war nicht mehr da, als er in sein Büro kam, aber im Aschenbecher lagen pechschwarze Zigarrenstummel. Er setzte sich in seinen Sessel und war nahe daran einzunicken, als ihm die Bohnenstange einfiel.

Er fand sie im Wartezimmer, wo sie eingeschlafen war. Er rüttelte sie an der Schulter, und mit einer instinktiven Geste rückte sie ihren grünen Hut zurecht.

»Das wär's. Du kannst gehen.«

»Hat er gestanden?«

»Sie war es.«

»Was? Die Alte hat …«

»Später!« brummte er.

Dann drehte er sich doch noch einmal um, denn irgendwie hatte er ein schlechtes Gewissen.

»Vielen Dank auch! Wenn Alfred zurückkommt, rate ihm …«

Wozu eigentlich? Nichts würden den Traurigen von seiner Manie heilen, Geldschränke zu knacken, die er früher selbst eingebaut hatte, und auch nicht davon, jedesmal überzeugt zu sein, es sei das letzte Mal und jetzt könne er wirklich aufs Land ziehen.

In Anbetracht ihres Alters wurde die alte Madame Serre nicht hingerichtet und verließ das Schwurgericht mit der befriedigten Miene eines Menschen, der endlich Ordnung im Frauengefängnis schaffen will.

Als ihr Sohn nach zwei Jahren aus dem Zuchthaus in Fresnes entlassen wurde, begab er sich schnurstracks in das Haus in der Rue de la Ferme und machte am gleichen

Abend seine Runde im Viertel, die ihm zur Gewohnheit geworden war, als er noch einen Hund ausführen mußte.

Er trank weiter seinen Rotwein in der kleinen Bar und warf, bevor er hineinging, wie früher einen ängstlichen Blick in beide Richtungen der Straße.

Shadow Rock Farm, Lakeville (Connecticut),
8. Mai 1951

Das Diogenes Hörbuch zum Buch

Georges Simenon
Maigret und der gelbe Hund

Ungekürzt gelesen von Friedhelm Ptok

4 CD, Spieldauer 251 Min.

Georges Simenon in der Diogenes Neuedition

Seit 1977 betreut der Diogenes Verlag das Gesamtwerk Georges Simenons in einer Werkausgabe. Im Laufe der Jahre erschienen über 200 Bände.
Der Autor erlebt im Augenblick eine europaweite Renaissance. In Italien ist jeder seiner neu erschienenen Romane auf den Bestsellerlisten. In Frankreich wird er anläßlich seines 100. Geburtstags 2003 in den Dichterolymp aufgenommen – seine Werke erscheinen in der prestigeträchtigen Pléiade.
Seit 1995 werden Simenons Werke im Rahmen einer Neuedition in zum Teil neuen oder überarbeiteten Übersetzungen wieder aufgelegt.

»Allmählich gibt es wieder Simenon zu kaufen, und gerade wer ihn noch nicht kennt, der hat jetzt die Möglichkeit, sich Zug um Zug und auf ganz übersichtliche Weise in Simenon einzulesen.«
Rolf Vollmann / Südwestfunk, Baden-Baden

»Zu Simenons neuerlichem Erfolg in deutscher Sprache gehört untrennbar und im wahrsten Sinne fundamental die Überarbeitung aller Übertragungen, die derzeit in Folge erscheinen: Ein so elegantes Deutsch ist selten geworden – nicht nur bei Übersetzungen.«
Elke Schmitter / taz, Berlin

Im Rahmen der Neuedition zur Zeit lieferbar:
(Stand Frühjahr / Sommer 2007)

Romane

Bellas Tod
Roman. Aus dem Französischen von Elisabeth Serelmann-Küchler

Drei Zimmer in Manhattan
Roman. Deutsch von Linde Birk

Der Mann mit dem kleinen Hund
Roman. Deutsch von Stefanie Weiss

Der große Bob
Roman. Deutsch von Linde Birk

Die Wahrheit über Bébé Donge
Roman. Deutsch von Renate Nickel

Der kleine Heilige
Roman. Deutsch von Trude Fein

Die Glocken von Bicêtre
Roman. Deutsch von Magda Kurz

Tropenkoller
Roman. Deutsch von Annerose Melter

Der Mörder
Roman. Deutsch von Lothar Baier

Die Komplizen
Roman. Deutsch von Stefanie Weiss

Die Verlobung des Monsieur Hire
Roman. Deutsch von Linde Birk

Der Tod des Auguste Mature
Roman. Deutsch von Anneliese Botond

Die Witwe Couderc
Roman. Deutsch von Hanns Grössel

Der Bürgermeister von Furnes
Roman. Deutsch von Hanns Grössel

Wellenschlag
Roman. Deutsch von Ulrich Hartmann

Schlußlichter
Roman. Deutsch von Stefanie Weiss

Das Testament Donadieu
Roman. Deutsch von Eugen Helmlé

Die Marie vom Hafen
Roman. Deutsch von Ursula Vogel

Das Haus am Kanal
Roman. Deutsch von Ursula Vogel

Der Zug
Roman. Deutsch von Trude Fein

Der Mann aus London
Roman. Deutsch von Stefanie Weiss

Die Zeit mit Anaïs
Roman. Deutsch von Ursula Vogel

Im Falle eines Unfalls
Roman. Deutsch von Hansjürgen Wille und Barbara Klau

Sonntag
Roman. Deutsch von Hansjürgen Wille und Barbara Klau

Die grünen Fensterläden
Roman. Deutsch von Alfred Günther

Betty
Roman. Deutsch von Raymond Regh

Das Gasthaus im Elsaß
Roman. Deutsch von Angela von Hagen

Der Präsident
Roman. Deutsch von Renate Nickel

Der Teddybär
Roman. Deutsch von Ingrid Altrichter

Brief an meinen Richter
Roman. Deutsch von Hansjürgen Wille und Barbara Klau

Striptease
Roman. Deutsch von Angela von Hagen

Die Selbstmörder
Roman. Deutsch von Linde Birk

Die Tür
Roman. Deutsch von Linde Birk

Die Flucht des Monsieur Monde
Roman. Deutsch von Barbara Heller

Der fremde Vetter
Roman. Deutsch von Stefanie Weiss

Hotel ›Zurück zur Natur‹
Roman. Deutsch von Irène Kuhn (vorm.: *… die da dürstet*)

Maigret-Romane und -Erzählungen

Maigret und die alte Dame
Roman. Deutsch von Renate Nickel
Auch als Diogenes Hörbuch erschienen, gelesen von Friedhelm Ptok

Maigret und Pietr der Lette
Roman. Deutsch von Wolfram Schäfer. Mit einer Nachbemerkung des Autors
Auch als Diogenes Hörbuch erschienen, gelesen von Gert Heidenreich

Maigret und die junge Tote
Roman. Deutsch von Raymond Regh
Auch als Diogenes Hörbuch erschienen, gelesen von Gert Heidenreich

Maigrets erste Untersuchung
Roman. Deutsch von Roswitha Plancherel

Maigret und der gelbe Hund
Roman. Deutsch von Raymond Regh
Auch als Diogenes Hörbuch erschienen, gelesen von Friedhelm Ptok

Maigret als möblierter Herr
Roman. Deutsch von Wolfram Schäfer
Auch als Diogenes Hörbuch erschienen, gelesen von Gert Heidenreich

Maigret bei den Flamen
Roman. Deutsch von Claus Sprick

Maigret und der verstorbene Monsieur Gallet
Roman. Deutsch von Roswitha Plancherel

Maigret und die Keller des ›Majestic‹
Roman. Deutsch von Linde Birk

Maigret und das Dienstmädchen
Roman. Deutsch von Hainer Kober

Maigret in der Liberty Bar
Roman. Deutsch von Angela von Hagen

Maigret regt sich auf
Roman. Deutsch von Wolfram Schäfer

Maigret und der einsame Mann
Roman. Deutsch von Ursula Vogel

Maigret und der Spitzel
Roman. Deutsch von Inge Giese

Maigret am Treffen der Neufundlandfahrer
Roman. Deutsch von Annerose Melter

Maigret und das Verbrechen in Holland
Roman. Deutsch von Renate Nickel

Maigret macht Ferien
Roman. Deutsch von Markus Jakob

Mein Freund Maigret
Roman. Deutsch von Annerose Melter

Hier irrt Maigret
Roman. Deutsch von Elfriede Riegler

Maigret contra Picpus
Roman. Deutsch von Hainer Kober

Maigret und der geheimnisvolle Kapitän
Roman. Deutsch von Annerose Melter

Madame Maigrets Freundin
Roman. Deutsch von Roswitha Plancherel

Maigret in Kur
Roman. Deutsch von Irène Kuhn

Maigret und die kleine Landkneipe
Roman. Deutsch von Berhard Jolles und Heide Bideau

Maigret, Lognon und die Gangster
Roman. Deutsch von Wolfram Schäfer

Maigret und der Treidler der ›Providence‹
Roman. Deutsch von Claus Sprick

Maigret und der Weinhändler
Roman. Deutsch von Hainer Kober

Maigret und sein Revolver
Roman. Deutsch von Ingrid Altrichter

Weihnachten mit Maigret
Erzählung. Deutsch von Hans-Joachim Hartstein
Auch als Diogenes Hörbuch erschienen, gelesen von Hans Korte

Biographisches

Als ich alt war
Tagebücher 1960–1963. Deutsch von Linde Birk

Stammbaum
Pedigree. Roman. Deutsch von Hans-Joachim Hartstein

Simenon auf der Couch
Fünf Ärzte verhören den Autor sieben Stunden lang. Deutsch von Irène Kuhn. Mit einer Vita in 43 Bildern, einer Bibliographie und Filmographie

Meistererzählungen
Deutsch von Wolfram Schäfer, Angelika Hildebrandt-Essig, Gisela Stadelmann, Linde Birk und Lislott Pfaff